Zu
in den Bergen

Auf Seite 129 beginnt der Roman

Der kleine Ausreißer

Auf Seite 257 beginnt der Roman

Wo meine Wurzeln sind

von Friederike von Buchner

MARTIN KELTER VERLAG · HAMBURG

Herausgeber: Mario Melchert, Patrick Melchert
Umschlaggestaltung, Illustration: Martin Kelter Verlag
Verlag: Martin Kelter Verlag, Hamburg

Druck: Books on Demand, Norderstedt

ISBN Paperback: 978-3-7409-0729-7

Anna Zwirner betrat das kleine Postamt in Waldkogel.

»Guten Morgen!« grüßte sie laut und freundlich.

»Grüß Gott! So sagen wir hier!«

»Ja, ich werde mich bessern. Manchmal vergesse ich es. Also noch einmal ein schönes Grüß Gott, alle miteinander!«

»Nun sei nicht so kleinkariert!« tadelte Gertrud Sommerhalder den Postbeamten. »Kümmere du dich lieber um deine Post und die Pakete. Des hätt'st bessermachen können. Warum hast du mir den Zettel vor die Haustür gelegt? Hätt'st das große Paket statt dessen gleich bei mir abstellen können! Beim alten Postbeamten hat's so etwas nicht gegeben.«

Die in der Schlange wartenden Waldkogeler stimmten der Bäuerin bei.

»Da darf man sich nix draus machen. Die paar Wochen gehen auch rum, dann ist unser alter Postler wieder da. Dann funktioniert des hier wieder alles wie es soll«, bemerkte die Ella Waldener.

Gertrud Sommerhalder versuchte, das große Paket mit der einen Hand zu halten, während sie sich mit der anderen auf ihren Gehstock stützte.

»Warte, ich helfe dir, Sommerhalder-Bäuerin. Ich habe den gleichen Weg.«

Anna trug den großen offenen Karton zum Tresen, den sie dabeihatte.

»Hier sind Briefe! Es sind so an die einhundert Stück. Briefmarken sind schon draufgeklebt. Es wäre doch Unsinn, die draußen in den Briefkasten zu werfen. Also, hier hast du sie!«

Mit eisiger Miene nahm der Vertretungspostbeamte den Karton entgegen. Anna lächelte ihn an.

»Vielen Dank! Und – Grüß Gott!«

Anna nahm das Paket und half der gehbehinderten Bäuerin die wenigen Stufen der Außentreppe hinunter.

»Ich seh' ja ein, daß unser Postbeamter auch mal Urlaub braucht. Aber es ist jedes Jahr das gleiche Spiel. Da schicken die uns so einen jungen arroganten Schnösel. Na ja, in einer Woche ist des auch vorbei. Dem Himmel sei Dank!«

Das Paket war nicht schwer, nur ein wenig unförmig. Anna konnte es aber gut mit einer Hand tragen. So bot sie der Bäuerin ihren Arm.

»Geht es denn besser mit dem Knie?«

»Ja, ja! Schon viel besser. Ich hatte großes Glück, daß es net schlimmer war. Der Gips ist ja schon lang ab, nach dem Bruch. Aber mit dem Gehen klappt es noch nicht so gut. Unser guter Doktor, der Martin, hat gesagt, ich müßt' Geduld haben. Der hat gut reden. Die Arbeit ist da, die läuft mir schon net fort. Doch gemacht muß sie werden. Ja, früher, da war es viel einfacher, da hat man genug Mägde und Knechte gehabt. Heute wollen die jungen Madln alle in die Stadt.«

Sie schaute Anna an.

»Bei dir ist das etwas anderes. Du bist da die Ausnahme. Der Toni muß dem Herrgott ewig dafür danken, daß er dich geschickt hat. Bei mei'm Bub isses nix geworden, damals. Da kann ich nix ändern. Deshalb bin ich aber net neidisch auf den Toni oder weil die Meta so ein prima Madl als Schwiegertochter bekommt.«

Anna konnte die Bemerkung der Gertrud Sommerhalder nicht richtig einordnen. Was war damals mit dem Sohn der Bäuerin? Anna kannte zwar schon viele Geschichten einzelner Leute in Waldkogel, aber nicht alle. Die Lebensgeschichte des jungen Bauern gehörte nicht dazu.

Sie waren auf dem Hof angekommen. Anna trug das Paket in die Küche.

»Hast a bissel Zeit, Madl?«

Die Bäuerin wartete Annas Antwort nicht ab. Sie humpelte geschäftig in der schönen Bauernküche herum. Auf dem Herd stand noch Kaffee. Bald darauf saßen die beiden Frauen am Tisch. Anna schaute sich um.

»Das sind wunderschöne Küchenmöbel.«

»Die sind noch von meiner Aussteuer. Ich war die einzige Tochter und die Jüngste. Ich hatte sechs ältere Brüder. Gut waren sie alle. Die haben zusammengelegt für die Küche und mir sie auch gezimmert und bemalt. Lieb war des von ihnen. Des vergesse i net. I freu' mich, daß dir sie gefallen tut, mei' Küch'. Ihr hat sie net gefallen. Der war sie zu altmodisch. Aber davon will i net sprechen. Nix war der gut genug!«

Anna hörte nur zu und rührte in ihrem Kaffee.

»Mein Mann war schon ziemlich alt. Fast zwanzig Jahr älter als ich. Er war aber ein guter Mann, zu gut für diese Welt, hab' i immer gesagt. Deshalb hat der Herrgott ihn vielleicht auch so früh geholt. Mein Bub war damals noch in der Schule. Da stand ich nun mit einem Kind und war Witwe. Hart war's gewesen. Na ja, es war viel Arbeit mit dem großen Hof. Geschafft hab' i es doch! Nur meine Knochen sind halt kaputt. I wäre froh gewesen, wenn der

Friedel sie geheiratet hätt'. Besonders gefallen hat s' mir ja net. I sollt auch recht behalten. Sie hat ihn dann sitzenlassen. Der Bub hat des bis heute net überwunden. Still ist er geworden nach der Enttäuschung. Des war ja auch a schöne Blamage. Des Aufgebot war schon bestellt und da is sie einfach fort!«

Gertrud Sommerhalder trank einen Schluck Kaffee.

»Na, besser so, vielleicht, denke i oft. Vielleicht hätt' die Ehe net 'halten. Vielleicht wären Kinder dagewesen. Was dann, Anna? Was hätten die armen Kinder dann gelitten? I hoff' immer noch, daß der Friedel sich mal nach einem anderen Madl umschaut. Doch i glaub, da hoff' ich vergebens. Wär' halt froh, wenn er ein Madl auf den Hof bringen würd'. Dann wär's für mich auch leichter. Schlimmer, als die damals kann keine sein. Mir wär's auch egal. Hauptsache, der Bub wäre glücklich. Still is er geworden seit damals, sehr still.«

»Wird schon werden, Sommerhalder-Bäuerin!«

»Müßt so a Madl sein wie du, Anna.«

Anna lachte.

Friedel Sommerhalder kam in die Küche und begrüßte Anna.

»Sag dem Toni, des is alles klar. Wir kommen am Samstag rauf auf de Berghütte und helfen ihm beim Umbau. Die Geschichte mit der Wand, die der Toni versetzen will, weißt ja!«

»Danke, Friedel! Der Toni wird sich freuen. Ich freue mich auch. Dann werden wir bald fertig.«

Das war das Stichwort für Friedels Mutter.

»Sag, Anna, das waren ja viele Briefe. Hast du schon die Einladungen zur Hochzeit verschickt?«

»Bist aber ganz schön neugierig, Sommerhalder-Bäuerin.«

»Sag Trudel zu mir, Anna! Für alle hier bin i die Trudel.«

»Gut, Trudel! Ja, ich habe alle meine Freunde und Verwandte angeschrieben. Der Hochzeitstermin wird nicht verraten. Ich will erst wissen, ob alle kommen können. Ich will sie nämlich alle beisammen haben, wenn ich heirate.«

»Das gehört sich ja auch so! Ich wünsch' dir jedenfalls viel Glück. Daß du glücklich bist mit deinem Toni und er mit dir, das kann man euch beiden ansehen.«

Die Bäuerin warf ihrem Sohn einen kurzen Seitenblick zu.

»Ich hoffe ja, daß du auch amal…«

»Mutter! Du hast mir versprochen, net mehr davon zu reden. Des is mei' Angelegenheit. Und damit basta!« fuhr er ihr wütend ins Wort.

Er ging hinaus und warf die Tür zu. Es war deutlich zu bemerken, wie zornig er war. Die Wunden sind noch nicht verheilt, was auch immer damals geschehen ist, dachte Anna.

»Siehst jetzt selbst, Anna! So schwierig ist des mit ihm. Weißt, wie ich jung war, da war des ganz anders. Wenn da ein junger Bursch net heiraten wollt', dann hat der Vater eine schöne junge Magd auf den Hof geholt. Der hat er manches Geschenk zugesteckt, die sollte den Bub dann verführen. Wenn die dann in anderen Umständen war, dann hat der Bauer dafür gesorgt, daß es zum Altar ging.«

Anna schaute die Bäuerin mit großen Augen an. Diese lachte.

»Schau net so, Anna! Die Ehen waren sehr glücklich. I bin selbst so ein Fall, bei dem mei' Schwiegervater nachgeholfen hat. Geschadet hat's mir net und meinem seligen Mann a net. Wir haben uns geliebt. Ich tät das gern mit meinem Friedel auch so machen. Doch in der heutigen Zeit is des net mehr möglich.«

Die Bäuerin seufzte.

»Was ich der Mutter Gottes und allen Heiligen schon Kerzen gestiftet hab'! I wart' immer noch, daß meine Gebete erhört werden. Pfarrer Zandler meint, daß der liebe Gott schon einen Plan hat. Der Friedel wär' eben noch net an der Reihe. Da müßt i Geduld haben.«

Anna stand auf.

»Trudel, vielen Dank für den Kaffee. Du und Friedel, ihr kommt auf alle Fälle zu meiner Hochzeit. Vielleicht findet der Friedel da ein Madl.«

Trudel winkte ab.

»Danke für die Einladung. I komm bestimmt. Der Friedel, der kommt bestimmt net. Der geht nirgends hin, wo getanzt und gefeiert wird, seit damals.«

Anna verabschiedete sich herzlich. Trudel tat ihr leid. Sie hatte sicherlich ein schweres Leben gehabt, dachte Anna. Es war verständlich, daß ihr ganzes Ansinnen darauf ausgerichtet war, Friedel versorgt zu wissen.

*

Dr. Martin Engler nahm Anna im Auto mit hinauf auf die Alm, dort mußte er einen Krankenbesuch machen. Anna war froh darüber, sparte ihr das doch viel Zeit, denn der Weg zur Berghütte war weit.

»Sag mal, Martin, du bist doch hier aufgewachsen. Du kennst doch alle Leute. Was war denn damals mit dem Friedel Sommerhalder? Der wollte heiraten und seine Braut ließ ihn sitzen?«

»Es war schlimm damals. Ich studierte ja noch und kam nur selten heim nach Waldkogel. Aber mitbekommen habe ich es auch. Der Friedel war am Boden zerstört. Er hat sich ganz zurückgezogen. Er machte zwar gewissenhaft seine Arbeit auf dem Hof und der Alm. Aber jeden Abend saß er im Wirtshaus und hat getrunken. Dabei durfte ihn niemand ansprechen, sonst wurde er sofort wütend und hat zugehauen. Es gab mehrere Schlägereien. Wie heißt es? Wer den Schaden hat, braucht für den Spott nicht zu sorgen. Die Burschen, die haben ihn halt ein bissel geärgert. Net schlimm, wie man das halt so macht. Da ist der Friedel jedesmal richtig ausgerastet und hat wie ein Bär um sich geschlagen. Einmal hat er sogar jemandem einen Bierseidel über'n Schädel gehauen. Da mußte der alte Doktor nähen. Angezeigt hat den Friedel niemand. Jeder wußte von seinem Kummer.«

»Schrecklich!« Anna war entsetzt.

»Ja, das war ganz schrecklich. Dann ist man dazu übergegangen, nicht mehr mit ihm zu reden. Er hat sich volllaufen lassen, bis er net mehr gehen konnte. Dann haben ihn zwei genommen und daheim abgeliefert. Vertragen kann der Friedel eine Menge. Am nächsten Morgen hat er wie immer seine Arbeit gemacht, als wenn nix gewesen wäre. Das ging viele Wochen so. Dann war es plötzlich vorbei. Ein Einzelgänger ist er geworden. Net in allen Dingen! Der Friedel ist sehr hilfsbereit. Aber zum Schützenfest geht er net und zum Tanz auch net. I glaub, der bleibt Junggeselle. Wo soll er denn ein Madl finden? Ich denk, daß er gar keines mehr finden will.«

»Das kann er sich aber nicht aussuchen. Vielleicht verliebt er sich doch einmal. Irgendwie, irgendwo, irgendwann, läuft ihm ein Madl über den Weg und dann macht es peng. So war es bei uns, bei mir und dem Toni. Wenn das passieren tut, da kann sich der Friedel auch net dagegen wehren. Gegen die Liebe ist kein Kraut gewachsen.«

»Wünschen tät ich es dem Friedel von Herzen, wirklich! Ein guter Ehemann wäre er bestimmt.«

Doktor Martin Engler hielt an. Anna bedankte sich für das Mitnehmen und stieg weiter auf zur Berghütte.

*

Es war Sonntag, Martina Zollinger hatte lange geschlafen. Ihre Mutter deckte bereits den Tisch für das Mittagessen. Ihr Vater saß im Wohnzimmer und las die Sonntagszeitung.

»Guten Morgen!« grüßte Tina verschlafen und gähnte.

»Guten Morgen, Tina! Hast du gut geschlafen? Bist ja noch lange wach gewesen, gestern abend. Um zwei Uhr brannte immer noch Licht in deinem Zimmer. Ich kann dich ja verstehen. Aber es bringt doch nichts, nachts so lange zu lernen.«

Ihre Mutter warf ihr einen besorgten Blick zu.

»Laß mich!« brummte Tina.

»Deine Mutter hat da nicht unrecht. Es ist wissenschaftlich erwiesen: Lernen nach Mitternacht ist nicht ergiebig. Sonntags könntest du ruhig, wie alle anderen, den

Tag mit der Familie verbringen. Früher war das so schön. Die Leute fragen mich schon, warum man dich gar nicht mehr sieht. Der Pfarrer und ein paar Mitglieder des Kirchenbeirats haben auch schon nach dir gefragt. Es war mir peinlich. Die denken schon, daß bei uns in der Familie etwas nicht stimmt.«

»Ach, Vater, laß mich in Ruhe! Meine Zukunft ist mir wichtiger als das, was die Leute sagen.«

»Was machst du eigentlich heute nachmittag?«

Martina atmete tief durch.

»Ich habe mich an der Universität verabredet.«

»Wieso heute? Da ist doch geschlossen.«

»Mama, ich treffe mich mit einer Studienkollegin. Wir haben etwas zu bereden. Ich denke, sie ist in Schwierigkeiten. Wir treffen uns im Botanischen Garten. Da gibt es ein nettes Studentencafé, das hat auch am Sonntag offen.«

»Wer ist es denn? Kennen wir sie? Was für Schwierigkeiten hat sie denn?«

»Du kennst sie nicht, Mama! Sie ist schwanger, denkt sie«, sagte Martina leise, denn ihr Vater sollte es nicht hören. Vergebens! Elmar Zollinger ließ die christliche Sonntagszeitung sinken.

»Das ist aber kein Umgang für dich, Tina. Wenn diese Person solch einen lockeren Lebenswandel geführt hat, dann muß sie sehen, wie sie damit fertig wird. Ich will nicht, daß du da hingehst.«

»Heiratet sie den Vater ihres Kindes denn?« fragte ihre Mutter.

»Das ist noch nicht sicher. Sie hat noch nicht mit ihm gesprochen.«

»Das wird ja immer schöner! Da müssen ja Zustände wie in Sodom und Gomorrha herrschen. Tina, mein letztes Wort: Du gehst da nicht hin! Ich möchte nicht, daß meine Tochter mit so einer Schlampe verkehrt.«

»Vater!« schrie Tina.

»Nix da, Vater! Die kann froh sein, daß ich nicht ihr Vater bin. Die würde ich rausschmeißen. Keinen Tag länger würde sie die Füße unter meinen Tisch stecken.«

»Du, du kennst immer nur Schwarz und Weiß, Vater!« warf Martina ihrem Vater vor.

Sanft nahm Tinas Mutter die Tochter bei den Schultern und zog sie aus dem Wohnzimmer. Sie schloß die Tür.

»Tina, das war unklug, sehr unklug. Es ist besser, wenn du deinem Vater solche Sachen nicht erzählst. Du weißt doch, wie er denkt.«

»Ja, ich weiß, wie er denkt!«

Martina ging nach oben unter das Dach. Das hatten ihr ihre Eltern zu einer kleinen Wohnung ausgebaut. Sie zog sich an und verstaute einige Sachen in ihrem Rucksack und einer Reisetasche.

»Du willst schon gehen?«

»Ja, Mutter! Ich esse an der Universität. Die Mensa hat auch offen. Der Vater verdirbt mir nicht den Appetit. Es kann auch sein, daß ich für ein paar Tage zu meiner Studienkollegin ziehe. Ich will sie in dem Zustand nicht alleine lassen.«

Martina hauchte ihrer Mutter einen Kuß auf die Wange und verließ das Haus. Sie reagierte nicht, als ihr Vater ihr vom Wohnzimmerfenster nachrief. Martina tat, als höre sie es nicht. Sie ließ den Motor ihres alten Autos aufheulen und fuhr davon.

Martina wollte nur noch fort – fort – weit fort. Sie konnte die Tränen nicht zurückhalten. Sie klebten zwischen ihren schönen langen Wimpern. Langsam rannen sie ihre Wangen hinab. Martina wischte sie mit dem Handrücken ab.

Zum Glück war wenig Verkehr. Der Parkplatz der Universität war leer. Sie stellte ihr Auto ab. Dann kramte sie aus ihrem Rucksack ein kleines Schminktäschchen hervor. Augenblicke später hatte sie die Tränenspuren übermalt.

»Hallo, Tina! Bist spät dran!«

»Entschuldige, Mark! Ich mußte noch eine Freundin trösten, per Telefon. Ich kann auch nicht lange bleiben. Ich will nach ihr sehen.«

»Was gibt es denn so Wichtiges an Frauenthemen, daß du mich vertröstest?«

»Sie kriegt ein Kind!« Martina bemühte sich, daß dieser für sie so wichtige Satz eher beiläufig klang.

Aus dem Augenwinkel beobachtete sie Mark. Er zuckte mit den Achseln und grinste überheblich.

»Dumm gelaufen! Da hätte sie besser aufpassen sollen. Schwanger zu werden ist heute pure Dummheit. Es gibt die Pille und andere Verhütungsmittel und Verhütungsmethoden. Die Jugend wird schon früh aufgeklärt. Da kann ich kein Mitleid haben. Und dann, schwanger zu bleiben ist noch dümmer. Wie ich sagte, dumm gelaufen. Sie hätte eben besser aufpassen müssen. Doch jetzt bist du bei mir. Denk nicht mehr an sie.«

»So einfach tust du das ab? Das Kind bringt ihren ganzen Lebensplan durcheinander.«

»Ja, warum sollte ich mir Gedanken machen? Wenn sie

das Kind nicht gewollt hat, dann muß sie halt sehen, daß sie es wieder los wird. Ich nehme an, ihr Liebhaber will das Kind auch nicht.«

»Der baut an seiner Karriere. Kinderwunsch steht da wohl nicht auf den vorderen Plätzen.«

»Sehr vernünftig, Tina! Das kann ich verstehen. Ein Kind käme für mich jetzt auch nicht in Frage. Das wäre eine echte Belastung. Uns kann ja so etwas nicht passieren, Tina.«

»Wenn doch? Nur mal angenommen, ich frage das nur mal theoretisch. Mir geht es nicht aus dem Kopf. Was würden wir machen, Mark? Was würde ich machen?«

»Du bist viel zu weich, das habe ich dir schon immer gesagt. Die Probleme anderer so nah an sich heranzulassen ist schlecht.«

»Du hast meine Frage nicht beantwortet.«

»Manchmal bist du ganz schön nervig, Tina! Also, wenn du es wissen willst. Jetzt ein Kind, das würde mir nicht passen. Die nächsten fünf Jahre stehen Frau und Kind nicht in meinem Plan. Wir sind doch moderne Menschen. Warum sollten wir uns Gedanken machen und uns mit einem Kind belasten? Wir haben eine schöne Beziehung, und mal sehen, was daraus wird. Wir waren uns doch einig, daß unsere Beziehung für keinen von uns eine Verpflichtung bedeutet. Oder denkst du jetzt anders darüber?«

Martina erschrak über seine Kälte. Es gelang ihr aber, es geschickt zu überspielen.

»Vielleicht bin ich wirklich zu weich, Mark. Vergessen wir das Ganze. Thema beendet!«

Sie aßen. Dann gingen sie im Botanischen Garten spazieren. Am späten Nachmittag brachte Mark sie zu ihrem Auto.

»Ach, Mark! Das habe ich ja ganz vergessen. Ich fahre ein paar Tage in die Berge. Ich brauche Ruhe. Meine Eltern machen mir Streß. ›Tina, wann lernst du? Tina, du lernst nachts zu lange! Tina da, Tina dort!‹ Das nervt ganz schön. Ich will mich für ein Stipendium bewerben. Das habe ich dir ja schon gesagt. Seit Tagen sitze ich schon über diesem Papierkram.«

»Kannst dich gerne auch bei mir einquartieren, Tina. Mein Zimmer im Studentenwohnheim ist zwar klein. Aber ich teile gern das Bett mit dir. Tagsüber bin ich ja im Labor, dann könntest du den Schreibtisch nutzen.«

»Danke für dein Angebot. Ich will aber in die Berge.«

»Was du an den Bergen findest, ist mir zwar schleierhaft, aber wenn es dir Freude macht, dann muß ich es wohl hinnehmen. Wann bist du wieder zurück?«

»Kann ich nicht sagen. Meine Handynummer hast du ja!«

Sie küßten sich flüchtig. Dann stieg Tina schnell ins Auto. Sie winkte Mark noch einmal unverbindlich zu und fuhr ab.

Mit jedem Kilometer, den ihr altes Auto auf der Autobahn hinter sich ließ, wurde Martina etwas freier. Das bedeutete nicht, daß ihr Problem kleiner geworden war. Nein, es war immer noch da. Es war nur so, daß sie jetzt weder ihren Eltern noch Mark in die Augen sehen mußte. Sie wollte allein sein. Sie mußte allein sein. Es war ihr Leben. Sie mußte es überdenken. Sie ganz allein war dafür verantwortlich. Sie mußte eine Entscheidung treffen, die ihr niemand abnehmen konnte. Sie hatte sich bewußt dem Einfluß ihrer Eltern und Mark entzogen.

*

Spät abends kam sie an. Sie kannte sich in der Gegend gut aus. Schon oft hatte sie ihren Urlaub dort verbracht. Sie hielt vor einem Gehöft. Die Haustür ging auf und die alte Bäuerin kam heraus.

»Mei, die Tina! Willst mal wieder wandern gehen?«

»Ja, Bäuerin! Ich will fragen, ob ich mein Auto da bei dir stehen lassen kann?«

»Ja, freilich! Des hast doch schon oft so gemacht. Komm rein! Die eine kleine Kammer is noch frei.«

»Danke, Bäuerin. Ich würde aber lieber im Heu schlafen.«

»Dann mach's! Bist ja schon immer ein richtiges Naturkind gewesen. Hast Hunger? Willst was essen?«

»Ich habe unterwegs gegessen, an einer Tankstelle mit Raststätte. Da hab' ich mir auch Proviant gekauft.«

»Dann wünsche ich dir eine schöne Zeit. Wie lange willst dein Auto stehen lassen?«

»Ich weiß noch nicht. Ich habe Semesterferien und viel Zeit. Kann schon sein, daß ich ein paar Wochen von Berghütte zu Berghütte wandere. Mußt dir keine Gedanken machen. Ich gehe schon nicht verloren.«

»Das weiß ich doch. Du kennst im weiten Umkreis die Berge so gut wie deine Westentasche. Dann wünsche ich dir eine schöne Zeit. I hab' mich gefreut, dich mal wiederzusehen. Wenn du dein Auto holst, dann hast aber Zeit für ein Schwätzchen, oder?«

»Bestimmt. Ich rede doch gern mit dir, Bäuerin. Das weißt du. Nur jetzt nicht. Ich bin müde. Es war eine lange, anstrengende Fahrt.«

Tina drückte der alten Bäuerin einen Geldschein in die Hand.

Dann verzog sie sich auf den Heuboden über dem Stall. Sie atmete die warme Luft ein, die vom Stall aufstieg, und hörte das Vieh. Sie lag im weichen Heu, schaute durch die offene Luke des Heubodens hinaus in die Nacht. Der Mond stand groß und silbern über den Bergen. Die Sterne leuchteten. Vom Kirchturm her schlug die Turmuhr. In ihrem Herzen fühlte Tina eine Geborgenheit, die sie daheim niemals verspürte. Ein Gefühl des Trostes senkte sich in ihr kummervolles Herz. Sie war sich sicher, daß sie einen Weg finden würde. Es wird eine Lösung geben, die gut sein wird. Martina fühlte zum ersten Mal wieder Zuversicht und Frieden, seit sie Gewißheit hatte, daß ihr Leben nie wieder so sein würde, wie es einmal war.

Eine kleine Katze suchte Martinas Nähe. Sie war wirklich sehr klein und zitterte vor Kälte. Martina steckte sie unter ihre Strickjacke und hielt sie warm. Nach einer Weile beruhigte sich das Tier und fing an zu schnurren. Liebevoll bettete Martina ihren kleinen Schützling neben sich ins Heu. Sie deckte die Katze mit einem Pullover zu.

»Schlaf gut, kleine Mieze! Träume etwas Schönes. Träume davon, daß du eine große, starke Katze bist und viele Mäuse fängst.«

Das Schnurren der kleinen Katze sang Martina in den Schlaf.

*

In der ersten Morgendämmerung krähte der Hahn und weckte Martina auf. Sie setzte sich auf und zupfte sich das Heu aus den Haaren. Die kleine Katze war noch immer da. Jetzt schrie sie. Martina konnte sie jetzt genauer sehen, als das nachts im Mondenschein möglich gewesen war. Sie war höchstens acht Wochen alt und sehr mager. Es war ein kleiner Kater, wie sich Martina vergewisserte. Als studierte Biologin kannte sie sich aus.

»Weil dein Fell überwiegend schwarz ist, nenne ich dich Mohrle«, flüsterte Martina ihm zu.

Die alte Bäuerin ging über den Hof. Martina raffte ihren Rucksack zusammen und stieg dann hinunter in den Stall.

»Bist ja noch da, Madl. Hast gut geschlafen im Heu?«

»Himmlisch gut.«

Mohrle war Martina nachgelaufen und stand kläglich maunzend in ihrer Nähe.

»Ich glaube, er vermißt seine Mutter«, bemerkte Martina. »Er wird Hunger haben. Vielleicht hat er sich verlaufen.«

»Der wird sie schon wiederfinden. Kann auch sein, daß die tot ist. Gestern ist wieder eine Katze überfahren worden. Des macht nix. Es gibt ohnehin zu viele.«

»Dann wird er verhungern.«

»Des wird er net. Und wenn? Katzen gibt's genug.«

Die Bäuerin sah den entsetzten Blick in Martinas Augen.

»Darum mußt du dich net sorgen. Katzen gibt's eh zuviel.«

»Gut, wenn die Katze niemand gehört, dann nehme ich sie mit, Bäuerin.«

»Bist narrisch, Madl? Was willst du mit einer Katz?«

Martina war ärgerlich und antwortete, indem sie den Dialekt nachzuahmen versuchte.

»Des geht dich nix an, Bäuerin. Des ist mei Sach!«

Martina band die Kordel im Bund ihres Anoraks fest zu. Dann steckte sie Mohrle einfach vorne hinein. Wenn er wollte, konnte er durch den halbhochgezogenen Reißverschluß hinaussehen. Der kleine Kater begriff sofort, daß er eine Beschützerin gefunden hatte und begann zu schnurren.

»Bist narrisch, Madl!« sagte die Bäuerin noch einmal.

Martina nickte ihr nur zu und ging dann fort.

Sie wanderte aus dem Dorf hinaus. Hinter dem letzten Gehöft schlug sie den ihr bekannten Weg in die Berge ein. Nach drei Stunden erreichte sie die erste Almhütte. Dort rastete sie und kaufte etwas Rahm für ihren Kater. Mohrle leckte eifrig.

Ein weites Stück des Weges folgte ihr die kleine Katze wie ein Hund, dann trug Martina sie wieder.

Die junge Frau war froh, einen Gefährten zu haben, und sie ging ganz in dem Gefühl auf, diese kleine magere Kreatur vor dem sicheren Tod bewahrt zu haben.

Die nächsten Tage vergingen. Martina wanderte von Hütte zu Hütte. Mohrle lernte, im offenen Rucksack zu sitzen und von dort die Aussicht zu genießen. Sie teilte mit ihm ihre Fleischpflanzerl und gab ihm Butterflocken, Milch und Rahm zu essen. Mohrle wurde zusehends kräftiger. Wenn Martina unterwegs rastete, rannte er oft fort. Er kam aber immer wieder zurück.

Auf den Hütten erregte Martina ziemliches Aufsehen mit ihrem ungewöhnlichen Wandergefährten. Doch den

Spott und die Sticheleien verschiedener Bergkameraden am Hüttenfeuer nahm sie gelassen hin.

So vergingen drei Wochen.

*

Es war mitten in der Nacht, als Toni und Anna durch lautes Klopfen an der Hüttentür aus dem Schlaf gerissen wurden. Toni öffnete. Draußen stand Leonhard Gasser, der örtliche Leiter der Bergwacht in Waldkogel, mit vier Männern.

»Leo, du? Is was passiert? Komm rein!«

Leonhard ließ seinen Hund Rex von der Leine. Bello, Tonis Neufundländerrüde, und Rex begrüßten sich übermütig. Anna kam aus der Kammer. Sie hatte ein wollenes Umschlagtuch über ihrem bodenlangen Nachthemd um dic Schultern gehängt und hielt es mit beiden Händen zusammen.

»Leut' in Waldkogel haben ein Licht am Berg gesehen. Sie kamen alle vom Stammtisch. Erst dachte ich, daß die mich narren wollen. Aber dann hab' i das Licht auch gesehen. Da gibt jemand Signale. I hab' dann gleich die Kameraden verständigt und wir sind los. Des kann net weit von hier sein. I denk', es is in der Höhe des alten Pilgerwegs. Sag, Toni, hast du Wanderer hier oben auf deiner Berghütte, die net zurückgekommen sind heute abend?«

»Nein. Wir haben gar niemand da zum Übernachten. Weißt ja, die Hütte is' noch net offiziell eröffnet. Da is' es noch sehr ruhig. Ja, schon! Gelegentlich haben wir schon Übernachtungen, aber heut is' keiner dagewesen. Des Wetter war ja auch net gut. Geregnet hat es den ganzen

Tag. Da is' wohl kaum einer in die Berge, bei dem schlechten Wetter, wie es die letzten Tage war. Ihr habt da ein Licht gesehen?«

Leonhard verwies mit einer Handbewegung auf die Männer.

»I denk', da war ein Licht. Meine Bergwachtkameraden haben das Licht genauso gesehen wie i auch. Es blinkt in Abständen. Geh' raus und schau dir's an! Glaub mir, wir sind auch net begeistert, daß wir da loszieh'n müssen. Verrückt ist es auch. Aber warten bis morgen früh, des wollten wir auch net. Regnen tut's net mehr. In einer Stunde beginnt es hell zu werden.«

Toni ging vor die Hütte und schaute in der Dunkelheit hinauf zu dem Berg.

»Ja, da is' was! Von der Richtung her kannst recht haben. Des Licht kommt von da, wo der alte Pilgerweg ist. Dann wird es ja net so gefährlich, wenn wir jetzt schon losziehen. I komm natürlich mit. I zieh mich nur noch an! Wartet!«

Anna hatte sich etwas Warmes angezogen. Sie trug einen fast bodenlangen, dunkelgrünen, etwas ausgestellten Strickrock mit passendem Oberteil. Das Oberteil war eine hüftlange Weste, die in der Taille mit einer Kordel gebunden wurde. Die Ärmel waren, wie bei einem Dirndl, am Oberarm etwas weiter. Die Kanten waren mit kleinen Mäusezähnchen in Rot umhäkelt und gaben mit dem herzförmigen roten Knöpfchen ein schönes Bild ab. Dazu hatte Anna ein großes rotes Umschlagtuch umgehängt.

Mit Vergnügen sah Toni, wie die Augen der Männer auf seiner Anna ruhten. Er war stolz auf seine schöne Braut. Anna servierte heißen Tee.

Die Becher mit Tee in der Hand, standen sie dann alle zusammen in der Dunkelheit der Nacht vor der Hütte. Deutlich sahen sie die unregelmäßigen Blinksignale im Berg. Sie gaben Signale mit ihren starken Stablampen zurück.

»Des kommt direkt vom Pilgerweg. Arg weit ist des net. Aufi, Leut! Gehen wir!«

Toni gab Anna zum Abschied einen Kuß.

»Geh wieder ins Bett, Anna. Vor zwei bis drei Stunden sind wir nicht da.«

Toni kannte den Weg gut. Der Pilgerweg war ein breit angelegter Wanderpfad, der über den Berg führte. Weil schon im Mittelalter Pilger diese Strecke nach Süden genommen hatten, hatte er den Namen ›Pilgerpfad‹ bekommen. In jüngster Zeit hatte ihn dann der Alpenverein zu einem schönen breiten und sicheren Wanderweg ausgebaut.

Toni spannte Bello vor den kleinen Wagen aus ultraleichtem Aluminium. Er hatte den Wagen nach einer Zeichnung von Anna extra anfertigen lassen. Bello zog den Wagen gerne. So zogen sie los. Leonhard Gasser ging voraus. Dann folgten ihm zwei Kameraden der Bergwacht. Toni ging mit Bello in der Mitte des Zuges, gefolgt von zwei weiteren Rettern. Ihre Stablampen erleuchteten den Weg sehr gut. Sie kamen schnell voran.

*

Anna stand eine Weile vor der Berghütte und sah, wie sich die Lichtkegel immer weiter den Berg hinaufarbeiteten.

Dann ging sie hinein und traf Vorbereitungen für die Rückkehr der Männer.

Was würden sie da oben finden? Der Rettungshubschrauber der Bergwacht konnte nur hier vor der Hütte landen. Also würden sie den Verletzten zuerst einmal hierher bringen. Die Männer würden erschöpft und müde sein, wenn sie kämen. Anna ging in die Küche und begann einen kräftigen Erbseneintopf zu kochen mit viel kleingewürfeltem Rindfleisch, Speck, Kartoffelstückchen und Küchenkräutern. Sie knetete Teig für frische Kaisersemmel und füllte die großen Thermoskannen mit Kaffee.

Dabei machte sie sich so ihre Gedanken, wer da am Berg sein könnte. Wer konnte so leichtsinnig gewesen sein, bei dem schlechten Wetter gewandert zu sein? Anna wußte aus Erzählungen von Alois und Toni, wie leichtsinnig manche Wanderer waren. Sie überschätzten ihre Kräfte. Sie gingen alleine los, allen Ermahnungen zum Trotz. Niemals alleine in die Berge ziehen, war doch oberstes Gebot.

Die Zeit verging. Als Anna fertig war, setzte sie sich am Kamin in den Schaukelstuhl und wartete. Dabei schlief sie ein.

Sie wurde von Alois geweckt. Der alte Hüttenwirt lebte jetzt fast ununterbrochen mit Anna und Toni auf der Hütte. Sie hatten den alten Mann gern, der fast sein ganzes Leben auf der Hütte verbracht hatte. Doch das war lange bevor Toni sich darum bemühte, sein Nachfolger zu werden.

»Anna, Madl! Was sitzt du hier?«

In kurzen Worten erklärte Anna, was geschehen war.

»Zu dumm, daß i net aufgewacht bin. Da wäre ich auch gern mit.«

»Alois, laß das mal die Jungen machen. Außerdem kannst mich doch net ganz allein auf der Berghütte lassen.«

»Stimmt schon, Madl. So eine Bergung, des tät i nimmer schaffen. Aber dabei wär ich doch gern.«

Endlich hörten sie draußen etwas. Die Männer waren zurück. Auf dem kleinen Wagen, den Bello zog, saß in Decken und Rettungsfolie eingehüllt eine junge Frau. Toni und Leo hoben sie heraus und trugen sie in die Hütte. Wortlos öffnete Anna eine Kammer. Die Männer legten die junge Frau auf das Bett.

»Sie ist gestürzt und hat eine böse Verletzung am Knie. Das hat sich alles entzündet. Sie ist dann noch in den Regen gekommen. Der Leo meint, es sei besser, sie mit dem Hubschrauber ins Krankenhaus fliegen zu lassen. Sie will aber nicht. Vielleicht kannst du sie überreden, Anna.«

»Dann geht mal alle raus. Toni, in der Küche habe ich alles schon hergerichtet. Stärkt euch erst mal. Ich kümmere mich um unseren Gast.«

Mit energischen Gesten schob Anna die Männer aus der Kammer und schloß die Tür.

»So, jetzt sind wir Frauen erst mal allein.«

Zwei ängstliche Augen schauten sie an. Anna setzte sich auf den Bettrand. Sie hielt der jungen Frau die Hand hin.

»Ich bin die Anna. Ich bin die Braut vom Hüttenwirt Antonius Baumberger. Toni wird er gerufen. Wir heiraten demnächst. Und wer bist du?«

»Ich heiße Martina Zollinger. Gerufen werde ich Tina.

Ich will nicht ins Krankenhaus. Gebrochen ist nichts. Ich bin schon vor drei Tagen gestürzt. Das wird wieder. Können ich und das Mohrle hier die nächsten Tage auf der Berghütte bleiben? Ich bezahle dir auch all deine Mühe.«

»Wer ist das Mohrle?«

Tina schälte sich aus den Decken und holte unter dem ziemlich durchnäßten Anorak die Katze hervor.

»Das ist mein Wandergefährte. Ich habe ihn gerettet. Seine Mutter ist überfahren worden. Er wäre sonst verhungert.«

Anna nahm die kleine Katze auf den Arm und lächelte Tina verständnisvoll an.

»Du ziehst jetzt als erstes die nassen Sachen aus. Hast du noch etwas dabei im Rucksack?«

»Ist alles feucht. Kann ich meine Sachen am Kamin trocknen?«

»Ich leih dir warme Sachen von mir, bis deine trocken sind.«

Anna setzte Mohrle auf den Boden, der jedoch zurück zu Tina ins Bett sprang. Während Anna warme Unterwäsche, Pullover, eine Hose und Socken holte, zog sich Tina aus. Anna brachte ihr auch warmes Wasser, damit sich die junge Frau waschen konnte.

Dann besah sich Anna das Knie.

»Das sieht nicht gut aus. Es ist sehr entzündet und vereitert. Ich werde dir da erst mal einen Umschlag machen mit einer Kräutertinktur. Wenn die nicht hilft, dann mußt du ins Krankenhaus. Aber das soll der Martin entscheiden, wenn er kommt.«

»Wer ist Martin?«

»Unser Doktor in Waldkogel. Doktor Martin Engler ist ein guter Freund von Toni. Der Weg herauf zur Berghütte ist zwar weit, aber der kommt, wenn Toni ihn darum bittet. Bis dorthin mache ich dir erst mal die Kräutertinktur drauf.«

Anna schüttete aus einer Flasche, die an eine Sprudelflasche erinnerte, eine braune Flüssigkeit auf einen dicken Mullappen.

»Das kann jetzt einen Augenblick brennen, weil da Alkohol drin ist. Aber dann kühlt es schön. In zwei Stunden, da tut's schon nicht mehr weh. Das verspreche ich dir.«

Tina biß tapfer die Zähne zusammen. Der brennende Schmerz ließ bald nach. Danach spürte Tina die Kühle des Verbandes.

»Was ist das, was du mir da draufgetan hast?«

»Ein altes Hausmittel, wie es hier fast von allen verwendet wird. Da sind viele Kräuter drin. Jede Bäuerin kann das selbst machen. Das hier ist aber von der Ella. Die Ella Waldner macht die besten Tinkturen. Sie kennt sich aus und weiß genau, welches Kraut gegen welches Zipperlein hilft. Deshalb heißt sie hier in Waldkogel auch die Kräuterhexe. Das ist nicht böse gemeint, eher anerkennend. Die Ella ist eine ganz liebe und sehr mütterliche alte Frau. Ich mag die Ella sehr. Diese Flasche hat sie mir geschenkt, neulich, als ich mir in den neuen Schuhen eine böse Blase gelaufen hatte. Die hatte sich auch entzündet und dann geeitert. In zwei Tagen war alles wieder gut.«

»Mein Knie schmerzt kaum noch. Ich konnte gestern abend am Berg keinen Schritt mehr gehen. Ich wußte nicht mehr weiter. Das ging ja schon seit vorgestern. Ich hatte gehofft, daß jemand vorbeikommt. Doch es hat ja nur geregnet, und niemand war unterwegs.«

»Ist es dir noch kalt?«

»Danke, Anna! Es wird bestimmt bald besser. Die Sachen sind schön warm.«

»Ich bringe dir jetzt einen schönen Erbseneintopf mit viel Fleisch und Einlagen. Dann trinkst du noch einen wärmenden Kräutertee. Danach kannst du bestimmt schlafen.« Anna lächelte Tina an. »Für dein Mohrle bringe ich auch etwas.«

Tina griff nach Annas Hand und drückte sie.

»Danke.«

»Sollen wir jemand verständigen? Gibt es da jemand, der sich um dich Sorgen macht?«

Tina wandte den Blick ab. Sie fuhr mit der Hand über den Verband am Knie und zog das Hosenbein herunter.

»Nein, Anna! Auf mich wartet niemand. Niemand macht sich wegen mir Sorgen. Ich bin allein!«

Tina griff nach Mohrle und drückte den kleinen Kater eng an sich.

»Mohrle, das ist die einzige Kreatur, die zu mir gehört.«

Anna schaute Tina in die Augen. Darin sah sie eine Traurigkeit, die sie erschreckte. Sie sah, wie Tina mit den Tränen kämpfte.

Anna sagte nichts. Sie brachte ihr Essen und auch etwas für den kleinen Kater.

»So, jetzt lasse ich dich allein. Ich muß mich draußen um die Leute kümmern. Wenn du fertig bist, dann stell das Tablett auf den Tisch. Ich hole es später. Lege dich hin und versuche zu schlafen.«

»Danke, Anna!« hauchte Tina und begann zu essen.

*

»Was ist mit ihr?« fragte Toni. »Wo kommt sie her? Warum war sie allein in den Bergen? Uns hat sie nix erzählt.«

»Mir auch nicht viel. Sie ist erschöpft. Wir lassen sie erst mal schlafen.«

Dann sprach Anna Leonhard Gasser an.

»Leo, sag bitte dem Martin, er soll mal raufkommen. Das macht er bestimmt gern. Er wollte ohnehin uns mal wieder besuchen. Er soll nur seine Arzttasche mitbringen, weil der nach dem Madl sehen soll.«

»Des ist seltsam. So etwas ist mir in meiner ganzen Laufbahn bei der Bergwacht noch net vorgekommen. Des Madl war mehr um seine kleine nasse Katze besorgt, als um sich selber. Läuft mit einer Katze in den Bergen rum. Ja, ja, die Leute aus der Stadt! Zum Wundern sind sie schon, meinst net auch, Toni?«

Leonhard schüttelte den Kopf, um seiner Verwunderung noch mehr Ausdruck zu verleihen.

»Des Madl wird schon ihre Gründe haben, warum 's so an der Katze hängt. Des is bei dem Madl so, wie du an deinem Rex hängst und die Anna und i am Bello, unserm Hund. Wer weiß, was da für eine Geschichte dahintersteht.«

Bello, der Neufundländerrüde, mußte bemerkt haben, daß Leonhard Gasser nicht wohlwollend von Tina gesprochen hatte. Bello hatte auf seinem Lieblingsplatz vor dem Kamin gelegen. Langsam war er aufgestanden, durch den großen Raum nach hinten gegangen und hatte sich dann quer vor die Tür der Kammer gelegt, in der Tina untergebracht war.

Alle hatten es gesehen und schauten sich an. Der alte Alois saß am Kamin. Er nahm die Pfeife aus dem Mund und zeigte mit dem Mundstück in die Richtung der Kammer.

»Der Hund beschützt das Madl. Des wird Schutz nötig haben. Tiere haben einen Instinkt. Wir sollten uns ein Beispiel nehmen.«

Dann rauchte er weiter.

Leonhard und seine Kameraden von der Bergwacht sahen sich an. Dann standen sie auf und verabschiedeten sich. Leo versprach, mit Martin zu sprechen. Außerdem würden sie sich ohnehin am Wochenende sehen. Da wollten die jungen Burschen aus Waldkogel Toni bei den letzten Umbauarbeiten an der Berghütte helfen.

Während Anna den Tisch abräumte und das Geschirr spülte, beobachtete Toni sie genau. Anna gab sich verschlossen. Toni nahm an, daß Anna etwas wußte, was sie ihm nicht sagen wollte. Die andere Möglichkeit war, daß Anna eine Vermutung hatte, aber nicht darüber sprechen wollte. Toni kannte seine Anna gut. Er wußte, es war zwecklos, mit ihr ein Gespräch zu führen, wenn Anna nicht sprechen wollte. So fragte er nichts.

Anna ging später in die Kammer. Martina schlief fest. Mohrle, ihren kleinen Kater, hielt sie dabei im Arm. Anna betrachtete eine Weile die schlafende junge Frau. Sie machte auf sie den Eindruck eines Kindes, das sich vor dem Einschlafen an sein Stofftier geklammert hatte, aus Angst vor dem Alleinsein in der Nacht. Nur daß es hier kein Stofftier war, sondern ein kleiner fast schwarzer Kater mit hellbraunen und weißen Flecken im Fell.

In der Ecke der Kammer hing ein Kruzifix. Anna war nicht katholisch wie die meisten Leute in Waldkogel. Sie hatte aber gelernt, daß es gut war, sich Hilfe von oben zu erbitten. So zündete sie ein kleines Licht an, verbunden mit der Bitte um Hilfe und Schutz für diese junge Frau, die ihr Herz so rührte.

*

Tonis Freunde trafen sich alle auf der Oberländer Alm. Bis dorthin konnten sie mit den Autos fahren. Dann ging es zu Fuß weiter, den Berg hinauf bis zur Berghütte. Sie waren zu dritt, Martin, der Arzt in Waldkogel, Leonhard, der Leiter der Bergwacht, und Friedel Sommerhalder. Jeder trug einen schweren Rucksack. Wenn sie schon zur Berghütte aufstiegen, dann brachten sie auch gleich Vorräte hinauf. Das war Ehrensache. Doktor Martin Engler trug außerdem noch seinen schweren Arztkoffer.

»Du bist immer gerüstet, Martin, wie?« sagte Leonhard und deutete auf den prall gefüllten Arztkoffer.

»Vielleicht denkt er, wir wären so ungeschickt, daß er uns verarzten muß?« warf Friedel ein.

Leonhard lachte laut.

»Des geht dabei net um uns, Friedel. Ich glaub', der Martin hat sich in die junge Frau verguckt, oben auf der Hütte. Schau, unterwegs hat er ja schon einen Blumenstrauß gepflückt. Ich wette, die Wiesenblumen sind net für die Anna.«

»Halt dein vorwitziges Mundwerk, Leo! Des geht dich nix an.«

Martin stellte seine Arzttasche ab und nahm den Rucksack vom Rücken. Er schaute Leonhard ernst an.

»Oder hast vielleicht selbst Absichten? Bist ja genau wie i Junggeselle. Wenn dem so ist, dann machen wir das hier und jetzt unter uns aus.«

»Nun fang net an zu spinnen, Martin. Dir scheint was das Gehirn zu vernebeln. I hab nix dagegen, daß du versuchen willst, mit dem Frauenzimmer anzubändeln. Is ja auch ein fesches Madl. Sei net so empfindlich, Martin. Einen Scherz darf man doch noch machen, wie?«

»Aber da oben auf der Berghütte, wenn die Martina in der Nähe is, da hältst dei Goschn! Das Madl ist net von hier. Die versteht das net.«

»I hab' schon verstanden. Jetzt machen wir, daß wir weiterkommen! Der Toni und die Anna warten bestimmt schon.«

Sie gingen weiter.

»Sagt mal, wißt ihr etwas? Wie kam es damals dazu, daß auf einem Kirchenkonto so viel Geld eingegangen ist, daß der Alois von der Gemeinde die Berghütte zurückkaufen konnte? Von wem war das Geld?«

»Friedel, das ist ein Geheimnis. Pfarrer Zandler sagt nix. Selbst der Alois weiß nix. Den Ruppert Schwarzer ärgert des gewaltig. Er soll noch immer toben, weil dadurch seine Pläne als Großinvestor da droben schlagartig hin waren. Der Schwarzer setzt den Huber Franz, der damals den Antrag gestellt hat, ganz schön unter Druck. I möchte net in der Haut vom Huber stecken. Der schleicht umher wie ein geprügelter Hund.«

»Martin, da hab' ich kein Mitleid mit dem Huber. Wenn man sich mit dem Teufel einläßt, dann muß man nach seiner Pfeife tanzen. Der Huber hat sich vom Schwarzer eben kaufen lassen. Er bewohnt diesen schönen Hof und kriegt auch ein gutes Geld von ihm. Dabei arbeitet er nur halbe Tage beim Schwarzer im Geschäft. Für den Rest will der Schwarzer eben, daß es in Waldkogel so läuft, wie er sich des vorstellt. Verantwortlich dafür macht er den Huber Franz. Doch es is halt net so gelaufen, wie der Ruppert Schwarzer sich das ausgedacht hat in seinem Größenwahn. I bin froh darüber, daß des mit der Berghütte so bleibt, wie es immer war.«

»I auch, Friedel. Der ganze Berg wäre verschandelt worden, wenn der Schwarzer seine Straße raufgebaut hätte – und dann noch der Hubschrauberlandeplatz. Das wäre ein echter Schmarrn gewesen.«

Leonhard Gasser warf einen dankbaren Blick zum Himmel hinauf.

»Dem da oben sei Lob und Dank, daß er buchstäblich in letzter Minute eingegriffen hat. Da muß Waldkogel irgendwo einen richtigen Gönner haben, denn das Geld kam ja von einem Menschen.«

»Das hast du schön gesagt, Leo.« Martin schaute sich um. »Dann wäre es mit der Ruhe und dem Frieden net mehr so weit her gewesen. I denk, daß man nie erfahren wird, was hinter der Sach' steht. I für meinen Teil freue mich, daß es so ist. Basta! Jetzt kriegt der Toni die Berghütte, die er mit der Anna bewirtschaften tut. Des ist gut so. I freu' mich wirklich für die beiden.«

Die Berghütte kam in Sicht.

»Schau, wie schön sie da liegt! Der Toni hat schon viel gemacht. Fast fertig is sie. Is ein richtiges Schmuckstück geworden. Ganz Waldkogel kann darauf stolz sein. Is schon ein Glücksfall, daß der Toni die alte Tradition bewahrt und pflegt. Es ist ein Segen, daß er in Anna eine Frau gefunden hat, die mit ihm am gleichen Strang zieht. Des is heut sehr selten.«

Die drei jungen Burschen blieben einen kurzen Augenblick stehen und ließen das Bild auf sich wirken. Die Berghütte lag im Sonnenschein vor der mächtigen Kulisse der Berge mit dem ewigen Schnee auf ihren Gipfeln. Unter dem blauen Himmel kreisten Steinadler.

Bello, der auf der Terrasse gelegen hatte, rannte ihnen bellend entgegen. Toni und Anna traten aus der Hütte. Alois kam vom Holzplatz und rieb sich vor Freude die Hände.

»Schön, daß ihr schon da seid. Dann kann es ja losgehen. I hab' die alte Wand schon rausgenommen«, sagte Toni.

Antonius Baumberger ging voraus. Die Freunde folgten ihm auf die Rückseite der Berghütte. Er führte sie in den Lagerraum. Hier hatte er schon alles vorbereitet.

»So, dann wollen wir mal.«

Anna brachte eine Kanne mit heißem Tee und Kuchen. Martina war schon wieder auf und half ihr dabei.

»Guten Tag, Herr Doktor!«

»Grüß Gott, Tina! Mußt net so förmlich sein. I bin der Martin, des habe ich dir schon mal gesagt. Wie geht es deinem Knie?«

»Das verheilt gut. Ich habe auch keine Schmerzen mehr.«

»Das freut mich, Martina! Hier habe ich dir auch eine kleine Aufmerksamkeit mitgebracht, weil du so tapfer gewesen bist.«

Doktor Martin Engler teilte den Blumenstrauß in zwei Hälften. Die eine gab er Martina.

»Die sind für dich, Anna!«

»Das ist aber nett, Martin. Danke.«

Martina schaute Martin kurz in die Augen und bedankte sich leise. Dann ging sie gleich wieder ins Haus. Anna folgte ihr.

»Tina, ich glaube, der Martin sieht dich gerne.«

»Das ist mir peinlich. Hier, nimm meine Blumen. Stell sie zusammen mit den deinen in eine Vase.«

Anna sah wieder den traurigen und geheimnisvollen Blick in Martinas Augen.

»Ich will ihm keinen Anlaß geben, daß er denken könnte, ich hätte Interesse an ihm.«

»Dann hast du schon einen Burschen?« bemerkte Anna vorsichtig.

»Nicht mehr. Das ist vorbei. Er war nicht der richtige Mann für mich.«

Martina schaute Anna an. »Ich wollte dich nicht in Verlegenheit bringen, Tina. Ich bin nur in deinem Alter. Ich spüre doch, daß dich etwas bedrückt. Willst du nicht mit mir sprechen? Ich hatte auch einen, sagen wir Bekannten, bevor ich den Toni kennengelernt habe. Ich hatte damals auch gedacht, daß es mit uns etwas werden könnte. Doch dann ist mir die Liebe begegnet. Sie kam über mich wie eine Naturgewalt. Dem Toni ging es genauso. Wir wußten, wir gehören zusammen. Jetzt heiraten wir bald. Aber das hast du sicherlich schon mitbekommen.«

»Ich freue mich für dich, Anna«, sagte Tina traurig. »Ich werde niemals heiraten, niemals.«

»Man soll niemals niemals sagen! Wenn dich die Liebe erwischt und dich in einem Gefühl der Wärme und Zuneigung begräbt wie unter einer gewaltigen, nicht aufzuhaltenden Lawine, dann kannst du nichts machen. Du wirst von dem Strudel der Gefühle einfach mitgerissen.«

Martina schüttelte heftig den Kopf.

»Das habe ich schon hinter mir. Ja, ich wurde von einer Lawine begraben. Ich stecke noch tief drin. Ich weiß nur, daß die Verletzungen niemals heilen werden.«

Martina kämpfte mit den Tränen. Anna trat neben sie und legte den Arm um sie.

»Tina, wenn du Kummer hast und ich dir helfen kann, dann sage es mir. Ich will auch nicht weiter nach deinem Kummer fragen. Kannst sicher sein, daß dieses Gespräch unter uns bleibt.«

Martina putzte sich die Nase und steckte das Taschentuch in die warme Hose, die ihr Anna geliehen hatte. Sie vergrub ihre Hände tief in die Hosentaschen und schaute auf ihre braunen Wanderschuhe. Dann trat Martina an den Kamin und legte Holzscheite auf.

»Ich suche Arbeit, Anna. Ich würde gern hier in den Bergen bleiben. Vielleicht nur die nächsten Monate, bis ich mir etwas Geld zusammengespart habe für einen neuen Anfang. Ich habe zwar noch etwas gespart, aber es reicht nicht für eine kleine Wohnung und was man dann so alles braucht. Sicherlich würde ich in der Stadt auch Arbeit finden, vielleicht sogar gut bezahlte Arbeit in meinem Beruf. Aber ich will hier in den Bergen bleiben. Weißt du keine Arbeit für die nächsten Monate? Mir ist es egal, was es ist. Ich mache alles. Ich kann auf einer Alm arbeiten, Führungen durch die Berge leiten. Ich kann auch auf einem Hof arbeiten.«

Anna schaute Tina nachdenklich an.

»Bist du deshalb in die Berge gekommen?«

»Ich mag die Berge, seit ich als Kind einmal mit der Schulklasse in einem Schullandheim in den Bergen war. Sie haben mich nie mehr losgelassen. Als Studentin bin ich dann in all meinen Ferien gewandert. Klettern ist nicht so meine Sache, aber schöne lange Wanderungen von Berghütte zu Berghütte, die mache ich sehr gern. Ich habe viel nachgedacht auf meiner Wanderung. Ich will gerne eine Zeitlang ganz hierbleiben. Die Ruhe, der Frieden der Berge, die klare Luft, die tun mir gut.«

»Das kann ich verstehen. Mir ging es genauso. Hier gibt es keine Eile, keinen Streß. Keiner hetzt. Alles kann man in Ruhe und Gelassenheit tun. Alles und jedes hat seinen Platz, so kommt es mir vor. Die Berge sind ewig, und sie strahlen eine Ruhe und Gelassenheit aus, die sich auf die Menschen überträgt. Ich kann mir nicht mehr vorstellen, anderswo zu leben. Auch wenn du nur vorübergehend hierbleiben willst, so ist das eine sehr gute Wahl von dir. Wie lange willst du denn bleiben?«

Tina zögerte, dann sagte sie ganz leise: »Ich dachte so an ein halbes Jahr.«

»Ich werde mal nachdenken, Tina. Morgen will ich runter ins Dorf. Wenn du willst, kannst du mitkommen.«

»Ich muß auch runter. Ich will den Bus nehmen. Ich habe vor drei Wochen mein Auto abgestellt, das will ich holen. Meinst du, ich finde in Waldkogel einen Platz, wo ich es abstellen kann, bis ich weiß, wo ich arbeiten kann?«

»Das wird kein Problem sein. Du kannst es bei der Pension ›Beim Baumberger‹ abstellen. Dort auf dem Hof ist genug Platz. Die Bergwanderer, die sich bei Tonis Eltern einquartieren, stellen ihre Autos auch dort ab. Ich werde mit Meta und dem Xaver sprechen und dich vorstellen.«

»Danke, das ist lieb von dir, Anna. Danke.«

Mohrle, der kleine Kater, schlich Martina um die Beine. Sie nahm ihren Schützling auf den Arm.

»Ich würde gern auf einer Alm oder auf einem Hof arbeiten. Da könnte ich doch das Mohrle mitnehmen, denke ich.«

»Das wird schon gehen, Tina. Wir werden schon etwas finden.«

Martina lächelte ein wenig. Ein ganz kleiner Hoffnungsschimmer war in ihr Herz gefallen. Es war wie ein einziger Sonnenstrahl, der durch einen winzigen Spalt in der Wolkendecke fiel und für einen Augenblick das Tal erhellte, bevor sich die Regenwolken wieder schlossen.

Den Rest des Tages schnitten die beiden Frauen das Thema nicht mehr an. Bis zum späten Nachmittag hatten Toni, Leo, Martin und Friedel unter den strengen Augen des alten Alois die neue Wand gesetzt. Anna hatte ein schönes Essen bereitet. Bis zum Abend saßen alle vor der Hütte. Erst als die Sonne glutrot hinter den Bergen untergegangen war, gingen sie schlafen. Martin, Leo und Friedel teilten sich das Matratzenlager oben auf dem Hüttenboden.

*

Am nächsten Morgen wanderten Anna und Martina mit den Burschen zu der Oberländer Alm, wo sie ihre Autos stehen hatten.

»Steigst zu mir ins Auto, Tina?« fragte Martin.

Anna griff blitzschnell ein.

»Die Martina und ich bleiben noch einen Augenblick auf der Oberländer Alm. Fahrt schon mal! Und nochmals vielen Dank für eure Hilfe.«

Tina warf Anna einen dankbaren Blick zu. Etwas enttäuscht stieg der Doktor in sein Auto und fuhr ab.

»Ich glaub, die Tina will nix von dem Martin wissen«, raunte Leo leise dem Friedel zu.

»Ja, des schaut so aus. Vielleicht is er net ihr Typ oder sie hat schon einen Burschen in der Stadt.«

»Ein fesches Madl is die schon, die Tina! Meinst net auch, Friedel?«

»Ja, fesch is sie schon. Jetzt denkst, daß du vielleicht bei ihr Chancen hast, Leo? Dann wünsch' i dir viel Glück. I mach ihr net den Hof. I hab mir einmal die Finger verbrannt. I trau keiner mehr. Doch des muß net für dich gelten.«

Dabei schaute Friedel Martina nach, wie sie mit Anna in die Almhütte ging. Er mußte sich eingestehen, daß Martina seine Blicke magisch anzog. Sie interessierte ihn. Sie gefiel ihm. Das wollte er sich aber noch nicht ganz eingestehen.

Anna und Martina hielten sich nicht lange auf der Oberländer Alm auf. Sie fuhren mit dem Milchwagen ins Tal.

»War nett von dir, Anna, daß du mich vor dem Angebot gerettet hast. Es wäre mir peinlich gewesen, Martins Mitfahrgelegenheit abzulehnen.«

»Schon klar! Mach dir da keine Sorgen. Er wird es bald begreifen, daß er dein Herz nicht erobern kann.«

Anna stellte Martina den Baumbergers kurz vor. Dann brachte sie Martina zur Bushaltestelle vor der Kirche und winkte ihr nach, als sie davonfuhr.

Pfarrer Zandler kam gerade aus dem Pfarrhaus. Er begrüßte Anna freudig. Anna war froh, den Pfarrer zu treffen, hatte sie doch noch eine wichtige Angelegenheit zu regeln. Die Sache war einfach. In wenigen Worten sagte Anna, wie sie sich das alles gedacht hatte.

»Das ist sehr schön von dir, Anna. Willst das wirklich so machen?«

»Ja, Herr Pfarrer!«

Der Geistliche schaute Anna an.

»Der Toni kann wirklich dem Himmel dankbar sein, daß er dich geschickt hat.« Pfarrer Zandler schmunzelte. »Doch ein bissel dankbar sollte der Toni dir auch sein – und der Alois auch. Du solltest mit dem Toni vor der Hochzeit reden, Anna.«

»Meinen Sie, Herr Pfarrer?«

»Das meine ich nicht nur, darauf bestehe ich. Wenigstens dein Mann sollte es wissen und der Alois auch. Der Alois machte sich viele Gedanken. Es bedrückte ihn.«

Anna überlegte.

»Gut, Herr Pfarrer! Ich werde mit Toni sprechen. Eheleute sollten keine Geheimnisse voreinander haben. Mit dem alten Alois rede ich auch.«

»Das ist eine gute Einstellung, Anna!«

»Ich werde mit dem Toni aber erst nach der Trauung sprechen.«

Der Pfarrer lachte.

»Hast Angst, er könnte dir in letzter Minute noch weglaufen, dein Toni?« fragte er scherzhaft.

»Nein, aber ich denke, es ist besser so. Wenn ich erst seine Frau bin, dann kann er nix mehr sagen. Es bleibt dann ja in der Familie.«

»So, so! Dann bekommt der Toni nicht nur eine fesche Braut, sondern auch eine überaus kluge Frau. Das wundert mich nicht. Das habe ich schon damals bemerkt, Anna, bei meinem ersten Gespräch mit dir.«

Anna wechselte noch ein paar Worte mit Pfarrer Heiner Zandler. Dann ging sie weiter zum Sommerhalderhof.

»Ei, die Anna! Des is aber lieb von dir, daß du mich besuchen tust, Anna.«

»Grüß Gott, Trudel!«

Die Sommerhalder-Bäuerin saß vor dem Haus auf der Bank und schnitt Bohnen. Anna setzte sich zu ihr.

»Trudel, ich habe da so eine Idee. Du könntest jemandem helfen, und dir wäre damit vielleicht auch geholfen. Ich habe dabei zwar ein komisches Gefühl, irgendwie, kann aber dazu nichts sagen.«

»Dann fängst am besten ganz von vorne an, Anna. I hab' ohnehin viel Zeit beim Bohnen putzen und schneiden. Es hat viel Bohnen gegeben in dem Jahr.«

»Hast du noch ein Messer? Dann helfe ich dir, Trudel.«

»Hol dir eins, drin in der Kuchl. In der Schublade im Küchentisch, da findest du die Messer.«

Einen Augenblick später saßen Trudel und Anna zusammen und schnitten Bohnen. Die Sommerhalder-Bäuerin wollte später saure Bohnen einlegen.

Anna erzählte von Martina Zollinger.

»Ja, ich habe schon von der Rettung gehört. Leichtsinnig war's schon von dem Madl. Bei schlechtem Wetter soll man keinen Fuß in die Berg' setzen. Schon gar net, wenn man allein unterwegs ist.«

»Das ist klar, Trudel. Aber die Martina war unterwegs, hatte kein festes Quartier und wollte nur zur nächsten Berghütte. Na ja, es wurde ja alles wieder gut. Ihr Knie ist geheilt. Jetzt sucht sie für das nächste halbe Jahr Arbeit. Du hast doch angedeutet, daß du eine Hilfe suchst. Vielleicht wäre das was für die Martina. Sie hat mir schon ein paar Mal geholfen. Sie ist nicht ungeschickt. Sie weiß nicht allzu viel vom Kochen und Backen. Doch ich denke mir, daß sie sehr lernwillig ist. Wenn du die Geduld hast, dann machst du mit der Martina bestimmt einen guten Fang.«

»Sehr still soll's sein, das Madl.«

»Ja, sie redet nicht viel. Wirst also niemanden um dich haben, der dir die Ohren volltratscht. Daß bei dir dann gefensterlt wird, da mußt du dir auch keine Gedanken machen. Die hat nichts am Hut mit Burschen. Ich glaube, die hat eine ganz schwere Enttäuschung hinter sich. Sie spricht nicht darüber. Ich denke mir, daß sie Abstand sucht von ihrem bisherigen Leben.«

»Des kann gut sein. Dann ist sie hier in den Bergen richtig. Also wenn die Martina will, dann kann s' gern zu mir auf den Hof kommen. Sie kann auch hier wohnen. Genügend Platz haben wir. Die Wohnung auf dem Altenteil is' auch ausgebaut. Die steht ja leer. Wenn der Friedel geheiratet hätt', dann wär' i da eingezogen. Na ja, der Herrgott hat's net gewollt, daß a junge Bäuerin auf den Hof kommt.«

Gertrud Sommerhalder seufzte tief.

»Oben in der zweiten Etage, wo i und der Friedel unsere Stuben haben, da ist auch noch Platz. Unterm Dach sind noch die Kammern von früher. Da waren die Mägde untergebracht. Wie i damals hier auf den Hof kam, da hatt' i auch meine Kammer oben. Die Knechte wohnten drüben über dem Schweine- und Hühnerstall. Unten, hinter der Küche, ist auch noch eine Kammer. Da hab' ich jetzt geschlafen, als das mit meinem Knie so schlimm war. Die Stiege nach oben, des war mir zuviel gewesen. Also, dann kannst dem Madl sagen, daß es kommen kann. I werde schon mit ihr auskommen. Das Mohrle kann's Madl auch mitbringen.«

»Das ist lieb von dir, Trudel.«

»Wann kann das Madl denn kommen?«

»Ich werde noch heute mit ihr sprechen. Wenn du willst, dann bringe ich die Martina dann gleich her.«

»Mach das! Dann sehen wir uns heute noch einmal. Ich freue mich, Gesellschaft zu bekommen. Das is mir am wichtigsten. Auch wenn sie net auf einem Hof groß geworden ist, des wird schon gutgehen. An mir wird es net liegen. I dank dir auch noch, daß du mir beim Bohnenschneiden geholfen hast.«

»Gern geschehen, Trudel.«

Frohen Herzens verabschiedete sich Anna. Sie hatte im Dorf noch einige Termine wegen ihrer bevorstehenden Hochzeit. Außerdem erwartete sie am Nachmittag Besuch.

*

Anna betrat die Küche der Pension ›Beim Baumberger‹ von hinten. Meta brühte gerade Kaffee auf.

»Grüß Gott, Anna! Bist früh zurück. Das trifft sich gut, daß du schon da bist. Dein Onkel ist auch schon angekommen. Der Xaver und er sitzen seit über einer Stunde draußen in der Gaststube zusammen und bechern. Jetzt habe ich gesagt, es gibt kein Bier mehr. Jetzt gibt es erst mal einen Kaffee und etwas Kräftiges zu essen. Die beiden verstehen sich gut. Das freut mich.«

»Ich helf dir gleich, Meta. Ich will nur erst meinen Onkel begrüßen.«

Anna stellte ihre Einkaufstaschen ab und eilte in die Gaststube. Meta stand im Türrahmen und schaute zu, wie die beiden sich begrüßten.

»Onkel Oskar! Das war ja eine Überraschung, als ich deine SMS las, daß du kommst.«

Sie nahmen sich in die Arme.

»Siehst gut aus, Dorothea! Richtig glücklich.«

»Das bin ich auch, Onkel Oskar! Das bin ich wirklich. Doch sag, ist etwas mit Großmutter Zwirner? Ich dachte, ihr kommt alle zusammen zur Hochzeit. Warum bist du jetzt hier?«

»Klingt, als würde es dich stören.«

»Nein! Das stört mich auf gar keinen Fall. Verwundert bin ich aber schon.«

Meta Baumberger brachte den Kaffee und trug Brot, Wurst und Käse auf. Anna wollte ihr helfen. Aber sie lehnte ab.

»Setz dich, Kind! Dein Onkel ist da, des is jetzt wichtiger.«

»Also, Onkel Oskar! Warum bist du gekommen?«

Oskar Zwirner räusperte sich verlegen.

»Die Großmutter macht sich doch etwas Gedanken. Du bist ihr eben von all ihren Enkelkindern das liebste. Nun ja, das ist ja auch kein Wunder, da sie dich nach dem Unfalltod deiner Eltern großgezogen hat. Jedenfalls hat sie mich geschickt. Ich soll sehen, daß auch alles in Ordnung ist, hauptsächlich wegen der Hochzeit.«

Oskar Zwirner blinzelte Anna zu.

»Sie hätte dir gerne geholfen, deine Hochzeit vorzubereiten. Da hat sie mich geschickt. Ich mußte ihr versprechen, genau zu berichten. Du hast zwar Fotos gemacht von der Berghütte, sie kann sich das aber nicht so vorstellen, wie du da mit Toni leben willst.«

»Dann soll sie selbst kommen und es sich ansehen.«

»Dorothea!«

»Hier bin ich die Anna. Daran mußt dich schon gewöhnen, Onkel Oskar!«

»Anna! Also, du kennst doch deine Großmutter. Sie war als junge Frau auch oft in den Bergen. Aber seit deine Eltern auf der Paßstraße verunglückt sind, da durfte man nicht einmal mehr von den Bergen sprechen. Sie hat sich aber jetzt damit abgefunden, daß du die Berge zu deiner Heimat machst. Leicht ist ihr das nicht gefallen.«

»Ich weiß! Ich dachte, es bricht ihr das Herz, als ich sagte, daß ich Toni heirate und auf die Berghütte ziehe.«

»Sie hat das ganz gut verkraftet, mittlerweile. Ich denke sogar, daß sie dich schon längst einmal besucht hätte. Doch die Berghütte, das ist ein zu beschwerlicher Weg für sie als betagte Dame.«

»Sie muß erst mal herkommen, dann bekomme ich sie auch auf den Berg. Der Leonhard kann sie mit dem Hubschrauber raufflliegen. Das werden wir schon organisieren, Onkel Oskar.«

»Oder wir tragen sie in einer Sänfte hinauf auf die Berghütte, wie im vorletzten Jahrhundert die Touristen«, bemerkte Xaver Baumberger und zwinkerte Oskar zu. »Wenn unsere Anna ihre Großmutter oben auf der Berghütte haben will, dann finden wir auch einen Weg, die alte Dame raufzubringen.«

Sie aßen und besprachen weitere Einzelheiten der bevorstehenden Hochzeit. Onkel Oskar machte sich Notizen. Später kam auch Toni von der Hütte herunter. Er verstand sich ebenfalls gleich gut mit Annas Onkel, der in seinen Augen das Familienoberhaupt der Zwirners war. Er besetzte quasi für ihn die Stelle des nicht vorhandenen Schwiegervaters. Sie redeten bis in den späten Abend hinein.

Anna und Meta ließen die drei Männer allein am Stammtisch und kümmerten sich gemeinsam um die Gäste und die Küche.

»Draußen hält ein Auto!«

»Das wird Tina sein.«

Anna band sich ihre Schürze ab. Sie warf sich ein wollenes Schultertuch um und ging hinaus.

»Grüß dich, Anna! Kann ich das Auto so stehen lassen?«

»Könntest du schon, mußt du aber nicht. Ich habe eine Stelle für dich.«

»Anna! Wirklich? Wo?«

»Bei der Trudel! Das ist die Sommerhalder-Bäuerin. Sie lebt mit ihrem Sohn allein auf dem Hof. Sie hatte eine schlimme Knieverletzung und sucht schon seit einiger

Zeit eine Hilfe für Haus und Hof. Ihren Sohn, den Friedel, hast du ja schon kennengelernt. Er hatte Toni geholfen.«

»Wann kann ich anfangen?«

»Ich kann dich gleich hinbringen, wenn du willst. Lange kann ich aber nicht bleiben. Ich habe drin Besuch, mein Onkel ist da. Er kann nur bis morgen früh bleiben.«

»Das verstehe ich doch. Dann willst du die Zeit nutzen. Es wird auch noch viel zu besprechen sein, wegen der Hochzeit. Ich werde ja niemals so etwas erleben. Aber ich wünsche dir ein besonders schönes Fest. Du hast es verdient, Anna.«

»Lehne das mal nicht so ab. So eine Hochzeit kann schneller kommen als man denkt. Wenn der Richtige da ist, dann kann's nicht schnell genug gehen, daß man vor den Traualtar tritt. Dann will man einfach zusammengehören, vor der Welt und auch vor Gott. So sagt der Toni immer.«

Gut, daß es dunkel war, so konnte Anna den Schatten über Martinas Gesicht nicht genau erkennen. Sie fühlte nur, daß sie einen Fehler gemacht hatte, so von ihrer Heirat zu sprechen. Martina wandte sich ab. Anna legte ihr die Hand auf die Schulter.

»Tut mir leid, Tina. Ich war taktlos. Ich wollte dich nicht verletzen.«

»Ich weiß. Ich bin nur etwas überempfindlich. Außerdem ist es ja meine Entscheidung, daß ich nicht heiraten will. Deshalb sollst du dich deiner Freude nicht schämen.«

Martina lächelte Anna an.

»Du mußt nicht mitkommen. Beschreibe mir den Weg.

Ich werde den Sommerhalder Hof schon finden. Ganz fremd bin ich ja nicht. Der Friedel hat mich ja schon gesehen.«

Anna erklärte Martina genau, wie sie fahren mußte. Sie konnte den Sommerhalder Hof nicht verfehlen, denn das schöne Waldkogel war nicht so groß.

*

Friedel Sommerhalder ging gerade über den Hof, als Martina ankam. Zuerst blinzelte er etwas verwundert in die Scheinwerfer des Autos. Dann stieg Martina aus.

»Guten Abend, Friedel.«

»Ach, du bist es, Tina! Komm rein! Meine Mutter wird sich freuen. Sie wartet schon ganz ungeduldig. Hast du Gepäck? Gib her!«

Martin gab Friedel ihre Reisetasche.

»Die anderen Sachen sind noch oben auf der Berghütte.«

»Die hole ich dir dann die Tage runter, Tina!«

»Danke, du mußt dir keine Mühe machen, Friedel. Ich bekomme das schon geregelt.«

»Das mußt du noch lernen, Tina. Wenn hier jemand sagt, daß er für jemanden etwas tun will, dann ist das so. Da ziert man sich nicht. Das ist vielleicht in der Stadt so, wo du herkommst. Hier ist das net so.«

Martina sagte dazu nichts. Sie ging um das Auto herum und holte ihren kleinen Kater. Mohrle hatte zusammengerollt auf dem Beifahrersitz geschlafen. Dann gingen sie hinein.

»Mutter, schau! Des ist das Madl, von dem die Anna gesprochen hat.«

Friedel stellte Martinas Reisetasche in die Küche und ging hinaus.

»Wo willst noch hin?« rief seine Mutter ihm nach.

Friedel öffnete noch einmal kurz die Küchentür.

»Ich mach noch meine Runde über den Hof. Dann bin i noch mit dem Leo verabredet.«

»Wirst sehen, mein Bub ist manchmal etwas sonderbar. Mach dir nix draus. Aber jetzt erst mal Grüß Gott. Willkommen auf dem Sommerhalder Hof. Setz dich!«

»Guten Abend, Frau Sommerhalder!«

Die Bäuerin lächelte.

»Nix da, Frau Sommerhalder! Sag Bäuerin zu mir oder Sommerhalderin. Setz dich und erzähl!«

Etwas unsicher ließ sich Martina auf dem Platz nieder, den ihr die Sommerhalderin zugewiesen hatte. Verkrampft und ängstlich saß sie auf der Eckbank.

»Oh, Madl! Bist ja ganz blaß!«

Die Bäuerin stand auf. Sie holte ein Schüsselchen mit Sahne.

»Setz dein Mohrle auf den Boden.«

Der kleine Kater schlabberte zufrieden den frischen Rahm.

»Hast auch schon zu Abend gegessen?«

»Ich bin nicht hungrig, danke.«

»Also hast noch nix gegessen. Ich hab' auch etwas Hunger.«

Die Sommerhalder-Bäuerin stellte Brot und Hausmacher Wurst auf den Tisch. Dazu gab es Bier.

»Schmeckt es dir?«

»Danke, sehr gut.«

»Die Wurst haben wir selbstgemacht. Nicht mehr alle Höfe schlachten selbst. Wir machen das noch. Jeder Hof hat so seine eigenen Rezepte für die Wurst. Das Rezept hab' i von meinen Schwiegereltern übernommen. Freut mich, wenn's dir schmeckt.«

Erst beim Essen bemerkte Martina, wie hungrig sie war.

»So, Madl, jetzt erzähl mal.«

»Da gibt es nicht viel zu erzählen.« Martina schaute die Bäuerin nicht an. »Ich mag die Berge, und ich würde gern so das nächste halbe Jahr hier arbeiten.«

»Hast du schon mal auf einem Hof gearbeitet?«

»Nein«, sagte Martina leise. »Ich werde mir aber Mühe geben. Es ist schwer, eine Arbeit zu bekommen hier in der Gegend.«

»Kannst kochen?«

»Ein bißchen.«

»Bist schon mal auf einem Bauernhof gewesen? Angst vor dem Viehzeug hast du nicht, oder?«

Jetzt mußte Martina lachen.

»Nein. Angst vor dem Viehzeug habe ich nicht. Im Gegenteil, ich mag Tiere, auch Kühe und Pferde und eben alles Viehzeug, was es auf einem Hof so gibt.«

Dann huschte wieder ein kleiner Schatten über ihre feinen Gesichtszüge. Martina rieb sich die Stirn, als wollte sie die Gedanken fortwischen.

»Ich wäre gern Tierärztin geworden. Aber meine Eltern waren dagegen. So habe ich Biologie fürs Lehramt studiert. Vielleicht finde ich ja einmal eine Arbeit in einem tiermedizinischen Institut, dann habe ich auch etwas mit Tieren zu tun. Aber das hat noch Zeit.«

»Aha, daher auch deine Liebe zu Mohrle. Also Viehzeug haben wir genug auf dem Hof. Der Friedel wird dich am Morgen gleich rumführen. Wir haben Milchkühe im Stall. Tagsüber kommen sie auf die Wiesen hinter dem Hof. Wir haben Schweine, Ziegen, Hühner, ein paar Gänse und Enten. Enten gibt's aber net so viele. Wir haben den Bach gestaut, zu einem kleinen Teich. Viele Enten können wir da nicht halten. Dann haben wir noch Hasen. Wir hatten auch einen Hund. Aber den haben wir letzte Woche einschläfern lassen müssen. Er war sehr krank. Des wär eine Quälerei gewesen für ihn. Der Friedel hat sich schon einen Welpen ausgesucht. Der Leo hat ihm den vermittelt. Die Hündin vom Förster hat geworfen. Da nimmt der Friedel einen Welpen. So ein Jagdhund ist ja kein richtiger Hofhund, hab' i ihm gesagt. Aber wenn der Friedel seinen Spaß daran hat, dann soll er den Hund haben. I weiß gar net, wann der Friedel den Hund holen will.«

Die Sommerhalderin dachte nach.

»Na, wir werden es schon erfahren. So, jetzt zu dir und der Arbeit. Der Friedel, der kümmert sich um den Hof und was das Viehzeug angeht, also die Kühe, die Schweine und so weiter. Ich hab' bis jetzt das Haus und den Garten alleine gemacht. Des ist zuviel für eine Person. Vor allem jetzt, wo ich jeden Tag was anderes im Garten ernten kann. Das muß eingemacht und eingelegt werden. Die Marmelade muß gekocht werden. Und ich trockne auch Früchte und Kräuter.«

Martina schaute sie mit großen Augen an.

»Ich habe noch nie eingekocht und weiß auch nicht, wie man Früchte und Kräuter trocknet.«

»Das lernst du schnell. Mußt keine Angst haben. Ich zeige dir alles. Wirst sehen, das macht Spaß. Zu zweit geht das viel besser als alleine. Ich freue mich hauptsächlich, daß i nimmer so allein bin. Trinken wir drauf.«

Sie stießen an. Martina nahm nur einen kleinen Schluck.

»Magst du kein Bier, Madl?«

Martina war verlegen.

»Das Bier ist ziemlich stark. Da will ich nicht soviel davon trinken.«

»Ich versteh, du bist das ja auch net gewöhnt.«

Die Sommerhalderin holte Martina Apfelbirnensaft.

Langsam, aber nur ganz langsam entspannte sich Martina. Die Bäuerin flößte ihr in ihrer mütterlichen Art Vertrauen ein. Die junge Frau erzählte von ihren Wanderungen und von den Tagen auf der Berghütte bei Anna und Toni.

Die Uhr auf dem Kirchturm schlug schon Mitternacht, als sie schlafen gingen. Martina hatte sich für die kleine Kammer neben der Küche entschieden. Sie war einfach eingerichtet. Ihr gefiel die Kammer, weil sie ein Fenster zum Hof hatte und Mohrle so gut ins Freie gelangen konnte.

*

Geräusche auf dem Hof weckten sie. Schnell machte sie sich fertig und ging hinaus. Friedel versorgte schon das Vieh.

»Deine Mutter ist noch nicht aufgestanden. Jetzt weiß

ich nicht, was ich machen soll. Kann ich dir etwas helfen?«

Friedel Sommerhalder musterte Martina von oben bis unten. Verlegen zog er seinen Hut ab und fuhr sich durch die Haare.

»I weiß net recht. Kannst ja mal zuschauen, wie i des mach'. Wenn du willst, kannst die Eier holen. Der Eierkorb steht dahinten. Da ist neben dem Hühnerstall so eine kleine Kammer, da wird auch das Futter für das Federvieh aufbewahrt. Die Tür mußt immer wieder fest zumachen. Die Viecher sollen sich auf der Wiese sattfressen im Sommer. Das Kraftfutter kriegen sie nur zusätzlich. Einmal hat jemand die Tür aufgelassen, das hat großes Chaos gegeben.«

Martina nickte nur und ging los. In dem Raum fand sie auch ein paar kleinere Gummistiefel. Sie zog sie an. Dann machte sie sich an die Arbeit. Wortlos und ernst sammelte sie die Eier ein, ließ die Gänse auf die Wiese, öffnete das Türchen des Entengeheges und schaute ringsum nach dem Rechten.

Als sie damit fertig war, ging sie in den Kuhstall. Friedel war schon lange mit dem Melken fertig und hatte die Kühe auf die Wiese getrieben. Er mistete den Stall aus. Martina griff nach einer Mistgabel und fing am anderen Ende des Stalls an. Sie sah nicht, wie Friedel sie heimlich anerkennend beobachtete.

»Danke, Martina. Den Mistkarren kannst stehen lassen. Das mach ich dann. Gehst jetzt Frühstück machen? Die Mutter ist auch schon auf.«

Martina sagte nichts. Sie wechselte die Schuhe und ging hinein.

»Guten Morgen, Bäuerin. Ich wußte nicht, was ich machen sollte. Da hab' ich Friedel geholfen.« Martina stellte die Eier ab.

»Ist schon recht so. Es war ein bissel spät mit uns zwei gestern abend. Da hab' i heute morgen verschlafen. Daran merk i, daß ich nimmer die Jüngste bin. Jetzt wird erst mal gefrühstückt. Dann zeig i dir alles im Haus.«

So geschah es dann auch. Die Sommerhalder-Bäuerin war nett und geduldig mit Martina. Martina gab sich große Mühe und fügte sich schon nach kurzer Zeit reibungslos in den Haushalt auf dem Sommerhalder Hof ein.

»Macht sich ganz gut, die Martina«, bemerkte Friedel, als er einmal mit seiner Mutter alleine war.

»Ja, das tut sie wirklich. Sie ist auch ein angenehmer Mensch. I denk' schon jetzt mit Bedauern daran, wenn sie wieder fortgeht. Doch da is nix zu ändern. Bis dahin wird mein Knie auch noch viel besser sein, dann muß es wieder alleine gehen. I merk des schon, daß die Martina da ist. Des ist doch eine Erleichterung.«

»Ja, des is es. I hab' auch den Eindruck, daß es ihr bei uns ganz gut gefällt. Hat sie schon was gesagt?«

»Naa, Bub! Des hat s' net. Des Madl, des spricht wenig. Sie is wirklich sehr still. Manchmal hab' ich den Eindruck, die is mit ihren Gedanken ganz weit fort.«

»I versteh' net. Der gefällt es doch in den Bergen so gut. Warum bleibt sie dann net für länger?«

»Des kann i dir net sagen, Friedel. Da mußt sie schon selbst fragen. Ja mei, die wird halt ihre Gründe haben. Des geht uns nix an. I bin froh, daß i eine Hilfe hab' und will s' net verärgern. Ihr Privatleben, des geht uns nix an. Warum bist du so interessiert?«

»Mei, Mutter! Weil i eben seh, daß sechs Hände mehr schaffen als vier Hände. Wenn's jetzt Feierabend is, dann sind wir fertig. Zum Abendläuten sitzen wir beim Abendessen, wie sich das gehört. Das gefällt mir schon. Es ist eben so, wie es sich gehört auf einem Hof. Ja mei, i hab' mich auch an die Tina gewöhnt. Sie hat eine liebe Art. I schätz das.«

Trudel Sommerhalder warf ihrem Sohn einen Blick zu. Sie machte sich ja auch so ihre Gedanken, Gedanken über die junge Frau, die sich so still und fleißig eingefügt hatte, als sei sie schon immer dagewesen. Sie machte sich so ihre Gedanken über ihren Sohn Friedel, der jetzt sah, wie es wäre, wenn eine junge Bäuerin auf dem Hof wäre. Sie hatte die verschlüsselte Botschaft ihres Sohnes schon vernommen. Er mochte Martina.

*

Es war Sonntag. Trudel Sommerhalder und ihr Sohn Friedel kamen aus der Kirche. Martina hatte inzwischen das Mittagessen gekocht. Es gab echt bayerische Leberknödel mit Kraut und Kartoffelbrei, dazu eine schöne Specksoße. Als Nachspeise hatte Martina einen Apfelstrudel mit Vanillesoße gemacht.

Die junge Frau war gerade dabei, den Tisch abzuräumen, als Friedel sie ansprach.

»Ich wollte heute nachmittag zum Forsthaus, den jungen Hund abholen. Hättest Lust, mit mir zu kommen, Tina?«

Die Sommerhalderin sah die Überraschung und die Angst in Martinas Augen, die Friedel schnell den Rücken zudrehte. Noch mehr überraschte sie es, daß ihr Friedel

Martina angesprochen hatte. Sie hätte gern etwas gesagt, hielt sich aber zurück.

»Na, wie ist's, Tina? Oder hast schon was anderes vor?«

Martina zögerte noch immer.

»Ich danke dir für die Einladung, Friedel. Ich habe für heute nachmittag nichts vor.«

»Das heißt, du kommst mit?«

»Nein, Friedel! Ich möchte nicht.«

»Warum? I denk, du magst Tiere, und es würde dir eine Freude sein, wenn i den jungen Hund hole. Na, genau kann i des eigentlich noch net sagen, daß i den holen tu. Vielleicht laß ich den Welpen noch eine Zeitlang bei der Mutter. I will auf alle Fälle mal zum Forsthaus. Du willst wirklich net mitkommen?«

»Es ist nicht so, Friedel, daß ich nicht will. Ich kann nicht.«

Ratlos schaute Friedel seine Mutter an.

»Kannst du mir das erklären, Mutter? Die Tina hat nix anderes vor. Sie will auch – aber sie sagt, sie kann nicht. Das verstehe, wer will.«

»Mei, das ist doch allein die Sach' von Tina. Die hat schwer gearbeitet die Woche. Vielleicht ist ihr des eben zuviel.«

»Genau das ist es, Friedel. Ich wollte mich etwas in den Garten setzen und lesen.«

»Mmm! Na, dann eben ein anderes Mal.«

Man konnte Friedel die Verstimmung und Enttäuschung ansehen. Er griff nach seiner Sonntagsjacke und seinem Sonntagshut mit dem großen Gamsbart und verließ kopfschüttelnd die Küche.

»Bäuerin, ich wollt den Friedel nicht verärgern. Er hat es bestimmt gut gemeint.«

»Des weiß ich doch. Mach dir keine Gedanken.«

Dann spülte Martina das Geschirr. Trudel trocknete ab. Die Bäuerin beobachtete Martina genau. Sie hatte wieder den Eindruck, daß diese mit den Gedanken ganz weit fort war.

*

Gertrud Sommerhalder war am Nachmittag zu einer Nachbarin gegangen. Es war still auf dem Bauernhof am Sonntagnachmittag. Martina saß mit einem Buch unter dem Apfelbaum im Garten hinter dem Haus. Sie versuchte zu lesen, konnte sich aber nicht konzentrieren. Immer wieder mußte sie an Friedels Einladung denken, ihn zum Forsthaus zu begleiten. Zu gerne hätte sie die jungen Hunde gesehen. Aber sie hatte es sich versagen müssen. Sie war jetzt schon einige Zeit auf dem Sommerhalder Hof. Ein paarmal hatte es Anspielungen gegeben. Die Bäuerin war im Anfang von den Nachbarinnen gefragt worden, ob die junge Frau Friedels neue Freundin war. Trotz der Beteuerungen Trudels verstummten die Gerüchte nicht. Martina dachte nach. Wußte Friedel von den Gerüchten? Wie stand er dazu? Wenn er es wußte, dann machte er sich nichts daraus. Jedenfalls nahm sich Martina vor, in Zukunft noch vorsichtiger zu sein. Je weniger man sie und Friedel zusammen sah, desto besser war es für Friedel. Sie wollte ihn nicht ins Gerede bringen. Es wäre einfacher, wenn ich mit ihm und Trudel über die Sache sprechen könnte, dachte Martina. Aber sie konnte es nicht. Sie hatte niemanden, dem sie ihren Kummer anvertrauen konnte. Sie fühlte sich so einsam und allein. Tränen rannen ihr über das Gesicht. Sie weinte still in ihr Taschentuch.

Dann hörte sie Schritte. Martina schaute auf. Friedel kam durch den Garten.

»Du weinst?«

»Unsinn! Ich habe etwas in die Augen bekommen.« Ihre Stimme klang hart. »Es sind so viele Vögel in der Baumkrone.«

Friedel sah sie prüfend an. Dann schaute er nach oben in die Krone und nickte.

»Kann i mich zu dir setzen?« fragte er etwas verlegen und drehte dabei den Hut in seinen Händen.

»Das ist der Garten des Sommerhalder Hofes. Da kann ich wohl schlecht nein sagen, oder?«

»Du bist recht scharf mit deinen Antworten, Tina!«

Er setzte sich und spielte weiter mit seinem Hut.

»Entweder du sprichst gar nix oder du versprühst Gift und Galle.«

Martina schaute ihn an und sah seine schönen braunen Augen. Mark hatte auch braune Augen und braunes Haar, genau wie Friedel.

»Es ist nicht meine Absicht, grob zu sein. Ich bin nur eine unverheiratete junge Frau, und du bist ein Junggeselle. Man könnte sehen, daß wir hier beide zusammensitzen. Das will ich aber nicht.«

»Da müßt' schon einer mit dem Fernglas schauen.«

Friedel legte seinen Hut auf die hölzerne Gartenbank. Er schaute sich um.

»Ich kann niemanden mit einem Fernglas sehen. Deshalb wolltest du nicht mit mir zum Forsthaus gehen? Hast Angst, daß uns jemand sieht?«

Martina schaute in ihr Buch. Sie las aber nicht. Sie konnte nicht lesen. Ihr Herz klopfte. Geschickt überging sie Friedels Frage.

»Was machen die jungen Hunde?«

»Gut geht's denen. Ich laß den kleinen Welpen noch bei der Mutter. Du hast aber meine Frage nicht beantwortet.«

»Kannst du dir nicht selbst die Antwort geben?«

»Liegt es an mir, daß du net mit mir gehen willst? Daß du Angst hast, dich mit mir zu zeigen?«

Martina schluckte. Ihr Hals war wie zugeschnürt.

»Nein, Friedel, es liegt nicht an dir. Ich will nur nicht, daß du wieder ins Gerede kommst. Deine Mutter hat mir die Geschichte erzählt, wie dich deine Braut hat sitzenlassen. Ich bleibe nicht für immer. Ich gehe wieder. Das war von vornherein klar. Die Bäuerin hat zwar allen erzählt, daß ich hier nur arbeite, aber ganz geglaubt wird es nicht.«

»Mich stört es nicht. Mußt da keine Rücksicht nehmen, Tina. Die Leute reden halt gern. Böse ist des net gemeint. Außerdem kann i mich doch auch wehren.«

Friedel griff wieder nach seinem Hut. Er war nervös.

»Ich habe mir gedacht, daß da doch nix dabei ist, wenn wir spazieren oder wandern gehen. Wir könnten auch mal an einem Samstag rauf zur Berghütte steigen und am Sonntagabend wieder zurückkommen. Wie wäre es?«

Martina schlug die Seite in ihrem Buch um. Friedel ließ nicht locker.

»Du arbeitest die ganze Woche. I hab' mir denkt, daß du die Berge so liebst. Warum gehst dann am Wochenende net wandern? Du sitzt nur im Garten mit deinen Büchern. Was liest du da?«

»Bergromane, die hat mir die Bäuerin ausgeliehen.«

»I weiß net, ob das ganz das Richtige ist für so ein nettes junges Madl, wie du es bist. I denk, ein Madl wie du, des liest Liebesromane.«

Martina warf ihm einen Blick zu.

»Liebe kommt auch drin vor, wenn es dich beruhigt.«

»So, Liebe kommt auch drin vor. Dann bin ich doch beruhigt.«

Der letzte Satz war Friedel mit soviel Ehrlichkeit über die Lippen gekommen, daß Martina doch überrascht war.

»So, du bist beruhigt, dann bist du vorher beunruhigt gewesen.«

»Ja, das war i. Aber jetzt denk i, daß du doch so bist, wie die anderen Madln auch.«

»Interessiert dich denn eigentlich, wie ich bin?«

»Ja, i hab' mir halt so meine Gedanken gemacht. Des darf ich doch, oder?«

»Ich kann dir nicht verbieten, dir Gedanken zu machen. Solange du sie mir nicht erzählst, ist alles in schönster Ordnung.«

»Schau, das war wieder so eine Spitze. Mein Gott, mit dir ist es schwierig!«

»Was ist schwierig, Friedel?« Martina atmete tief.

»Mei, das kann i dir sagen. Es ist sehr schwierig, sich mit dir zu unterhalten. Wie ich es auch mache, i mach's falsch. Warum kannst mit mir net reden, so wie du mit meiner Mutter redest? Ich hab' euch gehört. Wenn ihr zusammen seid, da tut ihr doch auch reden.«

»Hauptsächlich redet deine Mutter.«

»Des stimmt. Die is halt froh, daß sie jemand hat. I hätt' auch nix dagegen. I glaub', du hast doch was gegen mich, Tina.«

Martina seufzte tief.

»Friedel, ich hab' nix gegen dich, bestimmt nicht. Ich weiß nur, daß es nicht gut ist, wenn wir viel miteinander reden. Weil ich nicht hierbleibe, das weißt du doch.«

Friedel Sommerhalder lächelte.

»Du hast Angst, daß du dich an mich gewöhnen tust. Wenn du dann gehst, wird dir der Abschied schwerfallen. Is des so?«

Martina schaute ihn an.

»Denk, was du willst, Friedel. Ich weiß nur, daß ich wieder fortgehe und daß es besser so ist für dich. Friedel! Gut, reden wir offen.«

»Ich bitt' schön darum.«

»Also! Ich seh doch, wie du mir nachschaust. Du beobachtest mich, wo immer du nur kannst. Selbst deiner Mutter ist es aufgefallen.«

Friedel wurde rot vor Verlegenheit und Freude.

»Da bin ich aber froh, daß du des merkt hast. Ja, i seh dich halt gern, Tina.«

Martina nahm allen Mut zusammen und schaute ihm in die Augen.

»Friedel, gebe dich bitte keinen Hoffnungen hin. Ich gehe wieder. Dann wirst du enttäuscht sein. Es kann daraus nichts werden.«

»Gefalle ich dir net?«

»Friedel, darum geht es nicht. Es kann daraus nix werden. Ich will es so.«

»Ah, du bist einem anderen versprochen? Der wartet auf dich.«

»Nein, Friedel, auf mich wartet kein Mann. Es wird auch niemals ein Mann auf mich warten, weil ich es nicht will.«

In Gedanken formulierte Tina den Satz anders. Niemals mehr würde ein Mann auf sie warten. Das konnte sie ihm aber nicht sagen.

»Das kannst net wissen, Tina. Wenn du dich verlieben tust, dann kannst nix dagegen tun. Und wenn sich jemand in dich verlieben tut, dann kannst auch nix dagegen machen.«

»Ich werde mich aber nicht verlieben, Friedel!«

»Das ist gegen die Natur. Ich weiß das aus eigener Erfahrung. Als mir meine Braut weggelaufen ist, da hab' i auch gedacht, daß die Welt untergeht und i mich net mehr verlieben könnt. Doch dann bin ich drüber weggekommen. I denke, daß es gut war, wie es gekommen ist. Vielleicht hätten wir doch net so gut zusammengepaßt. Jetzt weiß ich, daß i mich wieder verlieben kann. I denke, daß i verliebt bin.«

Martina wurde verlegen. Sie schaute in ihr Buch, gab sich unbeteiligt.

»Schön für dich!«

»Verstehst net, was ich sagen will, Tina?«

Martina schwieg.

»Ah, du verstehst doch. Des ist gut so.«

Sie saßen nebeneinander und schwiegen. Dann plötzlich riß Friedel Martina das Buch aus den Händen und zog sie an sich. Ehe sich die junge Frau wehren konnte, drückte er seine Lippen auf die ihren. Martina versuchte sich zu befreien. Aber Friedel hielt sie mit seinen starken Armen fest. Sie spürte seine warmen Lippen auf den ihren, und aller Widerstand brach für einen Augenblick zusammen. Sie fühlte sich für den Moment geborgen und geliebt. Sie fühlte sich beschützt in seinen starken Armen.

»Tina, ich mag dich. Ich glaub, i hab' mich in dich verliebt.«

Seine Worte drangen an ihr Ohr. Martina schloß die Augen und wand sich aus seinen Armen.

»Friedel, bitte sage nichts mehr. Du darfst dich nicht in mich verlieben. Ich bin nicht die Richtige für dich. Bitte glaube mir.«

Friedel Sommerhalder schaute ihr in die Augen.

»Das kannst du nicht entscheiden. Nur i kann wissen, ob du des richtige Madl für mich bist. I hab' mich entschieden. Schon als ich oben auf der Berghütte war mit dem Leo und dem Martin, hast du mir gefallen. Mei, hab' i mich gefreut, als du auf den Hof gekommen bist.«

Martina traten die Tränen in die Augen. Sie wollte davonlaufen, aber Friedel hielt sie fest.

»Wovor hast du Angst? Warum wehrst du dich so, Tina? Ich fühl' doch, daß i dir auch gefalle. Sonst hätte der Kuß net so gut geschmeckt.«

Jetzt liefen Martina die Tränen über die Wangen.

»Es gibt im Leben Ereignisse, da kann man nicht so, wie man vielleicht will, Friedel. Ich bin frei und doch nicht so frei, wie du denkst. Wenn du mich ein bißchen magst, dann vergesse den Kuß. Ich kann deine Liebe nicht erwidern. Ich kann nicht bleiben. Ich werde wieder gehen. Du würdest unglücklich mit mir werden. Jetzt laß bitte meine Hand los.«

»Tina, ich verstehe dich nicht.«

»Das kannst du nicht verstehen, Friedel. Mich kannst du nicht verstehen. Das liegt aber nicht an dir – oder es liegt doch an dir, weil du ein Mann bist. Vergessen wir das Ganze, sonst muß ich früher gehen. Wenn du mir weiterhin nachstellst, dann reise ich ab.«

Friedels Griff lockerte sich. Er schaute sie traurig an.

Martina nahm ihr Buch und ging auf ihre Kammer. Sie legte sich auf das Bett und weinte sich in den Schlaf. Es war schon dunkel draußen, als sie aufwachte.

*

In der Küche saß Gertrud Sommerhalder und strickte an einer Trachtenweste.

»Hast lange geschlafen, Tina.«

»Es tut mir leid, Bäuerin. Habt ihr schon gegessen?«

»Nein! Der Friedel ist net da. Der hat mir einen Zettel hingelegt, daß er rauf auf die Berghütte ist. Er wird erst morgen wieder zurück sein. I hab' mit dem Essen auf dich gewartet. Setz dich!«

»Wenn der Friedel auf die Berghütte ist, dann kann er morgen früh nicht den Stall machen und die Kühe melken. Dann mache ich das, Bäuerin.«

»Wir werden das zusammen machen, Tina. Für dich allein is des zuviel. Tust sehr viel arbeiten, Tina. Selbst heute an deinem freien Tag hast du drauf bestanden, das Mittagessen zu kochen.«

»Das hat mir Spaß gemacht, Bäuerin. Wenn es nicht so wäre, hätte ich es nicht getan.«

»I weiß, Tina, i weiß! Trotzdem machst du zuviel. Du bist net von hier. Du bist die schwere Arbeit net gewöhnt. I will net, daß du krank wirst. Na, vielleicht ist es auch meine Schuld, daß ich dir zuviel zugemutet habe. Siehst richtig blaß aus die letzten Tage, Tina.«

»Mir geht es aber gut, Bäuerin. Mußt dir keine Sorgen machen.«

»Tina, ich bin eine alte Frau. Ich könnte gut deine Mutter sein. Weißt, ich war schon über dreißig, als ich hier als Magd auf den Hof gekommen bin. Dann hat das noch mal drei Jahre gedauert, bis ich Friedels Vater, den jungen Bauern, geheiratet habe. Jetzt ist der Friedel auch schon dreißig Jahre alt. Kannst dir jetzt ausrechnen, wie alt i bin. Mein Mann war viel älter als i, bald zwanzig Jahr. I dacht' mir, des macht nix. Sein Vater war noch mal zwanzig Jahre älter und noch rüstig und gut beisammen. Doch dann is mein guter Mann noch vor seinem eigenen Vater gestorben. Dann bin i dagestanden mit dem Friedel, dem großen Hof und einem alten Mann, der Pflege brauchte. Da bin i durch eine harte Schule des Lebens gegangen. Was i dir damit sagen will, Tina. I weiß Bescheid, daß es da drinnen ganz anders aussehen kann, wie es außen ausschauen tut. I hab' Lebenserfahrung – und i sag dir jetzt was. Wenn du mal Kummer hast, dann red' mit mir. I weiß zwar auch net auf alle Fragen eine Antwort, aber vielleicht hab' i ja eine Antwort, die dir helfen tut.«

Martina schaute die Bäuerin an und errötete.

»Du trägst doch einen stillen Kummer mit dir rum, Tina. Was ist es?«

»Da ist nichts, Bäuerin«, log Martina die Bäuerin an, ohne ihr dabei in die Augen zu schauen. »Mir geht es gut. Ich war vielleicht heute nachmittag zu lange in der Sonne. Deshalb habe ich so lange geschlafen. Sorgen brauchst dir keine zu machen. Es geht mir gut. Mir gefällt es auf dem Hof. Ich mache die Arbeit gern.«

Die Sommerhalder-Bäuerin sagte nichts mehr. Sie erinnerte sich an die Worte von Anna. Hatte diese damals nicht auch gesagt, daß sie so ein Gefühl hatte? Ein Gefühl, daß etwas mit Tina nicht stimmte. Die Bäuerin erkannte deutlich, daß Martina nicht glücklich war. Sie sagte nichts mehr, nahm sich aber vor, so bald wie möglich einmal mit Anna zu sprechen. Vielleicht wußte Anna doch mehr, als sie damals gesagt hat. Anna war im gleichen Alter wie Martina. Vielleicht gab es die Möglichkeit, daß Anna einmal mit Martina sprach.

*

Anna und Toni saßen zusammen mit dem Alois beim Abendessen, als Friedel auf die Berghütte kam. Er hatte einen hochroten Kopf und war durchgeschwitzt. Anna reichte ihm als erstes klares, kaltes Quellwasser.

»Das tut gut. I bin spät losgegangen in Waldkogel. Da mußt i mich beeilen. Is doch ein weiter Weg hier herauf zur Berghütte. Wollt net in die Dunkelheit kommen.«

»Setz dich, Friedel«, lud ihn Toni ein.

Anna legte noch ein Gedeck auf.

»Wir freuen uns, daß du uns mal besuchst. Sag mal, wie geht es Tina? Wie gefällt es ihr denn bei euch auf dem Hof? Ich habe gedacht, daß sie mal raufkommt.«

»Tina gefällt es gut. Meine Mutter ist ganz glücklich mit ihr. Die beiden verstehen sich gut. Die Tina ist nur a bissel komisch. Aus dem Madl werd i net schlau. Ich wollt sie heut mit ins Forsthaus nehmen. Sie ist aber net mit mir gegangen. Und wandern! Wandern tut sie auch net mehr. Entweder sie sucht sich Arbeit im Haus oder im Stall oder Garten. Tina ist immer beschäftigt. Auch dann, wenn sie ihren freien Tag hat wie heute. Des ist ein sonderbares Madl. Und mir geht sie aus dem Weg.«

Friedel trank einen Schluck Bier.

»Entweder spricht sie nix oder sie ist komisch. I weiß net, woran i bei ihr bin. Grob kann die sein, richtig grob.«

Antonius Baumberger lachte.

»I glaub, die Tina is in dich verliebt, Friedel«, bemerkte Toni.

»Des denk i auch. I hab' auch schon mit ihr darüber gesprochen. Heut! Aber da kam nix dabei raus. Nur Unsinn hat sie geschwätzt. Davon, daß es im Leben Situationen gäbe, da könnte man net so, wie man wollte und sie wollte mich nicht bloßstellen. Es wäre net gut für mich, wenn man uns zusammen sehen würde. Dann könnte i wieder zum Gespött der Leute werden, wie damals, als mir die Braut fortgelaufen ist. So ein Schmarrn! Und immer wieder betont sie, daß sie wieder geht. Sie muß gehen, des sagt sie immer wieder. Dabei bin i überzeugt, daß sie mich auch ein bissel mag.«

Es war ganz still in der Berghütte. Nur das Knistern des Feuers im Kamin war zu hören. Hilflos schaute Friedel in die Runde. Sie aßen weiter.

»I hab's daheim einfach nimmer ausgehalten. I dacht',

ich schau mal rauf. Die Tina war doch ein paar Tage hier oben. Könnt ihr denn nix über sie sagen?«

Toni und der alte Alois schauten Anna an.

»Mir kam es auch hier schon so vor, als bedrücke Martina ein stiller Kummer. Erzählt hat sie nichts. Sie war nur viel stiller als junge Frauen so sind. Ich meine im Vergleich zum Beispiel mit Sue, meiner Freundin, oder auch meinen alten Arbeitskolleginnen. Mußt Geduld haben, Friedel. Vielleicht wird das besser mit ihr.«

»Des glaub i net. I mußt ihr versprechen, daß i sie net mehr anschauen tu. So ein Schmarrn, wo wir doch unter einem Dach leben. Sie hat gedroht, daß sie sonst vorzeitig fortgeht.«

Friedel trank einige tiefe Züge aus dem Bierglas. Er wischte sich den Schaum von den Lippen.

»Leut', i will es euch sagen. Ich bin ganz vernarrt in die Tina. Des ist a prima Madl. Die hat eine ganze liebe Art. Wenn da net was wäre, was sie so komisch sein läßt, dann wär' des eine gute Sache mit uns. I lieb die Tina wirklich. Meine Mutter kann sie auch sehr gut leiden. I denk', daß sie auch ganz glücklich auf dem Hof ist. Sie macht ihre Arbeit richtig mit Hingabe und denkt mit, als gehöre sie zur Familie. Doch sie will von mir nix wissen. So sagt sie jedenfalls. Dabei bin ich mir sicher, daß sie mich auch sehr gut leiden kann. Da bin ich mir absolut sicher.«

»Was macht dich da so sicher?« fragte der alte Alois.

Verlegen gestand Friedel: »I hab' sie heute nachmittag im Garten einfach gepackt und geküßt. Zuerst hat sie sich gewehrt, doch dann hat sie sich einen Augenblick nicht mehr gewehrt. Danach hat sie geweint und gedroht, daß sie gehen tut, wenn ich mich ihr noch mal nähere.«

»Au weia! Des is ein sehr komplizierter Fall, Friedel. I bin froh, daß i net in deiner Haut stecke«, bedauerte der alte Alois Friedel Sommerhalder. »Da ist guter Rat teuer.«

»Ich werde die Tage mal bei euch vorbeikommen, Friedel«, sagte Anna. »Sag deiner Mutter, daß sie mich mit Tina allein lassen soll. Wann ist es eine gute Zeit bei euch?«

Friedel überlegte.

»Am besten am Nachmittag. Da ist die Tina meistens im Garten. Da kannst du gut mit ihr alleine sein.«

»Versprechen kann ich dir nichts, Friedel.«

»Des weiß ich doch, Anna. Is nett von dir, daß du versuchen willst, mir zu helfen. Danke!«

Sie saßen noch am Kamin zusammen. Eigentlich wollte Alois alte Geschichten von der Berghütte erzählen, aber es gelang nicht. Immer wieder kam das Gespräch auf Tina. Schließlich gingen sie schlafen. Friedel legte sich auf den Hüttenboden.

Anna lag noch lange wach und grübelte über Tina. Was konnte sie bedrücken? Warum wehrte sie sich so gegen Friedels Zuneigung? Würde Tina sprechen, wenn sie sie aufsuchte? Je länger Anna darüber nachdachte, desto unwahrscheinlicher erschien es ihr. Tina war kein Mensch, der sich leicht anderen öffnete. Nein, so konnte sie es nicht machen. Sie mußte Tina für ein paar Tage auf den Berg holen. Anna wußte auch schon wie. War Tina erst einmal hier oben, dann würde sich schon eine Gelegenheit ergeben.

Anna stand auf und schlich auf leisen Sohlen hinauf

auf den Hüttenboden. Sie mußte Friedel mehrmals an der Schulter schütteln, bis er wach war. Er hatte abends auch mehr als ein Bier getrunken.

»Friedel, hör zu! Ich habe mir überlegt, daß es besser wäre, wenn die Tina ein paar Tage zu uns auf die Berghütte käme. Sag deiner Mutter, daß ich fragen lasse, ob sie mir die Tina für ein paar Tage raufschicken kann. Sag deiner Mutter, ich hätte noch so viel vorzubereiten für die Hochzeit. Da wäre ich sehr froh, wenn Tina mir helfen könnte. Sonst brauchst deiner Mutter nix zu sagen.«

»Ja, mache ich. Gleich morgen bringe ich die Tina mit dem Traktor rauf, so weit ich komme, oder ich frage den Leo. Der ist doch oft mit dem Hubschrauber unterwegs. Vielleicht kann der die Tina rauffliegen.«

»Ja, das ist eine gute Idee, Friedel. Der Leo und seine Kameraden haben gesagt, sie bringen die Bierfässer rauf mit dem Hubschrauber. Sie wollen sicher sein, daß bei der Feier auch genug Bier oben ist. Der Toni hat ja alle zu einem Besäufnis eingeladen am Abend vor der Trauung.«

»I weiß, ich komme ja auch.«

»Gut, dann ist ja alles in Ordnung.«

Anna schlich wieder ins Bett und schlief dann gleich ein.

*

Am späten Nachmittag des nächsten Tages landete der Hubschrauber der Bergwacht mit Leo und dem Piloten vor der Berghütte. Freudig lief Anna hinaus.

»Tina wollte nicht fliegen, Anna. Es hat sie dann jemand mit raufgenommen bis oberhalb der Oberländer Alm, ein Wagen der Forstverwaltung. Sie muß bald da sein. Sie sagt, ihr würde übel im Hubschrauber.«

»Schade! Na ja, bis zum Abend wird sie da sein.«

»Schade war des für uns net. Da haben wir noch mehr Bier in den Hubschrauber reinbekommen.«

»Sag mal, wie schreibt ihr den Flug in die Bücher?« fragte Anna.

Leonhard Gasser lachte.

»Das war ein vorsorglicher Rettungsflug. Denn wenn nicht genug Bier auf der Hütte ist, dann kommt es zu einem echten Notfall.«

Anna schmunzelte und ging hinein, während Leo, Toni und der Pilot die Bierfässer ausluden.

Anna spielte mit Bello vor der Hütte, als Tina nach einer weiteren Stunde kam.

»Grüß dich, Tina! Vielen Dank, daß du gekommen bist.«

»Das mache ich doch gern. Außerdem bin ich gerne bei dir auf der Berghütte.«

»Lieber als unten in der Nähe vom Friedel?« fragte Anna ganz spontan.

Tina errötete und schaute auf den Boden.

»Hat Friedel etwas erzählt?«

»Sagen wir mal so. Besonders glücklich schien er nicht zu sein. Da dachte ich mir, ich hole dich ein paar Tage zu mir. Mußt mir nichts erzählen, wenn du nicht willst, Tina.«

»Ist etwas kompliziert mit dem Friedel«, sagte Tina leise.

»Komm erst mal mit rein. Ich habe dir deine Kammer

schon hergerichtet. Wirst müde sein vom Aufstieg. Bist ein bißchen blaß.«

»Ja, ich bin etwas erschöpft. Es ist doch ein weiter Weg herauf und ziemlich steil.«

Anna wunderte sich. Tina war doch eine gut durchtrainierte junge Frau. Sie kannte sich außerdem gut in den Bergen aus und hatte schon lange Wanderungen gemacht. Warum war sie so blaß und erschöpft?

Anna und Martina schnitten das Thema nicht mehr an. Martina war wie immer sehr still. Nach dem Abendessen ging sie gleich in ihre Kammer. Alois zog sich auch bald zurück.

Toni und Anna saßen noch alleine am Kaminfeuer und schauten in die Flammen. Toni hatte zärtlich den Arm um Anna gelegt.

»I glaub, i bin der glücklichste Mann unterm Himmelszelt.«

»Ich bin auch sehr, sehr glücklich, Toni.«

Sie küßten sich lange und innig.

»Ich freue mich auf unser gemeinsames Leben, Anna.«

»Ja, Toni. Wir werden es uns schön machen hier in den Bergen auf der Berghütte.«

»Anna, i hab' noch eine Überraschung für dich.« Er lächelte verlegen. »Eine richtige Überraschung is es net. Es ist ein Geschenk. I mein, es gehört dazu, wenn man heiraten tut. Mei Mutter hat auch so etwas gehabt in ihrer Aussteuer. Die hat des Ding dann meiner Schwester mit in die Ehe gegeben. Des is hier in den Bergen so Brauch. I hab' mir denkt, daß du so etwas net hast und auch net bekommen tust, so wie es eigentlich Brauch ist.«

Toni rieb sich verlegen das Ohrläppchen.

»I hab' mir denkt, daß i dir des dann schenk. Des ist zwar net so ganz üblich, daß es der Mann mit in die Ehe bringt. Aber i hab' mir denkt, daß es gut is, wen i hier die Tradition ein bissel – i mein – eh, es gehört dazu.«

Anna lächelt Toni zärtlich an und küßte ihn.

»Mußt nicht so verlegen sein. Ich habe schon mitbekommen, daß du in den letzten Tagen im Schuppen gewerkelt hast. Dabei hattest du die Tür abgeschlossen. Willst du mit mir nicht einfach rausgehen und es mir zeigen, statt lange Reden zu halten und dabei herumzustottern?«

»Des is net mehr draußen. I hab' des Ding schon reingestellt.«

Toni führte Anna in die große Kammer, die ihnen nach der Heirat als Schlafzimmer dienen würde. Durch die Versetzung der Wand war sie fast vierfach so groß wie die anderen Kammern. Sie war auch schon eingerichtet mit einem großen breiten Bauernbett, einem Schrank, zwei Kommoden und Nachttischen. Dann stand noch ein Tisch mit Stühlen drin und ein bequemer Schaukelstuhl, den Toni für Anna gezimmert hatte.

Toni zündete die Petroleumlampe unter der Decke an. Der milchige Lampenschirm mit seiner bunten Bemalung warf ein schönes warmes Licht.

»Da schau! Das ist für dich! Für uns!«

»Toni, die ist ja wunderbar!«

Anna schlang die Arme um Tonis Hals. Sie küßten sich innig und voller Sehnsucht. Dann traten beide neben die Wiege. Toni hatte eine große Wiege gebaut, in der man das Baby in den Schlaf schaukeln konnte. Den Kopfteil und den Fußteil hatte er bemalt mit Bergen und schönen

Landschaften. Auf den Seitenteilen hatte er Eisenbahnen gemalt.

»Die ist wunderschön, Toni. Ich habe nicht gewußt, daß du so schön malen kannst.«

»Der Alois hat mir dabei ein bissel geholfen. Des macht dir doch nix aus?«

»Nein, Toni. Ganz im Gegenteil, ich freue mich darüber.«

»Eine Matratze muß noch hinein und Kissen und eine Decke. Da kenn i mich als Mann net so aus.«

Anna drückte ihrem Toni einen Kuß auf die Wange.

»Laß dich mal überraschen.«

Anna ging zum Schrank und holte Bettwäsche hervor.

»Die hat mir deine Mutter geschenkt. Eine kleine Matratze ist auch dabei. Hast du ihr etwas davon erzählt, wie?«

»Ja, klar hab' i mit meiner Mutter drüber geredet. Sie hat auch die Idee gehabt mit den Zügen. I fand des gleich eine sehr gute Idee, wo wir zwei uns doch im Zug begegnet sind.«

Sie lagen sich in den Armen und küßten sich. Dann legten sie die Sachen in die Wiege. Meta hatte blau-weiße Bezüge genäht mit roten Volants an den Nähten. Das sah alles sehr frisch und lustig aus.

»Wollen wir die Wiege dort in die Ecke stellen, Anna?«

»Ja, da steht sie gut. Der Teil des Raumes eignet sich gut als Kinderstube.«

Toni strahlte.

»Weißt, ich hab deshalb unsere Kammer so groß gemacht. Wenn's denn so kommen sollte, dann passen auch mehrere Kinderbettchen rein. I denk' eben, daß es gut ist, wenn die Kinder bei den Eltern sind, solang sie noch so klein sind.«

»Das denke ich auch, Toni. Danke! Du hast mir damit eine große Freude gemacht.«

Liebevoll schaukelte Anna die Wiege hin und her.

»Unsere Kinder werden sich darin sicher geborgen fühlen und gut schlafen. Bist jetzt schon ein ganz fürsorglicher Vater.«

Toni nahm seine Anna wieder in den Arm und ihre Lippen fanden sich zu einem innigen langen Kuß, der alles sagte über Liebe, über die gemeinsame Zukunft und über ihren beiderseitigen Kinderwunsch.

Bevor sich Anna geraume Zeit später schlafen legte, lauschte sie noch einmal an der Tür zu Martinas Kammer. Es brannte noch Licht. Der schwache Schein fiel unter dem Türschlitz am Boden durch. Leise und vorsichtig öffnete Anna die Tür. Sie wollte das Licht löschen. Anna dachte, Martina sei eingeschlafen und hätte vergessen, die Lampe zu löschen.

Als Anna neben das Bett trat, sah sie die nassen Flecken auf dem Kopfkissen. Sie schaute sich Martina genauer an, die mit dem Gesicht zur Wand lag. Ihre Schultern zuckten.

»Martina, ich weiß, daß du nicht schläfst.«

Langsam drehte sich Martina um. Ihre Augen waren rot und verquollen von den Tränen, die sie geweint hatte.

»Tina, willst du mir nicht endlich erzählen, was mit dir los ist? Es ist schlimm für mich, in all meinem Glück dich so unglücklich zu sehen.«

Anna setzte sich auf den Bettrand und strich Martina über das Haar.

»Weinst du deiner verlorenen Liebe nach?«

Martina schüttelte heftig den Kopf.

»Es war keine Liebe, das weiß ich jetzt. Ich hatte mich geirrt. Ich hatte mir etwas vorgemacht, mich selbst belogen. Ich wollte raus aus dem Elternhaus, denke ich. Da habe ich mich an Mark geklammert. Dabei hat er mir nie gesagt, daß er mich liebt. Mark ist sehr sachlich. So dachte ich, daß es ihm schwerfällt, zärtliche Worte zu finden. Ich habe mich da in etwas hineingesteigert, wo in Wirklichkeit nichts war. Ich hatte mir eine Scheinwelt aufgebaut, in der Hoffnung, daß sich die Wirklichkeit dann meinen Wünschen anpassen würde.«

»So, Mark heißt er. Hat er sich von dir getrennt?«

Martina setzte sich im Bett auf und zog die Decke hoch bis zum Hals, als wollte sie darunter Schutz suchen.

»Nein, er hat sich nicht von mir getrennt. Ich habe mich getrennt. Ich bin einfach in die Berge gefahren, um Ruhe zu haben.«

»Das ist eine gute Idee.«

»Ich wollte allein sein. Ich wollte nachdenken, ohne dem Einfluß von Mark oder meinen Eltern ausgesetzt zu sein. Es geht doch um mein Leben, um meine Zukunft. Ich will nicht einfach verplant werden. Immer wurde mir gesagt, was ich zu tun oder zu lassen habe.«

Martina putzte sich die Nase.

»Ich bin dann gewandert und habe über alles nachgedacht. Es war so schön still in den Bergen. Ich hatte Zeit. Niemand drängte mich. Ich hatte mir alles so schön ausgedacht. Zuerst wollte ich arbeiten und noch etwas Geld sparen. Dann wollte ich eine kleine Wohnung suchen, weit weg von daheim und von meinen Eltern. Ich war mir sicher, daß ich allein zurechtkomme. Einfach würde es nicht werden. Aber andere schaffen es doch auch.«

Anna hörte nur zu. Sie unterbrach Martina in ihrem Redeschwall nicht.

»Ich habe einen Beruf. Ich kann Geld verdienen für uns.«

»Uns…«, wiederholte Anna in Gedanken. Das war es also! Sie ließ sich aber nichts anmerken.

»Ich habe gedacht, daß ich es geschafft habe, mich vor einem Mann zu schützen. Doch da ist jetzt Friedel. Er ist so ein Mann, wie ihn sich eine Frau nur wünschen kann. Fürsorglich ist er und häuslich. Sorgt sich liebevoll um Haus und Hof. So ein Mann war mir vorher nie begegnet. Es tut weh, zu erkennen, daß ich mich mit dem falschen eingelassen habe. Jetzt muß ich dafür büßen. Es war nur einmal nach einer Party. Ich weiß auch nicht, warum wir so leichtsinnig waren. Aber es ist alles meine Schuld. Ich hätte als Frau den kühlen Kopf bewahren müssen. Mark weiß von nichts. Es paßt nicht in seine Zukunftspläne. Ich habe ihn ausgefragt. Seine Antworten taten weh. Da sagte er auch, daß er noch nie an eine gemeinsame Zukunft gedacht hatte. Ihm genüge es, eine schöne Zeit zu haben mit mir. Das sagte mir alles. Meine Welt brach zusammen. Ich habe selbst Schuld. Es war nur eine Scheinwelt.«

Martina weinte wieder.

»Jetzt bin ich auf dem Sommerhalder Hof. Die Bäuerin ist so eine liebe Frau, voller Mütterlichkeit. Ach, wenn meine Mutter doch auch so wäre, dann könnte ich zu ihr gehen. Doch sie ist nicht so. Da ist Friedel! Warum habe ich ihn nicht früher kennengelernt? Ist das die Strafe für mein Vergehen?«

Anna strich Martina tröstend über das Haar.

»Friedel hat mich geküßt, einfach so. Er hat mich gepackt und an sich gerissen. In seinem Kuß lag so viel. Mark hat mich nie so geküßt. Heute weiß ich, daß es wirklich so war. Mark wollte nur eine schöne Zeit mit mir haben. Geliebt hat er mich nie. Friedel hat sich in mich verliebt. Ich darf ihn aber nicht lieben. Er darf sich nicht mit mir abgeben. Ich bin das, wozu ihr hier auf dem Land sagt, eine ledige Mutter.«

Martina machte eine Sprechpause. Sie holte tief Luft.

»Ich muß mir jetzt genau überlegen, wie es weitergehen soll. Ich kann nicht in Friedels Nähe bleiben. Auch der Sommerhalder-Bäuerin gegenüber wäre das nicht fair. Ich werde noch ein paar Tage hier auf der Hütte bleiben und dann abreisen. Das wird das Beste sein.«

Anna schüttelte den Kopf.

»Du kannst davor nicht davonlaufen, Tina. Wo immer du hingehst, es wird da sein. Deshalb kannst du auch hierbleiben.«

»Nein, das ist unmöglich, Anna!«

»Wann ist es denn soweit?«

»Das weiß ich nicht genau. Ich war noch nicht beim Arzt. Ich hatte mir nur in der Apotheke so einen Test geholt. Der war positiv. Am nächsten Tag habe ich dann mit Mark gesprochen.«

»Du hast es ihm aber nicht direkt gesagt?«

»Nein, ich habe ihm eine Geschichte erzählt. Ich sprach von einer Freundin. Seine Äußerungen waren niederschmetternd. Dann bin ich gleich anschließend in die Berge.«

»Es war gut, daß du in den Bergen Zuflucht gesucht hast.«

Anna schaute Martina liebevoll an.

»Anna, verurteilst du mich jetzt?«

Anna streichelte Martinas Wange.

»Nein, ich verurteile dich nicht. Du sollst dich auch nicht schuldig fühlen. Es war ja nicht deine Absicht, Mutter zu werden. Nun ist es aber so. Mutter zu sein, ist doch das Schönste, was einer Frau passieren kann. Jetzt bist du nicht mehr allein mit deinem Kummer, Tina. Ich werde dir helfen, wo immer ich kann. Dein Kind braucht ja auch eine Patentante. Wir finden schon eine Lösung. Wichtig ist, daß du jetzt nicht mehr weinst und verzweifelt bist. Das tut dem Kind auch nicht gut.«

Anna reichte Martina ein frisches Taschentuch.

»Das klingt alles so einfach, Anna, wie du es sagst.«

»Es ist einfach, wirst sehen. Du hast einen wunderbaren neuen Lebensmittelpunkt erhalten. Ich bin mir sicher, daß du eine ganz wunderbare Mutter sein wirst.«

Martina wurde es ganz warm ums Herz. Annas Güte und Beistand überwältigten sie. Sie drückte Anna fest die Hand. Erneut kämpfte sie mit den Tränen.

»Du sollst nicht weinen, sondern lachen und dich freuen, Tina. Das mag für dich vielleicht sonderbar klingen. Aber ein Kind ist immer ein Grund zur Freude. Es gibt so viele, die dich um deine Mutterschaft beneiden und alles tun würden, um Mutter zu werden. Alles wird gut werden, Tina. Die Berge haben dich hierhergeführt auf die Berghütte zu Toni und mir. Jetzt mußt du erst einmal schlafen, Tina. Schlaf dich aus. Morgen reden wir.«

»Es wäre alles viel einfacher, wenn ich Friedel nicht begegnet wäre«, sagte Martina leise.

Sie war erschöpft. Anna kümmerte sich so um Martina, als wäre sie ein Kind. Anna saß am Bett und hielt Martinas Hand. Leise, ganz leise sang sie Wiegenlieder. Lieder, die Mütter ihren Kindern singen, um ihnen die Angst vor der Dunkelheit zu nehmen, Lieder voller Schönheit, Liebe und Geborgenheit. Geborgenheit für sich selbst, das war es, was Martina jetzt am meisten benötigte.

Erst als Anna sicher war, daß Martina fest schlief, ging sie hinaus und schloß leise die Tür.

*

Als Martina am nächsten Tag aufwachte, war es schon nach Mittag. Die Tür zu ihrer Kammer stand offen. Bello lag quer im Zimmer und bewachte sie. Mohrle lag zwischen den ausgestreckten Vorderpfoten und schlief. Bello hatte gesehen, daß Martina aufgewacht war. Zuerst schnupperte er an Mohrle. Dann klopfte er mit dem Schwanz auf den Fußboden. Das Geräusch weckte den kleinen Kater doch. Er stand auf und machte einen Buckel. Dann sprang er auf das Bett und kuschelte sich am Fußende des Bettes zusammen. Erst jetzt stand Bello auf.

Anna erschien in der Tür.

»Guten Morgen, Martina! Hast du gut geschlafen?«

»Tief und traumlos. Ich kann mich jedenfalls nicht an einen Traum erinnern. Vielleicht hatte ich Alpträume. Gut, daß ich mich nicht daran erinnere, das Leben ist schon ein einziger Alptraum. Ich habe jedenfalls Kopfschmerzen.«

»Willst du Tabletten?«

»Nein, laß. Keine Pillen! Ich trage ja jetzt Verantwortung.«

Anna lächelte Martina an.

»So gefällst du mir schon viel besser. Kommst du zum Frühstück?«

Martina stand auf und schaute in den Spiegel.

»Ich sehe ja schrecklich aus.«

»Keine Sorge! Das geht bald weg. Wasch dein Gesicht mit kaltem Wasser und lege dir auch für ein paar Minuten einen nassen Lappen auf die Augenpartie. Dann wird es schnell besser. Die Kopfschmerzen lassen auch nach. Ich gehe jetzt und setze Kaffee auf. Du weißt ja, daß hier auf der Hütte alles von Hand gemacht wird. Kommst dann? Ich decke den Tisch vor der Berghütte auf der Terrasse. Die Sonne scheint so wunderschön.«

»Was werden sich Alois und dein Toni denken, wenn sie mich so sehen?«

»Erstens kannst du eine Sonnenbrille aufsetzen. Zweitens sind die beiden nicht da. Sie sind runter zur Oberländer Alm. Toni hat da noch Dinge zu regeln wegen unserer Hochzeit. Ich habe auch noch etwas vor. Also beeile dich.«

Etwas später saßen die beiden Frauen auf der Terrasse. Von den Bergen herunter wehte ein sanfter Wind. Anna ließ Martina essen. Sie griff zu. Es schmeckt ihr endlich, dachte Anna. Gestern abend hatte sie noch lustlos im Essen herumgestochert. Ja, der Kummer hatte ihr alles zugeschnürt, so daß sie keinen Bissen hinunterbekommen hatte.

»Dein selbstgebackenes Brot ist ein Gedicht. Du mußt mir zeigen, wie du das machst.«

Satt und zufrieden lehnte sich Martina zurück.

»Werde ich! Aber zuerst müssen wir die anderen Dinge regeln. Also! Dir ist es doch angenehm, wenn ich mich um dich kümmere?«

»Anna! Ich habe nur dich!«

»Gut. Du wirst dich jetzt noch einige Tage hier ausruhen. Wir reden auch nicht mehr viel darüber. Was passiert ist, ist passiert. Jede Zeugung ist ein Wunder der Natur und ein Geschenk des Himmels. Vater hin oder Vater her! Ich habe dich so verstanden, daß du das Kind auf jeden Fall bekommen willst.«

»Ja, das will ich!«

»Du solltest dann bald einen Arzt aufsuchen. Mir ist klar, daß du nicht zu Martin gehen willst. Ich werde mich bei Meta erkundigen, wo in den Nachbargemeinden ein guter Doktor ist.«

Martina bekam sofort große ängstliche Augen.

»Keine Sorge! Ich werde Meta nichts erzählen.«

Anna lachte.

»Was gibt es denn zu lachen?«

»Meta wird vielleicht denken, daß ich schwanger bin. Schließlich bin ich ja schon längst mit Toni zusammen auf der Berghütte. Aber fragen wird sie nichts.«

Anna schmunzelte.

»Auch wenn meine Kammer ebenerdig ist, aber gefensterlt haben wir schon, du verstehst?«

Da mußte Martina auch lachen.

»Also, dann gehst du zum Arzt. Vielleicht war die ganze Aufregung umsonst und du hast nur eine Hormonstörung. Solltest du aber wirklich schwanger sein, dann weißt du es.«

»Das sehe ich ein.«

Anna schenkte Martina noch einmal Kaffee nach.

»Das ist Malzkaffee, kein Bohnenkaffee, also für Schwangere geeignet.«

Anna stellte die Kaffeekanne hin und schaute Martina in die Augen.

»Ich habe nachgedacht. Es wäre doch Unsinn, wenn du ganz allein in der Stadt wärst mit deinem Kindchen. Warum bleibst du nicht hier in Waldkogel?«

»Hier?« wiederholte Martina überrascht.

»Ja, hier. Dir gefallen die Berge. Du bist hier glücklich. Auf dem Sommerhalder Hof ist genug Platz für dich und dein Kind. Ich bin mir sicher, daß du in der Bäuerin eine gute Ersatzoma bekommst.«

Martina schaute Anna ungläubig an.

»Schau nicht so! Natürlich mußt du es ihr sagen. Und mit dem Friedel solltest du auch reden. Irgendwann kannst du es doch nicht mehr vertuschen. Außerdem gibt es nur zwei Möglichkeiten: Entweder die Bäuerin sagt ja oder nein. Was den Friedel betrifft, dann weiß er auch Bescheid.«

Martina seufzte.

»Du mußt ja nichts überstürzen. Erst bleibst du noch ein paar Tage hier. Dann gehst du zum Arzt. Danach wird es Zeit, mit der Bäuerin zu sprechen und mit Friedel. Dann sehen wir weiter. Gleich, was passiert, wir stehen dir bei. Wenn du nicht auf dem Sommerhalder Hof bleiben kannst, dann finden wir eine andere Lösung. Außerdem ist es besser, wenn dein Kind hier aufwächst in den schönen Bergen. Hier in klarer Bergluft kann es besser groß werden als in der Stadt.«

»Die Stadt ist anonymer.«

»Stimmt schon! Aber die Zeiten haben sich auch geändert. Sogar hier in den Bergen. Das habe ich selbst erlebt. Ich bin eine Zugereiste. Das wäre früher ein Problem gewesen. Ich bin auch nicht katholisch. Das wäre früher auch ein Problem gewesen. Bei aller Tradition bin ich hier viel Toleranz begegnet. Ich wurde mit offenen Armen aufgenommen. Die Waldkogler sind noch eine wirkliche Gemeinschaft. Klar wird geredet, und jeder gibt seine Meinung dazu. Doch wenn es darauf ankommt, dann halten alle zusammen. Ich bin mir sicher, daß dir niemand Steine in den Weg legt. Unser Bürgermeister ist glücklich über jeden neuen Bürger, da es viel weniger Kinder als früher gibt. Wirst sehen, es ist sehr viel einfacher, das Kind hier großzuziehen.«

»Das klingt alles so einfach aus deinem Mund, Anna.«

»Es ist einfach, Martina. Wichtig dabei ist, daß du deine Schuldgefühle abwirfst. Sie helfen dir nicht weiter. Sei eine selbstbewußte und glückliche Mutter!«

Martina sagte nichts. Sie betrachtete das wunderbare Bergpanorama, aus dem die Gipfel des ›Engelssteig‹ und des ›Höllentor‹ herausragten. Der blaue Himmel wölbte sich wie ein Baldachin darüber. Die Schneefelder glitzerten in der Sonne.

»Es ist so friedlich hier. Eigentlich möchte ich hier nicht mehr fort. Die Berge sind wie eine schützende Wand gegen die böse Welt da draußen. So empfinde ich es im Augenblick. Es scheint alles so klar und einfach zu sein, Anna.«

»Das ist es auch, Martina. Höre auf dein Herz! Wenn du hierbleiben willst, dann bleibe hier. Einen besseren

Ort wirst du nicht finden. Glaube mir! Nicht von ungefähr heißt der Gipfel ›Engelssteig‹. Wir haben Flecken, die tragen seit Jahrhunderten Namen wie ›Paradiesgarten‹ und ›Engelsplatz‹. Ich bin sicher, daß das nicht nur durch die wunderschöne Natur kommt. Die Menschen hier haben auch Herz. Jemanden, der in Not ist, lassen sie nicht fallen, auch wenn das oft rauh klingt, was sie sagen. Sie meinen es herzlich und sind weich. Sie haben wirklich ein weiches Herz, das sie versuchen, hinter einer rauhen Schale zu verbergen.«

»Du liebst diesen Flecken Erde und ihre Menschen wirklich, Anna. Deine Augen strahlen, wenn du von ihnen sprichst.«

»Ja, Martina, das tue ich. Waldkogel, die Berge, die Berghütte, das habe ich mir als meine neue Heimat gewählt. Hier werde ich leben. Hier werden Toni und ich unsere Kinder aufziehen. Mögen wir reichlich mit Kinder gesegnet sein, wie man hier sagt. Hier möchte ich alt werden und meine letzte Ruhe auf dem Gottesacker bei der Kirche finden.«

Anna schaute Martina tief in die Augen.

»Ich weiß, daß du dir das auch wünschst und hier in den Bergen Zuflucht gesucht hast. Ich bin mir sicher, daß dir Zuflucht gewährt wird. Nur, du mußt den ersten Schritt tun.«

»Ich werde darüber nachdenken, Anna.«

»Nachdenken ist nicht genug, Tina! Du mußt handeln. Nimm Bello und gehe die Tage, die du hier oben bist, wandern. Er wird dich beschützen und immer wieder zurück zur Hütte bringen. Kannst ja langsam machen. Überanstrenge dich nicht und trink auch immer schön viel. Dann suchst du dir irgendwo ein schönes Plätzchen. Du setzt dich hin und freust dich einfach an dem Wunder der Natur und der Schönheit der Berge. Dann wirst du Kräfte sammeln. Da bin ich mir ganz sicher. Du wirst den richtigen Weg finden für dich und dein Kind.«

Martina nickte und sagte leise:»Ich will es probieren.«

»Gut so! Dann muß ich dich jetzt allein lassen, bis heute abend, vielleicht. Ich vertraue dir die Berghütte an. Sollten Wanderer kommen, dann kannst du sie aufnehmen. Der Toni und der Alois werden am Nachmittag zurück sein. Bis es dunkel wird, bin ich auch wieder da. Ich muß runter ins Dorf. Meine Liste wegen der Hochzeit ist noch so lang.«

Anna machte mit den Armen eine weitausholende Geste.

»Wenn ich dir helfen kann, dann gerne, Anna. Was soll ich tun?«

»Kannst ein schönes Abendessen für uns machen, wenn du magst. Der Friedel hat gesagt, daß du gut kochen kannst«, behauptete Anna.

Martina wurde verlegen.

»Wenn ich gekocht habe auf dem Sommerhalder Hof, sagte der Friedel immer extra, daß es ihm geschmeckt habe. Wenn seine Mutter gekocht hat, sagte er nichts.«

»Das ist doch schön, Martina, der Friedel hat sich wirklich in dich verliebt. Du mußt ihm irgendwann sagen, warum du seine Liebe nicht annehmen kannst und willst. Er versteht es nämlich nicht. Er ist der festen Überzeugung, daß du ihn auch liebst. Das spürt er. Da kannst du ihn einfach nicht belügen.«

»Ja, es stimmt. Ich habe mich in den Friedel verliebt.

Wenn ich vorher nicht Mark begegnet wäre, mit den Folgen, die es hatte, dann wäre ich wohl in Friedels Arme geflogen.«

»Ich verstehe. Du mußt Klarheit schaffen zwischen euch. Sage es ihm, bevor er es sieht.«

»Ich werde sehen. Einfach wird es nicht sein. Aber er muß wahrscheinlich wissen, woran er ist.«

Anna zog ihren Rucksack über. Sie nahm Martina fest in den Arm und verabschiedete sich von ihr. Dann ermahnte sie Bello, gut auf die Freundin zu achten. Martina stand vor der Hütte und schaute Anna nach, bis sie sie nicht mehr sah.

*

Anna besuchte Meta und Xaver Baumberger. Sie standen auf dem Hof und verabschiedeten ihre Tochter Ria. Sie war mit ihren Kindern für einen Kurzbesuch vorbeigekommen.

»Anna! Anna!« stürmten Roman und Elke auf Anna zu.

»I hab' euch gesagt, daß des Tante Anna heißt. Die Anna heiratet euren Onkel Antonius. Dann ist sie eure Tante.«

»I weiß doch, Mama!« schmollte der siebenjährige Roman.

»I weiß des auch, Mama! Dann streuen der Roman und i Blumen in der Kirche, lauter schöne Blumen aus dem Garten von Oma Meta.«

»Ja, genau so macht ihr das, Elke! Was bin ich stolz, so zwei liebe Kinder als Nichte und Neffe zu bekommen.«

Anna umarmte zuerst die Kinder, die wie Kletten an

ihr hingen und dann Maria, die jüngere Schwester von Toni, die Ria gerufen wurde.

»Das trifft sich gut, daß ich dich sehe, Ria. Ich hab' etwas mit dir zu bereden.«

Anna griff in die Tasche ihrer Lederhose und holte einige Münzen hervor.

»So, ihr geht euch jetzt ein Eis holen oder Bonbons. Ihr paßt aber schön auf die Autos auf. Du, Roman, nimmst deine kleine Schwester an der Hand.«

Die Kinder zogen los. Meta und Xaver sahen, daß Anna allein mit Maria sprechen wollte. Sie gingen schon ins Haus. Vom Fenster aus sahen sie, daß die beiden Frauen sich angeregt unterhielten. Leider waren die beiden Kinder schneller zurück als erwartet.

»Gut dann, Anna! Ich habe nix dagegen, daß du die Sachen ausleihst. Wenn jemand in Not ist, da muß man helfen. Ich werde alles zusammenpacken. Du mußt mir dann nur sagen, wo i es hinbringen soll.«

»Das mache ich dann. Habe erst mal vielen Dank, Ria.«

*

Die Kinder krabbelten auf die Rückbank des Autos und schnallten sich an. Maria stieg ein und fuhr los. Anna winkte ihnen nach. Dann besuchte Anna kurz ihre zukünftige Schwiegermutter.

»Gestern hat mir der Toni die Wiege gezeigt, die er gemacht hat. Sie steht schon in unserem späteren Schlafzimmer. Du mußt mal raufkommen und sie dir anschauen. Die Sachen, die du genäht hast, sehen einfach herzig aus. Danke dafür, Meta. Die Malerei auf den Seitenteilen gefällt mit besonders. Toni hat mir gesagt, daß es deine Idee war.«

»Net ganz«, sagte Xaver. »I hab' da auch was dazu getan.«

»Dann danke ich dir auch schön, Xaver.«

Anna hauchte ihrem zukünftigen Schwiegervater ein Busserl auf die Wange. Er rieb sich verlegen die Backe.

»Is doch a lieb Madl, die Anna. Meinst net auch, Meta?«

Dann verzog sich Xaver schnell.

»Der Xaver is ganz stolz auf dich, Anna«, flüsterte Meta Anna zu.

»Ich mag ihn auch gut leiden und dich auch, Meta. Das wollte ich dir schon immer sagen. Wir sind nur so selten allein, wir zwei. Ich habe mich damals gleich so aufgenommen gefühlt von dir. Es war wunderbar, wie du mir gesagt hast, daß ich immer willkommen sei. Ich bin ja ohne Mutter aufgewachsen. Ich bin glücklich, dich als Schwiegermutter zu bekommen.«

»Schwiegermütter sind gar net so bös, Anna. Wenn sie es sind, dann sind sie dumm. Sie sollten sich doch freuen, wenn ihre Söhne gute Frauen haben und sie die Buben gut versorgt und geliebt wissen. Das net all so sind, das weiß ich auch. Verstehen tu i des aber net.«

Anna plauderte noch etwas mit Meta und erfuhr bei dieser Gelegenheit auch den Namen eines zuverlässigen Arztes in der Nähe. Dann machte sie sich auf und besuchte den Sommerhalder Hof.

*

»Mei, was für ein netter Besuch! Die Anna! Sag, is die Tina gut angekommen bei euch auf der Berghütte?«

Anna war gerührt, daß die erste Sorge der Bäuerin Martina galt, noch bevor ein ›Grüß Gott‹ über ihre Lippen gekommen war.

»Grüß Gott, Trudel! Ja, der Tina geht es gut.«

Gertrud Sommerhalder stellte das Bügeleisen ab. Sie bot Anna einen Sitzplatz an und machte Kaffee. Kuchen hatte sie auch. Es war ein Kirschenpolster mit Kirschen aus dem Garten. Anna ließ sich den Kuchen schmecken.

»Der schmeckt aber gut.«

»Den hat die Tina gebacken. Das Madl ist eine Perle. So fleißig und brav. I hab' denkt, daß es so etwas heut' gar net mehr gibt.«

Anna schaute die Bäuerin ernst an.

»Es is was mit der Tina! Das seh ich dir an, Anna.«

»Ja.«

»Das hab' i mir gleich denkt, daß mit dem Madl was net stimmt. Die hat doch einen großen Kummer. Hat sie dir etwas erzählt? Bist du deswegen vorbeigekommen?«

»Du bist eine gute Menschenkennerin, Trudel. Dir kann man so leicht nichts vormachen.«

»So is es net ganz. Die Tina, die schweigt. Dabei kann i doch sehen, daß es dem Madl net gut geht. Seit Sonntag is der Friedel auch so mürrisch und wortkarg. Ob die beiden gestritten haben? Der Friedel sagt auch nix.«

Anna holte tief Luft.

»Trudel! Neulich hat der Pfarrer Zandler so eine schöne Predigt gehalten. Es ist schon ein paar Wochen her. Da war ich an einem Sonntag mit dem Toni bei seinen Eltern. Da sind wir morgens zum Gottesdienst, die Meta und ich.

Der Pfarrer hat ja so schön gepredigt. Es ging dabei um ein Bibelwort. Ich bin nicht sehr bibelfest. Da war so ein Spruch von wegen Anklopfen und Auftun.«

»Ich erinnere mich, Anna. Das war eine wunderschöne Predigt. Der Pfarrer predigt ja immer schön. Aber an die Predigt, da erinnere ich mich auch.«

»Ja, und deshalb bin ich da. Ich habe meine Zweifel, ob es die Martina schafft, auf dem Sommerhalder Hof anzuklopfen. Ich habe ihr zwar ins Gewissen geredet und kann nur hoffen, daß es hilft. Ich weiß auch nicht, ob ich mich jetzt in Dinge einmische, die mich nichts angehen. Aber ich weiß, welchen Kummer die Martina hat. Ich weiß auch, warum sie wieder fort will. Ich denke, daß das nicht gut wäre. Vielleicht kannst du ihr helfen. Du magst die Tina doch?«

»Das Madl ist mir richtig ans Herz gewachsen. I helf gern, wenn i kann. Was muß i denn da tun?«

»Vielleicht könntest du der Martina die kleine Wohnung im Altenteil vermieten. Die steht ja leer. Sie könnte dann weiter auf dem Hof arbeiten, vielleicht nicht mehr soviel wie jetzt. Doch für dich wäre es auch von Vorteil. Sie würde dann dableiben.«

»Das würde mich freuen. I glaube, den Friedel würde es auch freuen.«

»Das ist das Problem, Trudel. Unser Gespräch sollte unter uns bleiben. Wenn die Martina dich anspricht, dann darf sie auch nicht merken, daß ich mit dir gesprochen habe. Wirst gleich selbst ermessen können, warum.«

Erwartungsvoll sah Trudel die Anna an.

»Also, Anna, red schon! Hast mein Wort.«

»Martina ist schwanger.«

Gertrud Sommerhalder schaute Anna lange an und sagte dann leise. »Jetzt verstehe ich einiges. Das arme Madl. Hat der Bursche sie sitzenlassen?«

»Nein! Martina hat erkannt, daß er nicht der Richtige ist. Soviel wie ich verstanden habe, weiß er auch nicht, daß er Vater wird. Außer mir und jetzt dir weiß es niemand. Das Elternhaus scheint schwierig zu sein. Martina steht ganz alleine da. Deshalb wollte sie Geld verdienen, um sich dann in der Stadt eine kleine Wohnung zu suchen. Ich habe versucht, ihr das auszureden.«

»So, so! Des ist es! Deshalb is die Tina so verschlossen.«

Die Sommerhalder-Bäuerin dachte nach. Sie war eine praktische Frau und stand mit beiden Beinen auf dem Boden.

»Des kann passieren. Des hat's schon immer gegeben und wird's immer geben, solange es Menschen gibt. Heut' sag ich dir, Anna: Es is besser, sie heiratet den Lump net.«

»Ich weiß nicht, ob er ein Lump ist. Das mußt du die Tina selbst fragen. Ich will nicht zuviel erzählen. Ich denke, daß die Martina ihr Kind auch ohne Vater großziehen kann. Sie schafft es bestimmt mit ein bißchen Hilfe. Ich habe eben mit der Maria, der Schwester vom Toni, gesprochen. Die hat ja zwei Kinder. Der Roman ist sieben Jahre und die Elke vier Jahre. Sie hat noch alle Baby- und Kindersachen. Sie will sie mir geben, weil ich doch heirate – und der Toni und ich wollen auch Kinder. Bis ich die Sachen brauche, kann sie die Tina benutzen. Dafür ist also schon einmal gesorgt.«

»Des is gut. Komm mal mit, Anna!«

Die Sommerhalder-Bäuerin führte Anna auf den Speicher des alten Bauernhauses.

»Schau, da steht noch die alte Wiege. Darin hat mein Bub gelegen, sein Vater und davor sein Großvater und alle die vorhergehenden Generationen. Die kann sie nutzen. Wann ist es denn soweit? Im wievielten Monat ist die Tina?«

»Das weiß ich nicht genau. Ich schätze, am Ende des zweiten Monats. Ich schicke sie jetzt auch zum Doktor.«

Sie trugen die Wiege zusammen herunter und stellten sie in die Scheune.

»I werde die saubermachen und Bettzeug reintun.«

»Dann hast du nichts dagegen, daß die Martina bleibt?«

»Des Madl braucht ein Dach über dem Kopf für sich selbst und sein Kind. Was wäre ich für eine Mutter, wenn ich einer anderen Mutter nicht helfen tät. Gerade der Tina helfe ich gern. Das arme Madl. Warum hat es denn nix gesagt? Ich hab' doch gesehen, daß es ihr net gut geht. Blaß is des Madl, so blaß.«

Sie schüttelte den Kopf.

»So ein armes Ding, so ein armes Madl. Die muß mehr essen und Rotebeetesaft trinken. Des ist gut für Schwangere. Ich werde mich um das Madl kümmern. Ich mag Kinder gern, sehr gern. I hätt' gern mehr Kinder gehabt. Aber mein guter Mann – Gott hab' ihn selig – war vielleicht schon zu alt. So habe ich nur meinen Buben. Der hat mir bis jetzt auch keine Enkelkinder gebracht. I freue mich schon auf das Kleine. Des kannst der Tina sagen. Mein Knie ist auch besser. Ich kann wieder ganz gut laufen.«

Anna lächelte. Sie sah die Freude und die mütterliche Sorge um Martina in den Augen von Trudel.

»Vergiß nicht, Trudel, die Martina weiß nicht, daß ich mit dir gesprochen habe.«

»Ja, des stimmt. I denk dran. Wann meinst, daß die Tina mit mir darüber reden will?«

»Ich denke bald. Ich behalte sie noch ein paar Tage auf der Berghütte. Dann bringe ich sie zum Doktor und gleich danach liefere ich sie hier bei dir ab.«

»Des is gut so! Ich hoffe, daß sie sich gut erholt. Ich wünsche ihr, daß sie Ruhe und Frieden findet für ihr armes Herz voller Leid.«

Die beiden Frauen schwiegen und dachten an Martina.

»Da ist noch etwas, was du wissen solltest, Trudel. Auch das geht mich eigentlich nichts an. Doch der Friedel war ja bei uns auf der Berghütte am Sonntag. Er wollte mit mir und Toni über die Martina sprechen. Du vermutest richtig. Die beiden hatten eine Auseinandersetzung.«

Gertrud Sommerhalder schlug mit der Hand auf den Tisch.

»Ich habe mir doch gleich gedacht, daß die sich gestritten haben. Die Martina hat geschlafen, als ich kam. Sie schlief bis spät. Sie muß geweint haben und hat ganz blaß ausgesehen. Der Friedel hatte mir einen Zettel hingelegt, daß er zu euch rauf auf die Berghütte geht. Des war auch sonderbar. Die müssen einen Krach gehabt haben. Meinst, die Tina hat dem Friedel etwas gesagt?«

»Nein! Bestimmt nicht. Mit Auseinandersetzung meine ich auch etwas anderes.«

»I denk, daß der Friedel die Tina ganz gern sieht. Ich hab' das schon am zweiten Tag bemerkt, als das Madl hier war. I hab' mir beim Friedel aber nix anmerken lassen. Der Bub is sehr empfindlich, wenn i was sagen tue in der Richtung Madl und Liebe und daß er sich um eine junge Bäuerin kümmern soll. Daß ihm die Tina gefällt, das hat mich gefreut. Was des geben sollte, habe ich mich gefragt, wo die doch wieder weg wollte. Na ja, jetzt wird sie ja bleiben.«

»Das ist noch nicht endgültig. Wie die beiden das lösen, wenn sie hierbleibt, das hängt auch vom Friedel ab. Ich habe der Martina geraten, daß sie auch mit Friedel sprechen soll.«

»Ja, das wird das Beste sein. Da können wir uns net einmischen. Das ist die Angelegenheit vom Friedel und der Martina.«

Anna stand auf und verabschiedete sich. Sie wollte ja noch am gleichen Tag wieder hinauf zur Berghütte. Leo würde sie sicherlich das größte Stück mit dem Geländewagen hinauffahren. Den Rest der Strecke würde sie dann noch vor der Dunkelheit schaffen.

*

Am Abend kam Friedel nach dem Versorgen der Tiere herein. Er und seine Mutter aßen zu Abend. Während seine Mutter das Geschirr abwusch, saß Friedel auf der Eckbank und war ganz in Gedanken.

»Friedel, is was?«

»Ja! I war in der Scheune. Da steht die alte Wiege. Wie kam die vom Speicher herunter? Was ist damit?«

Gertrud Sommerhalder wandte ihrem Sohn den

Rücken zu, als sie sagte: »Die Wiege wird gebraucht. Die verleihe ich. Die Anna hat mir geholfen, sie runterzutragen.«

»Ah! Dann is die Anna schwanger?«

»Nein, die Anna ist net schwanger. Des ist net für die Anna.«

»So? Für wen dann?«

»Für eine Freundin der Anna.« Ich will ihr das Altenteil vermieten. Morgen mache ich die Wiege sauber und kümmere mich um Bettzeug. Ich gebe dir Geld. Kannst in die Stadt fahren und eine schöne Matratze holen für das Kind.«

»So, so! Für eine Freundin der Anna«, wiederholte Friedel. »Kennst du die Freundin, Mutter?«

Langsam näherte sich Friedel an. Seiner Mutter war längst klar, daß ihr Sohn schon seine Überlegungen angestellt hatte. Aber so war er schon als Kind gewesen. Wenn er Fragen gestellt hatte, dann hatte er niemals direkt gefragt. Er hatte sich immer allmählich dem Kern angenähert.

»Ja, ich kenne sie.«

»Was tust von ihr halten? Was macht ihr Mann?«

»I denk, das Madl gibt eine gute Mutter ab. Einen Mann hat sie nicht. Sie wird ihr Kind alleine großziehen müssen.«

»Hat er sie sitzenlassen, wie meine Braut mich damals?«

»Da mußt sie selbst fragen, wenn sie da ist, Bub. I rat dir aber, dir nix anmerken zu lassen, daß wir darüber gesprochen haben.«

»So, so. Eine Freundin von Anna. Dann muß die Tina die auch kennen.«

Es war ganz still in der Küche. Die Wanduhr tickte gleichmäßig. Durch die Fenster fiel die Abendsonne herein. Die Bäuerin räumte das Geschirr in den Schrank.

»Mutter, kennt die Tina die Freundin von der Anna auch?«

Sie schaute ihren Sohn an. Sie las in seinen Augen, daß er wußte, es konnte sich dabei nur um Tina handeln. Er wagte aber nicht zu fragen. Sie sah, daß er rote Wangen bekommen hatte. Schon als Bub hatte er immer sofort feuerrote Wangen bekommen, wenn ihn etwas stark beschäftigte. Dabei war es egal gewesen, ob er sich gefreut hatte oder mit einer Enttäuschung fertigwerden mußte. So konnte sie die Erregung nicht deuten.

»Die Freundin von Anna ist die Tina. Tina erwartet ein Kind.«

Friedel stand auf und ging zum Schrank. Er schenkte sich einen Obstler ein und trank aus. Dann schenkte er sich einen weiteren Klaren ein.

»Deshalb also! So ist des!« sagte er und setzte sich wieder auf die Bank.

Mit den Fingern fuhr er die Stickerei auf der Tischdecke nach, die seine Mutter bestickt hatte.

»Jetzt verstehe ich. Weißt, Mutter, ich denk, daß die Tina ein ganz feines Madl is. I hab' sie gleich gemocht. Wenn die gewollt hätte – so wie des andere vielleicht in ihrer Situation gemacht hätten –, dann hätte sie mich schnell dazu kriegen können, daß i mich mit ihr eingelassen hätte. Dann hätte sie mir das Kind unterschieben können, ohne daß ich etwas bemerkt hätte. Verstehst?«

»Ja, Bub! I weiß, was du meinst.«

»Das hat die Tina aber nicht gemacht. Sie is net mal mit

mir spazierengegangen. I hab' sie gefragt, warum. Sie hat gesagt, daß sie net wollt, daß man uns zusammen sieht. Des wäre net gut für mich. Ja, Mutter, des hat sie gesagt. Des hätten net viele gemacht, net viele. Die Tina ist a ganz anständiges Madl, auch wenn sie von einem andern ein Kind bekommt.«

Friedel holte sich noch einen Schnaps.

»Du weißt von nix, wenn die Tina wieder bei uns ist. Es ist noch nicht raus, ob sie wirklich bei uns einzieht.«

»Schon gut, Mutter. I sprech sie net an. Sollte sie dich fragen, dann kannst ihr sagen, daß i nix weiß. Wenn sie mit mir darüber reden will, dann soll sie das selbst machen.«

»Dann hast nix dagegen, daß i die Tina aufnehmen will und ihrem Kind ein Heim geb'?«

»Nein, Mutter, da hab' i nix dagegen. I bin froh, wenn sie bleiben tut. Du hast sie doch auch gern hier, oder?«

»Ja, das habe ich!«

»Gut, dann werde ich morgen mal nach der Wiege schauen, damit sie in Ordnung ist. Wo soll sie dann stehen?«

»Laß sie erst mal in der Scheune stehen und decke sie zu. Die Anna hat mir das alles nämlich im Vertrauen erzählt. Wir wissen des gar net. Verstehst?«

»Mmm! Dann werd' i die Wiege im Schuppen einschließen.«

Friedel Sommerhalder ging und holte seine Zither. Er setzte sich an den Küchentisch und spielte, bis es draußen ganz dunkel war. Dann ging er hinauf in sein Zimmer. Er fand in dieser Nacht kaum Schlaf. Er mußte immer wieder an Tina denken.

*

Anna brachte Martina einige Tage später. Friedel sah sie kommen und verschwand sofort im Kuhstall. Seine Mutter war gerade im Hof und ging mit Martina ins Haus.

»Siehst gut aus, Tina. Hast richtig Farbe ins Gesicht bekommen, da oben in den Bergen. Bist auch ein bissel gewandert?«

»Ich habe der Anna viel geholfen. Die hat alle Hände voll zu tun mit den Hochzeitsvorbereitungen. Aber ein bissel gewandert bin ich auch. Schön war es. So allein in den Bergen, das gefällt mir. Ich hatte aber immer den Bello dabei.«

»Ja, die Aussicht da oben ist herrlich. Ich war ja schon lange nicht mehr oben. Es würde mich schon interessieren, wie die Anna und der Toni die Berghütte verändert haben und wie sie das alles so machen. Der Toni hat wirklich Glück, daß er die Anna zur Frau bekommt.«

»Die Anna ist ein ganz lieber Mensch. Sie ist gütig und hilfsbereit. Ich mag die Anna sehr. Wir haben viel geredet.«

»So, viel geredet habt ihr? Die Anna ist ja auch in deinem Alter. Da fällt dir das Reden vielleicht leichter. Hier redest du ja net so viel.«

»Das mußt du nicht persönlich nehmen, Bäuerin. Das hat nichts mit dir zu tun. Ich bin gern hier. Ich hatte nur etwas mit der Anna zu bereden. Es kann schon sein, daß es mir leichter fiel, zuerst einmal mit der Anna zu sprechen, weil sie auch eine junge Frau ist. Sie hat mir geraten, auch mit dir zu reden.«

»Dann mach's!«

»Das ist nicht so einfach!« Martina atmete tief durch.

Ängstlich schaute sie die Bäuerin an. »Es ist so… ich erwarte ein Kind.«

»So! Deshalb bist du so blaß gewesen«, war die schnelle Antwort, der ein gütiger Tadel folgte. Die Bäuerin schüttelte den Kopf.

»Du hättest früher was sagen sollen, Tina. Du hast so schwere Arbeit gemacht. Des is net gut, wenn man ein Kind erwartet. Da sollst du net so schwer heben.«

Martina schaute die Bäuerin mit großen Augen an. Sie staunte über deren Gelassenheit und Fürsorge.

»Bäuerin, begreifst du? Ich bin eine ledige Mutter. Ich will den Vater meines Kindes nicht. Er weiß auch nicht, daß er Vater wird. Ich werde mein Kind alleine großziehen müssen.«

»Das habe ich schon begriffen. Da bist du nicht die erste und auch nicht die letzte, der so etwas passiert. Gut, schön ist des net. Aber zu ändern is nix dran, oder?« stellte die Sommerhalderin zu Martinas Überraschung sachlich fest.

»Nein! Ändern werde ich nichts. Ich werde mein Kind zur Welt bringen«, sagte Tina leise.

Martina setzte sich auf die äußerste Kante der Eckbank.

»Ich wollte mir eine Wohnung in der Stadt suchen. Aber die Anna hatte eine Idee. Sie meint, ich soll hier in Waldkogel bleiben. Die Luft hier in den Bergen wäre auch besser für das Kind. Kinder auf dem Land würden freier aufwachsen und hätten einen ganz anderen Zugang zur Natur.«

»Des hat die Anna richtig erkannt. Und willst bleiben?«

»Wenn ich eine Bleibe finde. Ich möchte dich fragen, ob es möglich ist, daß ich hier auf dem Sommerhalder Hof bleiben kann. Vielleicht kannst du mir ja die kleine Wohnung im Altenteil vermieten?«

Martina hielt den Atem an. Sie stand auf und hielt sich mit beiden Händen am Tisch fest. Gertrud Sommerhalder trat zu ihr. Sie griff nach den beiden Händen von Martina und hielt sie fest.

»Du kannst bleiben, Tina. Ich helfe dir. Wir zwei Frauen werden das schon schaffen. Du kannst die kleine Wohnung drüben im Altenteil haben. Du kannst aber auch gern hier im Haus bleiben. Ich würde mich freuen, wenn du hierbleiben würdest. Überlege es dir. Es ist ja noch ein bißchen Zeit. Wann ist es denn soweit?«

»Ich komme gerade vom Doktor. Hier schau!«

Martina zeigte ihr ihren Mutterpaß mit dem errechneten Geburtsdatum.

»Da ist ja noch reichlich Zeit.«

Martina traten die Tränen in die Augen. Die Bäuerin zog sie in ihre Arme.

»Es wird alles gut, Tina. Mußt net weinen.«

»Was wird der Friedel dazu sagen?« schluchzte Martina.

»Das weiß i net. Da mußt schon selbst mit ihm reden. Aber noch bin i die Bäuerin auf dem Hof und i hab' ihm den Hof noch net überschrieben. I hab' das Sagen hier. Mach dir wegen dem Friedel keine Sorgen. Erst machen wir mal so weiter wie bisher. Dann, wenn man anfängt, dein Bäuchlein zu sehen, dann mußt du mit dem Friedel reden. Vielleicht sollst doch net so arg lang damit warten. I denk nämlich, je früher er es weiß, desto besser ist's. Verstehst?«

»Das hat die Anna auch gesagt.«

Martina zitterte leicht. Die Bäuerin drückte sie auf einen Stuhl. Dann kochte sie Martina einen schönen, warmen Kakao. Während Martina diesen trank, redete sie sich alles von der Seele. Sie erzählte von Mark, von ihrem Elternhaus. Sie berichtete von den Bemerkungen ihres Vaters zum Thema unehelicher Kinder.

»Dann bist also net nur von diesem Mark weggelaufen, sondern auch von daheim.«

»Ja, das bin ich. Ich war so durcheinander, so kopflos. Ich wußte nur eines. Ich wollte so schnell wie möglich in die Berge. Ich habe die Berge schon immer geliebt. Ich wollte Ruhe haben und nachdenken, was ich mache.«

»Des war gut. Dein Herz hat dich in die Berge geführt, und jetzt bist hier bei mir und bleibst. Über den Friedel machst dir keine Gedanken. Der soll ganz still sein. Wenn er net dafür sorgt, daß Enkelkinder auf dem Hof spielen, dann muß er sich damit abfinden, daß i mir Ersatz besorge. So, jetzt sind wir fertig.«

Martina lächelte die Bäuerin dankbar an.

»Danke, Sommerhalder-Bäuerin, danke! Das werde ich dir nie vergessen. Wenn es ein Mädchen wird, dann will ich es nach dir benennen.«

»Gertrud ist kein so schöner Name mehr in der modernen Zeit. Aber wir werden schon schöne Namen finden, egal ob es ein Bub oder ein Madl wird. Hauptsache es is gesund. Des macht mir am meisten Kummer. Des is net gut, daß du so unglücklich bist.«

»Ich bin nimmer ganz so unglücklich, Bäuerin.«

»Des freut mich. I hoff', daß du dann bald ganz glücklich sein wirst.«

Ganz glücklich werde ich wohl nie mehr sein, dachte Martina. Sie sagte aber nichts.

*

Friedel erschien nicht zum Mittagessen. Als es vom Kirchturm läutete, stand schon das Mittagessen auf dem Tisch. Wie auf allen Höfen wurde pünktlich gegessen. Friedel kam nicht herein. Die Bäuerin rief vom Fenster aus mehrmals über den Hof. Friedel kam aber nicht. So ging sie selbst hinaus und suchte ihn.

Ihr Sohn lag unter dem Traktor und schraubte.

»Es is Essenszeit, Friedel. Hast mich net gehört?«

»I eß heute im Wirtshaus. I gehe in den ›Ochsen‹.«

»So ein Schmarrn, so ein damischer! Bist jetzt ganz narrisch geworden? Wie kommst denn jetzt darauf?«

»Wenn dir des net gefällt, dann sag i dir, daß i kein Hunger hab'.«

»Des is genau so ein Schmarrn. Was wird denn die Tina denken? Die muß doch denken, du gehst ihr aus dem Weg.«

»Des soll sie auch denken. Sie will das ja so haben, das hat sie selbst gesagt. I mach also des nur so, wie die Tina das haben will.«

»Depperts Mannsbild, deppertes! Wenn du Hunger hast, dann kommst. Ins Wirtshaus wird net gegangen. Des gibt's net, Friedel.«

»Mutter, des is mei Sach!«

»Stell dich net so an und komm mit.«

»Nix da! Laß mich in Ruh!«

Die Bäuerin sah, daß sie ihren Sohn nicht überreden konnte. Kopfschüttelnd ging sie zurück in die Küche.

»Friedel kommt net zum Essen. Der geht dir aus dem Weg, Tina. War etwas zwischen dir und dem Friedel?«

Martina wurde rot.

»Tina, i will net wissen, was da war. Doch bring das in Ordnung.«

»Ja, Bäuerin«, sagte Martina leise. »Soll ich gleich rausgehen und mit ihm reden?«

»Nein, erst wird gegessen, dann machen wir den Abwasch und unsere Arbeit wie immer. Dann kannst gehen. Bis dorthin wird er ja nicht verhungert sein, der Querschädel. So ein narrisches Mannsbild!«

Damit war das Gespräch beendet. Die Bäuerin sprach das Tischgebet und sie aßen.

*

Am späten Nachmittag ging Martina in den Garten. Zum Abendessen plante sie, Pellkartoffeln und Quark mit vielen Zwiebeln, Knoblauch und Schnittlauch zu machen. Mohrle lief ihr nach.

»Friedel, ich möchte mit dir sprechen. Ich bin im Garten«, sagte Martina, als sie an Friedel vorbeiging.

Ihr Herz klopfte. Ihr Puls raste. Ihre Hände umklammerten den kleinen Korb, als wäre sie am Ertrinken und dieser Halt die einzige Rettungsmöglichkeit. Es dauerte nicht lange, bis Friedel kam.

»Ja, da bin i!«

Martina stand im Kräuterbeet und schnitt Schnittlauch. Sie legte das Büschel in den Korb.

»Friedel, ich wollte nicht unhöflich sein zu dir am letzten Sonntag. Wir sollten versuchen, miteinander auszukommen. Ich mußte deiner Mutter versprechen, mit dir zu reden. Wir leben hier alle zusammen auf dem Hof. Wir arbeiten zusammen. Da müssen wir versuchen, miteinander auszukommen.«

»So meinst? Denkst des wär nötig? Des klingt jetzt aber ganz anders als am Sonntag. Da hast gesagt, daß i dich in Ruh' lassen soll, sonst würdest du sofort abreisen. Des will i net wegen der Mutter. Die mag dich.«

»Mein Reisetermin hat sich verschoben«, sagte Martina leise.

»So, verschoben. Wann is des jetzt?«

»Deine Mutter hat mir angeboten zu bleiben, auf Dauer.«

»So, hat sie das? Na, wundern tut mich des net. Und bleibst?«

»Das hängt von dir ab, Friedel. Das habe ich auch deiner Mutter erklärt.«

»Warum soll das von mir abhängen?«

»Ach, Friedel. Du machst mir das auch wirklich schwer.«

Martina schnitt ein weiteres Büschel Schnittlauch ab. Friedel stand dabei und hatte die Hände in den Hosentaschen.

»Ich will, daß du verstehst, daß ich nichts gegen dich habe. Können wir nicht ganz normal miteinander umgehen, wie ganz normale Menschen?«

»Wie meinst das?«

»Eben so, wie es üblich ist zwischen dem Jungbauer und jemand wie mir, die auf dem Hof arbeitet. Ich lebe mein Leben. Du lebst dein Leben. Wir reden miteinander. Das war's.«

»Ah, du meinst, daß ich tun soll, als wäre i net hinter dir her, als hätte i mich net in dich verliebt. Du magst mich net. Willst das sagen?«

Tina mußte ihn anschauen. Sie sah in seine braunen Augen.

»Ich will dazu nichts sagen, Friedel. Es gibt für dich und mich keine Zukunft. Das hängt mit meiner Vergangenheit zusammen.«

»Bist eine Kriminelle gewesen? Bist im Gefängnis gewesen?«

Friedel gab sich völlig ahnungslos. Martina mußte lachen.

»Nein!«

»Dann is ja alles gut.«

»Manche Leute sehen das, was ich getan habe, doch als eine Art Verbrechen an, ein Verbrechen gegen die guten Sitten und die Moral. Deshalb mußte ich von daheim fort. Dort kann ich mich nie mehr sehen lassen.«

»Zum Donnerwetter, Martina! Kannst denn net einfach sagen, was los ist?«

»Gut.« Nach einer kleinen Sprechpause fügte sie leise hinzu: »Ich bin schwanger. Ich erwarte ein Kind.«

»Is des alles?« war Friedels Antwort.

Martina wurde wütend.

»Was soll das heißen? Is des alles? Ich werde eine ledige Mutter sein. Einen Vater für mein Kind habe ich nicht. Ich will ihn nicht. In ein paar Wochen werde ich dann mit einem dicken Bauch auf dem Hof herumlaufen. Verstehst du? Du fragst einfach, is des alles? Was hast du denn erwartet?«

»I bin ja net ganz deppert, Tina. Begriffen habe ich das

schon. Deshalb wolltest du dich net mit mir zeigen, net mit mir spazierengehen. Damit die Leute später nicht denken, das Kind wäre von mir.«

»Na, endlich hast du es begriffen. Deshalb muß ich, will ich von dir wissen, ob du damit einverstanden bist, daß ich hierbleibe.«

»Sicher bin i damit einverstanden. I hab' nix gegen dich, Tina. Du hast mir gesagt, daß du schwanger bist. Da dank i dir dafür. Mich stört es nicht. Jetzt habe ich aber eine Frage. Die mußt du mir wahrheitsgemäß beantworten, ja?«

»Ich will es versuchen, Friedel.«

»Also, nehmen wir mal an, daß du net schwanger wärst. Hätte i dann eine Chance bei dir? Würdest mich dann gemocht haben?«

Tina traute sich nicht, ihm dabei in die Augen zu sehen. Sie fühlte, wie ihr das Blut in die Wangen schoß und sie errötete. Sie ging in die Hocke und schnitt weiter Schnittlauch.

Energisch nahm ihr Friedel den Korb weg.

»Hör jetzt auf, Schnittlauch zu schneiden. Damit kann man ja schon ein ganzes Bataillon versorgen. Beantworte mir lieber meine Frage!«

»Friedel, das ist schwer zu sagen. Vielleicht...«

»Vielleicht! Mit dieser Antwort kommst du mir nicht davon. Ich habe es genau gespürt, als ich dich geküßt habe. Ich hätte eine Chance bei dir gehabt. Und daß du ein Kind unter deinem Herzen trägst, hat daran auch nix geändert.«

»Friedel, sei still! Es bringt doch nichts, daß du mich so quälst.«

Friedel Sommerhalder ging zur Bank unter dem Baum. Er stellte das Körbchen ab und wartete. Tina trat hinzu und setzte sich.

»Liebst du den Vater deines Kindes noch?«

»Nein! Ich habe erkannt, daß es eigentlich nie Liebe war. Deshalb bin ich fort. Er wird auch nie erfahren, daß er ein Kind hat.«

»Dann willst du das Kind allein aufziehen, so ganz ohne Vater, auch ohne einen Stiefvater vielleicht?«

»Ja. Stiefvater, das ist immer schwierig. Ich habe mir vorgenommen, alleine zu bleiben.«

»Das halte ich für keine gute Idee. Ein Kind sollte einen Vater haben. Wenn des net möglich ist, dann einen Stiefvater oder Ersatzvater. Das Kind müßte nicht einmal wissen, daß der Mann, zu dem es Papa sagt, net sein leiblicher Vater ist.«

Martina schwieg. Nach einer Weile sprach Friedel weiter.

»Weißt, Martina, mit der Liebe ist das so eine Sache. Ich war mal sehr verliebt. I dacht', meine Braut wäre die Frau, die zu mir paßt. Als sie mich dann sitzengelassen hat, da war i erst beleidigt. Dann hab' i nachgedacht und festgestellt, daß ich mir viel vorgemacht hatte. Heute denk i, daß es gut war und i eigentlich großes Glück hatte. Lange Zeit hab' i kein Madl mehr angeschaut. Dann hab' i dich gesehen und mich in dich verliebt. I mag dich immer noch, auch wenn du ein Kind von einem anderen bekommen tust. Des stört mich net. Des Kind könnt ruhig Vater zu mir sagen. Niemand bräucht' zu wissen, daß des net mein Fleisch und Blut is. I tät dich sobald wie möglich heiraten und dann bekäm das

Kindchen meinen Namen. Es gibt viele Kinder, die angeblich zu früh auf die Welt kommen, so nach sieben oder acht Monaten schon. Da wird sich niemand was dabei denken. Meine Mutter mag dich und i mag dich auch. Du bist doch gern auf unserem Hof und du wärst versorgt.«

Friedel warf Martina einen Seitenblick zu.

»Wenn du von deiner Seite aus mit so einer Vernunftsehe leben kannst, dann könnt ich bald die Sache mit der Eheschließung regeln. Ich liebe dich. Ich biete dir diese Lösung an, weil ich dich wirklich mag. Wie ist es?«

Martina verspürte einen Kloß im Hals. Sie schluckte einige Male, ehe sie sich äußern konnte.

»Dir würde es nichts ausmachen, daß ich dich nicht liebe?«

Friedel lachte.

»I denk da ein bissel anders darüber. I denk, daß du mich schon lieben tust. Du willst dir das nur net eingestehen. Es braucht halt alles seine Zeit. Ich kann warten. Aber die Hochzeit, die sollten wir net so lange hinausschieben. Was denkst?«

»Willst du jetzt gleich eine Antwort von mir?«

»Des würde mir schon passen. Zu verlieren hast du ja nichts. Du kannst nur gewinnen. I will dich gern zur Frau nehmen, Tina. Wie steht es jetzt? Willst oder willst net?«

Martina schaute ihm in die Augen. Friedel hatte schöne, große braune Augen. Seine Augen waren viel schöner als die von Mark, an die sie sich auch kaum noch erinnern konnte. Friedel hatte einen ehrlichen und natürlichen Blick. Seine Augen logen nicht, machten ihr nichts vor.

»Ich danke dir für deinen Antrag, Friedel. Das war ja wohl ein Heiratsantrag.«

»Heiratsanträge sollten anders sein, romantischer. Aber die Umstände sind nun einmal nicht so, daß ich es wagen wollte, dir einen schönen, romantischen Antrag zu machen. Am Ende wärst du dann wieder kratzbürstig geworden. Ich sag dir noch einmal: Ich liebe dich, Tina.«

»Gib mir Bedenkzeit, Friedel!«

»Gut, die sollst du haben. Aber denke nicht so lange. Je früher wir heiraten, desto besser.«

»Dir kommt gar nicht der Gedanke, daß ich ablehnen könnte?«

»Nein, dieser unsinnige Gedanke kommt mir net. Ich bin nämlich fest davon überzeugt, daß du mich auch liebst. Wann kann ich mit deiner Antwort rechnen?«

»Ich weiß nicht. Ich muß nachdenken. Du mußt warten!«

Martina nahm den Korb mit den Gartenkräutern.

»Du kommst rein zum Essen? Deine Mutter wird mich fragen, ob wir uns ausgesprochen haben.«

»Ja, ist alles in Ordnung.«

Friedel schaute Martina nach, wie sie fortging. Sein Herz war wund und voller Mitleid. Er war sich so sicher, daß sie ihn liebte. Wie gern wäre er ihr nachgelaufen, hätte sie in seine Arme geschlossen, an sein Herz gedrückt und ihr seine ganze Liebe gegeben. Doch Friedel wußte, daß er ihr Zeit lassen mußte. Er ängstigte sich auch, daß sie seinen Antrag ablehnen könnte.

*

»Schmeckt gut mit dem extra vielen Schnittlauch drin, Tina.«

Martina lächelte ihn an.

»Freut mich, Friedel. Dann kann ich dir ja noch eine Portion auf den Teller geben.«

»Nimm du dir auch noch etwas. Mußt ja jetzt für zwei essen.«

»Ah, ich seh, ihr habt euch ausgesprochen. Das freut mich. Und was meinst du, Friedel, zu der Sache, daß die Tina hierbleibt? Sie könnt mit dem Kind ins Altenteil ziehen.«

»Das muß jetzt doch noch net entschieden werden. Da ist noch Zeit, Mutter. Wichtiger ist mir, daß die Tina net mehr so schwer arbeitet. Sie soll auch morgens länger schlafen. I steh früher auf und mach das Federvieh mit. Dann will ich haben, daß die Tina jeden Abend einen kleinen Spaziergang macht. I hab' in einer Zeitung gelesen, daß des gut sein soll für werdende Mütter. Hier in den Bergen ist die Luft noch viel besser als in der Stadt. Des wird der Tina guttun und dem Ungeborenen auch.«

»Richtig, Bub!«

»Und alleine soll's auch net gehen. Einen Abend gehst du mit ihr und am nächsten begleite ich sie auf dem Spaziergang.«

Er schaute Tina entschlossen an.

»Das wird so gemacht, Tina. Daran wirst du dich gewöhnen müssen. So eine Schwangerschaft ist keine Krankheit, aber deshalb soll man net leichtsinnig sein. Ein bissel Vorsorge hat noch net geschadet.«

Tina sagte nichts. Sie aß weiter. Ihr Herz klopfte. Sie

war gerührt von seiner Fürsorge. Er meinte es offensichtlich ernst.

Sie aßen fast schweigend zu Ende.

»Wer soll mit dir gehen, Tina? Soll die Mutter mit dir gehen oder ich?«

»Keiner! Ich habe mich mit der Anna verabredet. Sie bleibt heute nacht auf dem Baumberger-Hof. Sie hat heute nachmittag ihr Brautkleid abgeholt und will morgen früh in die Stadt fahren, sich Schuhe kaufen.«

Martina warf einen Blick zur Uhr.

»Dann geh, Tina. Mit dem bissel Geschirr werde ich schon alleine fertig«, sagte Gertrud Sommerhalder.

Martina schlüpfte in ihre Jacke und ging.

Anna wartete schon. Die beiden Frauen schlugen den kleinen Weg ein, der hinter der Kirche vorbei auf einen Hügel führte. Oben hatte der Bürgermeister Fellbacher einen Grillplatz anlegen lassen. Sie waren allein.

Anna ging voraus und setzte sich auf eine Bank.

»Von hier aus hat man einen schönen Ausblick auf Waldkogel. Toni hatte mir den Platz gezeigt, ganz am Anfang. Da machte er mit mir so eine Art Führung durch den Ort.«

Anna lachte herzlich, als sie sich daran erinnerte.

»Dem Toni kam es dabei weniger darauf an, mir alles zu zeigen, als mich den Waldkogelern zu zeigen. Sobald uns jemand begegnete, legte er den Arm um meine Schultern und küßte mich.«

Anna klopfte einige Male mit der Hand auf die Sitzfläche. Martina setzte sich zu ihr.

»Was hat die Trudel gesagt?« fragte Anna direkt.

»Die hat mich mit offenen Armen aufgenommen. Ich

habe den Eindruck, die freut sich auf mein Kind. Ich kann bleiben und sie will mir helfen. Wir haben viel geredet. Sie denkt sich das so. Zuerst soll ich mein Kind bekommen. Wenn ich das dann nicht mehr stille, dann könnte ich mir auch eine Halbtagsarbeit in der Stadt suchen. Sie würde dann als Ersatzoma das Baby hüten. Sie meinte, es wäre schade, wenn meine ganze Ausbildung umsonst wäre. Außerdem käme ich dann unter Leute.«

»Das hört sich gut an. Wirklich gut. Siehst du, es ist alles viel einfacher als du gedacht hast, Tina.«

»Wie man sieht. Ich habe mich noch nicht endgültig entschieden. Zwar habe ich der Bäuerin zugesagt und ich will sie auch nicht enttäuschen, wo sie so hilfsbereit ist.«

Anna unterbrach sie: »Laß mich raten! Friedel! Er bereitet dir Kopfzerbrechen. Du mußt mit ihm reden, Tina. Das habe ich dir doch gesagt.«

»Ach, Anna, das habe ich doch heute nachmittag gemacht. Jetzt ist alles noch viel komplizierter.«

»Wieso? Will er nicht, daß du bleibst?«

»Ganz im Gegenteil. Es stört ihn überhaupt nicht, daß ich schwanger bin von Mark. Er nahm das sehr gelassen hin. Wenn es nach ihm geht, dann kann ich nicht nur auf dem Hof bleiben. Er will, daß ich als seine Frau bleibe.«

Martina schaute Anna an.

»Das überrascht mich nicht. Er liebt dich! Er liebt dich wirklich!«

»Das habe ich ja mittlerweile auch begriffen. Er würde mich am liebsten sofort heiraten. Je früher, desto besser, meint er. Das Kind bekäme dann seinen Namen, und er würde als Vater eingetragen.«

»Das ist doch ein wunderbares Kompliment. Er beweist dir so seine Liebe.«

»Anna, das weiß ich ja. Doch kann ich das wirklich machen?«

»Das mußt du entscheiden. Was spricht dagegen?«

Anna zählte die Vorteile auf.

»Anna, das weiß ich alles. Friedel ist mir außerdem nicht unsympathisch.«

Jetzt schüttelte sich Anna vor Lachen.

»Nicht unsympathisch! So nennst du das? Das ist die Untertreibung des Jahrtausends. Du liebst ihn doch auch! Das hast du mir selbst gesagt. Erinnerst du dich?«

Anna schaute Martina eindringlich an.

»Ja, ich erinnere mich. Also gut, dann gestehe ich es dir. Ich mag Friedel auch.«

»Nein, Tina! Du magst Friedel nicht, du liebst ihn. Du liebst ihn auf eine ehrliche und anständige Art und Weise.«

»Stell mich nicht auf den Sockel, Anna. Das habe ich nicht verdient.«

»So! Dann will ich dir mal sagen, wie das auch noch anders hätte ablaufen können. Friedel hatte schon ein Auge auf dich geworfen, als er mit Martin und Leo auf der Hütte war und Toni beim Bau der Wand in unserem Schlafzimmer geholfen hat. Der stand voll in Flammen. Du konntest damals schon kaum die Augen von ihm lassen.«

Tina wollte etwas einwenden, doch Anna schnitt ihr das Wort ab.

»In dieser Nacht schon hättest du ihn verführen können. Dann wärst du mit ihm gegangen und hättest ihm nach zwei Wochen eröffnet, daß du von ihm ein Kind erwartest. Er hätte dich geheiratet. Sofort, denn der Friedel ist ein anständiger Bursche. Niemals hätte er erfahren müssen, daß das Kind nicht von ihm ist. Was glaubst du denn, wie oft so etwas gemacht wird?«

»Ja, so etwas soll vorkommen.«

»Du hast die Gelegenheit aber nicht ausgenutzt. Das weiß der Friedel auch. Friedel ist ein sehr feinfühliger Mensch. Er spürt, daß du ihn liebst. Nur das ist ihm wichtig. Daß du ihn wirklich liebst, das hast du ihm längst bewiesen, Tina. Du hast ihn nicht reingelegt. Du wolltest nicht einmal mit ihm spazierengehen. Du warst auf seinen Ruf bedacht. Ich bin mir sicher, daß Friedel das alles bedacht hat. Du kannst dir der Liebe von Friedel so sicher sein, wie ich der Liebe meines Tonis sicher bin.«

Martina schwieg.

»Weißt du, bald werde ich meinen Toni heiraten. Wir werden uns in der Kirche versprechen, daß wir zueinander halten in guten wie in schlechten Tagen. Dein Friedel sagt dir das nicht nur, er beweist es dir bereits. Warum zögerst du? Denkst du doch noch an Mark?«

»Nein! Ich muß immer nur an Friedel denken.«

»Dann heirate ihn, Tina! Stehe dazu, daß du ihn liebst. Er wird deinem Kind ein guter Vater sein, da bin ich mir sicher. Seine Mutter wird eine gute und liebevolle Großmutter sein, wie du dir keine bessere wünschen kannst. Sie mag dich jetzt schon, Tina.«

»Wenn ich mich darauf einlasse, dann werden Friedel und ich eines Tages wahrscheinlich weitere Kinder haben. Muß er nicht denen dann den Vorzug geben?«

»Tina, daß dein Erstgeborenes nicht das Kind deines

Mannes ist, damit mußt du leben. Das ist die Wahrheit. Doch ist es nicht noch viel mehr, wenn ein Mann ein fremdes Kind als sein eigenes annimmt? Ist das nicht der größte Liebesbeweis, den er der Mutter geben kann und auch dem Kind? Wenn dein Kind groß ist und du es ihm sagen willst, dann kannst du es tun. Es fragt sich aber, ob das sinnvoll und nötig ist. Was in meinen Augen zählt, ist die Liebe und nur die Liebe.«

Martina atmete tief durch. Anna legte den Arm um sie.

»Tina, ich will dich nicht überreden. Du hast einmal gesagt, daß du immer das Gefühl hattest, daß man dir gesagt hat, was du tun solltest. Ich will nur deine Freundin sein. Wie immer du dich entscheidest, ich halte zu dir. Ich respektiere deine Entscheidung. Es geht ja schließlich um die Liebe und nur um die Liebe. Um die Liebe zu finden, dazu leben wir. Alle Menschen sind auf der Suche nach der einzigen und wahren Liebe. Du mußt prüfen, ob du sie gefunden hast. Nur du kannst entscheiden, ob Friedel deine einzige wahre Liebe ist.«

»Ich weiß, Anna!«

»So, jetzt sage ich dir noch etwas.«

Annas Stimme klang streng. Sie schaute Martina ernst an.

»Nicht Friedel ist das Problem. Auch das Kind ist nicht der Hinderungsgrund. Deine Unsicherheit und Ablehnung hat einen ganz anderen Grund. Du hast Angst.«

»Ja, so ist es.«

»Tina, warum hast du Angst vor deinen Gefühlen? Ich will dir die Frage gleich beantworten. Du sagst dir, daß du dich einmal geirrt hast. Die Sache mit Mark ging schief. Das war ein Fehlgriff.«

»Oh, ja, das war mehr als ein Fehlgriff, Anna!«

»Deshalb vertraust du dir selbst nicht mehr. Du willst keine Entscheidung treffen, weil du Angst hast, du könntest dich wieder falsch entscheiden. In deinen Augen hast du dich bereits einmal für den falschen Mann entschieden. Doch du hast auch andere Entscheidungen getroffen. Nämlich, daß du dein Kind bekommen willst und weiter, daß du Mark nichts sagen willst, ihn auch nicht heiraten willst. Das waren mutige und selbstsichere und kluge Entscheidungen.«

»Meinst du wirklich?« fragte Martina unsicher.

»Ja, davon bin ich überzeugt.«

Anna rückte ein Stück näher an Martina heran. Sie legte den Arm um ihre Schultern.

»Tina, du hast eine ganz wichtige Entscheidung getroffen, bevor du Friedel gekannt hast. Du hast entschieden, dein Unglück nicht noch schlimmer zu machen. Du hast dich gegen Mark und für die Liebe entschieden. Verstehst du, was ich dir damit sagen will? Du hast erkannt, daß es noch mehr geben muß – die Liebe eben. Eine Liebe, die trägt. Eine Liebe, die alles versteht, und auf die man bauen kann, gleich, was im Leben auch geschieht. Mark hat dir das nicht bieten können. Deshalb hast du dich gegen ihn entschieden. Eine Frau, die das Kind eines Mannes austrägt, die will wissen, daß sie geliebt wird und nicht nur Zuversicht ist, um es mit den Worten dieses Kerls zu umschreiben.«

Anna ließ Martina Zeit, über diese Worte nachzudenken. Sie saßen auf der Bank und schauten über Waldkogel. Zwischen den Dächern der Gehöfte ragten grüne Baumkronen hervor. Der goldene Wetterhahn auf der

Kirchturmspitze glänzte in der Abendsonne. Martina saugte das friedvolle Bild in ihr Herz ein. Im Osten ballten sich Regenwolken über den Gipfeln.

»Es riecht bereits nach Regen, Tina. Kannst du es auch riechen? Ich hoffe, es regnet heute nacht ein wenig. Die Wiesen sind so trocken. Das Gras ist ganz ausgedörrt und kraftlos.«

»Ja, ich spüre es auch. Es wird regnen, wahrscheinlich in den frühen Morgenstunden.«

»Regen ist ein Segen für das Land und die Natur. Aller Staub und Schmutz wird abgewaschen. So erscheint es mir immer. Danach sieht alles neu und schön und glänzend aus. So rein! Tina, laß auch etwas Regen in dein Inneres fallen. Laß allen Zweifel, jede Verzagtheit, Unsicherheit und Angst herausspülen.«

»Du hast ja so recht, Anna. Ich liebe Friedel wirklich. Aber ich fühle mich unwürdig, seine Frau zu werden.«

»Das sollst du ganz schnell vergessen. Nicht du entscheidest darüber. Friedel hat sich für dich entschieden. Ich verstehe, wie schwer es sein kann, ein so großes Geschenk der Liebe anzunehmen. Doch überlege es dir gut, ob es wirklich dein Wunsch ist, es abzulehnen. Du liebst ihn wirklich, das weiß ich. Niemand denkt, daß du nur eine einfache und billige Lösung für deine Lage suchst. Du mußt es schaffen, daß du ja zu ihm sagst. Dein Herz sehnt sich doch nach ihm, oder?«

»Ja, Anna. Ich fühlte mich so geborgen in seinen Armen. Fast hätte ich ihm alles gesagt, als er mich geküßt hatte. Er ist so rührend um mich besorgt.«

Anna stand auf.

»So, Tina! Ich lasse dich jetzt allein. Ich habe dir als

Freundin alles gesagt, was ich dir sagen konnte. Vieles davon, wahrscheinlich alles, hast du selbst bereits gewußt. Bleibe jetzt noch ein wenig hier sitzen und denke nach. Niemand wird dich stören. Es dauert noch eine Weile, bis die Sonne untergeht. Höre auf dein Herz! Höre solange hin, bis du eine klare Antwort gefunden hast. Lausche auf das Ja zu deiner Entscheidung. Es muß aber deine Entscheidung sein. Ein kompromißloses Ja. Ich wünsche dir viel Glück. Meta würde sagen: Gottes reichlichen Segen.«

Die Frauen umarmten sich. Tina bedankte sich leise bei Anna. Dann sah sie ihr nach, wie sie mit schnellen Schritten den Weg hinunterlief.

*

Es war schon fast dunkel, als Martina auf den Sommerhalder Hof kam. Ihre Schritte hallten durch die Dunkelheit. Aus dem Küchenfenster fiel Licht auf die Steinplatten entlang des Hauses. Mohrle kam aus der Dunkelheit auf Martina zugelaufen. Er miaute erbärmlich. Martina hob ihn hoch und vergrub ihr Gesicht in sein Fell.

»Hast du mich gesucht, mein Kleiner? Ich bin ja wieder da.«

Friedel Sommerhalder trat aus dem Haus.

»Schön, daß du wieder da bist. Mutter hat sich Sorgen gemacht. I hab' mit ihr geredet. I hab' ihr erzählt, daß i dir einen Antrag gemacht hab'. Sie gibt uns ihren Segen. Des wollt i dir noch sagen.«

Langsam ging Martina über den Hof, noch immer den kleinen Kater fest an sich drückend. Sie setzte sich auf eine Kiste, die abseits des Scheunentores stand. Friedel folgte ihr und setzte sich neben sie. Es war Vollmond. Der Mond hing wie eine große Lampe über den Bergen, die sich als tiefschwarze Schatten gegen den Sternenhimmel abzeichneten.

»Anna meint, es wird Regen geben.«

»Ja, das denke ich auch. Das Vieh spürt es auch. Es ist dann anders als sonst. Wenn du länger hier sein wirst, wirst du die Anzeichen auch sehen.«

Mohrle lag jetzt auf Martinas Schoß und schnurrte. Sie streichelte sein Fell. Friedel reichte mit seiner Hand hinüber und streichelte ebenfalls den kleinen Kater. Dabei berührte er Martinas Hand. Er hielt sie fest und Martina zog sie nicht zurück. So saßen sie eine Weile da und schwiegen. Friedel dachte, wie schön sich ihre Haut anfühlt. So weich und zart. Martina genoß die rauhe, schwielige Männerhand.

»Friedel, ich habe nachgedacht. Ich möchte dir jetzt etwas sagen. Ich bitte dich, mich ganz ausreden zu lassen. Ich habe mir überlegt, daß es vielleicht eine Möglichkeit geben kann für uns.«

Friedels Herz klopfte. Er wagte kaum zu atmen. Er spürte an Tinas Hand, wie angespannt auch sie war.

Leise sprach Tina weiter:

»Wenn du willst, dann werde ich auf dem Papier deine Frau. Wir können sofort heiraten. Wir gehen auf das Standesamt. Deine Mutter kann mitkommen. Anna und Toni hätte ich auch gerne dabei. Ob der alte Alois mit runterkommt von der Berghütte, das muß man ihm überlassen. Es ist ein weiter Weg. Martin und Leo sollten wir auch einladen. Leo hat mich gerettet und Martin war mein Doktor. Ich stelle mir eine stille Heirat vor, ohne viel Getue. Wenn du willst, kann das noch diese Woche geschehen. Ich danke dir für deine selbstlose Zuneigung und Fürsorge. Ich werde mich bemühen, dir auch eine gute Frau zu sein. Ich will dir gestehen, daß ich auch etwas für dich empfinde. Sonst würde ich nicht einwilligen, deine Frau zu werden. Jemanden zu lieben ist kein Zeitvertreib. Doch ich wurde tief verletzt und weiß nicht, wann ich mich dir hingeben kann. Es wäre mir lieber, wir könnten mit der Hochzeit noch etwas warten. Doch du hast mich überzeugt, daß eine schnelle Lösung die beste ist. Das war es, was ich dir sagen wollte, Friedel.«

Friedel drückte fest ihre Hand, und sie erwiderte seinen Händedruck. Martina stand auf. In der Dunkelheit konnte er ihre Gesichtszüge mehr ahnen als sehen.

»Ich bin damit einverstanden, Tina. Eine kleine Hochzeit, das ist auch mein Wunsch. Ich werde dann mit dem Bürgermeister sprechen. Mutter wird es bedauern, daß wir nicht in der Kirche heiraten. Aber sie wird sich damit abfinden, da bin ich mir sicher.«

»An deine Mutter habe ich nicht gedacht.« Martina überlegte einen kleinen Augenblick. »Gut, dann können wir auch in der Kirche heiraten. Meinst du, du kannst mit dem Pfarrer reden, daß er uns abends traut? Es gibt oben am Berg eine kleine Kapelle. Vielleicht können wir da heiraten.«

»I denk schon. Ich werde gleich morgen mit ihm reden und mit dem Bürgermeister auch. Du mußt mitkommen, wenn das Aufgebot bestellt wird.«

»Morgen so gegen zehn Uhr?«

»Ja, das paßt. Da sind wir mit der Stallarbeit auf dem Hof fertig. Wäre dir die Trauung am Freitag recht?«

»Ja, das würde mir passen, Friedel.«

»Dann sollten wir jetzt mit meiner Mutter reden. Mei, wird die sich freuen.«

Sie gingen hinein. Friedel hielt Martina die Küchentür auf. Die Sommerhalder-Bäuerin saß am Tisch und nähte gerade den letzten Knopf an der Trachtenweste an, die sie gestrickt hatte.

»Fertig! Gefällt sie dir? Die ist für dich, Tina!«

»Für mich? Die ist ganz wunderbar, Bäuerin. Vielen, vielen Dank.«

»Tina! Des mit der Bäuerin läßt du jetzt, hörst du? Du bist meine Braut. Dann kannst zu meiner Mutter auch Mutter sagen. So ist des Brauch bei uns hier. Net wahr, Mutter?«

Das war so ganz typisch für Friedel. Wie er auch selten direkte Fragen stellte, so sagte er auch selten etwas direkt.

»Dann habt ihr endlich zueinander gefunden. Dem Himmel sei Dank! Willkommen, Tina!«

Die Sommerhalder-Bäuerin schloß Tina in ihre Arme.

Sie setzten sich an den Tisch und redeten. Das junge Paar würde nach der Hochzeit die unteren Räume im Bauernhaus beziehen und sich einrichten. Gertrud Sommerhalder würde oben in der zweiten Etage zwei Zimmer für sich behalten.

»Was ist mit deinen Eltern, Tina?« fragte Friedels Mutter schon zu vorgerückter Stunde.

Auf Martinas Gesicht fiel ein Schatten. Sie dachte nach.

»Ich will zuerst den Friedel heiraten. Dann können sie es erfahren, daß ich seine Frau bin. Daß mein Kind net vom Friedel ist, das brauchen sie nicht zu wissen. So will ich es haben.«

»Dann wird es so gemacht, Tina. Hast du sonst noch einen Wunsch? Mußt es nur sagen.«

Martina lächelte zaghaft.

»Vielleicht können wir dann ja morgen zum Forsthaus spazieren? Ich wäre so gern mit dir zum Forsthaus gegangen.«

Friedel strahlte über das ganze Gesicht. Er wußte, daß Tina ihm damit sagen wollte, daß sie ihn liebt.

Gertrud Sommerhalder zog sich dann bald zurück.

»Gute Nacht, mein Madl! Schlaf gut.«

»Gute Nacht, Bäuerin!« Dann fügte Tina leise hinzu: »Schlaf gut, Mutter Trudel.«

Die Bäuerin strich Tina liebevoll über das Haar.

Martina und Friedel hörten, wie die Bäuerin die Stufen hinaufging.

»Du hast mei Mutter sehr glücklich gemacht. Jetzt weiß sie, daß es weitergehen wird mit dem Hof.«

»Ja, das wird es.«

»Darfst net denken, daß i dich nur heirate wegen dem Hof und weil eine junge Frau endlich auf den Hof muß, Tina. Ich lieb' dich wirklich. Die Mutter mag dich auch.«

»Das weiß ich, Friedel. Jetzt bin ich aber müde und möchte zu Bett.«

Friedel ging mit bis zur Tür der kleinen Kammer, in der Tina untergebracht war. Verlegen blieb er stehen.

»Du sollst wissen, daß ich dich jetzt gerne küssen würde. Das wäre das mindeste. Aber ich will dich nicht drängen. Sagen wollte ich es dir nur.«

»Bleib ganz ruhig, Friedel.«

Tina legte ihre Hand auf seine Schulter und hauchte ihm einen Kuß auf seine Wange.

»Gute Nacht, Friedel. Schlafe gut.«

»Du auch, Tina. Schlaf dich morgen früh aus. Ich versorg' das Vieh.«

Friedel nahm unbeholfen ihre Hand und küßte sie. Zu mehr hatte er keinen Mut. Es lag aber eine unendliche Zärtlichkeit in ihren Augen, als sie sich ansahen. Dann ging Tina in ihre Kammer und schloß die Tür.

Sie lehnte sich von innen dagegen und schloß die Augen. Ihr Herz klopfte. Ja, er würde ihr ein guter Mann sein.

*

Sie hielten es so, wie sie es besprochen hatten. Bürgermeister Fellbacher war überrascht, als die beiden zu ihm kamen. Martina ließ Friedel alles regeln. Die Formalitäten waren schnell erledigt.

»Ist ja eine richtige Blamage für mich als Bürgermeister. Da gibt es wohl schon seit längerem eine Liebschaft in Waldkogel und i hab' nix davon gewußt. Na, so was.«

»Wir haben uns auch große Mühe gegeben, die Sache geheimzuhalten. Das letzte Mal ging das ja schief. Da war ich der gehörnte Bräutigam. Jetzt bin i mir aber sicher. Meine Braut läuft net weg dieses Mal. Aber i bitt' dich, Fellbacher, häng's net an die große Glocke. Wir heiraten am Freitag. Erst nach vollendeten Tatsachen kann dann getratscht werden. Kein Wort vorher! Sonst lernst mich kennen, Fellbacher.«

»Was wirst dann machen, Friedel?«

»Ich ziehe mit meiner Tina fort und mach in unsere Scheune eine Disco«, grinste Friedel.

Er wußte, daß er damit den wunden Punkt des Bürgermeisters getroffen hatte.

»Um Gottes willen! Eine Disco in Waldkogel? In unserem schönen, ruhigen Waldkogel! Des wäre eine einzige Katastrophe. Mit der Ruhe wäre es vorbei.«

»Des liegt ganz bei dir, Fellbacher!«

Draußen auf der Straße mußte Martina herzlich lachen.

»Das war zu komisch mit der Disco! Der Bürgermeister wurde ganz blaß. Der hat deine Drohung ernstgenommen, Friedel.«

»Mir war es auch ernst damit. Des kannst mir glauben. Du willst doch eine Trauung im engsten Kreis. Bitte! Das habe ich dir versprochen und so soll es auch sein. Da schrecke ich vor nix zurück.«

Gleich anschließend besuchten sie Pfarrer Zandler. Friedel legte in der Gegenwart des Pfarrers den Arm um Martina. Dann holte er einen Briefumschlag aus der Innentasche seiner Lodenjacke und legte ihn auf den Tisch.

»Pfarrer Zandler! I will es kurz machen. I will die Tina am Freitag am späteren Nachmittag oben in der kleinen Kapelle am Pilgerweg heiraten. Da is was drin! Eine kleine Spende für die Kirche. I denk, des ist genug und erleichtert die Entscheidung. Fragen brauchst net stellen. Wir lieben uns und es muß schnell gehen. Also, wie is des? Am Freitag um sechzehn Uhr? Ah, und noch was, mußt es net bei der Abendmesse von der Kanzel verkündigen. Wir wollten erst Tatsachen schaffen. Kannst es dann der Gemeinde am Sonntag erzählen.«

Pfarrer Zandler schmunzelte.

»Na ja, lieber ein geheimes Aufgebot und eine wirkliche Trauung, als ein Aufgebot und keine Trauung. Letzteres gab es ja schon einmal. Ich werde nie vergessen, wie verloren du vor der Kirche auf deine Braut gewartet hast. Und Fragen soll ich keine stellen?«

»Nein! Wir sind uns einig. Wir lieben uns. Auf das Traugespräch können wir auch verzichten. Sie können uns ja in der Predigt alles sagen, was Sie uns sagen wollen.«

Pfarrer Zandler lachte. Das war ganz der Friedel, wie er ihn schon seit Jahren kannte. Er war damals ein kleiner Bub, als er Pfarrer in Waldkogel wurde. Damals war gerade sein Vater gestorben, und Friedel mußte sehr schnell erwachsen werden.

»Gut, dann mache ich mal eine Ausnahme. Also am Freitag um sechzehn Uhr in der kleinen Kapelle, der Petruskapelle. Ist aber schon schade, daß ihr nicht hier in Waldkogel in der Kirche heiratet, wenn die ganze Gemeinde dabei ist.«

»Es gibt bestimmt noch andere Gelegenheiten, zum Beispiel eine Taufe. Wenn man heiratet, dann will man ja auch Kinder.«

Pfarrer Zandler schmunzelte. Er betrachtete Martina, die bei dem letzten Satz von Friedel ganz rot geworden war.

»Hast dir ein fesches Madl ausgesucht, Friedel.«

»Ja, fesch ist sie, meine Martina. Die trägt den Namen des heiligen Martins zu Recht. Der hat doch auch die Hälfte seines Mantels fortgegeben. Lieber hatte er es net so warm, aber ein anderer wurde glücklich. Meine Martina, die ist genauso. Die würd' auf alles verzichten, nur schon auf Verdacht hin, daß jemand anders unglücklich sein könnte, Herr Pfarrer. Ja, so ist meine Tina.«

Martina verstand ganz genau, was Friedel ihr damit sagen wollte. Sie hätte auf ihn verzichtet, weil sie Angst hatte, daß sie ihm schaden könnte.

Auf dem Heimweg liefen sie nebeneinander her.

»Bist zufrieden, Tina?«

»Ja, Friedel! Es ist alles wunderschön.«

»Des freut mich.«

Am Nachmittag fuhr Martina in die Stadt und kaufte sich ein Dirndl. Sie hatte sich vorher bei Anna erkundigt, in welchem Geschäft sie ihre schönen Dirndl gekauft hatte. Anna hatte Martina in die Arme genommen und ihr von Herzen alles, alles Gute gewünscht, als sie gehört hatte, daß sich die Freundin für ein Leben an der Seite von Friedel entschieden hatte. Anna hätte Martina gern begleitet, aber ihre eigenen Hochzeitsvorbereitungen ließen ihr dazu keine Zeit.

Während Martina in der Stadt war, besuchte Friedel die Freunde. Leonhard und Martin waren total überrascht.

»Deswegen hat die Tina mich links liegen lassen, Friedel. Die war in dich verliebt. Na, da kann i dir nur gratulieren.«

*

Die Trauung beim Bürgermeister dauerte nur eine Viertelstunde.

Anschließend fuhren alle gemeinsam in dem großen Geländewagen von Martin und Leonhard auf den Berg, bis ein Stück unterhalb der Petruskapelle. Die letzten fünfhundert Meter, die doch steil waren, mußten sie zu Fuß gehen. Friedel hielt Martina fest an der Hand. Pfarrer Zandler wartete schon in der Kapelle.

Es war eine kleine, aber sehr feierliche Trauung. Alle Gäste waren tief bewegt. Als der Pfarrer den Schlußsegen gesprochen hatte, sagte er wie immer:

»So! Jetzt dürft ihr euch küssen.«

Friedel schaute Martina in die Augen. Darin sah er so viel Glück und Zärtlichkeit. Er nahm sie in die Arme und sie küßten sich. Sie küßten sich lange und innig. Martin und Leo witzelten leise in den Kirchenbänken wegen dieses langen Kusses.

Friedel drehte sich nur kurz um und bemerkte:

»Ruhe da auf den hinteren Plätzen!«

Dann schloß er seine Braut wieder in die Arme.

Friedel schickte seine Mutter und die Gäste voraus zu den Autos. Er und Martina standen noch einen Augenblick alleine vor der Kapelle, die dort schon seit vielen, vielen Jahrhunderten stand. Sie stammte aus der Zeit, als die Pilger über die Berge nach Süden zogen.

Die Berge leuchteten in der Sonne, als hätten sie sich extra für das Ereignis herausgeputzt.

»Tina, ich liebe dich!«

»Friedel, ich liebe dich auch! Nimm mich bitte in den Arm und halte mich fest. Laß mich nie wieder los.«

»Ich werde immer bei dir sein, mein Liebling.«

Ihre Lippen fanden sich zu einem innigen Kuß.

»Wir müssen gehen, meine liebe Frau. Meine fesche Bäuerin.«

Hand in Hand gingen sie zu den wartenden Autos. Gertrud sah ihnen entgegen. Sie waren ein schönes Brautpaar. Martina sah so unschuldig aus in ihrem blaßrosa Dirndl und den rosa Blüten und grünen Berggräsern im Haar.

»Die nächste Hochzeit, das sind wir, Anna!«

»Ich weiß, Toni! Bald bin ich deine Frau.«

Toni nahm seine Anna in den Arm und küßte sie. Dann stiegen alle in die Autos und fuhren zum Sommerhalder Hof.

Aus der stillen Hochzeit wurde dann doch nichts. Irgendwie hatte es sich herumgesprochen und alle waren gekommen, dem Brautpaar Glück zu wünschen. Der Schützenverein, bei dem Friedel Mitglied war, hatte alles heimlich organisiert. Bierfässer und ein Festmahl für die vielen Gäste warteten auf dem festlich geschmückten Hof. Zuerst wurde das Bier angestochen und auf das Brautpaar angestoßen. Dann wurde gegessen. Anschließend wurde zum Tanz aufgespielt, bis weit in die Nacht. Als die letzten Gäste dann endlich gegangen waren, trug Friedel seine Tina über die Schwelle in ein gemeinsames Leben aus Liebe und Glück.

– E N D E –

Der kleine Ausreißer

Roman von Friederike von Buchner

MARTIN KELTER VERLAG · HAMBURG

Die letzten Strahlen der Abendsonne tauchten die Berghütte in warmes Licht. Toni und Anna saßen vor der Hütte in bequemen Liegestühlen, eine Decke über den Beinen. Sie wärmten ihre Hände an den großen Bechern mit heißem Tee. Tonis Hund Bello, ein junger Neufundländer, lag bei Anna und hatte seinen riesigen Kopf auf ihren Schoß gelegt.

Toni lächelte.

»Ja, ja, wenn der Bello nicht gewesen wäre! Der hat dich schneller in die Berge gebracht, als ich es mir je erträumt hatte. Und schau ihn dir an, wie er da liegt. Seit du da bist, bin ich ganz abgeschrieben.«

Anna schaute ihrem Toni in die Augen und lachte laut.

»Klingt, als wärst du eifersüchtig auf deinen Hund. Sei nicht albern, Toni!«

»Ich frage mich, wie das sonst gelaufen wäre mit uns zweien, dem Gebirgler und der Flachlandindianerin. Immerhin hattest du den festen Entschluß, keinen Fuß in die Berge zu setzen. Doch es war deine Neugierde auf Bello, die deine Meinung geändert hatte. So war es doch?«

Anna schmunzelte verlegen. Sie warf ihrem Bräutigam einen lieben Blick zu.

»Toni, Toni! Du kennst die Frauen nicht. Ich hatte mich doch schon im Zug in dich verliebt. Doch ich konnte dir doch nicht so einfach nachlaufen. Wie hätte das ausgesehen? Da kam mir Bello gerade recht. Ich gebe ja zu, daß diese Hunderasse mich schon als Kind fasziniert hat. Aber es war doch einfacher für mich zu sagen, ich will Bello ansehen. Ich konnte damals doch nicht zugeben, daß ich jeder Minute mit dir entgegenfieberte.«

Toni beugte sich zu ihr hinüber und küßte sie. Dann streichelte er Bello.

»Hast gehört, Bello! Du warst nur Mittel zum Zweck! Bilde dir ja nicht so viel ein.«

Sie lachten. Es waren nur noch wenige Tage bis zu ihrer Hochzeit. Alle hatten mit angepackt, Tonis Eltern und seine Freunde ebenso, wie die Freundinnen, die Anna mittlerweile schon in Waldkogel hatte. Alles war fertig. Annas Brautkleid hing in einem abgeschlossenen Schrank in ihrer Kammer. Die Biervorräte und das Essen für die verschiedenen Feiern auf der Berghütte waren eingelagert oder bereits organisiert. In den nächsten beiden Tagen würden Annas Familie, Verwandte und Freunde anreisen. Tonis Eltern hatten dazu ihre Pension zur Verfügung gestellt. Es wurden keine anderen Gäste aufgenommen. Das Hotel ›Zum Ochsen‹ war ebenfalls mit Hochzeitsgästen ausgebucht. Darüber hinaus hatten Toni und Anna bei Freunden und Nachbarn in Waldkogel noch Zimmer belegt.

Anna nahm einen Schluck Tee und lächelte.

»Was denkst du, mein Schatz? Du siehst so glücklich aus. Darf ich an deinen Gedanken teilnehmen?«

»Ein bißchen, aber nicht an allen!«

»So, du hast Geheimnisse? Du, ich bin dein zukünftiger Ehemann, gibt es da etwas, was ich wissen sollte?«

»Vielleicht! Aber du mußt dich noch gedulden! Das

andere erzähle ich dir gern. Ich bin froh, daß wir alles so gut vorbereitet haben. Ich freue mich auf die Feiern, auf das Fest mit allen jungen Leuten am Abend vor der standesamtlichen Trauung, auf die Trauung durch den Bürgermeister Fellbacher hier vor der Berghütte und auf die kirchliche Hochzeit drunten in Waldkogel. Vor allem freue ich mich auf ein paar wunderschöne ruhige Tage jetzt mit dir hier ganz allein auf der Berghütte. Wir machen schöne lange Bergwanderungen, sitzen abends vor der Berghütte, so wie jetzt, und schauen dem Sonnenuntergang zu. Wer weiß, wann wir wieder so viel Zeit haben, Zeit nur für uns, wenn die Berghütte erst einmal ganz eröffnet ist?«

»Freust du dich nicht darauf?«

»Doch, Toni, ich freue mich darauf, auf unser gemeinsames Leben. Wir werden Mann und Frau sein und gemeinsam die Berghütte betreiben. Es wird wunderschön werden. Wir werden den ganzen Tag zusammen sein. Du wirst immer bei mir sein. Ich bedaure andere Ehefrauen. Da geht der Mann morgens zur Arbeit und kommt oft erst sehr spät abends heim. Bei uns wird das nicht so sein. Du und ich, wir werden zusammen sein, jeden Tag.«

»Ja, Anna, das werden wir! Ich bin sehr glücklich darüber, daß ich in dir eine Frau habe – eine Frau bekommen werde –, die meine Ideale, meine Lebensvorstellungen und Pläne zu ihren eigenen gemacht hat. Ich weiß wohl, daß das nicht überall so ist.«

Anna streichelte mit der Hand Tonis Wange.

»Bilde dir ja nicht so viel ein. Darfst nicht denken, daß ich das nur dir zuliebe mache. Ich habe die Berghütte gesehen und wußte, daß ich hierher gehöre. Ich wußte, daß es das ist, was ich auch machen wollte.«

Die Sonne war jetzt hinter den Bergen verschwunden. Es wurde kühler. Toni und Anna gingen in die Berghütte. Anna setzte sich an den Kamin. Toni legte Holz nach und holte seiner Braut noch einen Tee. Dann setzte er sich an den Tisch und spielte Zither. Anna lauschte und dachte daran, was sie in den letzten Wochen und Monaten erlebt hatte, seit dem Augenblick, da ihr Antonius Baumberger im Abteil des Zuges gegenübergesessen hatte.

*

Karsten Niederhauser betrat den großen Walmdachbungalow im noblen Vorort. Wie so oft war der erfolgreiche Unternehmensberater und Chef einer großen Beratungsfirma mit vielen Angestellten spät heimgekommen.

Er stutzte über die vielen Koffer, die, schön nach Größe geordnet, in der Halle standen.

»Renate?«

»Ich bin im Salon!«

Mit großen Schritten eilte Karsten zu Renate.

»Was sollen die Koffer? Verreist du?«

Renate Niederhauser, eine sehr schöne Frau mit langen schwarzen Haaren und auffallend schöner Figur, schüttelte den Kopf.

»Setz dich, Karsten! Whisky oder Cognac?«

Sie trat zur Bar.

»Whisky.«

Renate füllte ein Glas mit Eis und gab uralten schottischen Whisky dazu. Sie reichte das Glas Karsten, der sich in einen der italienischen Ledersessel hatte fallen lassen. Sie selbst trank nur Orangensaft. Bewußt setzte sich Renate in den von ihm am weitesten entfernten Sessel.

»Nein, ich verreise nicht, Karsten. Ich bringe einige persönliche Dinge zu einer Freundin. Das meiste ist schon gepackt, Kleider und ein paar wenige Erinnerungen. Es war zwar sehr großzügig von dir, mir dieses Haus zu überlassen, quasi als Geschenk. Deine sehr gut bemessenen Unterhaltszahlungen würden es mir auch ermöglichen, dieses Haus zu unterhalten, Karsten. Aber ich will nicht!«

Karsten Niederhauser wollte etwas einwenden, doch Renate gebot ihm mit einer Handbewegung zu schweigen.

»Laß mich ausreden, Karsten! Ich weiß das sehr wohl zu schätzen. Aber ich will das nicht. Wir trennen uns zwar ohne Streit und ohne den üblichen Kleinkrieg, denke ich. Aber wenn wir uns schon trennen, dann will ich einen ganz neuen Anfang machen. Ich habe mir bereits eine Wohnung gemietet. Du kannst gerne hier wohnen bleiben oder sonstwie über das Haus verfügen.«

»Dir hat das Haus nie gefallen. Daraus hast du nie einen Hehl gemacht.«

»Stimmt! Mir hat das Haus nie gefallen. Ab dem Tag, an dem wir hier eingezogen waren, ging unser Leben entzwei. Es war kein Heim. Es war ein Aufbewahrungsort für kostbare Dinge, die Prestige und Ansehen bringen. Auch die Menschen waren hier nur Dekorationsstücke – ich – du – unser Sohn Dennis.«

»Ich habe es doch nur gut gemeint, Renate. Du hast es nie verstanden.«

»Darüber wollen wir jetzt nicht sprechen, Karsten. In der alten Villa mit den knarrenden Fußböden, den alten Fenstern, der mit Moos bewachsenen Treppe im Garten, den ausgetretenen Sandsteinstufen zur Vordertür, da fühlte ich mich wohl. Wenn es nach mir gegangen wäre, dann hätten wir diese alte Villa etwas renovieren und modernisieren können. Das wäre nicht so teuer gekommen wie dieser Palast mit dem Flair einer Eishöhle. Ich weiß, ich weiß! Du brauchtest das. Deine Klienten erwarteten das von dir. Ich brauchte das nie. Im gleichen Maße, wie du die Einrichtung und das Leben um dich herum verändert hast, hast du dich auch verändert, Karsten. Wir haben oft darüber gesprochen, und ich will mich nicht wiederholen. Wir haben zusammen ein Kind und wir haben deshalb beschlossen, daß wir alles so regeln, daß wir auch zukünftig noch miteinander reden können.«

»Ja, das haben wir! Gerade weil wir Dennis haben, dachte ich, daß du als Mutter hier bleiben sollst. Wenn Dennis in den Ferien heimkommt, dann sollte er alles so vorfinden wie immer.«

»Dennis ist jetzt zwölf Jahre. Die meiste Zeit des Jahres ist er im Internat. In den Ferien sind wir mit ihm, das heißt meistens bin nur ich mit ihm verreist, da du ja keine Zeit hattest in den letzten Jahren.«

»Jemand mußte das Geld verdienen!«

»Es war kein Vorwurf, Karsten! Nur eine Feststellung! Machen wir es kurz! Ich bleibe nicht hier! Ich gehe erst einmal zu einer Freundin. Die unterschriebenen Dokumente habe ich auf deinen Schreibtisch im Arbeitszimmer gelegt. Die entsprechenden Passagen habe ich gestrichen. Ich muß noch ein paarmal ins Haus, um einige Kisten zu holen und Dennis' Sachen. Ich werde tagsüber kommen, wenn du in der Firma bist. Wenn ich damit fertig bin, lasse ich den Schlüssel hier. Ich habe mit dem Gärtner und der Haushälterin gesprochen. Es wird alles so weiterlaufen. Solltest du Fragen haben oder Rat brauchen, kannst du mich anrufen. Wir sind ja erwachsene Leute.«

Renate trank ihren Saft aus und stand auf.

»Ich werde jetzt ein Taxi rufen. Ich bekomme nicht alle Koffer in meinen Sportwagen.«

»Ich kann dir auch helfen!« Karsten war aufgestanden.

»Nein, danke! Sicherlich ist das gut gemeint, aber ich muß mich daran gewöhnen, daß ich jetzt alleine bin. Bleibe bitte sitzen.«

Renate Niederhauser wirkte nach außen kühl und sachlich. In Wirklichkeit war sie innerlich zerrissen. Ihr Herz war wund vom Leid, von der Enttäuschung über ein gemeinsames Leben mit dem Mann, den sie einmal geliebt hatte. Doch er hatte sich so verändert. Er war ein völlig anderer geworden. Deshalb hatten sie beschlossen sich zu trennen.

Renate Niederhauser drehte sich um und ging hinaus. Karsten hörte, wie sie von der Halle aus nach einem Taxi telefonierte. Er blieb sitzen und lauschte mit geschlossenen Augen. Er fühlte sich müde, leer, erschöft, wie jeden Tag nach einem so langen Arbeitstag.

Dazu kam, daß er Renate nicht verstand. Er hatte lange gedacht, daß er alles richtig machte. Er wollte seiner Familie alles bieten. Sein Sohn sollte es einmal besser haben. Dann mußte er feststellen, daß Renate ihn nicht verstand.

Karsten ging in sein Arbeitszimmer. Dort auf dem Schreibtisch lagen die Trennungspapiere, die Renate unterschrieben hatte. Die Abschnitte, die den Walmdachbungalow betrafen, hatte sie gestrichen. Darüber hinaus hatte sie eine Anmerkung gemacht, daß sie mit der Reduzierung ihrer Unterhaltszahlung einverstanden sei, da sie ohne die Immobilie weniger Ausgaben habe. Das ist ganz Renate, immer anständig und fair, dachte Karsten. Er beschloß, ihr dennoch die volle Summe zukommen zu lassen.

Jetzt fuhr das Taxi vor. Er hörte, wie der Taxifahrer die Koffer hinaustrug.

Das Telefon läutete. Karsten blickte zur Uhr. Es war kurz nach Mitternacht. Mißmutig nahm er den Hörer ab und meldete sich. Er lauschte.

»Warten Sie!« schrie er und rannte mit dem drahtlosen Telefon hinaus.

Renate stieg gerade in ihren Sportwagen und wollte abfahren.

Wortlos hielt er ihr den Hörer hin. Renate sah Karsten an und erkannte, daß etwas nicht stimmte. Trotz der Dunkelheit, die nur von den Lampen neben dem Eingang erhellt wurde, sah Renate, daß Karsten blaß war. Seine Hand zitterte, als er ihr den Hörer gab.

Für einen Augenblick hatte sie gedacht, daß es ein schwacher Versuch sei, sie zurückzuhalten. Aber das Aussehen des Mannes, mit dem sie über fünfzehn Jahre zusammen war, belehrte sie eines Besseren.

»Renate Niederhauser«, meldete sie sich.

Sie lauschte. Während des Gespräches mußte sie sich am Auto festhalten.

»Unternehmen Sie nichts! Wir kommen sofort! Erst einmal keine Polizei! Wir fahren sofort los!«

*

Dann ging alles sehr schnell. Ihr Gepäck wurde wieder ausgeladen. Karsten Niederhauser drückte dem Taxifahrer einen großen Schein in die Hand. Dieses Mal half Karsten Niederhauser, die großen Koffer ins Haus tragen. Renate eilte in das Ankleidezimmer ihres Noch-Ehemannes und warf das für ihn Notwendigste in eine Reisetasche.

Sie stürzten aus dem Haus.

»Steig ein! Wir nehmen mein Auto.« Renate warf Karsten seine Reisetasche zu.

»Wollen wir nicht mit meinem Auto fahren?«

»Ich habe das Sorgerecht für Dennis! Wir nehmen meinen Wagen. Wenn du willst, kannst du hier bleiben. Außerdem bist du nicht im Stande zu fahren. Anschnallen!«

Sie fuhren los.

*

Nach zwei Stunden rasanter Fahrt über die nächtliche Autobahn kamen sie vor dem Internat an. Das Tor zu dem großen Park war offen. Das große alte Schloß lag in völliger Dunkelheit, bis auf die erleuchteten Fenster der Verwaltung im Erdgeschoß. Als sie hielten, kamen ihnen der Direktor, seine Frau, einige Lehrer und sogar der alte Hausmeister entgegen.

»Wo ist Dennis? Wie konnte das passieren? Ich werde Sie haftbar machen! Wenn meinem Jungen etwas passiert, dann hat das ein juristisches Nachspiel. Dann können Sie schließen!« brüllte Karsten Niederhauser.

»Karsten! Laß doch die Leute erst einmal erzählen!« versuchte Renate ihn zu beruhigen.

*

Sie gingen hinein. Den ganzen Weg bis zum Büro des Direktors schimpfte Karsten Niederhauser laut und stieß die wildesten Drohungen aus.

»Hier bitte, das haben wir gefunden. Er hatte es wohl in den Briefkasten geworfen, bevor er ging. Unser Hausmeister, Herr Höbel, hat es gefunden.«

Direktor Dr. Kallmann reichte Karsten Niederhauser ein Blatt. Das Papier war die Seite eines Schulheftes. Renate und Karsten erkannten sofort die Schrift ihres Sohnes.

Dennis hatte geschrieben, daß er in die Welt hinausgehen wolle. Es sei sinnlos, nach ihm zu suchen, da man ihn doch nicht finden werde. Außerdem sei es nicht schlimm, wenn er fort wäre, da es ja eine lange Warteliste für das Internat gebe und ihn niemand vermissen werde. Seine Bücher sollte Herr Höbel bekommen.

Die Eltern ließen das Blatt sinken und schauten in die Runde. Sie waren erschüttert. Die Frau des Direktors, ebenfalls Lehrerin am Internat, schenkte allen Kaffee ein.

Der junge Lehrer Herr Geible berichtete: »Um neun Uhr müssen die Schüler im Bett sein und das Licht ausmachen. Die Zimmertüren bleiben offen. Ich hatte die Aufsicht heute nacht. Als ich um zehn Uhr schaute, waren alle im Bett und schliefen wohl auch. Dennis' Bett war leer. Ich dachte, er sei auf der Toilette, weil dort Licht brannte. Um elf Uhr machte ich dann meine letzte Runde, bevor ich mich auch schlafen lege, normalerweise. Da mache ich dann auch die Zimmertüren zu. Dennis war nicht im Bett. In der Toilette brannte immer noch Licht. Ich schaute nach. Dennis war nicht in den Sanitärräumen. Ich suchte überall. Dann machte ich Licht in seinem Zimmer und schaute in seinem Schrank nach. Sein Schrank kam mir irgendwie leer vor. Dann fiel mir auf, daß sein Rucksack nicht da war, aber alle Bücher fein säuberlich auf seinem Schreibtisch aufgestapelt waren. Ich weckte zuerst Herrn Höbel. Es kommt vor, daß Schüler sich nachts mal im Park herumtreiben. Wenn sie Kummer haben oder Heimweh, dann verkriechen sie sich manchmal. Wir suchten den ganzen Park ab. Dann fand Herr Höbel den Zettel im großen Briefkasten neben dem Eingangstor.«

»Normalerweise wären wir erst am nächsten Morgen darauf gestoßen«, erklärte Direktor Dr. Kallmann.

»Sobald Sie den Brief gefunden hatten, riefen Sie uns an?« fragte Renate Niederhauser.

»Ja!«

»Wo kann er nur hin wollen? Er ist doch erst zwölf Jahre!« grübelte Karsten Niederhauser und rieb sich die Stirn.

»Darüber haben wir uns in der Zwischenzeit auch Gedanken gemacht«, bemerkte Frau Kallmann. »Dennis ist ja ein besonders stiller Junge. Man weiß nie, was in ihm vorgeht. Ich unterrichte ihn in Biologie und Geographie. Darin ist er sehr gut. Er ist Klassenbester. Die beiden Fächer interessieren ihn sehr.«

»Und Sport!« warf der junge Lehrer ein. »Doch das ist bei Jungs in diesem Alter nicht ungewöhnlich.«

»In allen anderen Fächern hat er in diesem Schuljahr enorm nachgelassen. Er hat fast jede Arbeit verhauen.«

»Das wissen wir. Ich habe lange und nachdrücklich mit ihm gesprochen, nach dem letzten Zeugnis«, bemerkte Karsten Niederhauser. »Das mußte ich ja wohl auch als Vater.«

»Das war auch das einzige, was du gemacht hast. Sonst bist und warst du als Vater ja nie zur Stelle.«

»Renate, wir waren uns doch einig, daß es für den Jungen am besten ist, wenn er eine gute Erziehung in einem Internat erhält. Außerdem dachten wir, daß er unsere Trennung nicht so mitbekommt.«

»Du wolltest das mit dem Internat, du! Nicht ich! Jetzt siehst du, was dabei herausgekommen ist. Es ist alles deine Schuld! Aber ein richtiger Vater bist du nie gewesen. Wann hast du früher schon einmal mit ihm gespielt? Als er noch ein Baby war, bist du früh morgens ins Büro, da hat Dennis noch geschlafen. Abends, wenn du gekommen bist, hat er schon wieder geschlafen. Kein Wunder, wenn der Junge denkt, daß ihn niemand vermißt.«

Renate Niederhauser kämpfte jetzt mit den Tränen.

»Wir müssen die Polizei verständigen!« forderte Karsten Niederhauser.

»Die Polizei nimmt so früh noch keine Vermißtenanzeige auf, denke ich«, bemerkte Direktor Dr. Kallmann. »Herr Höbel hat allerdings eine Idee.«

Der Direktor schaute Herrn Höbel an.

»Dennis war oft bei mir. Ich mag den Jungen. Er hat sich von mir Bücher ausgeliehen, Bücher, die es in der Schulbibliothek nicht gibt. Bücher über die Berge, Berichte über Bergsteiger! Romane, die in den Bergen spielen! Ich wußte erst nicht, ob ich sie ihm ausleihen sollte und habe das dann mit dem Herrn Direktor abgesprochen.«

»Ich hatte keine Einwände. Natürlich haben wir eine Vorauswahl getroffen«, ergänzte der Schulleiter.

»Dennis hat auch all meine Bergzeitschriften gelesen. Als junger Mann war ich viel in den Bergen. Jetzt bin ich ja alt. Da ist es mit dem Klettern nichts mehr. Dennis war von den Bergen ganz fasziniert. So wie andere Jungen sich für Fußball oder für moderne Musik interessieren, konnte man sich mit Dennis stundenlang über die Bergwelt unterhalten. Er hat mir auch erzählt, daß er mal in den Ferien in den Bergen war.«

Überrascht schauten sich Dennis' Eltern an. Sie hatten nie Urlaub in den Bergen gemacht. Angestrengt dachten sie nach. Dann fiel ihnen etwas ein.

»Wir waren mit dem Auto unterwegs in den Süden. Meine Frau mag keine Tunnel, obwohl die Strecke dann erheblich kürzer ist. Also fuhren wir die alten Paßstraßen. Dabei haben wir uns einmal total verfahren, weil wir im Nebel falsch abgebogen sind. Dann hatten wir auch noch eine Autopanne und mußten einige Tage in den Bergen verbringen, weil die kleine Autowerkstatt auf die Ersatzteile warten mußte. Dennis spielte während der Zeit mit den Kindern im Dorf. Sie waren den ganzen Tag unterwegs.«

»Ich kann mich nicht einmal erinnern, wie das kleine Dorf hieß, Karsten. Damals war Dennis…« Renate überlegte. »Dennis muß acht Jahre gewesen sein. Kannst du dich noch an den Namen des Ortes erinnern, Karsten? Das muß unser letzter gemeinsamer Urlaub gewesen sein.«

»Waldheim, Walden, Waldbach, Waldtann? Irgend so etwas in der Richtung! Hast du eine Autokarte im Wagen, Renate? Ich weiß noch, wie wir damals gefahren sind. Rechts oder links von unserer Route muß der Ort liegen.«

Herr Höbel räusperte sich.

»Der Ort heißt ›Waldkogel‹ und ist ein kleines Dorf am Ende eines Tales!«

Die Eltern schauten ihn überrascht an.

»Ja, Waldkogel! Jetzt erinnere ich mich auch wieder. Hat Ihnen das Dennis gesagt?«

»Ja! Er muß dort sehr glücklich gewesen sein. Wenn ich ihm von meinen Ausflügen und Wanderungen erzählt habe, dann hatte er mir von Waldkogel berichtet. Wilde Geschichten hat er erzählt. Dabei hat er wohl manches erfunden. Nur eines habe ich herausgehört: gefallen hat es ihm da sehr.«

»Was für Geschichten hat er denn erzählt?«

Herr Höbel lächelte und erzählte den völlig überraschten Eltern Geschichten von Berghütten, Lawinen, Wilderern, von Übernachtungen im Steilhang und anderes.

»Mir war klar, daß Dennis die Geschichten größtenteils erfunden hatte. Wahrscheinlich hat er das aus den Büchern und Zeitschriften. Aber schön waren die Geschichten schon. Der Bub liebt die Berge. Wenn es mein Bub wäre, dann würde ich da suchen.«

»Aber Waldkogel ist weit. Wie will er da hinkommen?«

Wieviel sie auch redeten, sie kamen nicht weiter. Direktor Dr. Kallmann wollte am Morgen mit den Klassenkameraden von Dennis sprechen. Er hatte die Schüler in der Nacht nicht geweckt. Vielleicht wußten ja seine Klassenkameraden etwas. Die Frau des Direktors gab Dennis' Eltern zwei Zimmer, damit sie sich etwas ausruhen konnten. Gleich um acht Uhr wollten sie dann doch die Polizei verständigen.

Als Frau Kallmann Renate Niederhauser um neun Uhr weckte, mußte sie ihr berichten, daß Dennis mit keinem seiner Klassenkameraden über seine Pläne gesprochen hatte. Der Direktor hatte die Polizei informiert und ihr auch ein Bild von Dennis gegeben.

Renate und Karsten Niederhauser machten sich direkt nach dem Frühstück auf den Weg nach Waldkogel.

*

Die erste Anlaufstelle in Waldkogel war die kleine Polizeistation unweit des Rathauses. Gewolf Irminger war bereits per Fax auf dem Dienstweg informiert worden.

»Also gefunden is der Bub noch net. Und mit der Suche, des is auch schwierig. Also, wenn er hier in Waldkogel auf der Straße rumläuft, da wird er auffallen und ein Bub alleine in den Bergen auch. Aber die Suche in den Bergen is schwierig, wenn net gar unmöglich. Was denken s' denn, wieviel Wege es hier gibt, rund um Waldkogel?«

»Sie müssen sofort einen Suchtrupp zusammenstellen!« forderte Karsten Niederhauser.

Der Polizist lachte.

»Also erstens, bin i da ganz alleine. Zweitens hab ich schon alle informiert, die i hab informieren können. Obwohl der Bub ja net unbedingt hier in Waldkogel sei' muß. Des is ja nur eine Möglichkeit von vielen. Aber Sie können beruhigt sein. I hab die Bergwacht informiert. Die werden mal mit dem Hubschrauber suchen. Alle Almen und Berghütten in der ganzen Gegend, die sind schon informiert oder werden noch informiert. Machen Sie sich net so viel Gedanken. I hab auch schon mit unserm Bürgermeister, dem Fellbacher Fritz, gesprochen. Der denkt auch, daß so ein kleiner Ausreißer über kurz oder lang doch einen mächtigen Hunger bekommt. Dann wird der sich schon melden.«

»Ihre Ruhe möchte ich haben, Herr Irminger!« brüllte Karsten Niederhauser.

»Sie brauchen gar net so rumschreien hier, mein

Herr! Ich habe alles gemacht, was zu machen war. Wo kann ich Sie erreichen, wenn i was hören tue oder der Bub gefunden wird?«

»Wir werden uns hier Zimmer nehmen. Was gibt es hier an Pensionen oder Hotels?«

»Wir haben das Hotel ›Zum Ochsen‹. Das ist gegenüber und weiter oben, Richtung Dorfausgang ›Beim Baumberger‹, des ist eine nette kleine Pension. Dann gibt es auch noch Höfe, die Zimmer vermieten. Aber zur Zeit is es schlecht!«

»Wir wissen, es ist Sommer, Hochsaison!«

»Ja, des auch! Aber der Toni und die Anna heiraten. Der Toni is der Sohn vom Baumberger. Des gibt eine richtig große Hochzeit. Da sind alle Zimmer ausgebucht. I glaub', da haben Sie kein Glück! Höchstens können Sie es mal auf einer Alm probieren. Da können Sie Glück haben. Wenn es sein muß, dann müssen Sie im Heu schlafen. Nach der Hochzeit sind dann wieder mehr Zimmer frei.«

»Karsten, komm, wir suchen uns eine Unterkunft auf einer Alm.«

Renate gab dem Polizisten Irminger die Handy-Nummern von ihr selbst und ihrem Noch-Ehemann, wie sie Karsten bezeichnete.

Langsam fuhren sie durch den Ort.

»Erinnerst du dich, Karsten, wo wir damals übernachtet haben? ›Zum Ochsen‹ hieß das nicht. Vielleicht war das in dieser Pension, ›Beim Baumberger‹. Obgleich ich mich an den Namen nicht mehr erinnern kann. Namen waren noch nie meine Stärke. Ich kann mich aber an das Haus erinnern. Ich fahre mal dahin.«

Blaß und stumm saß ihr Mann neben ihr. Karsten Niederhauser ließ alles mit sich geschehen.

Renate hielt vor dem Haus der Familie Baumberger an.

»Du, Karsten, das war hier! Ich erinnere mich genau.«

Renate stieg aus dem Auto aus und ging zur Tür. Dort hing ein Zettel.

»Wegen Familienfeier geschlossen!«

Renate Niederhauser rüttelte an der Tür. Sie schlug mit Fäusten dagegen.

Dann hörte sie drinnen etwas. Der Schlüssel wurde umgedreht und zwei Riegel zurückgeschoben. Die Tür ging auf. Verlegen stand Renate Niederhauser vor Xaver Baumberger, der grimmig dreinschaute und wortlos auf den Zettel deutete.

»Unser Sohn ist weggelaufen aus dem Internat. Er ist erst zwölf Jahre alt. Wir haben Hoffnung, daß er hierher gekommen ist. Wir waren vor ein paar Jahren schon einmal hier in Waldkogel. Da haben wir bei Ihnen übernachtet. Ich weiß ja, daß Sie geschlossen haben, aber können Sie uns nicht doch helfen? Wir waren auf der Polizei. Herr Irminger, der Polizist, meint, wir kämen vielleicht auf einer Alm unter. Können Sie uns nicht helfen? Wir haben die Hoffnung, daß unser Sohn nach Waldkogel will«, sprudelte Renate hervor und ergänzte stockend, was sie wußte. Dabei schwankte ihre Stimme.

Xaver Baumberger musterte die Frau von oben bis unten. Renate Niederhauser trug einen hellblauen Hosenanzug aus Wildseide und teuerste italienische Schuhe mit dünnen Riemchen und sehr hohen Absätzen. Unter den Arm hatte sie eine kleine Tasche aus Krokodilleder geklemmt, die farblich und vom Material zu den Schuhen paßte. Sie trug Schmuck, eine Goldkette, einen Armreif und verschiedene Ringe, sowie Ohrringe mit kleinen Diamanten.

»Xaver, wer is des denn?« rief Meta Baumberger aus der Küche und kam gleich darauf zur Tür.

»Mein Name ist Renate Niederhauser! Hören Sie! Ich bin mir sicher, daß wir vor ein paar Jahren mal bei Ihnen übernachtet haben, zwei Nächte. Unser Auto war kaputt. Damals gab es eine Autowerkstatt neben der Post. Die gibt es wohl jetzt nicht mehr.«

»Die hat zugemacht! Die sind in die Stadt gezogen, des hat sich hier nimmer gelohnt. So viel Reparaturen gibt es hier net«, kommentierte Xaver. »Jetzt haben die eine Tankstelle und eine Autowerkstatt in der Stadt.«

Renate beachtete ihn nicht. Sie schaute Meta Baumberger fast beschwörend an.

»Wir hatten einen kleinen Jungen dabei, dem haben Sie Ihre Hasen gezeigt. Er wollte einen mitnehmen. Erinnern Sie sich?«

»Der Junge ist ausgebüxt, abgehauen is der aus dem Internat. Die Frau meint, der könnte nach Waldkogel sein. Vielleicht wollt er ja nach den Hasen sehen?«

Karsten Niederhauser war jetzt neben seine Frau getreten. Die beiden taten Meta leid. Sie bat sie herein. Xaver schloß die Tür wieder sorgfältig hinter ihnen ab.

Dann saßen sie in der Küche. Meta stellte ihnen eine kleine Brotzeit hin. Während sie sich die Geschichte der Ehe und die Geschichte über den kleinen Dennis anhörte, kochte sie weitere Gerichte für die Hochzeit, die sie dann einfrieren wollte.

»Frau Baumberger, Sie können sich nicht mehr an uns oder unseren Dennis erinnern?«

Meta Baumberger überlegte. Dann schüttelte sie den Kopf.

»Des is schwer, wir haben viele Gäste. Da sind auch immer wieder Leute mit Kindern dabei. Denen zeige ich immer die Hasen. Die sind für die Kinder aus der Stadt eben was Besonderes. Wenn Ihr Bub mit den anderen Buben gespielt hat, dann müssen Sie hier bleiben und mal rumfragen. Wenn er wirklich nach Waldkogel kommt, dann wird er mit den anderen Buben spielen wollen. Nur mit einem Zimmer wird es schwierig werden. Der Toni, unser Bub, der heiratet die Anna. Der Anna ihre ganzen Verwandten und engsten Freunde wohnen bei uns in der Pension. ›Zum Ochsen‹, des is auch unmöglich. Es kommen ja so viele, die net von hier sind.«

Renate traten Tränen in die Augen. Karsten wollte den Arm um sie legen. Sie schob ihn fort und rückte mit dem Stuhl von ihm weg. Meta und Xaver warfen sich Blicke zu.

»Am besten wär's oben auf der Berghütte. Der Toni und die Anna, die haben keine Gäste. Da is Platz genug auf dem Hüttenboden. Und in den Bergen sind Sie dann auch. Meinst net auch Meta? Sie könnten mit dem Auto bis rauf zur Oberländer Alm fahren und dann müßten Sie aufsteigen.«

»Ja, ich denk, daß des das Beste is. Hier ist kein Quartier zu bekommen, und auf der Berghütte is es doch noch ein ganzes Stück besser als auf den Almen. Ich werde mir mal Gedanken machen, vielleicht fällt mir doch noch etwas ein. Außerdem, wenn der Bub damals mit seinen Eltern hier bei uns geschlafen hat und so vernarrt in die Hasen war, kommt er vielleicht her. Möglich wäre es schon. Wir müssen da ein bisserl aufpassen, Xaver.«

Wenig getröstet und voller Sorgen machten sich Renate und Karsten auf zur Berghütte.

*

Toni und Anna kamen am späten Nachmittag von einer Bergwanderung zum ›Paradiesgarten‹ zurück, als Renate und Karsten Niederhauser sich zur Berghütte schleppten. Beide trugen je zwei Koffer. Renate hatte ihre Schuhe ausgezogen und war barfuß. Völlig ermattet ließen sie ihre Gepäckstücke fallen und sanken auf die Bank neben der Hüttentür. Anna und Toni konnten ein Grinsen kaum unterdrücken. Anna holte sofort eine Schüssel mit warmem Wasser und stellte sie Renate hin, damit sie ihre zerschundenen und wunden Füße baden konnte. Toni reichte ihnen mehrere Becher mit klarem Quellwasser, das sie wortlos austranken.

»Sie sind Toni Baumberger?« fragte Karsten Niederhauser noch immer atemlos.

»Ja, der bin i und des is mei Anna, mei Braut.«

»Ihre Eltern haben uns raufgeschickt.«

Dann berichtete Karsten, was alles geschehen war, seit letzter Nacht.

»Das ist ja schrecklich!« Anna war sofort voller Mitleid. »Gern bringen wir Sie unter. Sie können eine Kammer haben. Das Bett ist nicht besonders breit, aber besser als auf dem Hüttenboden ist so eine Kammer bestimmt. Sie sind dort ungestört. Im Augenblick ist noch niemand da. Aber in ein paar Tagen, nach unser Hochzeit, werden wir die Hütte offiziell eröffnen und dann kann es voll werden.«

»Du kannst die Kammer nehmen, Renate. Ich schlafe auf dem Hüttenboden.«

Toni und Anna schauten sich verwundert an.

»Wollen Sie sich die Kammer nicht erst mal ansehen? Wir können Ihnen auch noch ein Matratzenlager auf dem Boden machen, wenn Ihnen das Bett zu schmal ist.«

»Vielen Dank! Das ist nicht nötig!« sagte Renate leise. »Wir sind zwar noch verheiratet. Das ist aber rein juristisch. Die Trennung läuft schon. Die Scheidung wird folgen. Getrennte Schlafmöglichkeiten sind da wohl besser.«

Anna und Toni warfen sich erneut Blicke zu. Toni griff nach den Gepäckstücken, die im Weg standen.

»Die Reisetaschen gehören Karsten, die anderen drei Koffer mir.«

Toni nickte Renate Niederhauser zu und verschwand mit dem Gepäck in der Hütte.

»Ja, ja! Des gibt es auch«, sagte er leise.

Anna gab Renate erst einmal ein Paar frische, dicke Socken, nachdem sie ihre Füße bepflastert hatte. Renate humpelte in die Kammer, gefolgt von Anna. Renate konnte kaum gehen.

»Frau Niederhauser, haben Sie denn etwas Warmes zum Anziehen? Es kann hier oben sehr kalt werden.«

Statt einer Antwort, bekam sie ein Kopfschütteln. Dicke Tränen liefen Renate Niederhauser über die Wangen.

Anna holte warme Kleidung.

»Das kann ich Ihnen leihen. Ich denke, wir haben die gleiche Größe. Ein paar Hüttenschuhe habe ich auch für Sie. Ihre Füße sind so geschwollen. In normale Schuhe kommen Sie nicht rein. Morgen wird es besser sein.«

»Vielen Dank, Frau…?«

»Anna! Einfach Anna! Bald werde ich Frau Baumberger sein. Aber hier in den Bergen sagt niemand Frau Zirner oder dann Frau Baumberger. Wir duzen hier alle. Sagen Sie einfach Anna und Toni!«

»Ich bin Renate!« Sie streckte die Hand entgegen. »Danke, Anna!«

Anna ließ sie allein und ging hinunter in die Küche.

Toni hatte inzwischen Karsten den Hüttenboden gezeigt und ihm auch einen dicken Pullover von sich gegeben.

»Schlimm ist das mit denen! Und schlimm muß das für den Bub sein, Toni! Der arme Junge.«

»Ja, hoffentlich wird er bald gefunden.«

»Das hoffe ich auch. Was denkst, wo er sein könnte? Stell dir vor, daß du an seiner Stelle wärst. Toni, du bist in Waldkogel aufgewachsen. Du bist auch mal zwölf Jahre alt gewesen. Wo hättest du dich versteckt? Wo wärst du hingegangen?« Anna sah ihn fragend an.

»I weiß net. Außerdem wäre das etwas anderes gewesen. I kenn die Gegend ja. Der Bub is net von hier. Er war nur einmal kurz hier. I denk, wenn der es wirklich bis hierher schafft, dann kann er sich hier auch verstecken. Obst auf den Bäumen gibt es genug und Beeren und anderes Zeug auch. Es gibt eine Menge Schutzhütten in den Bergen. Da ist auch immer Proviant drin, für Notfälle. Da kann er schon eine Zeitlang sich rumtreiben, ohne Not zu leiden. Not leiden werden dann die, die danach wirklich Schutz in den Hütten suchen und dann keinen Proviant mehr finden. Wer auf einer Schutzhütte den Proviant aufgebraucht hat, der ist verpflichtet, dafür zu sorgen, daß wieder genügend Vorräte auf die Hütte kommen. Aber des wird der Bub nicht tun.«

»Hoffentlich wird ihm nichts passieren. Der arme Kerl. Wie unglücklich muß dieser Dennis sein!«

Toni nahm seine Anna fest in den Arm.

»Man wird ihn schon finden. Der Irminger wird sich schon etwas einfallen lassen. Und auf den Leonhard und die ganze Truppe von der Bergwacht da ist Verlaß. Die kennen auch alle Bergführer, die jetzt im Sommer die Touristen führen. Also wenn der Bub hier in der Gegend ist, dann wird er gefunden werden. Da bin i mir sicher.«

»Hoffentlich hast du recht, Toni!«

Anna kuschelte sich an Tonis Brust, und er drückte sie fest an sich.

»Ich wäre lieber die Tage mit dir noch hier alleine gewesen, Anna.«

»Ich auch! Aber was nicht zu ändern ist, das ist nicht zu ändern. Außerdem können wir doch unsere Wanderungen machen. Die Renate und der Karsten können doch mitkommen.«

»Lieber bin ich aber mit dir alleine! Da bin ich ganz egoistisch!«

Toni und Anna küßten sich lange und innig.

»Sie können ja alleine auf der Hütte bleiben. Außerdem wird der Alois ja auch bald kommen. Der wird sich dann gern um sie kümmern. Ich will jedenfalls die Tage noch genießen, mit dir hier in den Bergen. Ich will nur an Schönes denken und über Schönes sprechen und mich freuen, Anna. Die beiden leben in Scheidung. Das müssen sie alleine mit sich ausmachen. Da habe ich wenig Mitleid.

Weißt, da bin i ganz altmodisch. I denk, daß wenn man heiraten tut, dann soll man das tun, weil man ein ganzes Leben zusammenbleiben will.«

»Ja, Toni! So denke ich auch. Trotzdem habe ich Mitleid. Wir sind so glücklich. Wir sollten sie nicht verurteilen. Vielleicht lieben sie sich noch. Und nur die Umstände so kompliziert, daß ihre ganze Liebe darunter verschüttet wurde, wie unter einer Lawine. Jetzt haben sie auch noch den Kummer mit ihrem Jungen.«

»Anna, du bist eine mitfühlende Seele. Du bist so ein guter Mensch. Ja, des mit dem Bub ist sehr schlimm. Wir werden auf unsere Kinder gut aufpassen, Anna.«

»Ja, das werden wir. Sie werden hier in den Bergen groß werden. Ich weiß, daß es glückliche Kinder sein werden.«

»Ja, Anna! Das werden sie. Sie werden glücklich sein, weil ihre Eltern auch glücklich sind.«

Toni nahm seine Anna fest in die Arme und küßte sie. Sie küßten sich lange voller Innigkeit und Zärtlichkeit. Sie nahmen die Welt um sich herum nicht mehr wahr. Alle ihre Sinne waren nur auf den anderen in den Armen ausgerichtet. Sie fühlten die warme Nähe. Anna fühlte sich geborgen in Tonis Armen. Ihr Herz sagte ihr, daß diese Geborgenheit und Nähe niemals enden würde. Sie atmete den Duft seiner Haut und genoß die süßen zärtlichen Küsse. Toni fühlte sich als der glücklichste Mann der Welt. Die Liebe hatte seine Anna zu ihm in die Berge geführt, in seine Heimat. Sie hatte diesen Flecken in den schönen Bergen als ihre neue Heimat gewählt. Toni wußte, daß dies nicht nur ein Zugeständnis war. Annas Augen spiegelten ihm auch die Liebe zu seinen Bergen wider. Diese gemeinsame Liebe zu diesem Platz inmitten der ursprünglichen Natur war ein unsichtbares Band zwischen ihren Herzen, ein solides Fundament für ihre Liebe. Darauf bauend, konnten sie den Stürmen des Lebens trotzen.

»Meine liebe Anna! Mein Schatz! Liebe meines Lebens! Glück meines Daseins!« flüsterte Toni ihr zärtlich ins Ohr und küßte sie liebevoll auf ihr Haar.

Er war stolz auf seine Anna. Sie, die als Fremde aus dem hohen Norden gekommen war, hatte sich binnen kürzester Zeit die Herzen der Waldkogler erobert. Wenn Toni beobachtete, wie anmutig sie sich in ihrem Dirndl bewegte, dann konnte er kaum glauben, daß sie jemals im Leben etwas anderes getragen hatte als die Tracht der Berge. Ja, seine Anna war ein Kind der Berge, auch wenn sie hier nicht aufgewachsen war. Vielleicht kam das daher, daß ihre Eltern die Berge auch so geliebt hatten.

*

Am nächsten Morgen saßen die vier auf der Berghütte beim Frühstück, Toni, Anna und das Noch-Ehepaar Niederhauser. Die Hüttentür ging auf und Alois trat ein. Toni ging ihm sofort entgegen und nahm ihm den Rucksack ab.

»Warum hast du dich so abgeschleppt, Alois? I hätt' dir gern den Rucksack raufgetragen.«

Der alte Mann lächelte Toni stolz an, und sein Gesicht strahlte. Die vielen Falten und Runzeln, stolze Narben eines bewegten und auch manchmal schweren Lebens, gaben ihm trotzdem ein fröhliches Aussehen.

»I hab langsam gemacht, Bub! Des war gut. I kann's immer noch. I bin doch noch net ganz unnütz. I komm immer noch rauf auf den Berg, auch mit Rucksack. Jetzt hab i aber alles oben, was i brauchen tue.«

Toni brachte den Rucksack in Alois' Kammer, die unter der Stiege zum Hüttenboden lag. Dann legte er den Arm um den Alois.

»Des is der Lois! Er is mein bester Freund, ein väterlicher Freund, ein großväterlicher Freund. Früher hat er die Berghütte gemacht mit seiner lieben Frau. Jetzt lebt er meistens bei uns hier oben. Es ist gut, daß er mir und Anna ein bisserl auf die Finger schaut und hilft. Anna und i sind dem Alois dankbar für seine Erfahrung, die er an uns weitergibt. Alois gehört quasi zur Familie.«

»Des hast schön gesagt, Toni. Des is auch so. Du bist

mir wie mein eigen Fleisch und Blut ans Herz gewachsen und deine Anna auch. Was bin i stolz auf dich, daß du so ein fesches Madl hast wie die Anna.«

Toni bot Alois den Stuhl am Kopfende des Tisches an. Dann stellte er Renate und Karsten Niederhauser vor. Während Alois langsam und mit Bedacht sein Brot mit frischer Butter und selbstgekochter Marmelade aß und seinen Milchkaffee trank, lauschte der dem Bericht der Eltern.

»Du kennst dich doch hier aus, Alois? Wo könnt sich der Bub versteckt haben? Vorausgesetzt, daß er es bis Waldkogel geschafft hat«, fragte Toni.

Alois antwortete nicht sofort, das entsprach so ganz seiner ruhigen Art. Das Frühstück war beendet. Anna räumte den Tisch ab, bis auf den Kaffee. Dann saßen sie noch zusammen. Alois stopfte sich seine Pfeife. Das ging langsam und hatte fast rituelle Züge. Er zündete sie an und nahm ein paar Züge. Dann wandte er sich den Eltern zu.

»Da drüben der Berg heißt ›Höllentor‹. Es gibt da im unteren Teil des Waldes am Hang des ›Höllentors‹ eine alte, halbverfallene Holzfällerhütte. Sie wurde vor vielen Jahren aufgegeben. Doch sie steht noch immer. Das Dach ist bemoost, und die Hütte ist halb zugewachsen. Doch schon zur Zeit als Toni ein junger Mann war, haben sich die Buben dort oft getroffen.«

»Richtig, Alois! Ich erinnere mich!« warf Toni ein. »Die kleinen Buben spielen da noch immer.«

»Verboten war's, in den Wald am ›Höllentor‹ zu gehen. Aber Kinder reizt das Verbotene immer. Des war schon so, wie ich ein kleiner Bub war, des war so, wie der Toni klein war und des wird auch noch so sein, wenn dem Toni und der Anna ihre Kinder klein sind.«

Der alte Alois zog wieder an seiner Pfeife. Rauchwolken stiegen zur Decke der Berghütte auf.

»Ihr habt erzählt, daß der Bub damals mit anderen Buben gespielt hat. I denk mir deshalb, daß die ihm die alte Holzfällerhütte gezeigt haben. Da sollte man mal suchen.«

»Wo ist diese Hütte genau?«

Alois lächelte.

»Des is schwer zu beschreiben. Einen Weg gibt's da net bis ganz hin. Da ist alles zugewachsen. Die Bäume im Wald am ›Höllentor‹, die haben kein gutes Holz. Der Hang ist zu steil. Und viele Unfälle hat es damals gegeben. Dort Holz zu schlagen, des war immer höllisch. Deshalb hat man des aufgegeben. Der Hang steht jetzt unter Naturschutz. Des heißt, die Bäum' und alles drumherum kann so wachsen, wie es der Laune der Natur entspricht. Da is richtiger Urwald. Des macht den Wald für die Buben so anziehend. Alle Wege sind mittlerweil zugewachsen. Des muß man schon wissen, wo des is. Auswärtige können des net finden. Am besten wird es sein, wenn jemand vom Dorf mitgeht. Der Wolfi kennt den Weg.« Alois schaute Toni an. »Was meinst du?«

»Wer ist Wolfi?« fragte Karsten Niederhauser in die Runde.

»Des ist der Polizist, der Gewolf Irminger. Aber gerufen bei uns wird der nur Wolfi«, sagte Alois, der ganz ruhig da saß und die Angelegenheit überdachte.

»Dann sollten wir uns gleich aufmachen und wieder

hinuntergehen ins Tal, um dann mit Herrn Irminger zu suchen«, schlug Renate vor und stand auf.

»Renate, überlaß das deinem Mann!«

»Meinem Noch-Ehemann!« verbesserte Renate Anna sofort.

»Egal! Überlaß das Dennis' Vater. Du schaffst das nicht mit deinen wunden Füßen. Es ist auch besser, wenn du hier bleibst, denke ich. Falls die Bergwacht den Bub findet, wird ihn der Leonhard mit dem Hubschrauber hier heraufbringen.«

Nach kurzer Absprache einigten sich Karsten und Renate, daß sie es so machen wollten.

Toni begleitete Karsten bis zur Oberländer Alm. Er wollte auch noch einige Lebensmittel von dort mitbringen. Alois war vom Aufstieg müde und legte sich etwas hin. Anna setzte sich mit Renate vor die Hütte.

Es war ein wunderschöner Tag. Die Berge leuchteten in der Sonne, daß man die Schneefelder und Gletscher glitzern sah. Darüber spannte sich ein blauer Himmel. Dann und wann wanderten kleine weiße Wolken vorüber. Sie sahen aus, als hätte sie ein Maler hingetupft.

»Wie still es hier ist«, bemerkte Renate.

»Ja, die Stille! Das ist immer das erste, was Besuchern auffällt, die zum ersten Mal hier oben sind. Doch wenn man länger hier ist, dann lernt man auch die Geräusche der Berge zu deuten. Die Berge sind nicht tot, sie sind kein totes Gestein. Die Berge leben. Da ist viel Leben drin. Sie verändern sich ständig. Wasser friert in den Spalten und sprengt den Stein. Dann können einzelne Gesteinsbrocken abgehen, bis hin zu heftigem Gesteinsschlag. Es gibt Tiere, die Geräusche machen. Am schönsten für mich ist das Murmeln der Gebirgsbäche, wie das Wasser über die Steine sprudelt und spritzt. Dann kommen auch Geräusche vom Tal herauf. Um die Mittagszeit ruft die Glocke vom Kirchturm, nur kurz. Das Abendläuten zur Vesper erfüllt das ganze Tal. Der Klang wandert an den Felswänden hinauf, als wollte er sie als Leiter zum Himmel benutzen. Dann kommt auch das Echo zurück. Die ganze Natur wird zum Konzertsaal oder zum Gotteshaus. Friede verbreitet sich. Dann kannst du hören, wie alles schweigt und dem Klang der Glocken lauscht. Wenn sie unten im Tal langsam verklingen, hängt ihr Klang noch etwas zwischen den Bergen, bis das Echo ganz verhallt.«

Renate lauschte interessiert und höchst erstaunt Annas Beschreibung.

»Du hast das beschrieben wie eine Dichterin.«

Anna lächelte.

»Ich habe dir nur erzählt, wie ich es erlebt habe und erlebe. Worte vermögen es nicht zu beschreiben, was du in deinem Herzen spürst. Du kannst nur mit dem Herzen hören, Renate.«

Renate schaute Anna seltsam an.

»Jetzt denkst du, die Anna spinnt.« Anna lachte herzlich. »Hätte mir das damals jemand gesagt, was ich dir jetzt sagte, dann hätte ich das auch gedacht. Renate, es gibt Dinge zwischen Himmel und Erde, die entziehen sich einfach jeder Beschreibung. Man kann sie höchstens andeuten. Fühlen muß sie jeder selbst und hören in seinem Innern. Der Klang der Natur und eine Stille, die nicht so still ist, wird dich viel erfahren lassen. Öffne einfach dein Herz! Vielleicht hat dein kleiner Dennis das damals schon erkannt. Kinder sollen ja dem Himmel und der Natur viel näher sein, weil sie so ein reines Herz haben. Vielleicht wollte euer Dennis deshalb in die Berge.«

Renate schwieg eine Weile, dann sagte sie leise:

»Vielleicht hast du recht. Das Leben von Karsten und mir war immer voller Hektik. Ein Termin jagte den nächsten. So war es nicht immer. Erst als Karsten den großen Erfolg hatte, da veränderte sich alles. Ich kam mir vor wie eine Marionette, die an Fäden hing und nach dem Takt anderer tanzen sollte. Karsten ging es wohl noch viel mehr so. Doch ihm machte und macht es Freude, im Gegensatz zu mir. Er wollte es ja so. Dabei hat er sich immer mehr entfremdet. Wir spielten zwar immer noch im gleichen Stück, dachten wir. Doch unsere Rollen paßten nicht zusammen. Zuerst betraf es nur Karstens Arbeit, dann stellte ich fest, daß auch in unserem Privatleben nichts mehr da war, kein Gefühl, keine Verbundenheit, keine Gemeinsamkeit. Wir funktionierten auf perfekte Art. Dabei entfernten wir uns immer weiter von uns selbst und auch vom anderen. Wir wollten trennen zwischen Geschäft und Familie. Karsten schaffte es nicht. So einigten wir uns, uns als Freunde zu trennen. Trotzdem tut es weh, sehr weh. Wir hatten nicht gedacht, daß Dennis so darunter leiden könnte. Wir hatten ihm nie etwas angemerkt.«

»Ich verstehe dich, Renate. Ich weiß, was du damit sagen willst.«

Anna sah die Trauer und Verzweiflung in Renates Augen.

»Es gibt einen Satz, der oft oberflächlich dahergesagt wird, Renate. Doch wenn man wirklich die Worte wirken läßt, dann steckt viel drin. Er lautet: Jede Krise ist auch eine Chance.«

»Ich kann keine Chance sehen.«

»Renate, fang doch mal bei der Tatsache an, daß Dennis weggelaufen ist. Ich finde das ganz schrecklich. Und ich hoffe, daß es da oben Schutzengel gibt, die ihn unter ihre Flügel nehmen. Wenn das nicht geschehen wäre, was wäre dann gewesen?«

»Ich verstehe dich nicht, Anna.«

»Renate, wenn ich dich richtig verstanden habe, dann hattet ihr, du und Karsten, die Trennung gerade vollzogen. Du hattest deine Koffer ins Taxi geladen und bist im Begriff gewesen fortzufahren. Das hast du gestern erzählt.«

Renate spielte mit den Fransen an dem großen Schultertuch, das ihr Anna ausgeliehen hatte.

»Ja, ich verstehe, was du meinst. Ich wäre gezwungen gewesen abzufahren.« Dann fügte sie leise hinzu: »Dabei war eine große Traurigkeit in meinem Herzen. Ich trauerte um das erträumte gemeinsame Leben voller Liebe und Harmonie. Glaube mir, im Grunde wollte ich mich gar nicht von Karsten trennen. Wie es mit ihm ist, weiß ich nicht. Aber die Trennung war einfach logisch, weil all meine Versuche gescheitert waren. Ich habe es nicht geschafft, wenigstens ein ganz kleines Stück Liebe, Geborgenheit einer Familie, ein wirkliches Heim zu schaffen.«

Renate seufzte.

»Dann kam Karsten mit dem Telefon angerannt. Statt

abzufahren blieb ich, plötzlich zogen wir an einem Strang. Wir fuhren zusammen ins Internat. Wir sind jetzt gemeinsam auf der Suche nach Dennis. Zwar gibt es da immer noch einen großen Abstand, der sich über Jahre zwischen uns aufgebaut hat. Ja, so schlimm das auch ist mit Dennis, Anna, wenn es diese Krise nicht geben würde, dann wären wir nicht zusammen.«

Renate legte die Hand an die Stirn und schaute gegen die Sonne hinauf zu den Bergen.

»Plötzlich hat Karsten Zeit. Er hat ohne, daß ich etwas sagte, im Brüo angerufen und alle Termine abgesagt. Das ist kein Problem gewesen. Er hat sehr gute und loyale Mitarbeiter, auf die er sich verlassen kann.«

Renate lachte bitter.

»Es ist schlimm, daß es soweit kommen mußte. Wie oft habe ich ihn gebeten, sich mehr Zeit für die Familie, für Dennis zu nehmen? Er hatte nie Zeit. Jetzt hat er plötzlich Zeit. Ja, Anna! Es steckt wirklich ein tieferer Sinn in der Krise. Karsten besinnt sich vielleicht auf das, was wirklich wichtig im Leben ist. Jetzt hoffe ich nur, daß Dennis gefunden wird.«

»Ja, das hoffe ich auch. Mehr als das, Renate! Dennis wird bestimmt gefunden werden. Das spüre ich. Du wirst ihn, ihr werdet ihn finden und in die Arme schließen. Spürst du das nicht?«

»Wie meinst du das?«

»Man sagt doch, daß eine Mutter spüren kann, ob es ihrem Kind gut geht oder schlecht. Was spürst du, wenn du an Dennis denkst?«

Anna legte sacht ihre Hand auf den Arm von Renate.

»Sprich es nicht aus – sage es mir nicht! Denke an

deinen Sohn, an euer Kind. Dann wirst du es spüren. Es soll ein Band geben zwischen Menschen, die sich lieben. Dieses Band wird ihn zu dir, zu euch zurückbringen, davon bin ich überzeugt. Die Liebe ist ein mächtiger Zauber voller Geheimnisse, die wir Menschen mit unserem kleinen bescheidenen Verstand oft nicht gleich verstehen. Wir denken viel zuviel! Wir alle, alle Menschen müssen einfach mehr lieben.«

»Du meinst, ich soll Karsten lieben?«

»Nicht nur ihn. Liebe das Leben selbst, Renate. Es ist schön und reich, auch wenn es oft auf- und abgeht. Liebe die Natur, die Tiere. Schaue dich um! Freust du dich nicht an der Schöpfung? Wie wunderbar ist doch dieser Ausblick. Da unten ist das Tal mit Waldkogel.«

Anna holte das Fernglas und reichte es Renate.

»Hier schaue durch! Dann steigen die Wiesen und Weiden zuerst sanft, dann steiler die Berge hinauf. Die Bäume werden mehr, bis rundum sich ein Gürtel aus Wald erstreckt, bis er sich in der Höhe der Baumgrenze lichtet. Jetzt laß deinen Blick auf den Bergen ruhen. Siehst du die schroffen und kantigen Felsen? Gleich daneben liegen weiße Schneefelder, deren Reinheit jetzt noch mehr in der Sonne glänzt. Sie wirken so weich und schön.«

Anna ließ Renate Zeit, sich das alles genau anzuschauen. Renate setzte nach einer Weile das Glas ab.

»Du liebst die Berge sehr, Anna?«

»Ja, das tue ich. Sie sind für mich wie große Freunde, denen ich mich anvertrauen kann. Sie sind so stark und mächtig. Sie sagen mir, wie unbedeutend vieles ist und rücken das, was wirklich bedeutend ist, in den Mittelpunkt. Sie schützen mich vor der Welt da draußen, voller Hektik und Geschäftigkeit.«

Anna lachte glücklich.

»Weißt du, ich war früher ein bißchen so, wie du mir deinen Mann geschildert hast. Ich jagte jeden Tag dem Erfolg nach. Dieser Erfolg gab mir kein Glücksgefühl von langer Dauer. Ich war wie im Rausch. Dann kam ich hierher und mußte mir meine Liebe zu diesem Antonius Baumberger eingestehen. Er hing einem Traum nach. Er wollte die nächsten Jahrzehnte diese Berghütte bewirtschaften. Doch so einfach war das nicht. Ich wollte ihm helfen, seinen Traum zu verwirklichen. Doch wie? Da saß ich dann eines Tages alleine oberhalb von Waldkogel und schaute herunter auf das Tal. Bello war an meiner Seite. Ich hörte auf zu denken. Ich konnte auch gar nicht denken. Ich nahm nur noch die Schönheit der Berge, die Stille und Reinheit der Natur in mich auf. Ich atmete den Duft der Berge tief in mich ein. Dann fingen die Glocken der Kirche von Waldkogel an zu läuten. Mit jedem Schlag, der im Tal widerhallte, entstand tief in meinem Herzen die Lösung. Da wußte ich den Weg, den ich gehen mußte. Und ich fand Menschen, die mir dabei halfen. Toni bekam die Berghütte. Jetzt werde ich seine Frau. Wir werden hier gemeinsam leben und arbeiten. Das Leben wird dir vielleicht hart vorkommen, ohne fließendes Wasser aus dem Wasserhahn. Elektrischen Strom haben wir nur, wenn wir den Generator anstellen. Das macht Toni nur selten, weil er sehr laut ist und es auch so geht. Wir wollen die Hütte nach alter Tradition bewirtschaften.«

»Im Einklang mit der Natur und den Bergen.«

»Genau so, Renate. Viel Geld kann man damit nicht verdienen. Aber ich bin mir sicher, daß ich reichlicher belohnt werde, als jemals in meinem Leben zuvor.«

»Eigentlich bist du zu beneiden, Anna!«

»Neide mir nichts! Ich hoffe, daß du eines Tages vielleicht sogar froh bist, daß Dennis dich hier in die Berge gelockt hat. Hier finden du und auch dein Karsten all den Balsam, den ihr für eure wunden Seelen braucht. Wenn ihr offen seid und lernt zu lauschen, ohne zu denken, dann werdet ihr vielleicht auch eure verlorene Liebe wiederfinden.«

»Man spürt, wie glücklich ihr seid, du und dein Toni. Die Hütte ist erfüllt von eurem Glück. Gestern abend, als Toni musizierte und du beim Kamin gesessen bist, da betrachtete ich die Flammen. Ich dachte, daß sie leiser knistern, damit du die Liebeslieder deines Tonis besser hören kannst. Dann erinnerte ich mich an ein Gedicht von Friedrich Schiller. Da heißt es: Raum ist in der kleinsten Hütte für ein glücklich liebend Paar!«

Renate berührte Annas Schulter.

»Ich wollte dich nicht kränken, als ich sagte, ich beneide dich. Ich sehe nur, daß du das alles hast, von dem ich auch einmal geträumt habe und zum Teil auch hatte. Doch dann ging es verloren.«

»Dann suche es, Renate. Wenn man etwas verloren hat, gleich was es auch ist – dann sucht man doch oder?«

»Wo soll ich suchen?«

»Du suchst deinen Dennis hier in den Bergen. Suche auch dein Glück. Du wirst es finden. Schau dort! Diesen Berg nennen die Leute hier seit alters her ›Engelsteig‹. Es führt ein Pfad ziemlich hoch hinauf. Dort oben gibt es zwischen steilen Felswänden einen kleinen wunderschönen Ort. Dort blühen besonders viele Blumen, Blumen, die sonst in dieser Höhe nicht vorkommen. Es gibt einen kleinen Teich. Diesen Ort nennen wir den ›Paradiesgarten‹. Dort hinauf solltet ihr wandern. Ganz allein. Ich denke nicht, daß ihr dort Dennis finden werdet. Aber vielleicht werdet ihr Dennis und auch euch dann viel näher sein und ihr findet alle wieder zusammen.«

»Wenn ich Karsten dazu überreden kann.«

»Das wirst du schon schaffen. Ich richte euch zwei Rucksäcke mit Proviant. Verlaufen könnte ihr euch nicht. Ich bin ja hier auf der Hütte. Wenn etwas mit Dennis ist, dann verständige ich euch.«

»Ich werde versuchen, mit Karsten zu sprechen, Anna!«

Anna stand auf.

»Danke, daß du dir so viel Zeit für mich genommen hast. Du hast doch bestimmt anderes zu tun und Wichtigeres zu tun.«

»Das konnte warten.«

»Wenn ich dir etwas helfen kann, Anna, dann tue ich das gerne!«

»Danke, aber ich habe eine andere Aufgabe für dich! Bleibe hier draußen und betrachte die Berge. Betrachte sie, ohne zu denken. Schau sie so an, als wärest du ein Kind. Betrachte die Berge so, wie sie Dennis betrachtet.«

Dann ging Anna hinein in die Berghütte. Sie machte sich mit Ruhe und Sorgfalt an ihre Hausarbeit. Danach knetete sie den Brotteig für weitere Brote, die für die Bewirtung der Gäste bei ihrer Hochzeit gebraucht wurden.

*

Später kam Toni von der Oberländer Alm zurück. Bello zog zum ersten Mal den kleinen Aluminiumwagen, der nach Angaben von Anna gebaut worden war. Der Wagen war vollbeladen mit Eiern und Käse, sowie weiteren Dingen für das Fest, das Xaver im Auftrag von Meta zur Oberländer Alm gebracht hatte.

Die Oberländer Alm war noch gut mit dem Auto zu erreichen. Anna sagte oft im Scherz, die Alm sei der letzte Außenposten der Zivilisation vor der Bergwildnis.

»Wie hat es denn der Bello gemacht, Toni?«

»Großartig! Ganz famos! Du hast ihn wirklich gut trainiert, Anna! Er lief sogar ziemlich schnell mit dem vollen Wagen.«

»Das wundert mich nicht, Toni. Neufundländer Hunde sind wahre Kraftpakete. Sie sind ja ursprünglich zum Ziehen von kleinen Wagen und Schlitten gezüchtet worden. Deshalb hattest du dir Bello ja angeschafft.«

»Ja, das habe ich! Aber du hast ihn trainiert. Außerdem ist er dein Hund, seit er dich das erste Mal gesehen hat. Das macht mir aber nichts aus. In gewisser Weise kann ich das sogar verstehen. Du bist nämlich ein ganz tolles Madl.«

Toni küßte Anna.

»Was machen wir jetzt? Hast du noch viel Arbeit?«

»Nein! Toni! Der Brotteig muß noch gehen. Die Brote backe ich heute abend. Dann sind sie frisch zur Feier, aber nicht mehr so frisch, daß sie sich nicht anschneiden lassen.«

Dann flüsterte Toni:

»Ich habe kurz mit meinem Vater sprechen können. Es muß ein Wilderer unterwegs sein.« Dabei blinzelte er Anna mit den Augen zu. »Jemand hat heute nacht die Hasen aus den Ställen gelassen. Als meine Mutter sie heute morgen füttern wollte, hoppelten sie friedlich in ihrem Gemüsegarten herum. Aber ein Hase fehlt. Es ist der Braune mit den hellen Flecken.«

»Meinst, daß es Dennis war?«

»Gut möglich! Die Mutter denkt, daß er es war. Er muß sich auch im Garten bedient haben, mit Karotten, Rettich, Radieschen und Beeren. Ich will aber der Renate noch nix sagen oder denkst, i muß es ihr erzählen?«

Anna überlegte.

»Wir warten! Der Karsten ist ja unterwegs und kommt auch durch das Dorf. Hat deine Mutter es dem Wolfi gemeldet?«

»Der Vater will das tun!«

»Gut so! Ich denke auch, daß es der Dennis war. Dann geht es ihm gut. Allein ist er auch nicht mehr. Er war ja damals vor Jahren schon ganz vernarrt in die Hasen. Jetzt hat er sich einen Reisebegleiter geholt. Er hat sich für sich und den Hasen aus dem Garten bedient. Das Wetter ist warm. Ich bin sicher, daß er bereits ein schönes Plätzchen gefunden hat. Wenn alles aufgegessen und verfüttert ist, wird er wiederkommen.

Da bin ich mir sicher. Warten wir, bis Karsten vom Dorf kommt.«

Toni schaute Anna verwundert an. Anna schloß die Tür der Berghütte, daß sie besser reden konnten.

»Toni, der Dennis lebt ein Abenteuer. Seine Eltern finden dadurch vielleicht wieder zusammen. Auf ein paar Stunden kommt es nicht an. Ich denke mir, daß der Dennis jetzt vielleicht irgendwo an einem schönen Platz sitzt, an einem Bach, auf einer Lichtung im Wald, vielleicht auch irgendwo beim See. Er hält den Hasen in den Armen und gibt ihm all die Liebe, die er sonst niemandem geben konnte. Er füttert den Hasen. Dieser hoppelt ihm nach, wo immer er hingeht und schenkt ihm seine Zuneigung, weil er ihn aus dem engen Käfig befreit hat. Dennis fühlt sich glücklich. Glaube mir, Toni! Ich fühle es.«

Anna hauchte Toni einen Kuß auf die Wange.

»So und jetzt gehen wir beide ein Stück. Laß uns zum ›Erkerchen‹ laufen und die Aussicht genießen, Toni!«

»Wie du willst! I bin mir zwar etwas unsicher, aber magst recht haben. I bin als Bub auch oft ein paar Tage mit Freunden unterwegs gewesen. Da haben wir Wilderer gespielt. Schön is des gewesen. Der Leonhard und der Martin und i haben des oft gemacht. Wir waren vielleicht eine Bande! Beim ersten Mal hat uns der Förster gefunden. Der Vater hat mir den Hosenboden stramm gezogen, aber nur beim ersten Mal. Später dann hat sich Mutter eingeschaltet. Sie meinte, daß das sein müßte, das gehöre dazu, zum groß werden. I mußte ihr nur versprechen, daß i net auf gefährliche Felsen rumklettern tu.«

»Na siehst du, Toni! Komm, laß uns jetzt gehen.«

Sie verabschiedeten sich von Renate und machten sich auf den Weg. Renate sah ihnen wehmütig nach, wie sie Hand in Hand davongingen. Sie erinnerte sich an die abendlichen und nächtlichen Spaziergänge mit Karsten im Park, als sie frisch verliebt waren. Renate seufzte. Sie ging in die Berghütte, in die Kammer und legte sich auf das Bett. Sie war müde und erschöpft, gleichzeitig aber erfüllt von einer tiefen inneren Ruhe. Sie schloß die Augen und schlief gleich ein.

Als sie Stunden später aufwachte, war es draußen dunkel. In ihrer Kammer brannte Licht. Karsten saß auf einem Stuhl.

»Hast du ihn gefunden?« Mit einem Ruck saß Renate auf der Bettkante.

Karsten setzte sich neben sie. Er saß so dicht neben ihr, daß sie sich berührten.

»Wir waren in der Hütte. Herr Irminger hat mich hingeführt. Unterwegs sind uns ein paar Buben begegnet. Die rannten davon, als sie uns sahen. Irminger kennt sie und will bei ihnen vorbeigehen. Er vermutet, daß sie etwas wissen. Dann waren wir in der alten Holzfällerhütte. Da war in letzter Zeit jemand dort. Es gab Abfall. Es lag Schokoladenpapier herum und eine leere Verpackung von Keksen, auch leere Flaschen und Dosen. Sie waren nicht staubig. Deshalb vermutet Irminger, daß sie noch nicht lange da sein konnten. In den Flaschen und Dosen waren noch Reste von Flüssigkeiten, die heraustropften.«

»Meinst du, daß es Dennis war?«

»Das kann ich nicht sagen, Renate.« Er rieb sich die

Stirn. »Der Polizist hat mich gefragt, ob mein Sohn solche Kekse gern essen würde und so weiter. Renate, da wurde mir bewußt, wie wenig ich von Dennis weiß. Weißt du, was er gerne nascht?«

»Früher als er noch nicht im Internat war, da naschte er am liebsten die Eier mit dem Spielzeug drin.«

»Ja, solches Einwickelpapier lag auch herum. Und welche Kekse?«

»Diese runden Kekse mit Schokoladenfüllung. Dann mochte er Schokolade mit Erdbeergeschmack.«

Karsten packte Renate an den Schultern.

»Ja! Ja! Da lag die Verpackung einer Schokolade mit Erdbeerfüllung. Das muß unser Dennis gewesen sein.« Karsten Niederhauser sprang auf. »Ich werde Herrn Irminger gleich anrufen.«

Er griff nach seinem Handy und telefonierte. Aufrecht stand er in der Kammer und lauschte, was ihm der Polizist berichtete. Renate trat zu ihm. Er griff nach ihrer Hand, als suchte er einen Halt. Dann war das Gespräch zu Ende.

»Was ist, Karsten?«

»Bei den Baumbergers wurde heute nacht ein Hase gestohlen und der Garten geplündert. Das schaut ganz nach Dennis aus. Dann hat Herr Irminger die Buben befragt, die uns unterwegs begegnet sind. Er war bei vier Familien. Die Jungs haben alle ganz rote Köpfe bekommen, aber sie wissen angeblich von nichts. Der Polizist ist sicher, daß sie alle gelogen haben. Aber er kann es ja schlecht aus ihnen rausprügeln. Morgen will er weitermachen. Er ist davon überzeugt, daß Dennis Freunde im Dorf gefunden hat. Er ist sich sicher, daß er ein Dach für die Nacht hat und es ihm gut geht. Wir sollen uns beruhigen. Er meint, er findet ihn. Er hat auch eindringlich mit den Eltern der Jungen geredet. Vielleicht bekommt der Pfarrer etwas aus den Buben raus. Herr Irminger will noch heute mit Pfarrer Zandler sprechen. Er ruft morgen gleich an, wenn er etwas Neues weiß.«

Karsten hielt Renate das Handy hin.

»Der Akku ist leer. Hier auf der Hütte kann ich ihn nicht aufladen. Hat dein Handy noch Strom?«

»Ich habe kein Handy dabei. Das habe ich im Auto liegen lassen.«

»Daran hättest du wirklich denken können, Renate!« schimpfte Karsten.

»Sei still! Wenn du dich besser um Dennis und mich gekümmert hättest, dann wären wir nicht in dieser Situation. Aber dir war die Familie ja egal. Dir ging es immer nur um Erfolg, um die Karriere!«

Wütend rannte Karsten aus dem Zimmer. Renate folgte ihm.

»Ich muß noch mal runter ins Dorf.«

»Karsten, es ist dunkel draußen! Warum? Hat man etwas von Dennis gehört?« fragte Toni.

Karsten Niederhäuser berichtete.

»Dann mache ich den Generator paar Stunden an. Dann kannst dein Handy aufladen. In Renates Kammer ist eine Steckdose.«

Toni ging hinaus. Bald drang das Motorengeräusch des Generators durch die Wände der Berghütte. Gegen Mitternacht war Karstens Handy aufgeladen.

Zufrieden steckte er es in die Hosentasche.

»So, jetzt fühle ich mich nicht mehr so von der Welt abgeschnitten.«

Alois saß beim Kamin und lächelte.

Karsten bemerkte, wie lächerlich er sich mit dieser gedankenlosen Bemerkung gemacht hatte. Es war ihm sehr peinlich.

*

Gewolf Irminger, der Polizist, hatte Pfarrer Zandler aufgesucht. Dieser rief die Eltern der vier Buben an und bat sie, ihre Kinder sofort zu ihm in die Kirche zu schicken. Wenn der Pfarrer rief, dann hatte man zu gehen.

Es verging keine halbe Stunde, dann standen die vier Buben im Gotteshaus von Waldkogel. Pfarrer Zandler bemühte sich, streng auszusehen, aber eigentlich hatte er Mitleid mit den kleinen Sündern. Die Hände in den Hosentaschen, die Köpfe gesenkt, mit hochroten Ohren standen sie vor dem Geistlichen. Pfarrer Zandler schloß die Kirchentür ab.

»Also meine Buben! Ich habe jetzt ein paar Fragen an euch. Ihr könnt schweigen, dann bleibt ihr die ganze Nacht da. Oder ihr redet, dann lasse ich euch gleich wieder heim. Es liegt ganz bei euch!«

Er schaute sie an. Sie steckten die Köpfe zusammen und tuschelten.

Der Kleinste brummelte dann:

»Dann müssen wir bleiben, Herr Pfarrer! Wir haben einen Eid geschworen, daß wir nix sagen, nix verraten!«

»So, so!«

»Ja, Herr Pfarrer! Sie haben uns doch im Katechismusunterricht gesagt, daß man einen heiligen Eid net brechen darf. Es is doch so, oder?«

Die vier gingen zu einer Kirchenbank und setzten sich hin. Der Pfarrer betrachtete sie.

»Ihr gebt da ein schönes Bild ab, als die vier kleinen Märtyrer von Waldkogel. Doch ich muß euch sagen, daß ihr da einem Irrtum unterliegen tut. Der Herrgott im Himmel weiß alles. I bin nun mal zuständig für seine Firma in Waldkogel. Ihr könnt mir des ruhig sagen. Da brecht ihr den Eid net. I darf des, was ihr mir sagen tut, auch net weitersagen. Das wißt ihr doch?«

Eifriges Kopfnicken. Die Buben steckten wieder die Köpfe zusammen und flüsterten.

»Also gut, Herr Pfarrer!« murmelte einer von ihnen. »Was wollen Sie wissen?«

»Des wißt ihr genau! Kennt ihr den Dennis Niederhauser?«

Sie nickten und schauten unter sich.

»Wo ist er?«

Sie warfen sich Blicke zu und schwiegen.

»Ihr wollt also net reden, ihr dummen Buben? Na ja, dann sage ich euch, was ich mir denke. Wenn es stimmt, dann braucht ihr ja nur mit dem Kopf zu nicken.«

»Habt ihr ihn in der alten Holzfällerhütte versteckt?«

Es dauerte einen Augenblick. Sie steckten wieder die Köpfe zusammen und tuschelten. Dann schauten sie ihn mit scheuen Augen an und nickten.

»Gut so, ihr Lümmel! Jetzt sage ich euch etwas. Ihr

geht jetzt nicht mehr dahin. Ich kümmere mich jetzt um den Dennis. Wenn ich euch in seiner Nähe erwische, ohne daß ihr die ausdrückliche Erlaubnis von mir habt, dann setzt es was. Ist das klar?«

Die Buben glaubten dem Pfarrer aufs Wort. Es war sicherlich nicht gut, den Hirten von Waldkogel zu verärgern.

»Wir wollten dem Dennis doch nur helfen!« jammerte einer der Buben.

»Das weiß ich! Das war auch gut so und lieb von euch! Aber der Dennis ist ausgerissen, und seine Eltern und Lehrer sorgen sich. Ganz gleich wie. Ausreißen ist keine Lösung. Das war eine große Dummheit. Der Dennis wird das auch noch einsehen. Einfach wegzulaufen, das ist immer leicht. Weglaufen, wenn man Probleme hat, ist keine Lösung und war noch nie eine. Also, dann kommt morgen Mittag mal wieder hier vorbei und dann reden wir weiter. Jetzt macht, daß ihr heimkommt und schlafen tut. Das nächste Mal, wenn ihr Probleme habt, dann kommt besser gleich zu mir.«

Sie nickten und gingen zur Tür. Pfarrer Zandler schloß auf. Die vier Buben gaben dem Geistlichen nacheinander die Hand und gingen dann heim.

*

Pfarrer Zandler packte einen Rucksack mit warmen Sachen. Er nahm einen Schlafsack mit, Blechgeschirr, wie man es bei einer Bergwanderung benutzt. Seine Haushälterin füllte ihm zwei Thermoskannen. In der einen war Kräutertee, der mit viel Tannenhonig gesüßt war, in die andere Kanne hatte sie eine kräftige Suppe gefüllt. Der Pfarrer nahm auch Brot mit und etwas Kuchen, sowie Saft und Süßigkeiten. Dann machte er sich auf den Weg.

Als er in der Holzfällerhütte ankam, lag Dennis in der Ecke auf einem Haufen Blätter. Er schlief fest. In seinen Armen hielt er den Hasen fest an sich gedrückt.

Leise stellte der Pfarrer eine Lampe auf und packte die Sachen aus seinem Rucksack aus. Er hörte, wie in der Ecke hinter ihm die Blätter raschelten. Dennis war aufgewacht.

»Hast du gut geschlafen, Dennis? Ich bin Pfarrer Zandler, der Pfarrer in Waldkogel. Ich habe dir ein paar Sachen gebracht. Komm, setze dich her und iß erst einmal.«

Der Pfarrer goß Suppe in den Blechnapf und legte Brot und einen Löffel daneben.

»Nun, komm schon, die Suppe wird kalt. Es wäre schade darum. Sie schmeckt wirklich gut.«

Dennis stand auf, ohne den Hasen loszulassen.

»Komm, den Hasen halte ich so lange! Hat der auch Hunger?«

»Dem habe ich Mohrrüben gegeben und Zeug aus dem Garten.«

»Hast du schon einen Namen für den Hasen?«

Dennis gab dem Pfarrer das Tier.

»Ich nenne ihn Milky!«

Dennis streichelte liebevoll das Tier. Pfarrer Zandler beobachtete die Geste und sah, wieviel Zärtlichkeit und Fürsorge darin lag.

»Nun iß!«

Dennis löffelte die Suppe schnell leer.

»Die schmeckt wirklich gut. Besser als der Eintopf im Internat. Samstags gibt es da immer Eintopf.«

»Bist du nicht gern im Internat, wie?«

»Ach, so schlimm ist es das auch wieder nicht. Nur langweilig am Wochenende! Da bin ich oft alleine! Die anderen fahren fast alle am Freitag heim. Ich kann nur in den Ferien heim.«

Dennis zog die Nase hoch. Der Pfarrer sah, daß er mit den Tränen kämpfte und reichte ihm sein Taschentuch.

»Deine Eltern haben keine Zeit für dich, denkst du?«

Dennis zuckte nur mit den Schultern.

»Jetzt bist du weggelaufen?«

»Sie wissen das?«

»Die Polizei sucht schon nach dir!«

Dennis wurde blaß. Pfarrer Zandler lächelte.

»Mußt aber keine Angst haben, ich verrate dich nicht.«

»Wie haben Sie mich gefunden?«

»Das war nicht schwer. Alle Buben aus Waldkogel spielen hier. Aber sie haben dich nicht verraten.«

Dennis aß eine weitere Portion Suppe. Dann verdrückte er zwei Stück Apfelstrudel und einen Becher Tee.

»Satt?« fragte der Pfarrer.

»Ja, satt! Danke!«

Mit ängstlichen Augen schaute er den Geistlichen an.

»Bringen Sie mich jetzt wieder zurück ins Internat?«

»Nein! Aber du könntest selbst zu deinen Eltern gehen.«

»Das geht nicht! Die leben getrennt. Die lassen sich scheiden.«

»Deine Eltern sind hier in Waldkogel. Sie suchen dich!«

»Sie sind hier? Hier in Waldkogel?«

»Ja, oben auf der Berghütte. Wenn du willst, dann bringe ich dich hinauf.«

Dennis Niederhauser überlegte.

»Du willst nicht?« fragte der Pfarrer nach.

Der Junge zuckte mit den Schultern und steckte sich ein Karamelbonbon in den Mund.

»Ich mache dir einen Vorschlag. Du kannst hier in der Hütte bleiben. Ich habe dir auch einen Schlafsack mitgebracht und andere Dinge.«

Der Geistliche packte den Rucksack aus.

»Oh, Bücher!«

»Ja, ich dachte, daß es dir vielleicht langweilig ist.«

»Ein bißchen schon, aber ich habe ja Milky!«

Dennis nahm den Hasen wieder auf den Arm. Der Junge vergrub sein Gesicht in das Fell des Hasen.

Pfarrer Zandler sprach behutsam weiter.

»Du mußt mir aber versprechen, nicht wegzulaufen. Dann darfst du bleiben, und ich helfe dir. Ich bringe dir jeden Tag etwas zu essen und mit der Polizei rede ich auch.«

»Und mit meinen Eltern…?«

»Auch mit denen! Aber das geht nur, wenn du mir wirklich versprichst, keine Dummheiten zu machen. Du bleibst hier in der Holzfällerhütte oder ganz in der Nähe. Du kletterst nicht auf Bäume und machst auch sonst nichts Gefährliches.«

Der Pfarrer hielt Dennis die Hand hin. Der Junge ergriff sie. Er versprach es dem Geistlichen in die Hand.

Dann half Pfarrer Zandler Dennis, ein gutes Lager zu richten. Er hatte ihm auch eine Luftmatratze mitgebracht. Dennis schlüpfte in den Schlafsack. Neben seinem Lager stand die Lampe und lagen die Bücher.

»So, jetzt kannst du noch etwas lesen, Dennis. Ich muß wieder gehen. Morgen komme ich wieder. Mach die Lampe aus, wenn du schlafen tust, wegen der Batterie.«

Dann griff der Geistliche in seine Tasche.

»Hier hast du ein Handy für Notfälle! Meine Nummer ist eingespeichert auf der Eins. Wenn du Hilfe brauchst, rufe an, egal wann! Ja!«

»Danke! Sie sind lieb!« flüsterte Dennis.

Er kuschelte sich in den Schlafsack und deckte auch den Hasen zu. Der Pfarrer streichelte Dennis über das Haar und sprach einen Segen aus. Dann ging er hinaus.

Den Rückweg zum Pfarrhaus nahm er ohne den schweren Rucksack im schnellen Schritt.

Er wechselte ein paar Worte mit seiner Haushälterin und legte sich dann für wenige Stunden schlafen.

*

Beim ersten Hahnenschrei machte sich der Pfarrer auf den Weg zur Berghütte. Vorher hatte er an der Kirchentür einen Zettel angebracht. Darauf stand, daß an diesem Tag die Frühmesse ausfallen würde, wegen eines dringenden seelsorgerischen Hausbesuchs. Die neugierigen Waldkogeler, die regelmäßig zur Frühmesse kamen, klingelten alle am Pfarrhaus. Doch die Haushälterin sagte nichts.

Pfarrer Zandler war mit seinem Auto bis zur Oberländer Alm gefahren. Dort war er kurz bei Hilda und Wenzel eingekehrt. Die beiden freuten sich sehr, den Pfarrer zu sehen, kamen sie doch den Sommer über nicht ins Tal, um in die Messe zu gehen.

Dann machte er sich an den Aufstieg zur Berghütte. Pfarrer Zandler ließ sich Zeit. Er genoß den Aufstieg, blieb oft stehen und bewunderte Gottes schöne Natur.

Toni, Anna und der alte Alois waren sehr überrascht, als es plötzlich an der Hüttentür klopfte und der Pfarrer eintrat.

»Das ist ja eine echte Überraschung! Was führt dich denn hier herauf?« fragte der alte Alois, der den Pfarrer fast als Einziger in Waldkogel duzte, jedenfalls gelegentlich. Denn Alois war schon ein verheirateter Familienvater, als der jetzige Pfarrer als junger Bub in Waldkogel aufwuchs.

»Gilt der Besuch dem Toni und der Anna, wegen der Hochzeit? Gibt es da noch etwas zu bereden?«

»Nein, deswegen bin ich nicht da, Alois. Es sind doch Gäste auf der Berghütte, so viel wie ich gehört habe, die Eltern von dem Dennis. Renate und Karsten Niederhauser sind doch einquartiert, wie?«

»Ah, dann is was mit dem Dennis!« folgerte Alois. »Is es was Schlimmes? Geht es dem Bub net gut?«

Der Pfarrer schmunzelte.

»Dem Bub geht's gut. Ich denke sogar, daß es dem Bub schon lange nicht mehr so gut gegangen ist. Deswegen will ich mit den Eltern reden.«

»Ah, dann is er gefunden worden. Wo is er denn jetzt?«

»Alois, des geht nur mich was an. Ich habe den Bub unter meinen Schutz genommen. Den Rest, den möchte ich erst einmal mit den Eltern bereden. Wo sind die?«

»Die schlafen noch. Die Renate in der Kammer und ihr Noch-Ehemann, wie sie immer betont, der liegt oben auf dem Hüttenboden.«

Der alte Alois ging zur Tür von Renates Kammer und klopfte mit seinem Stock daran.

»Rauskommen! Besuch ist da! Der Herr Pfarrer!«

Dann rief Alois die Stiege zum Hüttenboden hinauf.

»Karsten, komm runter! Der Pfarrer is da und hat gute Neuigkeiten vom Dennis.«

Kurz darauf kamen die beiden. Anna stellte ihnen Kaffee hin. »Sie haben unseren Sohn gefunden? Wo ist er? Warum haben Sie ihn nicht mitgebracht?«

»Frau und Herr Niederhauser, so einfach geht das nicht. Ich habe den Dennis in meinen Schutz genommen. Es geht ihm gut, besonders gut sogar. Ich darf Ihnen sagen, daß der Dennis ein ganz lieber und braver Bub ist. Manche Eltern wären froh, wenn sie so einen braven Jungen hätten, auch wenn er aus dem Internat fortgelaufen ist. Darüber muß man mit Dennis bestimmt noch sprechen. Aber zuerst will ich mit Ihnen beiden sprechen und zwar unter vier, beziehungsweise unter sechs Augen.«

»Komm, Anna! Komm, Alois! Wir gehen mal raus und lassen den Herrn Pfarrer mit Dennis' Eltern alleine.«

»Es ist schon gut, Toni! Ihr müßt nicht gehen. Ich dachte mir, ich mache mit den Eltern einen kleinen Spaziergang. Das kann warten bis nach dem Frühstück.«

*

So geschah es dann auch. Zwar versuchte Karsten Niederhauser dem guten Herrn Pfarrer durch geschickte Fragenstellungen Einzelheiten zu entlocken, aber er bekam keine Antwort.

Dann gingen die drei fort. Der Geistliche ging in der Mitte, rechts von ihm lief Renate und links ihr Noch-Ehemann Karsten.

»Ja, meine lieben Eltern. Dem Dennis geht es gut. Ich weiß, wo er ist und habe ihn mit Essen und Sonstigem versorgt. Das werde ich auch die nächsten Tage tun. Vielleicht kommt Dennis auch ein paar Tage mit mir ins Pfarrhaus.«

Karsten Niederhauser brauste auf.

»Sie enthalten uns unser Kind vor. Das dürfen Sie nicht. Ich verlange von Ihnen, daß Sie mir sofort den Aufenthaltsort nennen, damit ich meinen Sohn holen kann!« brüllte er so laut, daß sich seine Stimme überschlug und er hustete. »Das kann ich Ihnen als Kindesentführung auslegen.«

Pfarrer Zandler beeindruckte das nicht. Er lächelte gütig. »Sie leben in Scheidung, wie man sagt. Wer von Ihnen hat das Sorgerecht, oder ist das noch nicht geregelt?«

»Doch, Herr Pfarrer, das ist geregelt. Wir haben uns über viele Punkte außergerichtlich geeinigt. Ich habe als Mutter das Sorgerecht. Mein Ma...« Sie verbesserte sich sofort. »Mein Noch-Ehemann hat keine Zeit, sich um Dennis zu kümmern.«

»Aha! Werden Sie den Jungen im Internat lassen?«

Sofort schaltete sich Karsten Niederhauser ein.

»Wir waren uns einig, daß das für den Jungen am besten ist. Das ist ein erstklassiges Internat. Ich habe für meinen Sohn natürlich nur das beste gewählt. Ich bestand darauf, daß Dennis auch nach unserer Trennung dort bleibt, zumindest bis er einen ersten Schulabschluß hat. Später wird er mir dankbar dafür sein. Ich hatte als Kind nicht solche Möglichkeiten. Da hat er gleich die richtigen Kameraden. Da werden Seilschaften für das Leben geschlossen. Die werden ihm später nützlich sein.«

Pfarrer Zandler wurde jetzt leicht ärgerlich.

»Jetzt halten Sie bitte mal den Mund, Herr Niederhauser.«

»Ich wollte das nur klarstellen. Sie benötigen doch Fakten.«

Jetzt riß dem Pfarrer der Geduldsfaden. Er hatte sich wegen des Sohnes dieses Mannes die halbe Nacht um die Ohren geschlagen, seine Frühmesse ausfallen lassen, was kaum jemals vorgekommen war, höchstens, daß sie einmal später angefangen hatte. Die paar Mal, die sie ausgefallen war, lag der Pfarrer mit Grippe und Fieber im Bett.

»Du aufgeblasener Gockel! Du überdrehter Affe! Du dummer Ochse, so dumm, daß du an sich schon eine Beleidigung für jedes Rindvieh bist. Ich brauche keine Fakten. Und dein Dennis, der braucht auch keine Fakten, was seine Zukunft betrifft. Der Dennis ist kein Posten in einer Bilanz, den man so frisieren kann, daß er automatisch immer auf der Habenseite steht. Um in deiner Sprache zu sprechen, du bescheuerter Größenwahnsinniger im Höhenrausch. Der Dennis braucht etwas ganz anderes. Der braucht Liebe von seinem Vater. Der braucht Zuneigung, Zärtlichkeit, Geborgenheit. Der Junge will angenommen werden.«

Renate Niederhauser brach in schallendes Gelächter aus. Sie lachte, bis ihr die Tränen über das Gesicht liefen. Sie setzte sich auf einen Felsen am Wegesrand und lachte nur. Sie lachte, wie sie es die letzten Jahre ihres Lebens nicht mehr getan hatte. Jedesmal, wenn sie Karsten anschaute, der stumm dastand mit einem unbeschreiblich überraschten Gesichtsausdruck, mußte sie erneut lachen. In wenigen, aber höchst drastischen Sätzen, hatte der Pfarrer Karsten das an den Kopf geworfen, was sie jahrelang versucht hatte, ihm verständlich zu machen.

Und Karsten Niederhauser schwieg! Es hatte ihm die Sprache verschlagen!

Pfarrer Zandler wandte sich an Renate. Er lächelte sie an. Das war das Signal, daß sie ihm auf seine Frage antworten sollte.

»Herr Pfarrer, ich war nie berufstätig, seit Dennis auf der Welt ist. Mein Ma… Ich meine, Karsten hat immer gut verdient, immer mehr und mehr. Ich übernahm die Rolle einer Frau, an der Seite eines erfolgreichen Mannes. Sein Lebensentwurf überdeckte alles. Alles hatte sich dem unterzuordnen, auch Dennis. Deshalb hat er Dennis ins Internat gegeben. Ich denke, daß es genügen würde, wenn Dennis in eine gute Schule geht, daheim. Dann könnte er nach dem Unterricht nach Hause kommen. Ich wäre da, und er hätte ein Heim, auch wenn wir geschieden sind. Besser nur eine Mutter, als gar keine Eltern! Ich hatte mir vorgenommen, bis zum Ende des Schuljahres mir ein Zimmer in der Nähe des Internats zu nehmen. Dann hätte mich Dennis so oft sehen können, wie er wollte. Im nächsten Jahr hätte ich ihn dann aus dem Internat genommen. Das wollte ich mit Dennis besprechen. Ich hätte ihn jetzt am Wochenende besucht.«

»Davon weiß ich nichts! Das hast du mir verschwiegen. Das will ich nicht. Das kommt überhaupt nicht in Frage.«

»Ruhe!« brüllte der Pfarrer, dabei stampfte er mit dem Fuß auf und drohte mit dem Wanderstock.

»Sehen Sie, Herr Pfarrer, so ist Karsten! Er hat sich etwas vorgenommen, das will er dann unter allen Umständen durchsetzen. Es gilt nur, was er einmal für richtig hielt. Auch wenn es sich später herausstellte, daß es nicht so gut war. Er kann von einem einmal eingeschlagenen Weg nicht abgehen. Er kann keine Kompromisse eingehen. Er kann nicht zuhören«, klagte Renate.

»Jetzt wird er zuhören! Kommen Sie, Herr Niederhauser, gehen wir weiter. Also! Ich habe Dennis gefunden. Dazu habe ich einen Tip bekommen. Es geht ihm gut. Sagen wir, er macht Urlaub. Er genießt die Natur. Ich habe ihm Bücher gegeben. Er wird lesen. Hauptsächlich spielt er mit dem Hasen. Sie müßten sehen, wie liebevoll und fürsorglich er mit dem Tier umgeht. Ich habe Dennis erst einmal gesprochen. Dabei wollte ich, daß er Vertrauen zu mir aufbaut. Er ist weggelaufen. Ich denke, daß es gut wäre, wenn er aus eigenem Antrieb zurückkehrt. Es macht in meinen Augen wenig Sinn, ihn mit Gewalt zu holen, um ihn vielleicht noch zu bestrafen. Ich bin mir sicher, daß er sich bald langweilt. Ich habe ihm auch gesagt, daß Sie hier in Waldkogel sind. Ich bitte Sie also, mir zu vertrauen und Ihren Dennis in meine Obhut zu geben.«

Dann wandte sich der Pfarrer an Karsten Niederhauser.

»Ich habe bis zu einem gewissen Grad Verständnis für Ihr Streben und Ihre Planung für eine bessere Zukunft für Dennis. Doch ein Mensch braucht ein stabiles Fundament. Kinder brauchen eine Basis, die sie ein ganzes Leben trägt, was immer auch für Stürme kommen mögen. Dazu gehören Liebe, Geborgenheit und ein sicherer Zufluchtsort, ein Heim – besser eine Familie. Ich will zu Ihren Scheidungsplänen nichts sagen. Dazu weiß ich auch zu wenig. Nur ein Wort. Manchmal kommt es mir vor, als würden die Erwachsenen auch vor etwas weglaufen. Das erscheint ihnen einfacher, als die Suche nach einem verschüttetem Fundament. Ich rate den Betroffenen immer, gemeinsam ein bißchen Archäologie zu betreiben, zu graben in der eigenen gemeinsamen Vergangenheit. Oft muß man tief graben, weit zurückgehen, um auf die verschütteten, schönen und glücklichen Epochen zu stoßen. Aber es lohnt sich. Auf dem Weg dahin muß man oft ganze Scherbenfelder forträumen. Mit dieser Tätigkeit sollen sich die Paare nicht aufhalten. Das kostet nur unnötig Zeit. Es gilt ja, Erinnerungen an glückliche Zeiten zu finden. Jedes

Paar hatte solche glückliche Zeiten und gemeinsame Erinnerungen.«

»Wie kann man das machen?« fragte Renate. Ihre Stimme klang wirklich interessiert.

»Das geht einfach, denke ich. Man muß nur wollen. Es gibt da einen wirklich schlimmen Satz: Schlechte Nachrichten sind gute Nachrichten. Sie kennen ihn bestimmt.«

Renate und Karsten nickten. Der Pfarrer seufzte.

»Auch im täglichen Leben ist es so geworden, daß sich die Menschen gegenseitig übertrumpfen wollen mit schlechten Erfahrungen, Erlebnissen. Früher war das anders. Wenn Leute zusammen waren, dann begann ein Satz mit den Worten: Weißt du noch, damals... Dann folgten aber schöne Erinnerungen. Das rate ich den Paaren. Weißt du noch damals, als wir uns das erste Mal begegneten? Weißt du noch damals, unser erster Kuß? Weißt du noch damals, als wir im Mondschein spazierengingen und du meine Hand gehalten hast? Weißt du noch, was für Träume wir hatten? Dann führt das zu den Fragen, die jeder nur ganz für sich beantworten soll. Weißt du noch, warum wir diese Träume dann doch nicht umgesetzt haben? Kannst du mir sagen, warum wir unsere Träume aufgegeben haben? Vielleicht kommt dann die Erkenntnis, daß man Fehler gemacht hat. Daß man auf der Straße des Lebens an einer Kreuzung falsch abgebogen ist und in einer Sackgasse steht. Was kann man tun, am Ende einer Sackgasse? Das Auto stehen lassen und weglaufen. Also Fahrerflucht begehen. Langsam zurückfahren und sich dann neu orientieren. Man kann auch auf der Stelle wenden, was oft einer großen Kraftanstrengung bedarf.«

Pfarrer Zandler räusperte sich.

»Ich wollte Ihnen keine Predigt halten. Bleiben wir bei Dennis. Also ich würde mich gerne um Dennis kümmern. Er ist, um bei dem Bild zu bleiben, falsch abgebogen und in einer Sackgasse gelandet. Jetzt sollte man ihm Gelegenheit geben, das selbst zu erkennen. Es ist besser, er fährt selbst langsam zurück, als daß man ihn mit Gewalt auf den richtigen Weg zwingt. Läßt man ihm Zeit, so hoffe ich, daß er sich nicht mehr so leichtsinnig verfährt. Verstehen Sie, was ich meine?«

Karsten Niederhauser war stehen geblieben und hatte sich auf einen Felsen gesetzt. Die Hände tief in den Hosentaschen, den Kopf etwas gesenkt, dachte er nach.

»Einverstanden, Herr Pfarrer!« sagte er leise. »Wie steht es mit dir, Renate?«

»Auch einverstanden! Sie unterrichten uns aber, wie es ihm geht und was er macht?«

»Selbstverständlich! Ich komme dann rauf zu Ihnen auf die Berghütte. Sie können mich auch gern im Pfarrhaus besuchen. Außerdem heiraten Anna und Toni. Ich nehme an, Sie kommen auch in die Kirche?«

Pfarrer Zandler schaute auf die Uhr.

»Schon spät! Ich muß schnellstens wieder hinunter ins Dorf. Deshalb möchte ich mich gern hier von Ihnen verabschieden. Den Weg zurück zur Berghütte können Sie nicht verfehlen. Er ist ja auch ausgeschildert. Der Toni hat neue Schilder aufgestellt. Sie haben ja nichts vor. Da schlage ich Ihnen vor, die Zeit zu nutzen und sich an der Schönheit der Berge zu erfreuen.«

Er gab beiden die Hand, wünschte ihnen Gottes Segen und eilte davon. Daß er sie so plötzlich alleine ließ, war ein Teil seines Planes.

Renate und Karsten schwiegen erst eine Weile und vermieden es, sich anzuschauen.

»Wir haben gerade eine Lektion erteilt bekommen, Renate«, sagte Karsten schließlich.

»Ja, Karsten! Aber es geschah auf eine nette Art und Weise und zeigt uns vielleicht einen Weg.«

»Ja, so ist es.«

Sie schwiegen wieder eine Weile.

»Renate!«

»Ja, Karsten!«

»Ich denke, vielleicht wäre es einen Versuch wert, sich gemeinsam an alte schöne Zeiten zu erinnern. Vielleicht schaffen wir es dadurch, daß wir weniger streiten. Denn reden müssen wir ja dann und wann miteinander, alleine schon, weil es um Dennis geht.«

»Daran habe ich auch gedacht, Karsten. Ich versuchte mich zu erinnern. Laß uns die Sache langsam angehen. Wir haben ja ein paar Tage Zeit, bis Dennis wiederkommt. Fahren wir langsam rückwärts aus der Sackgasse?«

»Ich bin zwar immer für Power und Schnelligkeit, aber wir können gerne die Sache langsam angehen. Wahrscheinlich schaffen wir das auch nicht anders.«

Renate war überrascht über Karstens Antwort. Früher hätte sie jetzt gesagt, das hätte ich nicht für möglich gehalten, daß du so einen Vorschlag machst. Doch jetzt schwieg sie. Eine Stimme in ihrem Herzen gab ihr diesen Rat. War das die Stimme der Berge, von der Anna gesprochen hatte?

So antwortete Renate leise:

»Ja, so sollten wir es machen. Wir hatten schon lange keinen Urlaub mehr gemeinsam verbracht. Würde es dir etwas ausmachen, wenn wir einfach noch etwas hier sitzen bleiben und die Berge betrachten?«

»Nein! Mir gefällt die Aussicht auch. Wir sind immer nur durchgefahren. Wenn wir die Tunnel in den Süden genommen haben, haben wir noch weniger von den Bergen gesehen als auf den Paßstraßen. Dennis muß damals viel mehr gesehen haben als ich oder soll ich wir sagen?«

»Als wir beide! Es stimmt schon. Wir hatten damals einige Tage in Waldkogel verbracht. Ich erinnere mich nicht an die Berge, die wunderschöne Landschaft. Diese Ruhe und die gute Luft, das gab es doch schon vor Jahren. Wir waren mittendrin. Warum haben wir es nicht bemerkt? Dennis hatte es bemerkt.«

»Darauf weiß ich keine Antwort, Renate. Meistens weiß ich auf alles eine Antwort. Doch darauf weiß ich keine. Dabei waren wir mittendrin, damals, genauso wie wir heute mitten drin sind. Willst du dich zu mir setzen? Wenn wir zusammenrücken, können wir beide auf dem Felsen sitzen.«

Karsten zog seinen Pullover aus. Er faltete ihn zusammen, daß er ein kleines Kissen bildete. Er rutschte zur Seite und legte das Kleidungsstück neben sich auf den Stein. Renate setzte sich. Sie saßen dicht nebeneinander. Sie fühlte seine warme Haut durch die Kleidung. Wir sind uns doch nicht so fremd, wie wir annehmen oder vorgeben zu sein, dachte sie. So saßen sie schweigend über eine Stunde.

»Wollen wir zurück zur Berghütte gehen, Renate?«

Renate stand auf.

»Was machen deine Füße? Tun sie noch weh?«

»Anna hat mir dicke Socken gegeben und die Schuhe. Die Blasen und Schrammen heilen ab. Es ist manchmal noch etwas beschwerlich beim Laufen, aber es geht.«

»Sag mir, wenn wir zu schnell gehen und du eine Pause machen willst, Renate.«

So fürsorglich war Karsten schon lange nicht mehr, dachte Renate. Langsam gingen sie zurück und kamen dabei von Zeit zu Zeit ins Gespräch. Sie sprachen miteinander, ohne zu streiten. Sie redeten über die Blumen, die sie am Wegesrand sahen, über die Eidechse, die über den Pfad huschte und hinter einem Stein verschwand. Sie sahen die Adler hoch in den Lüften kreisen.

*

Als sie zurück zur Berghütte kamen, waren eine Menge Leute da.

Toni stellte mit den jungen Männern viele Tische und Bänke auf. Anna breitete darüber Tischdecken aus blauweißer Plastikfolie. Andere junge Männer stellten nebeneinander mehrere Bierfässer auf, und drei junge Frauen schleppten Bierkrüge herbei.

»Wo kommt das ganze Zeug her? Das sind ja Hunderte von Bierkrügen?« fragte Renate.

»All die Sachen haben Freunde in den letzten Wochen Stück für Stück hierher auf die Berghütte getragen. Das Bier und die Getränke haben Leonhard und seine Kameraden von der Bergwacht mit dem Hubschrauber abgesetzt.«

»Wozu? Findet ein Fest statt?«

Toni kam gerade vorbei und hatte die Frage gehört. Er griff nach Anna, hob sie hoch und drehte sich mit ihr im Kreis.

»Und was für ein Fest hier stattfindet! Wir heiraten! Heute abend feiern wir unseren Abschied vom Junggesellendasein. Eigentlich feinern das die jungen Männer unter sich. Aber das haben wir etwas geändert. Auch die jungen Frauen feiern mit.«

»Toni, laß mich runter! Wir haben noch viel Arbeit.«

»Können wir irgendwie helfen?« fragte Karsten etwas hilflos. »Ich habe zwar gewöhnlich zwei linke Hände. Aber vielleicht könntest du mir eine leichte Aufgabe geben?«

»Linke Hände können wir nicht gebrauchen! Aber wenn du dich nicht genieren tust, dann kannst den Madln helfen. Später muß der Schuppen noch ausgeräumt werden. Da kommt Stroh und Heu auf den Boden. Das gibt ein Nachtlager, ein zusätzliches. Die Madl schlafen alle oben auf dem Hüttenboden, die Burschen im Schuppen und auf dem Fußboden in der Berghütte. Wir werden heute abend ein paar hundert Gäste haben. Es bleiben nicht alle. Aber viele! Kannst es dir aussuchen, wo du nächtigen willst, Karsten, im Schuppen oder auf dem Fußboden. Auf dem Hüttenboden kannst net bleiben, da schlafen die Frauen.«

Karsten warf Renate ein Blick zu, darin lag eine Frage.

»Karsten kann auch bei mir schlafen, auf dem Boden in meiner Kammer. Es ist ja ein Notfall, sozusagen.«

»Ein Notfall! Ja, das kann man sagen!« grinste Toni. »Da müßt sogar ihr mal enger zusammenrücken! So schlimm kann des ja net sein?«

»Renate kann auch zu mir in die Kammer«, warf Anna ein. »Du weißt doch, daß die beiden in Scheidung leben.«

»Darauf kann jetzt keine Rücksicht genommen werden. Dann sollen sie diese Scheidungsangelegenheit für eine Nacht unterbrechen. Sie können ja die Kammertür auflassen«, sagte Toni und musterte die beiden kritisch.

Renate und Karsten halfen bei den Vorbereitungen. Dabei kamen sie auch ins Gespräch. Es fiel auch ein paar Mal der Satzanfang, weißt du damals, bei uns…! Ohne daß sie es beabsichtigten, stiegen glückliche Erinnerungen auf an ihre eigene Hochzeit. Doch sie konnten noch nicht darüber sprechen.

Nach und nach trafen immer mehr Gäste ein. Als erste kam Sue, Annas Freundin aus Frankfurt mit ihrem Mann Sven und dem Baby. Der kleine Peter fand sofort Gefallen an Bello. Dieser übernahm die Rolle als Babybewacher und wich nicht von Peters Seite.

Martin kam. Als Arzt in Waldkogel hatte er sich extra für die Hochzeit eine Praxisvertretung genommen.

Leonhard und die Kameraden von der Bergwacht kamen mit dem Hubschrauber. Ihr Funkgerät blieb eingeschaltet, damit sie jederzeit für einen Einsatz bereit waren. Es war klar, daß sie sich beim Bier mäßigen mußten.

Der Schützenverein kam, der Musikverein und der Trachtenverein. Dazu alle jungen Burschen und Madl, ab dem Alter, in dem man zum Tanzen ging. Nach oben gab es keine Beschränkung.

Auf den Grills drehten sich Spanferkel, auf Rosten brutzelten Würste. Es gab ein großes Büffet mit gutem Kartoffelsalat, viele Wurstsorten und Schwartenmagen, sowie verschiedene Käsesorten von allen benachbarten Almen. Da stand Kuchen und selbstgebackenes Brot. Die beiden großen Körbe mit frischen Kaisersemmeln und Brezeln standen auf dem Boden. In einem großen Kessel siedeten die Leberknödel vor sich hin.

Die Kameraden von der Bergwacht hatten sich nicht nur ums Bier gekümmert, es gab auch nicht alkoholische Getränke. Martin hatte mit anderen jungen Männern einen Tanzboden aufgebaut und einen riesigen Holzstapel aufgeschichtet, der neben den vielen Lampions die Nacht erhellen würde.

Irgendwann trat der alte Alois auf die Terrasse vor der Berghütte. Er läutete eine Kuhglocke. Es wurde still. Alle schauten Alois an.

»Also! I will's kurz machen. I freu mich, daß ihr 'kommen seid, um heut' abend mit dem Toni und der Anna zu feiern. Der Leo hat ja schon angezapft. I hoff, ihr habt alle a schöne Maß Bier! Trinken wir auf die beiden! Prosit auf die beiden, den Toni und seine Braut, die Anna!«

Toni und Anna traten aus der Berghütte. Alois reichte ihnen zwei volle Maßkrüge. Sie hoben sie hoch und prosteten in die Menge. Dann tranken sie.

Toni legte seinen Arm um Anna.

»Freunde! I will euch danken, daß ihr gekommen seid. I will euch danken, daß ihr die Anna so in eurer Mitte aufgenommen habt. Ich werde bestimmt glücklich mit ihr und sie mit mir. Also trinkt mit mir auf meine Braut, meine Anna, meine Flachlandindianerin. Prosit!«

Sie tranken.

»So, dann schlagt euch die Bäuche voll! Es ist genug da! Danke noch mal, daß ihr alle geholfen habt, daß wir hier oben auf der Berghütte feiern können. Bier ist auch genug da – und wie der Alois schon gesagt hat, angezapft is.«

Die Musikkapelle spielte einen Tusch. Dann wurde gefeiert. Erst wurde gegessen und getrunken, dann getanzt. Das Feuer loderte in den dunklen Nachthimmel und war weithin sichtbar.

Karsten schaute Renate scheu an.

»Ich würde gerne mit dir tanzen! Wie der Toni schon anregte, sollten wir unsere Scheidungspläne für heute vergessen. Was meinst du dazu, Renate?«

Statt einer Antwort stand Renate auf und reichte Karsten die Hand, damit er sie zum Tanzboden führen konnte. Bei dem einen Tanz blieb es nicht. Renate und Karsten gehörten zu den eifrigsten Tänzern in dieser Nacht. Irgendwann, weit nach Mitternacht, hörten die Musiker auf zu spielen.

Renate zog ihre Schuhe aus.

»Oh, entschuldige, deine wunden Füße! Da habe ich gar nicht daran gedacht, Renate. Ich bin auch so gedankenlos.«

Renate legte ihren Zeigefinger über Karsten Lippen.

»Psst! Ich habe doch nichts gesagt. Es war schön. Doch jetzt bin ich froh, daß die Musiker aufgehört haben. Ich hätte nicht aufgehört, mit dir zu tanzen.«

»Wollen wir reingehen?«

»Ja, die meisten haben sich schon verzogen. Morgen, das wird bestimmt auch noch einmal ein langer Tag.«

Wie selbstverständlich schob Renate ihren Arm unter den Arm von Karsten, und sie gingen hinein.

*

Geräusche, die draußen vor der Berghütte erklangen, weckten Renate und Karsten. Schnell zogen sie sich an und gingen hinaus. Vom wilden und langen Fest war nichts mehr zu erahnen. Alles war aufgeräumt. Auf dem Tanzboden stand ein Tisch mit einer weißen Tischdecke, davor zwei Stühle. Der Weg von der Tür der Berghütte bis zum Tanzboden war mit Tannengrün und Blumen markiert. Um den Tanzboden standen die meisten Gäste des vergangenen Abends. Renate und Karsten stellten sich dazu.

Die Musiker spielten einen Tusch. Dann traten Anna und Toni aus der Hütte. Toni trug einen dunkelgrünen Lodenanzug und einen Hut mit einem prächtigen Gamsbart. Anna an seiner Seite sah aus, wie man sich eine Braut in den Bergen vorstellt, nur noch viel schöner und lieblicher. Ihr knöchellanges Brautdirndl, das sie sich extra hatte nähen lassen, entsprach im Schnitt ganz der alten Tradition. Nur war es aus hellblauer Seide. Die Seide war in sich gemustert und hatte kleine Figuren. Später erkannte Renate, daß es kleine Schiffe waren. Eine Erinnerung an ihre alte Heimat, an das Meer, von dem Anna hierher in die Berge gekommen war. Die Schürze war in dunklerem Blau gehalten. Auf ihrem Haar trug Anna eine Brautkrone in den Grundfarben Weiß und verschiedenen Blautönen. Ein Band in den Farben des Regenbogens, wie er so oft über den Bergen stand, wand sich um die Krone.

Gemessenen Schrittes gingen die beiden zu dem Tisch und nahmen auf den Stühlen Platz. Der Bürgermeister Fritz Fellbacher hob zu seiner Rede an.

»Lieber Antonius Baumberger, von uns allen Toni genannt und liebe Dorothea Annabelle Zirner, Anna genannt! Noch nie habe ich eine Trauung mit so viel Freude vorgenommen. Bekommen wir mit dir, liebe Anna, nicht nur eine weitere Bürgerin in Waldkogel, sondern auch gleichzeitig eine fesche Hüttenwirtin. Eine tüchtige Berghüttenwirtin voller Tatkraft und Energie, die sogar mir gestandenem Bürgermeister Nachhilfe erteilt hat. Da kann ich nur sagen, lieber Toni, du bist ein Glückspilz! Als die Anna und der Toni zu mir ins Amt kamen, um das Aufgebot zu bestellen, da staunte ich nicht schlecht, als die Anna verkündete, ich sollte dann mit dem Stammbuch und der Tinte auf den Berg kommen. Sie wolle hier oben unterschreiben. Die Erklärung gab das tüchtige Madl gleich mit. Sie sagte, daß man in ihrer Heimat auf Leuchttürmen heiraten könnte. I weiß, daß es auch in Schlössern Standesämter gibt. Von einer Trauung auf dem Berg, vor einer Berghütte, davon habe ich allerdings noch nie etwas gehört. Das war für die Anna kein Hinderungsgrund. Dann gibt es eben in Zukunft Trauungen auf der Berghütte für besondere Brautpaare. Warum nicht? sagte ich mir. Dem Toni war es fast egal, er wollte nur endlich das Jawort seiner Anna haben. Dem Toni hat es schon viel zu lange gedauert. Aber die Anna wollte die Eröffnung der Berghütte und ihre Heirat zusammenlegen. Das kann man verstehen. Ist es doch auch ein bißchen die Liebe zu der Berghütte hier in den schönen Bergen, die Anna hier glücklich werden läßt. Jetzt will ich aber aufhören, noch länger zu reden und werde amtlich.«

Dann fragte der Bürgermeister zuerst Toni, ob er Anna heiraten wollte.

»Ja!« sagte Toni mit fester Stimme.

Dann fragte der Bürgermeister Anna.

»Ja!« sagte Anna und schaute Toni dabei an.

»Dann erkläre ich euch als Bürgermeister der Gemeinde Waldkogel für Mann und Frau. Jetzt müßt ihr hier noch unterschreiben.«

Toni setzte mit Schwung seinen Namen auf das Dokument: Antonius Baumberger

Dann schrieb Anna zum ersten Mal ihren Namen: Dorothea Annabelle Baumberger

»Frau Baumberger, liebe Anna! Herr Baumberger, lieber Toni! Meine allerherzlichsten Glückwünsche!«

Der Bürgermeister überreichte den beiden das Stammbuch.

»Da ist eine Menge Platz drin! Viele Seiten für Geburtsurkunden!« flüsterte Fritz Fellbacher leise und zwinkerte den beiden zu.

Toni nahm seine Anna glücklich in die Arme und küßte sie.

Der Schützenverein schoß ein paar Mal in die Luft. Der Sängerverein jodelte, daß die Berge widerhallten.

Toni bot Anna seinen Arm und führte sie zur Hüttentür. Der alte Alois hatte Tränen in den Augen. Er trat hinter ihnen ein und schloß die Tür.

»Hier, des ist für dich, Toni, und für deine Anna!«

Mit zitternden Händen gab er den beiden einen Umschlag. Sie öffneten ihn und lasen.

»Alois, du bist verrückt! Du schenkst uns die Berghütte. Net, daß wir die net wollten. Aber du hast doch da noch Schulden drauf, die du mit der Pacht, die ich – i meine – die wir dir bezahlen, abtragen mußt. Du hast doch nur eine kleine Rente, Alois! Des ist gut gemeint, Alois! I glaub, ich sprech auch im Namen der Anna, meiner Frau!« fügte er stolz hinzu. »Das Geschenk is so groß, daß können wir net annehmen.«

»Toni! Du und die Anna, ihr habt jetzt die Berghütte. Fertig! Mit dem Pfarrer Zandler ist alles geregelt. Der weiß davon, und er hat gesagt, daß des richtig so is. Des war damals sowieso merkwürdig, daß auf dem Kirchenkonto Geld war, daß i die Berghütte von der Gemeinde zurückkaufen konnte. Wo das herkam? Der Herr Pfarrer hat gesagt, daß das in Ordnung gehen würde. I soll das ruhig so machen und euch die Berghütte überschreiben.«

Toni schaute seine Anna an.

»Was sagst du dazu, Anna? Wir sind jetzt verheiratet. Ich hab net denkt, daß wir gleich so ein großes Problem regeln müssen. Der Alois kann doch mit seiner kleinen Rente die Schulden gar net abtragen.«

Anna schob Toni einen Stuhl hin.

»Alois, setz dich bitte auch hin!«

Anna schaute Toni in die Augen.

»Toni erinnerst du dich an unser Gespräch vor einigen Tagen. Da sprachen wir von Geheimnissen.«

Toni nickte nur. Alois grinste. Anna setzte sich auf Tonis Schoß.

»Toni! Mein guter Toni! Es hat eigentlich nie Schulden gegeben. Das Geld für den Rückkauf der Berghütte, das habe ich dem Pfarrer gegeben. Das war meine Mitgift.«

Es war ganz still im Raum. Nur das Knistern des Holzes im Kamin war zu hören. Antonius Baumberger benötigte einige Sekunden, um das Gesprochene wirklich zu begreifen.

»Das Geld war von dir?« fragte er noch einmal ungläubig.

»Ja, Toni! Hast du vergessen, daß ich eine gelernte Bankerin bin? Ich konnte gut mit Aktien jonglieren. Erinnerst du dich an den Tag, als ich in die Stadt fuhr und mir die vielen Dirndl kaufte und Wanderhosen und Pullover und Bergschuhe und so weiter und so weiter! Da war ich auf der Bank. Da habe ich einen großen Teil meiner Aktien verkauft. Das Geld habe ich dann auf ein Konto getan. Das war alles mit Pfarrer Zandler so abgesprochen. Letzte Woche dann mußte der Pfarrer dem Alois sagen, wo das Geld herkam. Dir wollte ich es erst nach der Hochzeit sagen.«

»Warum?« fragte Toni.

Anna küßte ihn. Sie schlang die Arme um seinen Hals.

»Mein guter Toni! Ich wollte deine Männlichkeit

nicht untergraben. Ich hatte Sorge, daß du damit nicht einverstanden wärst. Geld hätte vielleicht zwischen uns gestanden. Ich wollte einfach, daß es niemand erfährt. Ich wußte, daß du mich liebst. Niemand sollte sagen, daß du mich geheiratet hast, weil ich die Berghütte zum größten Teil gekauft habe. Du und deine Eltern, ihr habt ja auch schon was gegeben. Aber das Geld ist noch auf dem Konto. Du mußt dir also um unsere Zukunft keine Sorgen machen.«

Anna griff zur Urkunde und wedelte damit Toni vor der Nase herum.

»Da steht es drin! Die Berghütte gehört dir und mir zu gleichen Anteilen. Und eines Tages werden sie an unsere Kinder weitergehen, wenn sie die Berghütte weiterführen wollen. Ich wollte das so. Ich kann nur hoffen, daß du mich verstehst.«

Toni küßte Anna lange und zärtlich. Plötzlich hielt er inne: »Anna, als du dem Pfarrer das Geld gegeben hast, da hatte ich dir doch noch gar nicht gesagt, daß ich dich liebe und mir wünsche, daß du meine Frau wirst.«

Anna schaute ihn voller Zärtlichkeit an.

»Ich weiß, Toni! Gesagt mit Worten hattest du es nicht und geküßt hattest du mich auch noch nicht. Aber deine Augen haben es mir gesagt. Ich wußte es tief in meinem Herzen, daß es so kommen würde. Dein Glück waren ich und die Berghütte. Da habe ich eben ein bißchen nachgeholfen, damit es schneller geht. Ich hatte mich in dich verliebt und wollte nur, daß du glücklich wirst. Hättest du an meiner Stelle nicht auch so gehandelt?«

Statt einer Antwort küßte er Anna.

»Alois, was sagst du zu meiner Frau? Führt die mich vor der Ehe schon so hinter das Licht!«

Alois blinzelte Toni zu.

»Ein besseres Madl hättest nicht bekommen können!«

Dann erzählte Anna ihrem Toni, wie ihr damals beim Anblick der Berge die Idee dazu kam, als die Glocken der Kirche läuteten. Toni mußte mehrmals lachen, als Anna die Geschichte erzählte, wie Pfarrer Zandler den armen Bürgermeister im Beichtstuhl unter Druck gesetzt hatte.

»Das muß unser Geheimnis bleiben«, sagte Anna.

»Das wird es! Aber eines Tages werden wir es unseren Kindern erzählen, vielleicht in zwanzig oder dreißig Jahren.«

Toni lachte laut.

»Wenn ich mir das Gesicht von Ruppert Schwarzer vorstelle, wie der dreinschauen tät, wenn er wüßte, wie du ihm seine Pläne vermasselt hast. Das ist wirklich ein Ding! Er würde rot anlaufen vor Wut.«

»Er wird es nie erfahren, Toni! Nicht von mir, nicht von dir, nicht vom Alois!«

Draußen landete der Hubschrauber der Bergwacht. Leonhard Gasser betrat die Berghütte.

»Es ist Zeit! Sie warten schon alle auf der Oberländer Alm.«

Leo verfrachtete den alten Alois und das Brautpaar in den Hubschrauber. Die Hochzeitsgäste waren inzwischen hinuntergeeilt bis zur Oberländer Alm. Dort warteten sie auf das Brautpaar und Alois.

Auf dem Milchweg hinter der Alm standen aufgereiht viele Kutschen. Sie waren alle mit Blumen und Tannengrün geschmückt. Die meisten wurden von Kühen gezogen, einige auch von Ackerpferden. Anna und Toni stiegen in die erste Kutsche. Der Schützenverein führte den Zug an. Dann folgten die Musiker des Waldkogeler Blasmusikvereins. Vor der Kutsche mit Toni und Anna lief Bello und zog den kleinen Aluminiumwagen hinter sich her. Alois saß in der nächsten Kutsche. Dann folgten die anderen mit den Gästen. Wer keinen Platz mehr auf einem der Wagen bekommen hatte, ging in Gruppen dazwischen zu Fuß.

So kamen sie vor der Kirche in Waldkogel an. Dort warteten auch Annas Familie, Großmutter Zirner, ihr Onkel mit seiner gesamten Familie, die Verwandten ihrer Mutter, darunter Annas Großeltern, die Eltern ihrer Mutter.

Der Schützenverein bildete ein Spalier. Orgelklang drang durch die offene Kirchentür. Toni und Anna schritten zum Altar. Die beiden Kinder von Tonis Schwester Maria, Roman und Elke, streuten Blumen.

Die Kirche war bis auf den letzten Platz gefüllt, und viele standen entlang der Wände. Alle wollten dabeisein. Toni und Anna schauten sich um.

»Es sind alle da, ganz Waldkogel, Anna! Alle bis auf Franz Huber. Ruppert Schwarzer hat es ihm bestimmt verboten.«

»Vielleicht kommt er noch?« flüsterte Anna.

»Kommen kann er schon! Er kommt nur nicht in die Kirche. Schau mal zur Tür!«

Anna wandte sich um und brach in Lachen aus. Alle blickten zur Kirchentür. Die beiden Flügel standen weit offen. Die Sonne fiel herein in den Mittelgang. Und mitten im Sonnenschein lag groß und breit Bello!

Annas Lachen steckte an, und fröhliches Lachen drang durch das Gotteshaus. Bello erkannte sofort, daß er Mittelpunkt war. Er erhob sich langsam, wie es so seine Art war als Neufundländer und ging gemessenen Schrittes durch den Mittelgang auf Toni und Anna zu. Dann ließ er sich an der Seite neben Anna auf dem Boden nieder. Da lag er nun, seinen Kopf zwischen den Pfoten.

»Bello! Komm!« flüsterte Annas Großvater, der sich mit Neufundländern gut auskannte.

Doch Bello rührte sich nicht. Pfarrer Zandler hatte alles gesehen. Er schmunzelte.

»Liebe Gemeinde! Die Tiere sind ebenso Geschöpfe Gottes wie wir Menschen. Der Heilige Franziskus predigte den Tieren. Sollen wir da kleinlicher sein? Bello weiß sich zu benehmen in einem Gotteshaus. Er ist nicht zum ersten Mal hier drin. Außerdem spielt im Leben unseres lieben Brautpaares Bello eine wichtige Rolle.«

Ein Raunen ging durch die Reihen. Anna und Toni blinzelten sich zu. Toni wußte ja inzwischen von Anna, daß damals, als sie mit Pfarrer Zandler das Komplott schmiedete, Bello mit in der Kirche war.

Der Pfarrer gab das Zeichen. Die Orgel stimmte ein Kirchenlied an. Die Gemeinde sang mit. Dann nahm die kirchliche Trauung ihren Verlauf.

Pfarrer Zandler setzte zur Predigt an: »Liebes Brautpaar! Liebe Gemeinde!

Viele von euch habe ich hier getraut. Doch selten war das Gotteshaus so voll wie heute. Ich sehe daran, daß ihr alle, liebe Waldkogeler, eure guten Wünschen und Gebete unserem Brautpaar mit auf seinen Weg geben wollt. Das freut mich besonders. Es ist auch eine ganz besondere Trauung.

Da fanden in der stillen Einsamkeit einer seit Jahren leerstehenden Berghütte zwei Herzen zusammen. Es war die Liebe zueinander und die Liebe zu den Bergen, die sie zusammenbrachte.

Antonius Baumberger hatte einen Traum. Er wollte die Berghütte bewirtschaften. Das ist an sich nichts Ungewöhnliches. Ungewöhnlich in der heutigen hochtechnologischen Zeit ist es nur, daß er es so tun wollte, wie es heute kaum noch einer macht, mit dem Respekt vor der Natur und den Bergen im Herzen. Die Erde wird uns nur für die Zeit unseres kurzen Lebens überlassen. Toni hat erkannt, daß es für ihn nur einen Weg gibt. Nämlich voller Ehrfurcht mit der uns anvertrauten Natur umzugehen. Das bedeutet, auf viele Bequemlichkeiten zu verzichten. Es ist mühsamer und arbeitsreicher. Alleine wäre das noch härter gewesen. Um seinem Traum näherzukommen, fuhr er bis nach Norwegen, um dort etwas zu lernen. Toni wollte bei seinen Freunden lernen, wie man einen Hund vor einen Wagen spannt, damit dieser ihn dann zieht. Das wollte er mit diesem Hund, dem Bello, so machen. Bello ist ein Neufundländer und kein Husky. Toni hätte schon noch festgestellt, daß das nicht so einfach geht.

Da trug es sich zu, daß er sich auf der Heimreise in eine junge Frau verliebte, die ihm im Zug gegenübersaß. Es war Liebe auf den ersten Blick. Das erste Wunder der Liebe. Aber unsere liebe Anna hier, war damals in Frankfurt und dachte gar nicht daran, in die Berge zu fahren. Doch es wurde von der Macht der Liebe, die ja bekanntlich eine Gottesgabe ist, beschlossen, daß es dringend weiterer Wunder bedurfte. Also wurde Anna einfach in die Berge gebracht, gegen ihren Willen.«

Pfarrer Zandler schmunzelte.

»Was Anna nicht wußte, war, daß Toni einen Neufundländer hatte, eben diesen großen Zottelhund, der da neben der Braut liegt. Toni wußte nicht, daß Annas Großeltern Neufundländer gezüchtet hatten und Anna total vernarrt in diese Hunderasse war.

Liebe Gemeinde, wer zweifelt da noch, daß da eine höhere Macht die Hand im Spiel hatte?

Und nur weil Bello oben auf dem Berg war, erklärte sich Anna, die Toni scherzhaft und liebevoll als Flachlandindianerin bezeichnete, überhaupt bereit, einen Berg zu besteigen.

Die Engel auf dem ›Engelssteig‹ müssen an diesem Tag mit besonderem Glanz unser schönes Tal und die Berge gesegnet haben, denn Anna verliebte sich nicht nur in dieses dicke, langhaarige Kraftpaket mit Namen Bello.

Nein, es geschah ein weiteres Wunder.

Anna verliebte sich in die Berge, das Tal, in Waldkogel, in die Berghütte – und sie gestand sich ein, daß sie Toni liebte.

Sie wollte nur wenige Tage bleiben, doch daraus wurden gleich ein paar Wochen. Gemeinsam vom Wunder der Liebe getragen, die zwei Herzen über tausend Kilometer zusammengeführt hatte, bauten sie an ihrem Traum von einem gemeinsamen Leben auf der Berghütte.

Anna hat die Berge zu ihrer neuen Heimat gemacht. Und ich sehe, daß ihr sie herzlich aufgenommen habt in eurer Mitte.

Jeder Mensch trägt die Sehnsucht nach Liebe im Herzen. Oft wird krampfhaft nach einem Partner gesucht. Es wird abgewogen, eingeschätzt, berechnet und überlegt.

So kann man die Liebe niemals erfahren!

Die Liebe passiert einfach, irgendwo, im Zug wie bei Anna und Toni – auf der Straße – im Café – am Arbeitsplatz.

Es genügt ein einziger Blick!

Dann ist sie da und ergreift zwei Herzen, die sie zusammenbringt.

Die Liebe ist eine mächtige Himmelsmacht. Sie überbrückt Entfernungen und Gegensätze. Sie verändert das Leben von Menschen und ihre persönlichen Zukunftsplanungen. Unter dem Glanz und der Wärme der Liebe werden neue Anfänge gemacht. Schiefes wird gerade gerückt. Kummer und Verzweiflung verlieren die Schärfe und wandeln sich. Auch fast aussichtslose Träume werden Wirklichkeit, wie bei Toni, der die Berghütte bekam, weil Alois sie von der Gemeinde wieder zurückkaufen konnte, weil da oben jemand das so wollte. Die Berghütte war für Toni und Anna bestimmt.«

Pfarrer Zandler schaute in die Gemeinde und suchte ein bestimmtes Paar, das er anschaute.

»Die Liebe vergeht niemals, wenn sie einmal die Herzen zweier Menschen gepackt hat. Es kommt nur manchmal vor, daß diese beiden vergessen, der Stimme der Liebe in ihren Herzen zu lauschen.

Bei unserem Brautpaar habe ich keine Bedenken. Anna und Toni hatten ein feines Gehör. Sie hörten den Ruf der Liebe und folgten ihm. So wird es auch bleiben. Es werden sicher Unwetter kommen. Doch gerade im schlimmsten Unwetter rücken liebende Herzen enger zusammen und vermögen inmitten des brausenden Sturms auf die tröstende Stimme der Liebe in ihren Herzen zu hören. Diese stärkt und stützt, auch wenn der Wind noch so stark ins Gesicht bläst.

Liebe Gemeinde! Es ist gut, wenn jeder von euch sich von Zeit zu Zeit daran erinnert. So gebe ich euch allen diese Ermahnung. Es ist nicht nur ein Rat für unser liebes Brautpaar.«

Die Ansprache war zu Ende. Die Orgel spielte wieder. Die Gemeinde sang ein Lied. Pfarrer Zandler sah, wie Hände von Männern und Frauen sich still fanden.

Danach erhob sich die Gemeinde.

Pfarrer Zandler fragte Toni und Anna, ob sie gewillt seien, ein Leben gemeinsam in gegenseitiger Liebe, Achtung und Fürsorge zu führen, bis der Tod sie scheide. Beide antworteten mit Ja.

Toni steckte seiner Anna den Ehering an den Finger. Anna tat das gleiche. Dann knieten sie nieder. Die Glocken der Kirche fingen an zu läuten. Der Geistliche sprach den Segen.

»So, Toni! Jetzt küsse deine Frau!«

Sie nahmen sich fest in die Arme und besiegelten ihr Versprechen mit einem Kuß.

»Ich liebe dich!« flüsterte Toni.

»Ich liebe dich!« hauchte Anna.

Der Pfarrer sprach den Schlußsegen.

Es war kaum ein Auge trocken geblieben. Selbst gestandene Männer wischten sich verlegen die Nässe aus den Augenwinkeln.

Die Blumenkinder gingen voraus. Bello war in ihrer Mitte.

*

Den Weg zum großen Gemeindehaus in Waldkogel legten alle zu Fuß zurück. Der Schützenverein und die anderen Vereine reihten sich in den Zug ein.

Das Gemeindehaus war ein einstöckiges Gebäude am Sportplatz.

Albert Weißgerber hatte einen besonders dicken und kräftigen Baumstamm quer zum Eingang aufgebaut. Es entsprach dem Brauch, daß das Brautpaar gemeinsam diesen Stamm durchsägte. Eine erste und symbolische Arbeit. So wie sie diese Arbeit gemeinsam machten, so wollten sie auch gemeinsam alles bewältigen.

Gleichmäßig und in Ruhe zogen sie an der Baumsäge. Langsam fraß sich diese durch den Stamm. Als es vollbracht war, wurde Beifall geklatscht. Die Musiker spielten einen Tusch und es wurde gejodelt.

Im Gemeindehaus wurde dann die nächsten Stunden gefeiert. Es wurde gegessen und getanzt. So ging es bis zum späten Nachmittag. Dann senkte sich auf dem Sportplatz vor der Halle ein riesiger Heißluftballon. Die Ballonfahrt in die Flitterwochen war ein Geschenk von Martin und Leonhard.

Die Flitterwochen würden nur eine Nacht und einen Tag dauern. Denn dann wollten Toni und Anna die Berghütte in Betrieb nehmen.

So entschwebten sie in den blauen Himmel über Waldkogel. Der Ballon würde sie hinauf zur Berghütte bringen.

»So, jetzt werfe ich meinen Brautstrauß, Toni! Ich bin gespannt, wer ihn fängt.«

Anna holte weit aus und schleuderte den Strauß mit aller Kraft in die Weite. Getragen von einer plötzlich aufkommenden Windböe wurde er etwas abgetrieben und landete abseits vor den Füßen von Karsten und Renate Niederhauser. Sie schauten sich an. Karsten bückte sich und hob den Strauß aus Bergblumen und Gräsern auf. Er hielt ihn stumm Renate hin. Sie schauten sich in die Augen. Renate nahm den Strauß. Lange betrachtete sie das Gebinde. Dabei erinnerte sie sich erneut an ihre eigene Hochzeit. Alle Gedanken in ihrem Herzen begannen mit dem Satzteil: Weißt du noch damals…

Karsten und Renate standen noch lange nebeneinander und sahen nach oben, wie der Heißluftballon entschwebte und das glückliche Brautpaar dem siebten Himmel entgegentrug.

»Wollen wir hineingehen?« fragte Karsten.

»Ich möchte lieber einen Spaziergang machen.«

Er nickte ihr zu.

Karsten und Renate gingen durch Waldkogel. Es war still, da die meisten Leute auf der Hochzeitsfeier waren. Zwischendrin waren nur einige kurz heimgegangen, weil das Vieh auf den Höfen versorgt werden mußte.

Eine kleine Katze führte ihre Jungen über die Straße. Da und dort bellte ein Hund.

»Vielleicht würde Dennis ein Hund Freude machen. Damit kann er mehr anfangen als mit einem Hasen«, versuchte Karsten ein Gespräch zu beginnen.

»Ein Hund ist sicher ein guter Gefährte für so einen Jungen wie Dennis, besser als ein Hase. Doch die Voraussetzungen müßten dazu stimmen«, antwortete Renate leise.

Sie drückte den Brautstrauß an ihren Busen und streichelte die zarten Blüten der Bergblumen. Anna hatte sich ausdrücklich einen Brautstrauß aus Bergblumen gewünscht. Wann Toni die Blumen gepflückt hatte und wo, wußte Renate nicht. Der Strauß war wunderschön.

Das Gebinde bestand aus zartrosa Mehlprimeln, blaßlila Leberblümchen, rostfarbenen Alpenrosen und Küchenschellen. Toni hatte auch Pyramidengünsel mit den schönen braunroten Blütenblättern gesucht, die sich sehr schön neben dem weißen Hahnenfuß machten. Zwischen kleinen hellgrünen Tannenzweigen steckten rote Weideröschen und Wildgräser.

Renate war von dem Strauß gerührt. Jede einzelne Blume war von Toni liebevoll ausgewählt und gepflückt worden. Jedesmal hatte er dabei bestimmt voller Liebe an seine Anna gedacht.

Sicherlich war der Strauß nicht so gebunden, wie das eine Gärtnerei getan hätte. Doch gerade darin lag die Besonderheit dieses Brautstraußes.

Karsten bemerkte, wie Renate die Blumen immer und immer wieder betrachtete.

»Schon sonderbar, daß uns der Strauß vor die Füße gefallen ist. Findest du nicht auch, Renate?«

Renate lächelte, ohne Karsten dabei anzusehen. Nach einer ganzen Weile sagte sie ganz leise: »Ja, das ist schon sonderbar, daß der Wind ihn zu uns geweht hat. Es war eigentlich windstill den ganzen Tag. Nur in dem Augenblick, als Anna ihren Brautstrauß warf, fegte eine einzige warme Windböe über das Tal und wirbelte die Blumen noch einmal in die Höhe. Dann landeten sie genau bei uns. Die jungen Frauen, die ihre Hände nach ihm ausgestreckt hatten, tun mir leid.«

»Vielleicht liegt darin eine tiefere Bedeutung«, tastete sich Karsten langsam vor.

»Wir sind kein Brautpaar!«

In Renates Stimme lag Trauer und Sehnsucht nach Vergangenem. »Es war eine schöne Hochzeit. Interessant, das zu erleben.«

Karsten schaute Renate von der Seite aus an. Noch immer betrachtete sie die Blumen. Dabei sah sie träumerisch aus.

»Ich wünsche den beiden alles Glück der Erde. Anna und Toni sind so liebe Menschen.«

»Ja, Renate, das sind sie und das wünsche ich den beiden auch. Ich hoffe, daß sie es schaffen, sich ihre Liebe im Alltag zu erhalten. Es wird nicht einfach sein.«

Sie waren am Ende der Straße angekommen und bogen in den Weg ein, der zum See führte, an dem auch das Sägewerk lag.

Renate äußerte sich nicht zur letzten Bemerkung von Karsten. So sprach dieser vorsichtig weiter.

»Uns ist das ja weniger gut gelungen!«

»Ja, leider! Uns ist es nicht gelungen.«

Langsam gingen sie nebeneinander her.

»Manchmal frage ich mich, wie das alles so kommen konnte. Wir waren doch einmal glücklich.«

»Ja, das waren wir, genauso glücklich wie Toni und Anna. Doch das sagt sich so leicht, Karsten. Ich frage mich, ob wir wirklich so glücklich waren oder ob jeder von uns doch noch ein anderes Glück anstrebte.«

Karsten atmete tief durch.

»Ich hatte Ziele, große Pläne und dachte, das bräuchte ich, das wäre ein Teil unseres Glücks, das ich schaffen wollte. Nun, ich habe viel erreicht. Doch ich frage mich, ob das alles so nötig war. Vielleicht wäre weniger mehr gewesen. Ja, ich habe viel erreicht. Aber ich habe noch mehr verloren. Das ist mir jetzt klargeworden.«

Karsten hob einen Tannenzapfen auf, der auf dem Weg lag und betrachtete ihn. Er befühlte ihn und roch daran.

»Die Tage hier in den Bergen tun mir gut. Ich hatte überhaupt keinen Bezug mehr zur Natur. Ja, dieser Zwangsurlaub, der tut sehr, sehr gut. Ich werde wohl manches in Zukunft anders machen.«

»Dann wünsche ich dir viel Erfolg dabei, Karsten.«

Sie gingen weiter und setzten sich ans Ufer des Waldsees.

»Interessiert es dich gar nicht, was ich ändern möchte?«

Natürlich war Renate daran interessiert. Doch sie wollte ihre Neugierde nicht so offen zeigen. Sie hatte die ganzen Tage schon gespürt, daß in Karsten eine Veränderung vorging. Sie hob ein paar Steine auf und warf sie ins Wasser. Es spritzte. Sie schauten zu, wie die kreisförmigen Wellen langsam ausrollten.

Ohne eine Antwort Renates abzuwarten, fing Karsten an zu erzählen.

»Ich habe die letzten Tage viel nachgedacht. Es war schwer für mich, nichts tun zu können. Da war die Sorge um Dennis, die ich immer noch habe. Ich erkannte, daß es Dinge gibt, die selbst ich nicht so einfach regeln kann. Es war meine feste Überzeugung, daß mir für jedes Problem sofort eine Lösung einfällt.«

»Das hat dich ja in deinem Beruf so erfolgreich gemacht. Du hast immer an dich geglaubt. Daß du alles lösen kannst, wurde dir zu deiner zweiten Natur, wie man sagt.«

Karsten riß ein paar Binsen aus und spielte damit.

»Es war mehr als meine zweite Natur. Es durchdrang mein ganzes Wesen. Es wurde mir zur ersten Natur. Ich hatte auf alles eine Antwort, einen Plan. Ich wußte immer die perfekte Lösung.«

Karsten ließ die grünen Binsen durch seine Finger gleiten.

»Ich hatte mir da eine Welt zurechtgezimmert, in der alles seine Ordnung hatte – eine Ordnung, wie ich sie wollte, geschaffen hatte.«

Er seufzte.

»Dann stehe ich da in einer alten Holzfällerhütte. Vor mir steht Gewolf Irminger, der Polizist, und hält mir Schokoladenpapier hin. Er zeigt mir die leere Verpackung der Kekse. Er stellte mir nur eine ganz einfache Frage. Ich konnte sie ihm nicht beantworten. Ich wußte nicht, welche Schokolade Dennis gerne aß oder welche Kekse.«

Karsten schluckte. Renate spürte, daß er sehr bewegt war.

»Ich schämte mich so, Renate. Ich kam mir wie ein Versager vor. Ich war sprachlos, wortlos. Ich konnte Irminger nur stumm ansehen und mit den Schultern zucken. Er stellte mir noch mehr Fragen über Dennis. Ich konnte sie nicht beantworen.«

Karsten spielte weiter mit den Binsen. Er stand auf und riß weitere Binsen aus. Er band Büschel von Binsen zusammen und dann mehrere Büschel zu einem Floß. Er setzte das Binsengeflecht ins Wasser.

»Als Kind hab ich mit meinen Freunden oft am Fluß gespielt. Damals war die Presse voll mit Berichten über die Kon Tiki, dem Boot aus Binsen mit dem Theodor Heyerdahl übers Meer gefahren ist. Das spielten wir nach. Was spielt eigentlich Dennis?«

Karsten schaute Renate an. Sie lächelte. Es war aber kein verächtliches Lächeln. »Dennis wird in ein paar Tagen bei uns sein. Dann gehe doch mit ihm zum Fluß und spiele mit ihm. Rede mit ihm. Frage ihn selbst. Das ist viel besser, als wenn ich dir etwas erzähle, Karsten.«

»Ja, das stimmt. Ich habe viel versäumt. Dir gegenüber und auch Dennis gegenüber. Das ist mir klargeworden. Ich habe viel vergessen, verdrängt.«

»Willst du mir jetzt eine Lebensbeichte ablegen, Karsten?«

»Klingt das so?«

»Ja!«

»Ich habe niemanden zum Reden. Ich kann zwar mit

Leuten sprechen. Da sind meine Mitarbeiter, meine Kunden, viele davon sind auch Freunde. Aber es gab eine Zeit, da waren wir uns nah, Renate.«

»Jetzt muß der nächste Satz beginnen mit den Worten: Weißt du noch, damals…!«

»Ja, Renate! So hat es Pfarrer Zandler gesagt. Weißt du noch damals! Ich hatte vieles vergessen. Vielleicht bleibt Männern auch nicht so viel in Erinnerung.«

»Männer erinnern sich auch gut, aber sie setzen andere Schwerpunkte in ihrer Erinnerung.«

»Ja, das stimmt wohl, Renate.«

»Ich finde, daß das nicht verwerflich ist. Eigentlich ist es doch gut eingerichtet von der Natur, daß Männer und Frauen verschieden denken und handeln. Es ist eine Art Arbeitsteilung.«

»Daraus könnte ich folgern, daß beide Arten der Erinnerung wichtig sind und zusammen als Ergänzung perfekt sein können.«

»So sehe ich das! Es kommt nur selten zu dieser perfekten Ergänzung, weil jeder Frau und jeder Mann oft darauf beharren, daß nur ihre Erinnerung richtig ist.«

»War es bei uns auch so?«

»Willst du das wirklich wissen, Karsten?«

»Ja, das will ich.«

»Gut, dann gebe ich dir ein Beispiel. Du darfst aber nicht gleich wieder wütend werden!«

»Versprochen!«

»Nehmen wir als Beispiel die alte Villa, die wir als erstes Heim gekauft haben. Ich habe davon ein ganz anderes Bild im Kopf als du. Für dich war sie alt, heruntergekommen, voller Mängel, sanierungsbedürftig bis zum letzten Dachziegel.«

Renate schaute Karsten träumerisch an. »Das war sie zweifellos. Aber ich erinnere mich an das Knarren des Fußbodens, als Dennis die ersten Schritte machte. Ich habe das Geräusch der alten Rolläden im Ohr, wie sie ratterten beim Herunterlassen. Jeder Rolladen hatte einen anderen Klang, so wie auch jede Tür anders quietschte. Das alte Treppengeländer mit seinem breiten Handlauf benutzte Dennis als Rutsche. Er spielte mit den Nachbarskindern an Regentagen Verstecken in den Abstellkammern und Wandschränken, die es dort so zahlreich gab. Die alten bunten Glasscheiben in den oberen Teilen der Türen warfen auch an trüben Tagen ein freundliches buntes Licht in den Flur. Das dunkelbraune Holz an den Wänden glänzte dann kostbar. Das Haus atmete. Es lebte. Dort fühlte ich mich nie alleine.«

Karsten hörte zum ersten Mal Renate aufmerksam zu.

»Die Regentonnen im Garten füllten sich mit dem Wasser aus der Dachrinne. Ich goß gern damit den Garten. Im Sommer war das Wasser mild und warm und weich. Ich goß oft Wasser davon in eine Wanne und Dennis planschte darin und ließ Schiffe schwimmen aus Zeitungspapier. Die Schiffe gingen unter. Das Papier löste sich auf, das Wasser wurde trüb. Er schüttete so viel Sand hinein, bis er Matsch hatte. Dann rieb er sich und seinen Freund ein und sie spielten ›Schwarzfuß-Indianer‹, wie sie es nannten.«

Renate atmete tief durch.

»Jetzt haben wir eine unterirdische Bewässerungsanlage, die automatisch gesteuert wird. Das Klicken der Sprinkler macht mich nervös. Der Garten ist perfekt angelegt. Aber er ist steril. Im Swimmingpool konnte Dennis keine Papierschiffe mehr schwimmen lassen. Das hätte das Wasser zu sehr verdreckt. Matsch anrühren, was er so gerne getan hatte, das war auch nicht mehr in dem Maße möglich. Der dicke Teppichboden schluckt jedes Geräusch. Früher hörte ich, wenn Dennis oben in seinem Zimmer auf dem Boden spielte und seine Autos hin und her schob. Wenn ich in der Küche bügelte, dann hörte ich dich, wie du in deinem Arbeitszimmer auf und ab gegangen bist.«

»So hast du mir das nie erzählt, Renate. Ich wußte nicht, daß du so an dem alten Kasten hängst. Ich dachte, daß dir das alles auf die Nerven geht, die alten maroden Leitungen, die Rolladenbänder, die oft rissen. Du hast es doch immer gesagt.«

»Sicherlich habe ich mich geärgert, wenn wieder einmal etwas nicht funktionierte. Das bedeutete doch nicht, daß es mir da nicht gefallen hat. Weißt du noch…«

»Weißt du noch…«, wiederholte Karsten den Satzanfang, und beide lächelten.

»Weißt du noch…«, erzählte Renate weiter, »der Tag, als du einfach abends gekommen bist und verkündet hast, daß du den Bungalow kaufen und umbauen willst. Denke zurück, Karsten! An was kannst du dich erinnern?«

Karsten dachte nach.

»Ich war beim Architekten gewesen und hatte bereits

erste Skizzen. Ich zeigte sie dir. Ich hatte mich auch schon nach den Kosten für den Umzug erkundigt.«

»An sonst nichts?«

»Wir haben dann wohl lange geredet. An was erinnerst du dich?«

»An deine leuchtenden Augen, mit denen du mich immer wieder angesehen hast. Du kamst mir vor wie ein Feldherr, der ein neues Gebiet erobert. Ich war nicht begeistert. Ich wollte bleiben. Doch du fegtest all meine Argumente vom Tisch, rechnetest mir alles vor. Es klang alles so logisch. Aber ich wollte das alles nicht. Ich kam aber gegen dich nicht an. Alle Argumente fegtest du vom Tisch. Erinnerst du dich nicht daran?«

Mit großen Augen schaute Karsten Renate an.

»Nein! Ich dachte, es macht dich glücklich.«

»Ich weiß, daß du das gedacht hast.«

»Was ist falsch daran gewesen?«

»Wir haben nicht geredet. Schau, Anna und Toni. Hast du sie beobachtet? Wieviel sie reden? Sie reden über alles. Sie haben die letzten Handgriffe gemacht. Jetzt ist ihre Berghütte fertig. Ab übermorgen ist sie eröffnet. Ich habe sie beobachtet, wie sie sich darüber absprachen, wo sie das Bild mit dem Wasserfall hinhängen. Toni hing auch noch ein paar Hirschgeweihe auf, alles Geschenke, die sie zur Hochzeit bekommen haben. Da war so viel Liebe drin, in den Gesprächen zwischen den beiden. Anna fand diesen Platz gut, Toni meinte, daß es dort besser aussehen würde. Dann redeten sie darüber. Einer hörte dem anderen zu, und dann fanden sie eine Lösung, mit der beide ganz zufrieden waren. Das war doch bei uns auch einmal so, Karsten. Weißt du noch, damals ganz am Anfang?«

»Ja!« sagte Karsten leise. »Damals waren wir uns nah.«

»Wir hatten oft die gleichen Gedanken und begannen gleichzeitig einen Satz mit denselben Worten.«

Karsten legte sich ins Gras. Die Hände verschränkte er unter dem Kopf. Er schaute hinauf zu den Berggipfeln.

»Ja, ich erinnere mich. Schön war es!«

Er schloß für einen Augenblick die Augen. Er hörte, wie sich Renate neben ihn ebenfalls ins Gras legte.

»Ich hatte dir vorhin gesagt, daß ich verschiedenes ändern will. Ich will weniger arbeiten, früher Feierabend machen. Ich will öfters in die Natur fahren, spazierengehen. Weißt du noch, wie wir als junges verliebtes Paar Fahrradtouren gemacht haben?«

Sie fingen gemeinsam an zu lachen.

»Lachst du auch wegen der Radtour, als beide Fahrräder einen Platten hatten?«

Renate nickte und lachte weiter.

»Kein Flickzeug dabei. Aber wir wußten uns zu helfen.«

»Ja, das wußten wir. Nach allerlei vergeblichen Versuchen gelang es uns, die Schrauben an meinem Vorderrad und an deinem Hinterrad zu lösen. Wir bauten dein Hinterrad vorne bei meinem Rad ein. Es hing zwar schief drin und die Radmutter auf der Achse lockerte sich immer wieder. Ich weiß nicht mehr, wie oft sie abgefallen ist.«

»Ich weiß es auch nicht mehr, Karsten. Ich erinnere

mich, wie wir auf den Knien über den sandigen Waldboden gerutscht sind und in Bergen von Tannennadeln die Schraube gesucht haben.«

»Aber wir haben sie immer wieder gefunden. Und wir haben es geschafft, mit einem Fahrrad bis in den nächsten Ort zu kommen. Du hattest damals noch die Haare länger und zum Glück Gummis und Haarnadeln dabei. Daraus haben wir dann eine ›Schraubenfesthaltewicklung‹ gebastelt.«

»Du warst von der Idee und dem Erfolg dieser genialen technischen Neuerung so begeistert, daß du noch abends im Bett davon gesprochen hattest. Du dachtest daran, diese Technik zu verfeinern und sie als Patent anzumelden.«

Sie brachen beide wieder in Gelächter aus.

»Ich erinnere mich, Renate. Das war schön damals, wenn ich heute daran denke. Warum sind wir von unserem Weg abgekommen? Jetzt sind wir hier in Waldkogel. Wir haben einen Sohn, der Kummer hat und uns Kummer macht. Wir haben die Trennung beschlossen und die unterzeichneten Papiere liegen daheim auf meinem Schreibtisch. Renate, bitte glaube mir, das wollte ich alles nicht.«

»Ich wollte das auch nicht. Es hat sich eben so entwickelt.«

»Wie soll es jetzt weitergehen?«

»Das fragst du mich, Karsten? Sage du es mir!«

»Wir sollten Dennis aus dem Internat nehmen. Wir könnten es gleich tun, nicht erst am Ende des Schuljahres. Wie denkst du darüber?«

»Wie bist du zu dieser Erkenntnis gekommen?«

»Ich muß dir gestehen, aus ganz egoistischen Gründen. Ich will mehr mit Dennis zusammen sein. Das geht nicht, wenn er weit fort im Internat ist. Auch wenn wir ihn jedes Wochenende holen, ist das zu wenig. Dann auch noch die Fahrerei. Du hast doch gesagt, daß du sogar in seine Nähe ziehen wolltest, damit du mehr bei ihm sein kannst.«

»Ja! Das war der Grund. So werde ich das auch machen. Ich habe mir Gedanken darüber gemacht. Es ist nicht mehr lange bis zum Schuljahresende. Dann hätte ich ihn ohnehin aus dem Internat genommen. Wir sollten mit Dennis sprechen. Wir sollten ihm sagen, daß es vorteilhafter ist, wenn er bis zum Ende in dieser Klassengemeinschaft bleibt. Wenn er gar nicht will, dann hole ich ihn heim. Du kannst ihn besuchen, so oft du willst.«

Karsten setzte sich auf. Er schaute Renate in die Augen.

»Wir könnten auch alle drei etwas zusammen unternehmen an den Wochenenden, wenn du willst.«

Renate schaute in seine Augen.

»Eine Fahrradtour zum Beispiel!«

»Was immer du willst!«

Karsten wurde verlegen.

»Kann ich dich noch etwas fragen, Renate?«

»Sicher! Das ist doch die Stunde der Wahrheit.«

»Kann ich dich auch ab und zu sehen, alleine ohne Dennis? Ich meine dich ausführen. Wir könnten zum Italiener gehen, ins Kino. Früher sind wir auch ins Konzert gegangen.«

»Wir waren sogar zusammen in Kunstausstellungen, obwohl du mit Malerei wenig anfangen kannst.«

»Malst du eigentlich noch?«

»Ich will wieder anfangen.«

»Das ist eine gute Idee. Tu das auf alle Fälle!«

»Und du? Du hast doch früher musiziert. Was ist eigentlich aus deinen alten Freunden geworden? Ihr hattet doch mal eine Band?«

»Man hat sich irgendwie aus den Augen verloren. Man hat so vieles aus den Augen verloren.«

»Wenn man etwas verloren hat, dann soll man suchen. Man muß dafür auch schon mal sehr tief graben.«

»Ja, Renate! Das muß man. Ich denke, daß wir schon mittendrin sind.«

»Denkst du es oder fühlst du es?«

»Ich hoffe, daß unsere Ausgrabungen erfolgreich verlaufen werden. Wie steht es mit dir?«

»Mit den bisherigen Ausgrabungen bin ich sehr zufrieden. Was haben wir nicht alles gefunden? Fahrräder, meinen Skizzenblock, deine Gitarre, einen Kalender mit Eintragungen für gemeinsame Ausflüge, Kinobesuche. Du hast Erinnerungen aus der Kindheit gefunden.«

Karsten griff vorsichtig nach Renates Hand.

»Wir haben auch einen Teil von uns wiedergefunden. Wir haben miteinander gesprochen, wie wir es in den letzten Jahren niemals getan haben.«

Renate schaute Karsten glücklich an.

»Ja, das haben wir auch gefunden. Hatten wir denn danach gesucht?«

»Ich hatte danach gesucht, Renate. Ich habe mehr gefunden, als ich zu hoffen gewagt hatte.«

Ganz langsam und ziemlich unsicher, aus Angst sie

könnte ihre Hand zurückziehen, führte er diese zu seinen Lippen und küßte sie.

»Renate, ich habe niemals aufgehört, dich zu lieben.«

Er schaute ihr in die Augen.

»Ich muß ein ziemliches Ekel gewesen sein in den letzten Jahren. Ich kann verstehen, daß du mich nicht mehr lieben kannst.«

»Ich habe nie gesagt, daß ich dich nicht mehr liebe, Karsten.«

»Warum willst du dann gehen? Warum willst du dann die Trennung?«

»Karsten, ich bin immer noch verliebt in den Mann, der du einmal gewesen bist. Du warst der Mann meiner Träume, mein Märchenprinz.«

»Ich habe mich sehr verändert, das weiß ich«, sagte Karsten schuldbewußt.

»Jeder Mensch verändert sich. Auch ich habe mich verändert. Ich bin nicht mehr ein junges Mädchen. Wir sind beide fünfzehn Jahre älter geworden. Das ist nicht schlimm. Ich möchte diese Jahre nicht missen, für nichts auf der Welt. Ich vermisse nur unsere Liebe von damals. Es ist uns nicht gelungen, sie in den Alltag der Jahre hinüberzuretten.«

»Vielleicht müssen wir noch mehr graben? Soll ich für morgen große Schaufeln organisieren? Damit geht es vielleicht schneller?«

Renate schaute ihn liebevoll an.

»Das bist du! Typisch, Karsten! Du hast dir ein Ziel gesteckt und willst es mit aller Macht erreichen. Es muß schnell und sofort geschehen.«

Renate stand auf und wischte sich das Gras von der Kleidung.

»Ich bin sehr zufrieden mit unserer bisherigen Suche. Laß uns bitte behutsam weitermachen. Anna hat gesagt, daß man in Dingen der Liebe nicht denken soll. Man soll fühlen, lauschen auf die Stimme des Herzens.«

»Ganz wie du willst. Was sagt dir die Stimme deines Herzens?«

»Da ist ein warmes, hoffnungsvolles Gefühl in meinem Herzen. Es ist wie eine kleine zarte Pflanze, wie eine dieser kleinen Bergblumen, die zwischen Felsen sprießen.«

»Mit denen muß man respektvoll umgehen. Einige davon stehen sogar unter Naturschutz.«

»Richtig! Trotzdem ist unsere Sorte vom Aussterben bedroht.«

»Dann bleibt uns nur übrig, sie zu beschützen, zu hegen und zu pflegen, daß sie wieder eine große starke Blume wird.«

Karsten lächelte.

»Renate, du weißt, daß ich von Pflanzen und Gartenarbeit nie viel verstanden habe. Ich wäre dir dankbar, wenn du mir da einige Tips geben könntest, damit ich keinen Fehler mache.«

»Gern! Ich fange gleich damit an!«

Renate griff nach dem Brautstrauß.

»Wir sollten zurückgehen. Es wird bestimmt noch getanzt. Es war schön, mit dir gestern abend mal wieder zu tanzen. Ich möchte das gerne heute noch fortsetzen.«

Karstens Augen leuchteten vor Glück. »Darf ich dir meinen Arm anbieten?«

»Gern!«

Langsam gingen sie zurück.

Unterwegs begegnete ihnen Pfarrer Zandler. Er sah, daß die beiden sich untergehakt hatten.

»Machen Sie auch noch einen Abendspaziergang, Hochwürden?«

»Ja, ja! Ich habe noch nach meinem Schützling Dennis gesehen und ihn in seine selbst gewählte Einsiedelei gebracht. Es geht ihm gut. Er war übrigens in der Kirche bei der Trauung dabei. Ich hatte ihn oben beim Organisten versteckt. Er hat Sie gesehen und meinte, daß Sie ganz nett ausgesehen hätten. Sie hätten auch nicht so ausgesehen, als ob Sie streiten würden.«

Pfarrer Zandler schmunzelte.

»Wenn ich mir Sie beide so betrachte, dann möchte ich Dennis zustimmen. Was haben Sie denn gemacht? Ich habe gesehen, daß der Brautstrauß Ihnen vor die Füße geweht wurde. Da hat Ihnen der da oben«, Pfarrer Zandler warf einen Blick zum Himmel, »wohl einen deutlichen Wink gegeben.«

»Mm!« sagte Karsten verlegen. »Wir haben Ausgrabungen gemacht.«

»Gut so, weitermachen! Nicht nachlassen!«

»Hat sich Dennis geäußert, wann er… ich meine, wie lange braucht er noch… wann…?«

»Ich denke, es ist bald soweit. Er ist ein kluger Junge. Er fragte mich, wo Sie beide heute nacht schlafen würden. Er hat herausgefunden, daß Sie nicht auf der Berghütte übernachten heute nacht.«

Renate und Karsten schauten sich erstaunt an.

»Ich sagte ihm, daß Sie beim Doktor schlafen. Da meinte er, daß in seinem Versteck viel Platz ist, auch für Sie. Er schliefe da gut und Sie müßten dann nur Schlafsäcke und Luftmatratzen oder Isomatten mitbringen.«

Pfarrer Zandler schmunzelte erneut.

»In meinen Augen war das eine Einladung zum Biwakieren. Vielleicht sollten Sie darüber nachdenken, für die nächsten Nächte, zum Beispiel.«

»Danke, Herr Pfarrer!« sagten Renate und Karsten wie aus einem Mund.

»Ich wünsche Ihnen einen schönen Abend. Gehen Sie noch mal zum Fest?«

»Ja, wir wollen noch tanzen gehen!«

»Dann will ich Sie nicht aufhalten. Das wird eine lange und schöne Nacht werden. Getanzt wird bestimmt bis zum Morgen.«

Beschwingten Schrittes gingen Renate und Karsten weiter.

*

Nach einem wunderschönen Rundflug über das Tal, die Nachbartäler und die Berge, war der Heißluftballon punktgenau vor der Berghütte gelandet. Der Ballonpilot half Toni und Anna beim Aussteigen. Dann zog er am Gasventil. Eine große Flamme schoß zischend nach oben, erhitzte die Luft im Ballon. Langsam hob er ab und schwebte davon. Anna und Toni schauten ihm nach.

Toni nahm Anna in seine Arme. Er hielt sie ganz fest.

»Das ist doch etwas ganz anderes, nicht mehr die Braut in den Armen zu halten, sondern die eigene Frau!«

Anna kicherte.

»Ja, das kann ich dir bestätigen. Ich fühle mich auch viel geborgener.«

»Meine liebe Frau! Liebste Anna! Frau Baumberger!«

»Ja, Herr Baumberger! Lieber Mann! Liebster Toni! Mein Hüttenwirt!«

Sie küßten sich lange und leidenschaftlich. Die Berge wurden Zeuge ihrer innigen Liebe.

»Heute endlich beginnt das Leben, von dem ich immer geträumt habe, seit ich dich gesehen habe, meine Anna!«

»Es wird ein schönes Leben werden, Toni!«

»Ja, das wird es! Möge der Herr im Himmel es lange dauern lassen.«

»Unsere Liebe wird ewig sein, Toni! Sie dauert nicht nur ein Leben lang, bis daß der Tod uns scheidet. Sie dauert ewig.«

»Ja, das wird sie. In Tausenden von Jahren werden die Berge sich noch daran erinnern, an die Anna und den Toni, das glückliche Paar auf der Berghütte.«

Arm in Arm gingen sie auf die Berghütte zu. Dann nahm Toni seine Anna auf den Arm und trug sie über die Schwelle, durch den großen Hüttenraum bis ins Schlafzimmer.

Der romantische Augenblick wurde durch näher kommendes Hundegebell unterbrochen.

»Bello!« sagten sie beide wie aus einem Mund und liefen hinaus.

Da kam Bello, der Neufundländer, angerannt und begrüßte sie überschwenglich. Er legte Anna gleich die Vorderpfoten auf die Schultern und hätte sie vor Begeisterung mit seinen vielen Kilos fast umgeworfen, wenn Toni sie nicht festgehalten hätte.

»Wo kommt der denn jetzt her? Ich dachte, der würde diese Nacht unten bei deinen Eltern bleiben, Toni.«

»Ja, so war es gedacht. Schau, da hängt ein Zettel am Halsband.«

Toni löste den zusammengerollten Zettel. Sie lasen. Da stand: *Liebe Anna! Lieber Toni!*

Nachdem Ihr mit dem Heißluftballon abgehoben hattet, machte Bello einen Aufstand. Es war unmöglich, ihn im Tal bei uns zu halten. Hilda und Wenzel mußten wieder auf die Alm, weil sie ja die Kühe melken mußten. Der Martin hat sie raufgefahren und Bello mitgenommen. Er wird den Weg zur Berghütte alleine finden, denken wir. Ich hoffe, er stört heute nacht nicht zu sehr…

Die Baumbergereltern.

Toni legte den Arm um Anna. Sie gingen bis zur Schwelle des Schlafzimmers.

»Bello!« sagte Toni streng. »In der Kirche habe ich nichts gesagt. Aber für heute nacht ist hier für dich Schluß. Du wirst keine Pfote über diese Schwelle setzen. Platz, Bello! Platz!«

Dann hob Toni seine Anna ein zweites Mal über die Schwelle zum Schlafzimmer und schloß die Tür. Bello sah eine Weile die geschlossene Tür an. Dann legte er sich quer davor. Hinein kam da niemand. Heraus auch niemand mehr in dieser Nacht. Aber dafür bestand ja auch kein Anlaß.

*

Renate und Karsten hatten noch bis lange nach Mitternacht getanzt. Dann gingen sie mit Dr. Martin Engler heim. Er hatte ihnen Quartier gegeben.

Karsten war zuerst aufgewacht. Er brachte Renate eine Tasse Kaffee ans Bett.

»Danke!« murmelte Renate und schlürfte den Kaffee. »Gut! Sehr gut! Du weißt noch genau, wieviel Milch und Zucker ich nehme.«

Sie lächelte Karsten an. Karsten betrachtete Renate und dachte, wie begehrenswert sie war. Ihr mittellanges schwarzes Haar fiel ihr lockig über die Schultern. Renate drückte die Bettdecke zur Seite.

»Setz dich doch, Karsten!«

Karsten Niederhauser setzte sich auf die Bettkante und schlürfte seinen Kaffee. Er liebte ihn stark und schwarz und ohne Zucker.

»Ich dachte, wir gehen bei Pfarrer Zandler vorbei. Dann könnten wir unseren kleinen Ausreißer besuchen.«

Noch bevor Renate sich äußern konnte, läutete Karstens Handy. Sein Telefon lag auf dem Nachttisch auf der anderen Seite des Doppelbettes. Es klingelte und klingelte. Karsten ging um das Bett herum und schaute auf das Display.

»Das ist das Büro!«

»Willst du nicht abnehmen?«

»Die können später noch einmal anrufen. Ich bin im

Urlaub. Außerdem war ich gerade in einem Gespräch mit dir.«

Es klingelte weiter.

»Nimm ab, Karsten, bitte! Das ist ja nervig!«

Karsten drückte auf den grünen Knopf und hielt sich das Handy ans Ohr.

»Was gibt es denn so Wichtiges, daß du das nicht entscheiden kannst?« Seiner Stimme war anzuhören, daß er sich sehr gestört fühlte.

Er lauschte. Renate versuchte, seinen Gesichtsausdruck zu deuten. Zuerst zeigten sich Falten auf seiner Stirn. Dann schmunzelte er. Schließlich grinste er.

»Ich habe da eine Idee! Das läßt sich alles sehr einfach regeln. Ich rufe dich gleich zurück.«

Karsten beendete das Gespräch. Er stellte seinen Becher auf dem Nachttisch neben Renates Bett ab. Freudig rieb er sich die Hände.

In seinem Übermut drückte er Renate einfach einen Kuß auf ihr Haar. Dann rannte er aus dem Zimmer.

Verblüfft sah sie ihm nach. Sie kannte ihren Noch-Ehemann genau. Er wirkte auf eine geheimnisvolle Art fröhlich und übermütig. So war er am Anfang ihrer Beziehung gewesen. Renate dachte nach. Was steckte wohl dahinter? Sollte sie ihn fragen? Sie entschied sich dagegen. Wenn er ihr etwas zu sagen hatte, dann war es besser zu warten, bis Karsten von sich aus berichten würde. Außerdem hatte sie ja die Trennungspapiere unterzeichnet.

Renate grübelte trotzdem… Sie hatten sich in den letzten Tagen angenähert. Sie hatten ganz vernünftig gesprochen. Warum erst jetzt? Vielleicht wäre alles ganz anders gekommen, wenn sie schon früher auf diese Art und Weise miteinander hätten sprechen können.

Martin hatte ein Frühstück gemacht, obwohl es schon später Nachmittag war. Er hatte auch lange geschlafen. Die junge Ärztin, die er als Praxisvertretung angeheuert hatte, hatte wenig zu tun. Am Tag nach Tonis und Annas Hochzeit war die Praxis leer.

Während des Frühstücks beobachtete Renate Karsten. Er hatte einen guten Appetit und sah sehr heiter aus.

Nach dem Essen besuchten Renate und Karsten Pfarrer Zandler. Der Geistliche hatte schon auf sie gewartet. Im Flur des Pfarrhauses standen hinter der Tür zwei große, prallgefüllte Rucksäcke. Einen schulterte der Pfarrer. Den anderen gab er Karsten Niederhauser.

»Kommt! Reden wir unterwegs!«

Sie gingen los. Unterwegs durch Waldkogel wurde der Geistliche öfters angehalten. Alle waren von seiner gestrigen Hochzeitspredigt sehr angetan und brachten dies noch einmal zum Ausdruck.

Endlich erreichten sie den Wald.

»Ich hatte heute morgen Dennis besucht. Ich denke, der Bub freut sich darauf, Sie zu sehen. Ein bisserl bang ist ihm auch, weil er ja aus dem Internat fortgelaufen ist. Er weiß schon, daß das dumm war und gefährlich obendrein. Ich habe ihm im voraus versichert, daß Sie beide glücklich sind, daß nichts passiert ist, Sie ihm nicht den Kopf abreißen, wie man hier so sagt. Er weiß, daß ich Sie vielleicht mitbringe. Ich denke, es ist gut, wenn Sie unten am Weg warten. Ich werde mich dann durchs Gebüsch schlagen zur alten Holzfällerhütte.

Dann soll der Dennis selbst zu Ihnen kommen. Das muß er schon machen. Ihnen gegenüberzutreten, davor hat er wirklich mächtigen Bammel. Doch da muß er durch. Das habe ich ihm schon verständlich gemacht. Ich zeige ihm, wo Sie auf ihn warten und werde mich dann zurückziehen. Ich hoffe, Sie machen das Beste daraus.«

»Ja, das werden wir. Renate und ich haben gestern lange geredet.«

»Na, dann ist es ja gut.«

Renate und Karsten waren ziemlich nervös, als sie auf Dennis warteten. Unruhig gingen sie auf und ab. Dann hörten sie das Knacken des Unterholzes. Kurz darauf sahen sie den Geistlichen. Hinter ihm ging Dennis. Er hatte einen hochroten Kopf und hielt den Hasen eng an sich gedrückt.

»So, da ist er! Dann werde ich mal gehen. Ich wünsche Ihnen Gottes Segen!«

Der Pfarrer streichelte Dennis' Haar und ging danach schnell davon, ohne sich umzudrehen.

*

Scheu stand der Junge mitten auf dem Weg. Renate ging zu ihm und lächelte ihn an.

»Ich bin ja so froh, daß dir nichts passiert ist.«

Sie nahm ihn in den Arm, drückte und küßte ihn. Dabei kämpfte sie einen Augenblick mit den Tränen. Es waren aber Freudentränen. Karsten Niederhauser trat hinzu und gab seinem Sohn einen kleinen kameradschaftlichen Knuff an den Arm.

»Du bist mir vielleicht ein Held! Tue das bitte nie wieder! Warum hast du denn nicht mit uns gesprochen?«

Dennis zuckte mit den Schultern.

»Wer ist denn das?« fragte Karsten und deutete auf den Hasen.

»Das ist Milky!« Dann fügte er leise hinzu. »Den habe ich mir ausgeliehen.«

»Na, so kann man es auch sagen.« Karsten blinzelte seinem Sohn zu. »Darf ich ihn einmal halten?«

»Der ist nicht an dich gewöhnt«, wehrte Dennis ab. »Vielleicht später.«

»Willst du uns dein Versteck zeigen?« fragte Renate.

»Wollt ihr denn?«

»Wie kannst du nur so fragen?«

Statt einer Antwort wandte sich Dennis um und ging in Richtung Wald. Renate und Karsten folgten ihm.

Nach einigen Minuten auf einem schmalen Trampelpfad durch dichtes Unterholz erreichten sie eine Lichtung.

»Da ist die Hütte.«

»Sieht ja richtig abenteuerlich aus«, bemerkte Karsten. »Einen Kamin hat sie auch.«

»Ja! Brennholz gibt es auch. Aber die Buben haben gesagt, daß ich kein Feuer machen soll. Das wäre zu auffällig.«

Sie betraten die Hütte. Sie bestand aus einem einzigen großen Raum. Durch zwei Fenster, deren Glasscheiben zerbrochen waren, fiel Licht in das Innere. An der Wand gegenüber der Eingangstür befand sich ein Kamin mit einer kleinen offenen Feuerstelle. In der einen Ecke war Holz aufgestapelt. Der Tisch hatte eine Unterkonstruktion aus Birkenholz. Die weiße Rinde war an einigen Stellen noch zu sehen. Es gab einige dreibeinige Schemel. In einer anderen Ecke lag eine Luftmatratze mit einem Schlafsack.

»Richtig schön, dein Versteck!« bemerkte Karsten und besah sich die Feuerstelle.

Mit wenigen Handgriffen schichtete er Späne und Holzscheite auf. Dennis reichte ihm Papier. Er hatte alles Abfallpapier der Kekse und Schokoladentafelverpackungen gesammelt. Die Flammen züngelten sich am Papier entlang, ergriffen dann die feinen Späne und danach fraßen sie sich in das Brennholz.

»Toll!« strahlte Dennis.

Renate hatte inzwischen die Rucksäcke ausgepackt. Sie spießten die Würste auf lange Stecken und hielten sie zum Braten über die Flammen.

»Das gefällt dir, Dennis, wie?«

»Ja, das ist toll. Daheim im Garten kann man so etwas nicht machen. Die Würste schmecken auch besser, als wenn man sie auf den Lavasteinen grillt.«

»Das werden wir daheim jetzt auch öfters machen.«

»Aber Papa, das geht doch nicht.«

»Warum sollte das nicht gehen? Wir machen das einfach. Ein kleines Feuerchen und dann werfen wir Kartoffeln in die Glut und braten Würstchen.«

»Wirklich, Papa? Wann? Du wirst das wirklich machen? Oder sagst du das nur so – und dann hast du doch keine Zeit.«

Dennis Miene nahm traurige Züge an.

»Versprochen!« Karsten hob die Hand zum Schwur.

»Beim großen Manitu, ich gebe dir mein großes Indianerehrenwort.«

Dennis schien noch nicht überzeugt.

»Dennis«, sagte sein Vater ernst, »es wird sich in Zukunft viel ändern. Deine Mutter und ich haben viel geredet in den letzten Tagen.«

Dennis sah seinen Vater nicht an, als dieser weitersprach: »Ich werde mir viel mehr Zeit nehmen. Ich komme abends früher heim. Wir können zusammen am Wochenende Fahrradausflüge machen, wenn du willst. Wir können gemeinsam andere Dinge machen, die dir Spaß machen.«

Dennis blickte kurz auf. Er warf seinem Vater einen prüfenden Blick zu.

»Bis jetzt hast du es ja noch nicht einmal geschafft, daß ich einmal im Monat am Wochenende heimkommen kann, aus dem Internat.«

Verlegen rieb sich Karsten Niederhauser das Ohrläppchen.

»Stimmt, Dennis! Das war falsch. Das habe ich eingesehen.«

Karsten warf Renate einen hilfesuchenden Blick zu.

»Dennis, dein Vater hat wirklich die Absicht. Wir haben ausführlich über dich gesprochen. Dir gefällt es im Internat nicht?«

»Ganz so schlecht ist es nicht«, sagte Dennis leise. Es klang sehr traurig und resigniert.

»Aber du würdest lieber daheim sein und in eine Schule in der Stadt gehen?«

»Das geht doch nicht! Ihr trennt euch doch, da muß ich im Internat bleiben. Viele Eltern von Schülern leben getrennt oder sind geschieden. Es wird schon gehen. Ich laufe auch nicht mehr fort.«

»Du könntest auch das Internat verlassen, sofort oder am Ende des Schuljahres, in einigen Wochen.«

Dennis sah seine Eltern überrascht an.

»Wirklich?«

»Ja, wenn du willst!«

Dennis brachte kein Wort heraus.

Behutsam sagte sein Vater:

»Deine Mutter und ich haben alles beredet. Es gibt verschiedene Möglichkeiten. Deine Mutter nimmt sich bis zum Ende des Schuljahres eine kleine Wohnung in der Nähe des Internats. Du wirst dann Tagesschüler und gehst nach dem Unterricht zu ihr. Du machst das Schuljahr noch zu Ende. Dann verläßt du die Schule. Ich werde euch an den Wochenenden besuchen kommen oder ihr besucht mich. Die andere Möglichkeit ist, daß du gleich die Schule wechselst und nicht bis zum Ende des Schuljahres wartest. Denke darüber nach.«

Dennis wischte sich die Hände an seinen Hosen ab. Er ging zu seinem Kaninchen und nahm es wieder auf den Arm.

»Die Klassenarbeiten sind schon alle geschrieben. Ich will nicht mehr in das Internat zurück. Könnt ihr mich nicht befreien lassen? Dann bleiben wir hier und machen Urlaub. Meine beiden besten Freunde sind auch schon vom Unterricht befreit. Die sind zu ihren Eltern nach Australien und Südamerika geflogen. Herr Direktor Kallmann hat das erlaubt.«

Karsten und Renate schauten sich an.

»Dein Vater und ich werden darüber nachdenken. Du willst hier Urlaub machen?«

»Ja, es ist ganz toll in den Bergen. Ich war noch nicht oben auf den Bergen, aber da muß es noch schöner sein. Euch gefallen die Berge nicht?«

»Doch, Dennis, uns gefallen die Berge auch. Wir wußten nicht, daß du so für die Berge schwärmst. Warum hast du uns nichts erzählt?«

»Das habe ich doch! Ihr habt ja nie zugehört.«

»Dennis! Das wird sich jetzt alles ändern«, bekräftigte sein Vater noch einmal.

»Dennis, hör einmal! Ich denke, es ist besser, wenn du die kurze Zeit noch ins Internat gehst. Du mußt ja nicht mehr dort schlafen, sondern kommst jeden Tag zu mir. In den Ferien fahren wir dann länger hierher in die Berge, wenn du willst.«

»Ja, das machen wir! Dann bleiben wir oben auf der Berghütte.«

»Bei der Anna und dem Toni. Die haben geheiratet.«

»Wir wissen, daß du auch in der Kirche gewesen bist, Dennis!«

Dennis bekam einen roten Kopf. Er schwieg eine Weile.

»Können wir jetzt nicht gleich rauf zur Berghütte?«

Sein Vater schaute auf die Uhr und schüttelte den Kopf.

»Dafür ist es heute zu spät. Wenn du willst, gehen wir gleich morgen früh los.«

»Vorher müssen wir aber Milky noch zurückbringen.«

»Ja, das machen wir. Würdest du den Milky gerne behalten?«

»Ja! Geht das? Doch wo soll er hin?«

»Du läßt den Milky erst einmal bei den Baumbergers. Ich kümmere mich um einen großen Hasenstall. Dann nehmen wir ihn nach den Ferien mit nach Hause.«

Dennis strahlte und streichelte liebevoll den Hasen.

»Du hast nichts dagegen, wenn wir hier bei dir übernachten, Dennis?«

»Platz ist genug!« Seine Augen leuchteten. »Das ist dann fast wie zelten.«

Gemeinsam richteten sie das Lager ein. Die Freude stand Dennis im Gesicht, als er mit der Fußpumpe die Luftmatratzen aufpumpte.

Anschließend zeigte Dennis seinen Eltern die Gegend. Die Buben des Dorfes hatten sich Höhlen gegraben und Baumhäuser gebaut.

Als es dunkel wurde, legten sie sich hin. Dennis erzählte von der Schule und seinen Freunden. Karsten machte Pläne, was sie in Zukunft alles unternehmen wollten. Irgendwann stellten Renate und Karsten fest, daß Dennis eingeschlafen war. Karsten drehte die Lampe aus. Dann lagen Renate und Karsten in der Dunkelheit der Holzfällerhütte. Sie lauschten den gleichmäßigen Atemzügen ihres Sohnes. Durch die zerbrochenen Fenster kroch die Nachtluft.

*

»Milky! Milky!« Dennis' Schrei weckte Renate und Karsten. Sie waren sofort hellwach.

»Milky ist fort!«

Renate und Karsten schauten sich um. Der Hase war verschwunden. Die Tür stand einen Spalt offen. Tröstend strich Renate Dennis über das Haar.

»Die Tür ist wohl aufgegangen. Man konnte sie ja nicht mehr richtig zumachen. Jetzt hat er seine Freiheit. Vielleicht findet er eine schöne Häsin. Dann tun sie sich zusammen und bekommen viele Hasenkinder.«

Dennis war einen Augenblick traurig. Dann sagte er: »Vielleicht wäre Milky in einem Hasenstall genauso unglücklich wie ich im Internat. Dann ist es so schon besser!«

Dennis legte alle Karotten, und was er sonst noch für den Hasen an Futter hatte, vor die Holzfällertür. Dann packten sie alles zusammen und machten sich auf den Weg ins Dorf.

Karsten brachte die geliehenen Sachen ins Pfarrhaus. Renate und Dennis besuchten die Baumbergers. Dort entschuldigte sich Dennis artig, daß er sich Milky ausgeliehen hatte. Renate bezahlte den Hasen und das Obst und Gemüse, das sich Dennis genommen hatte.

Anschließend fuhren sie mit dem Auto hinauf zur Oberländer Alm. Wenzel zeigte Dennis die Kühe, Ziegen und Schafe. Er versprach ihm, daß er in den Ferien einige Tag bei ihm und Hilda auf der Oberländer Alm verbringen durfte. Dann könnte er zuschauen, wie Käse gemacht wird. Dennis war begeistert und stürmte vor seinen Eltern den schmalen Fußweg hinauf zur Berghütte. Sie folgten ihm langsam. An steilen Stellen bot Karsten Renate seine Hand.

»Es ist hier wirklich sehr schön!« sagte Karsten immer wieder und schaute hinauf zu den Bergen.

Sein Handy klingelte.

»Entschuldige, Renate, ich warte auf einen wichtigen Anruf aus dem Büro.«

Er meldete sich. Karsten drehte Renate den Rücken zu und ging einige Schritte den Pfad zurück. Das war für Renate das Zeichen, daß Karsten ungestört telefonieren wollte. Langsam stieg sie alleine den Weg hinauf.

Es dauerte eine ganze Weile, bis Karsten nachkam. Atemlos stand er vor ihr.

»Setz dich erst einmal hin, Karsten! Keine Hektik! Hier in den Bergen macht man alles mit viel Ruhe. Das hast du doch auch bei Toni, Anna und dem Alois gesehen.«

Karsten lehnte sich gegen einen Baum, der windschief neben dem Pfad aus der Erde wuchs.

»Renate, ich muß mit dir reden! Es ist etwas ganz Tolles passiert. Vorgestern hatte ich mir so gewünscht, daß ich die Zeit zurückdrehen könnte. Weißt du, als wir über unsere alte Villa sprachen. Ich hätte so gern alles ungeschehen gemacht.«

Er schaute sie mit strahlenden Augen an.

»Renate, du wirst es nicht glauben. Es ist verrückt! Es ist unglaublich! Ob das ein Zufall ist? Eigentlich kann es kein Zufall sein. Einfach phantastisch. Ich hätte mir nie vorstellen können, daß…«

Renate Niederhauser lachte laut.

»Karsten! Was ist? Sage es schon!«

Karsten rang nach Atem. Das kam wahrscheinlich weniger von seinem schnellen Aufstieg, als von dem Ereignis, das ihn so aufwühlte.

»Also, du erinnerst dich, daß wir über die alte Villa gesprochen hatten?«

Renate nickte. »Ist etwas damit?«

»Ja! Stell dir vor. Sie wurde in der Zwischenzeit mehrmals verkauft. Aber keiner der Besitzer hat sie wirklich saniert. Durch die Pläne der Stadtverwaltung, in der Nähe ein neues Zentrum mit Hotel und Einkaufsmeile für Luxusläden zu machen, war immer ein guter Preis erzielt worden. Zufällig war die Villa vor einigen Wochen in den Besitz eines meiner Mandanten gekommen. Er hatte auf einen noch weiter steigenden Preis spekuliert und hohe Hypotheken aufgenommen. Jetzt wurde bekannt, daß das Hotel und das Shoppingzentrum doch nicht gebaut werden. Sofort wurde die Bank aktiv.«

»Die Grundstücke und Immobilien sind jetzt wesentlich weniger wert.«

»Richtig, Renate. Der Mandant kam in Schwierigkeiten. Wir beraten sein Unternehmen.«

Karsten strahlte Renate an.

»Renate, damals habe ich allein über deinen Kopf hin entschieden. Dieser Fehler soll mir nicht noch einmal unterlaufen. Ich würde das gerne mit dir besprechen. Du hast doch gesagt, wenn ich Fragen hätte, dann könnte ich auf dich zukommen.«

»Rede!«

»Also, ich habe mein Büro beauftragt, mir, uns, die Vorkaufsrechte zu sichern. Der Preis ist günstig. Alleine will ich das nicht entscheiden. Ich dachte, vielleicht kaufe ich die alte Villa und zieh selbst ein. Ich vermiete oder verkaufe den Bungalow. Eine andere Möglichkeit wäre, daß du dort einziehst. Verstehst du?«

Renate schaute ihn mit großen Augen an.

»Renate, bitte glaube mir. Es ist einfach ein Zufall. Ich habe da nicht meine Hände im Spiel gehabt. Ich kann es noch gar nicht glauben. Was hältst du davon? Ich denke, daß Dennis das auch gefällt.«

Renate schwieg einen Augenblick.

»Komm, laß uns weitergehen! Wir können unterwegs reden.«

Ihr Herz klopfte bis zum Hals. Wie sollte sie entscheiden? Die Trennungspapiere waren unterschrieben. Sie hatte eine Wohnung gemietet.

Sollte sie in das Haus zurück, wo sie damals so glücklich war mit Karsten? Oder war es besser, nicht an einen Ort zurückzukehren, der so voller Erinnerungen war. Sie würde Karsten noch mehr vermissen, wenn sie dort leben würde. Das wußte sie.

Karsten sah Renate an, daß sie ganz in Gedanken war. Wortlos ging er neben ihr her, bis sie bei der Berghütte angekommen waren.

Dennis stand vor der Hütte und plauderte mit Alois.

»Ich sehe, ihr habt einen ganz prächtigen Bub. Er wartet schon ganz ungeduldig auf euch. Er will gleich mit euch wandern gehen. Hat mich schon ausgefragt und mit dem Fernglas sich die Gegend angeschaut. I hab ihm schon gesagt, daß er nimmer weit gehen kann heute. Höchsten bis zum ›Erkerchen‹ und zurück. Des ist noch bequem zu schaffen. Mußt deinen Eltern aber erst ein bisserl Ruhe gönnen, Dennis. Die sind ganz schön abgekämpft vom Aufstieg.«

Renate nickte Alois dankbar zu für seine letzte Bemerkung. Dennis ließ sich aber in seiner Begeisterung nicht bremsen.

»Dann können wir beide doch gehen, Alois?«

»Des is a gute Idee, Bub! I mache den Wanderführer für dich. I hab das ›Erkerchen‹ auch schon lang nimmer besucht. Komm, wir packen uns eine Brotzeit ein und ein paar Flaschen Quellwasser.«

Dann wandte sich der alte Alois an Renate und Karsten Niederhauser.

»Die Anna und der Toni sind auch im Gebirge. Die haben eine Wanderung unternommen, rauf zum ›Paradiesgarten‹. Bis zum Abend werden sie wieder da sein. Des ist aber net schlimm. Gäste sind noch keine da. Und wenn welche kommen, dann kannst ihnen sagen, daß i oder die beiden am Abend wieder da sind. Du kennst di ja ein bisserl aus in der Küche, Renate, wenn die hungrig sein sollten.«

Dennis zog mit Alois los. Renate und Karsten machten sich frisch und zogen sich um. Dann kochte Renate einen Tee. Sie setzten sich auf die Terrasse vor die Hütte.

»Das ist wirklich ein schöner Flecken. Man möchte ihn mitnehmen, wenn man fortgehen muß.«

»Du kannst ihn mitnehmen, Karsten. Schau dir die Berge an und bewahre das Bild in deinem Herzen.«

»Du redest schon fast so gut wie die Anna.«

»Das ist eben das Flair der Berge. Die Berge machen aus uns allen andere Menschen, Karsten.«

»Ja, das tun sie. Ich kann den Toni und die Anna immer besser verstehen, daß sie hier glücklich sind.« Karsten seufzte. »Wir haben unser Glück nicht gehütet.«

»Ich hatte den Eindruck, daß wir uns die Tage darauf verständigt hatten, daß es nur verschüttet ist.«

Renate schaute Karsten dabei nicht an und fügte leise hinzu: »Die Ausgrabungsarbeiten waren bisher doch sehr hoffnungsvoll, Karsten. Das denke ich jedenfalls. Wie siehst du es?«

»Ja, ich sehe es auch so. Obgleich…«

Karsten brach den Satz ab.

»Sprich weiter!«

Karsten Niederhauser nahm all seinen Mut zusammen. Seine Stimme bebte, als er fragte: »Renate! Ich hoffe, daß wir ganz unten, am Ende unserer Ausgrabungen, doch wieder unser gemeinsames Glück finden. Doch ich habe auch Angst, es könnte nicht so sein.«

Renate richtete den Blick hinauf zur Spitze des ›Engelsstiegs‹. Sie hatte alle Gedanken aus ihrem Kopf verbannt. Sie wollte nicht denken, nur fühlen. Anna hatte davon gesprochen, daß die Berge ihr den Weg gezeigt hatten. Würden die Berge auch ihr den Weg zeigen?

*

Ein Steinadler kreiste hoch oben und flog seinen Horst am Felsen an. Renate griff nach dem Fernglas und schaute hinauf. Im Horst saßen junge Adler, umsorgt von ihren Eltern. Einer fütterte die Jungen. Der andere Vogel hielt Wache. Es war ein schönes Bild.

Renate reichte Karsten das Fernglas.

»Schau da oben!«

»Eine ganze Adlerfamilie! Sie sind alle zusammen«, sagte Karsten, ohne das Glas abzusetzen. »Eine glücklich vereinte Adlerfamilie!«

Er ließ das Fernglas sinken und schaute Renate an.

Er wollte kein zweites Mal fragen, seine Hoffnungen aussprechen. Aber in seinen Augen sah Renate die Trauer über das bisher geführte Leben, die guten Vorsätze, die er umsetzen wollte. Sie glaubte seinem Blick, daß er diesmal die Absicht hatte, alles besser zu machen. Sie las darin die Sehnsucht nach Zweisamkeit mit ihr und die Hoffnung, daß sie wieder eine Familie werden würden.

Renate konnte nicht anders. Sie streichelte Karsten die Wange. Ihr Herz klopfte. Ihr Puls pochte. Sie zitterte leicht.

»Renate«, flüsterte Karsten leise. »Renate, ich liebe dich so!«

»Ich dich auch, Karsten! Ich dich doch auch!«

»Wie geht es jetzt weiter mit uns?«

»Nimm den großen Bagger und grabe schnell bis ganz unten hin, Karsten. Bringe unsere Liebe herauf. Grabe sie aus!«

Da riß Karsten Renate in die Arme und zog sie an sich. Ihre Lippen fanden sich zu vielen, vielen Küssen.

»Oh, Renate! Wie sehr habe ich dich vermißt!« hauchte Karsten zwischendurch.

»Psst! Nicht reden! Küß mich! Halte mich fest! Laß mich nie mehr los.«

»Heißt das, alles wird gut? Ist das deine Antwort? Wollen wir es noch einmal probieren? Wagen wir einen neuen Anfang?«

Renate lachte und fuhr Karsten mit der Hand über den Kopf, wie sie es sonst nur bei Dennis tat. Aber in diesem Augenblick war der Vater dem Sohn so ähnlich. Auch Dennis fragte immer noch einmal nach, auch wenn sie ihm schon lange etwas erlaubt hatte.

»Fühlst du das nicht, Karsten? Spürst du das nicht an meinen Küssen? Was sagt dir dein Herz?«

Karsten schaute Renate tief in die Augen.

»Du willst es noch einmal mit mir probieren?«

»Sind wir nicht verpflichtet dazu?«

»Verpflichtet? Ich verstehe nicht, Renate.«

»Ach, Karsten! Mir war das in dem Augenblick schon klar, als uns Annas Brautstrauß vor die Füße fiel.«

»Du meinst, es war ein Wink des Schicksals?«

Renate lächelte.

Karsten griff in ihr Haar und löste die große Spange, mit der sie ihr Haar hochgesteckt hatte. Er fuhr mit beiden Händen durch ihre Locken und breitete das Haar über ihren Schultern aus.

»Warum trägst du dein Haar nicht mehr offen? Du siehst so hart aus, so streng. Früher waren deine Haare noch länger!«

Renate genoß die Zärtlichkeit.

»Es war kein Wink des Schicksals. Es war ein Wink der Liebe, Karsten.«

»Wo hast du den Strauß?«

»Ich habe ihn beim Doktor gelassen. Ich habe ihn aufgehängt zum Trocknen. Ich werde ihn mit heimnehmen und aufheben, als Erinnerung.«

»Du bist immer noch die Romantikerin, Renate, die du einmal gewesen bist. Früher hast du auch alles aufgehoben.«

»Das tue ich noch immer. Ich habe auch nichts fortgeworfen. Alle deine Liebesbriefe, die Gedichte, die du mir geschrieben hast, ich habe sie aufgehoben. Ich habe die Kinokarten aufgehoben, die Eintrittskarten zu den Kunstmuseen, sogar die Rechnungen der Fahrradreparaturen. Die Blumensträuße konnte ich nicht alle aufbewahren. Aus jedem Blumenstrauß habe ich eine Blüte gepreßt und getrocknet.« Karsten sah sie staunend an.

»Warum? Nicht, daß ich das nicht schön finde. Ich finde das wirklich romantisch. Du hast mir auch Briefe geschrieben und kleine Geschenke gemacht.«

»Karsten! Das sind eben meine archäologischen Schätze.«

Renate legte ihren Kopf an Karstens Schulter.

»Weißt du, es gab Zeiten, da war ich mir nicht mehr sicher, ob du mich noch liebst. Ich war mir auch nicht mehr sicher, ob ich dich noch liebe. Da habe ich die alten Erinnerungen angesehen und an damals gedacht. Es war eine Brücke. Ich hatte etwas zum Festhalten. Beweise, daß sie es wirklich gegeben hat – die große Liebe zwischen uns.«

Karsten nahm Renate fest in die Arme und küßte sie.

»Warum hast du mich nicht einfach gefragt: Karsten liebst du mich?«

Renate lachte. Sie küßte Karsten auf die Wange.

»Aber, Karsten! Eine Frau kann doch nicht fragen, ob ihr Mann sie noch liebt. Der Mann würde immer ja sagen, es sei denn er hätte eine andere Frau. Aber du hattest ja keine andere, wenn ich davon absehe, daß du mit deinem Büro verheiratet gewesen bist.«

Renate zog die Stirn hoch.

»Übrigens, ein Mann sollte eine Frau auch nie fragen,

ob sie ihn liebt. Entweder man weiß es oder man weiß es nicht. Man sagt es oder sagt es nicht.«

Karsten schaute Renate tief in die Augen. Er kam ihr mit seinem Gesicht ganz nah, bis sich ihre Nasenspitzen berührten.

»Du hast immer noch eine kalte Nasenspitze, Renate, wie damals.«

Er gab ihr einen Kuß darauf.

»Es ist gut, daß wir reden. Dabei wird mir vieles klar. Ich denke… Nein! Falsch gesagt! Ich denke nicht, ich fühle. Wir haben irgendwann die Romantik verloren. Jetzt frage ich mich, warum ich dir nicht weiterhin Blumen geschenkt oder kleine Geschenke gemacht habe.«

»Du mußt dir keinen Vorwurf machen. Mir erging es doch genauso. Erinnerst du dich, daß ich dir kleine Miniaturbilder gemalt habe? Ich kann dir auch nicht sagen, warum ich damit aufhörte.«

Karsten küßte sie wieder.

»Meistens hast du mir das Bild in der Serviette versteckt. Als du schwanger warst, fand ich dort eine Zeichnung von einem Babyschnuller.«

»Das weißt du noch?« rief Renate begeistert aus.

»Aber sicher! Ich hatte nur nicht mehr daran gedacht. Ich erinnere mich noch genau. Zur Hälfte hattest du ihn blau gezeichnet und die andere Hälfte war rosafarben. Oben hattest du ein Fragezeichen angebracht. Darunter stand: Dennis oder Doris?«

Sie schauten sich glücklich an.

»Dennis oder Doris, das waren die Namen, die wir ausgesucht hatten, schon lange bevor ich schwanger wurde.«

Karsten rieb sich die Stirn.

»Ich muß die kleinen Bilder von dir noch irgendwo haben. Als wir noch in der alten Villa wohnten, hatte ich sie in einer Mappe in meinem Schreibtisch. Ich kann mich nicht erinnern, daß ich sie fortgeworfen habe. Sie müssen doch irgendwo sein, doch wo?« Sein Blick verriet ihr, daß es ihm sehr peinlich war und schmerzte.

»Ich werde suchen. Sobald wir daheim sind, werde ich suchen.« Dann hielt er inne.

»Du kommst doch mit heim, Renate.«

»Sicher!«

»Dann machen wir ein Feuer im Kamin und verbrennen die Trennungspapiere! Einverstanden?«

Renate streckte sich und flüsterte Karsten ganz leise ins Ohr: »Ich möchte die Trennungspapiere in der uralten Heizungsanlage unserer alten Villa verbrennen. Meinst du, daß es die noch gibt?«

Karsten hob Renate hoch und drehte sich mit ihr im Kreis.

»Ich weiß es nicht. Wenn es sie nicht mehr gibt, dann machen wir daraus Papierschiffe und versenken sie. Ober wir zünden damit ein Feuer an und braten Würstchen.«

Sie küßten sich wieder.

»Die Idee mit dem Feuer für die Würstchen, die finde ich noch besser. Da kann Dennis auch dabeisein. Es wird ihn freuen.«

»Ja, Dennis! Er wird glücklich sein.«

Karsten und Renate fühlten sich endlich wieder glücklich.

»Wir werden uns regelmäßig Zeit nehmen für mehr Romantik. Ich meine damit Zeit, nur für uns beide. Da darf uns niemand stören. Wir sollten auch öfters zusammen verreisen. Nur du und ich! Wo willst du hin, Paris, London, Rom, Athen, Rio, New York, Tokio?«

»Warum in die Ferne schweifen, sieh das Gute liegt so nah.«

Renate machte eine weitausholende Geste.

»Schau die Berge! Wir fahren öfters in die Berge. Das tut uns allen drei gut. Du könntest gleich mit Toni und Anna sprechen, damit sie uns zwei Kammern reservieren für die Ferien.«

»Das werde ich! Und bis dorthin? Was machen wir mit Dennis? Es ist mir ein unerträglicher Gedanke, daß ich dich in den paar Wochen bis zum Schuljahresende nur am Wochenende sehe, Renate. Ich meine, wenn du bei Dennis bist.«

»Eine ganz kleine Strafe für dein gedankenloses und egoistisches Verhalten in den letzten Jahren muß schon sein. Aber nimm es nicht allzu persönlich. Sieh es als Arbeitsteilung. Ich kümmere mich um Dennis, und du organisierst den Umzug in die alte Villa.«

»Du meinst wirklich?«

»Ja, Karsten! Verkaufe unseren Bungalow nicht. Wir gehen zurück, weil die Liebe uns eine zweite Chance gegeben hat und fangen neu an. Wer weiß, was die Zukunft bringt. Vielleicht sehe ich im Rückblick den alten Kasten zu verklärt und halte es da nicht aus.«

Sie lachten.

Dann saßen sie noch eng umschlungen auf der Bank vor der Berghütte, und ihre Herzen kamen sich immer näher. Sie redeten und fast jeder Satz begann mit: Weißt du noch, damals als…

*

»Mama! Papa! Wir sind zurück!«

Dennis rannte den Weg herunter. Sie standen auf und liefen ihm entgegen. Dann lagen sich die drei in den Armen.

»Wir ziehen wieder in die alte Villa, Dennis. Erinnerst du dich noch daran?«

»Klar! Da war es prima! Große Klasse! Wann?«

»In den Ferien, Dennis! Bis dorthin gehst du noch ins Internat, als Tagesschüler. Ich nehme mir eine kleine Wohnung und am Wochenende fahren wir heim und helfen beim Umzug.«

»Super! Dann seid ihr mir nicht mehr böse?«

»Verdient hättest du es ja! Aber wir wollen Gnade vor Recht ergehen lassen. Weißt du, Dennis, wir haben auch Fehler gemacht.«

Dennis schaute sie an.

»Heißt das, ihr bleibt zusammen?«

»Ja, Dennis! Wir nehmen die Trennungspapiere und zünden damit ein Feuer an, darüber grillen wir dann Würstchen.«

»Im Garten?«

»Ja, im Garten der alten Villa!«

»Super!«

Anna und Toni kamen von ihrer Wanderung zurück.

»Mir scheint, außer uns gibt es noch ein glückliches Paar, Toni!«

»Möglich, Anna! Aber so glücklich wie wir sind, kann niemand sein.«

»Anna, es tut uns leid, daß wir euch in den Flitterwochen stören«, begrüßte sie Renate.

»Flittertage! Ab morgen ist die Hütte auf. Das gilt natürlich nicht für euch, Renate und Karsten. Ihr könnt selbstverständlich jetzt schon bleiben«, warf Toni ein und schaute Dennis an.

»So, du bist also der Ausreißer! Bist mir ja ein Bengel. Hast deinen Eltern ganz schön Kummer gemacht.«

»Ich weiß! Kommt auch nicht mehr vor! Wer ist das?«

Dennis deutete auf den Hund, der neben Anna stand.

»Das ist Bello! Wenn du magst, kannst du mit ihm spielen. Wir Leute sind ganz schön geschafft von der langen Tour. Aber der Bello scheint noch Kräfte zu haben, wie der gerannt ist.«

Dennis suchte sich ein kleines Stöckchen und spielte Apportieren mit Bello. Renate und Karsten gingen mit Toni, Anna und Alois in die Berghütte.

Nach der Abendmahlzeit zogen sich Familie Niederhauser zurück. Sie wollten Toni und Anna noch einen ungestörten gemeinsamen Abend gönnen. Alois war auch schon schlafen gegangen.

Anna saß beim Kamin, und Toni spielte leise Zither.

»Bist du glücklich, Anna? Ist alles so, wie du es dir vorgestellt hast?«

»Ja! Ich bin sehr glücklich, Toni! Wir werden ein schönes gemeinsames Leben haben, erfüllt von Liebe. Wir werden gut auf unsere Liebe achten, damit wir uns nicht entfremden, wie es Renate und Karsten passiert ist.«

»Die beiden hingen ja schwer in den Seilen. Gut, daß die Haken gehalten haben. Sonst wären sie abgestürzt. Uns kann so etwas nicht passieren!«

Toni legte die Zither zur Seite und trat zu seiner Anna. Er zog sie vom Schaukelstuhl hoch an sich.

»Weißt du noch, wie wir zum ersten Mal hier standen und uns küßten, Anna?«

»Toni, wie könnte ich das jemals in meinem ganzen Leben vergessen!«

»Wir werden einen neuen Brauch einführen, Anna. Jeden Abend wollen wir uns mit einem Kuß an dieser Stelle an unsere Liebe erinnern.«

»Das ist ein schöner neuer Brauch, Toni! So machen wir es!«

Anna schloß die Augen.

»Küß mich, Toni!«

Dann fanden sich ihre Lippen zum Kuß. Es war nicht der letzte Kuß in dieser Nacht.

– E N D E –

Toni, der Hüttenwirt 2c

Wo meine Wurzeln sind

Roman von Friederike von Buchner

MARTIN KELTER VERLAG · HAMBURG

Es war ein schöner Tag, ein Tag wie aus dem Bilderbuch. Die Gipfel der Berge hoben sich gegen einen wolkenlosen, strahlend blauen Himmel ab. Es wehte ein warmer leichter Wind.

Die Gäste, die auf der Berghütte übernachtet hatten, waren alle schon aufgebrochen. Bis zum späten Nachmittag würde Ruhe einkehren.

Toni hackte Holz hinter der Berghütte. Anna hatte ihre morgendliche Arbeit auch schon zum größten Teil erledigt. Sie schenkte zwei Becher voll mit süßem Milchkaffee und ging hinaus auf die Terrasse vor der Berghütte.

Da saß der alte Alois in der Sonne. Anna reichte ihm einen Becher und setzte sich neben ihn.

»Danke, Anna, bist ein gutes Madl.«

Sie tranken.

»Des is heut wieder a Wetter, da geht mir richtig das Herz auf. Da wünsch i mir noch mal richtig jung zu sein. Da hätt ich mei' Zeug genommen und wär in die Berge hinauf. Des is genau das Wetter, des gut ist für so eine Gipfelbesteigung. Ach, Anna, des ist vielleicht eine Aussicht von dort oben, des is mit nix vergleichbar. Ich würde alles darum geben, noch einmal von da oben die Aussicht und den ganzen Rundblick zu genießen.«

Wehmütig schaute Alois Anna an. Die junge Frau legte sacht ihre Hand auf die seine.

»Hier oben auf der Berghütte ist es doch auch sehr schön, Alois. Die Aussicht ist doch ganz famos, viel besser als unten in Waldkogel.«

»Des stimmt, Anna! I bin auch froh, daß ich hier oben bei euch sein kann. I hab' immer denkt, daß die Berghütte mal wieder meine Heimat sein würd. Du und der Toni, ihr seid mei Familie.«

Der alte Mann strich Anna mit seiner rauhen Hand vorsichtig über die Wange.

»Mußt dir net alles so zu Herzen nehmen, was ich sag', Anna. So ein bisserl Wehmut, die kommt eben ab und zu. Des war halt gestern morgen ein bisserl viel. Wenn man so jemand zu Grabe trägt, den man so lange kennt, dann kommen Erinnerungen hoch. Wie der Zacharias Voglmeier ein junger Mann war, ist er oft auf die Hütte gekommen. Des is lang her. I hab' ihn dann mitgenommen und ihm das Bergsteigen beigebracht. Der Zacharias war ein guter Kletterer. Daß der mal abstürzen tut, des hätt i net denkt.«

Alois schüttelte den Kopf.

»Dein Schwiegervater, der Baumberger Xaver, war auch ganz erschüttert. Die beiden haben zusammen die Schulbank drückt.«

»Toni hat es mir erzählt. Ich finde es großartig, daß Vater Xaver und Mutter Meta den Leichenschmaus ausgerichtet haben.«

»Ja, es hat sich ja niemand mehr um den Zacharias gekümmert. Des kam aber nur daher, daß er sich auch um nix gekümmert hat. Der Xaver hat des alles organisiert, mit der Trauerfeier. Als sich des rumgesprochen hat, da haben ihn doch noch ein paar Leut'auf seinem letzten Weg begleitet.«

»Was wird jetzt aus dem Vogelmeier Hof?«

»Des is ein großes Rätsel! Vieh hat er keins mehr gehabt, net einmal ein Huhn. Der Xaver hat den Schlüssel. Des hat der Fellbacher, der Bürgermeister, so gewollt. Es muß dann und wann ja jemand nach dem Hof sehen, bis was damit geschieht. Ein Testament soll's geben, erzählt man sich. Doch wer den Hof erbt, ja, des weiß keiner. Familie hat er ja net mehr gehabt. Der Zacharias war zwar verheiratet, aber schon nach ein paar Wochen is ihm die Frau weggelaufen. Später wurde er dann geschieden. Geredet hat er net darüber, damals net und später auch net. Geschwister hat er keine, auch sonst keine Verwandte. Na ja, da heißt es eben abwarten. Sein Tod gibt viele Rätsel auf. Das der abgestürzt is, des kann i net verstehen. Sicher, er war net mehr der Jüngste. Doch es war letzte Woche so ein Wetter wie heut. Er hat sich net angeseilt. Warum er des net gemacht hat, des versteh i net.«

Anna hatte inzwischen ihren Kaffee ausgetrunken. »Ich hole mir noch einen Becher. Willst auch noch Kaffee, Alois?

Statt einer Antwort reichte Alois Anna seinen leeren Becher.

Bald kam sie mit einem kleinen Tablett zurück, auf dem drei Becher standen. Sie gab Alois seinen Becher, stellte ihren ab und brachte den dritten hinters Haus zu Toni.

»Das ist lieb von dir. Danke!«

Bevor Toni trank, gab er Anna einen Kuß auf die Wange.

»Hast ja schon viel Holz gehackt, Toni.«

»An so einem Tag wie heute geht einem die Arbeit gut von der Hand. Ich will den ganzen Stapel bis zum Nachmittag fertig haben. Dann werden wohl schon wieder die ersten Hüttengäste eintrudeln. Wie weit bist du mit deiner Arbeit, Anna?«

»Mit der Morgenarbeit bin ich schon fast fertig. Die Kartoffeln stehen auf dem Herd und müssen kochen. Den Teig für das Brot und die Kaisersemmeln habe ich auch schon angesetzt. Jetzt kümmere ich mich ein bisserl um den Alois. Der nimmt das sehr schwer, daß der Vogelmeier abgestürzt ist.«

»Der Alois hat den Vogelmeier schon als Bub gekannt. Der Zacharias ist ja so alt wie mein Vater. Der Alois hat ihm das Klettern beigebracht. Drunten im Dorf wird viel geredet und spekuliert. Wenn erst mal raus ist, wer den Vogelmeier Hof erbt, dann gibt es auch wieder Ruhe.«

»Toni, ich glaub, der Alois würde gern mal wieder auf den Berg gehen. Bis zum Gipfel hinaufklettern, das kann er nicht mehr. Ich denke, daß es ihm vielleicht Freude machen würde, bis zum ›Paradiesgarten‹ zu wandern. Allein sollte er aber nicht gehen.«

»Ich verstehe Anna. Wenn's die Tage mal ruhig auf der Berghütte ist, dann gehe ich mit dem Alois wandern. Allein sollte er aber nicht gehen. Mitten in der Woch' kommen immer weniger Gäste. Vielleicht am nächsten Mittwoch. Ich werd' mal mit dem Alois reden.«

»Danke, Toni! Da wird er sich freuen. Der alte Alois hat so viel für uns getan.«

»Ja, das hat er. Wir sind ja schließlich so etwas wie die Erben seiner Berghütte, auch wenn er noch lebt. Ich hoffe, daß er noch lange lebt und Freude daran hat, uns zuzusehen, wie wir beide die Berghütte weiter bewirtschaften. Das machen wir ganz so, wie er es getan hat.«

Antonius Baumberger hatte seine junge Frau fest in den Arm genommen. Er war so glücklich. Sein Jugendtraum, die Berghütte zu bewirtschaften, war in Erfüllung gegangen. Die Liebe hatte ihm Anna an seine Seite geführt. Sie sahen einem glücklichen Leben entgegen.

»Dann gehe ich und setze mich noch ein bißchen zu ihm.«

»Ja, Anna, mach das!«

Toni und Anna küßten sich. Dann ging Anna und setzte sich zu Alois. Sie forderte ihn auf, ihr alte Geschichten zu erzählen. Da war der alte Mann ganz in seinem Element. Anna lauschte ihm gebannt. Jede Erzählung brachte sie ihrer neuen Heimat ein Stück näher.

*

Mit klopfendem Herzen stand Petra im Treppenhaus des vornehmen Jugendstilgebäudes. Das Tageslicht fiel durch die bunten Bleiglasfenster mit seinen Ornamenten und verbreitete im Treppenhaus gedämpftes Licht. Ein roter Teppich führte von der Eingangstür durch die

Halle und schwang sich dann die Treppe hinauf, von goldfarbenen Messingstäben auf jeder Treppenstufe gehalten. Meterhohe Palmen und andere Grünpflanzen in Übertöpfen, die zum Stil des Hauses paßten, vollendeten die Atmosphäre. Es war, als sei die Zeit stehengeblieben.

In ihren Jeans und dem bunten Oberteil fand sich Petra irgendwie fehl am Platz.

»In welchen Film bin ich da geraten?« murmelte sie vor sich hin.

Dann verglich sie den Briefkopf des Schreibens mit dem Messingtürschild. Darauf stand:

Dr. Ludwig Leuthold
Notar und Rechtsanwalt
Fachanwalt für Familienrecht & Eherecht

Petra atmete tief durch und klingelte. Kurz darauf hörte sie Schritte. Dann wurde die Tür geöffnet. Eine freundliche ältere Dame schaute Petra an.

»Frau Pfleider, nehme ich an!«

Statt einer Antwort reichte ihr Petra das Schreiben.

»Bitte, treten Sie ein!«

Die ältere Dame im dunkelgrauen Kleid führte Petra durch die Kanzlei. Am Ende des Flurs klopfte sie kurz und öffnete dann eine Tür.

»Herr Doktor, die junge Frau Pfleider ist hier!«

Petra drückte ihren Plastikrucksack enger an ihren Körper, so als könnte er ihr Schutz bieten vor dem, was jetzt auf sie zukam.

Ein kleiner freundlicher, älterer Herr kam auf Petra

zu. Er flößte ihr sofort Vertrauen ein. Er hatte dichtes weißes Haar. Blaue Augen zwinkerten sie durch die runden Brillengläser fröhlich an.

»So, das ist also die Petra! Groß geworden ist das Madl! Na ja, ist ja auch mehr als zwanzig Jahre her, daß ich dich gesehen hab'. Setz dich!«

Er gab Petra die Hand und zeigte auf die lederne Sitzgruppe in der Ecke. Der Tisch war gedeckt für zwei Personen. Auf einer Kuchenplatte türmten sich Leckereien. Die Sekretärin schenkte Petra und ihrem Chef Kaffee ein, dann verließ sie den Raum und schloß leise, fast geräuschlos die Tür.

»Als Kind hattest du gerne Schokoladentorte gegessen. Ich weiß nicht, ob das immer noch so ist. Deshalb habe ich Verschiedenes besorgen lassen, auch Plundertaschen mit Äpfeln und Blätterteigbrezeln mit Mandeln. Ich hoffe, dir schmeckt etwas davon. Greif zu!«

Petra schaute Doktor Ludwig Leuthold nur mit großen Augen an.

»Sie kennen mich?«

Statt einer Antwort stand er auf und holte einen Umschlag. Er öffnete ihn und gab Petra die Photos.

»Das bin ich – und da ist auch Mutter.«

Nacheinander betrachtete Petra die Bilder.

»An das Schaukelpferd erinnere ich mich, aber ich weiß nicht mehr, wo es gestanden hat.«

Der Notar lachte freundlich.

»Das gehörte meinem Sohn. Der war aber damals schon einige Jahre älter und spielte nicht mehr damit.

Wenn deine Mutter mich besuchte, dann hast du immer damit gespielt.«

»Es tut mir leid. Ich erinnere mich an das Schaukelpferd, aber nicht an Sie.«

»Nun mit dem Sie, das kannst du gern lassen. Damals war ich der Onkel Ludwig für dich. Ich würde mich freuen, wenn du mich auch heute so nennen würdest.«

Petras Augen wurden noch größer.

»Sie – du – Sie! Ich bin ganz verwirrt. Ich esse vielleicht erst einmal ein Stück Schokoladentorte. Süßigkeiten und Zucker sollen die Nerven beruhigen, sagt man.«

»Das ist sehr vernünftig, meine gute Petra! Nerven, die wirst du jetzt brauchen.«

»So schlimm?« fragte Petra ängstlich.

»Das weiß ich nicht genau. Ich vermute aber, daß ich dir Dinge sage, die du vielleicht nicht weißt. Es liegt dann bei dir, zu entscheiden, ob sie schlimm sind. Doch ich gestehe, daß ich auch etwas aufgeregt bin. Ich habe schon viele Erbschaftsangelegenheiten geregelt, doch diese ist eine besondere Angelegenheit, ja, ganz besonders auch für mich. Doch schön der Reihe nach.«

Er griff nach einem Stück Käsesahnetorte. Sie aßen, genossen und warfen sich Blicke zu.

»Ich nehme an, du hast deiner Mutter, der guten Vera, nichts von meinem Schreiben erzählt?«

»Was führt Sie – ehm – was führt dich zu dieser Annahme?«

»Ganz einfach, dann wäre sie doch mitgekommen!

Sie hätte dir vielleicht von früher erzählt. Dann hättest du gewußt, wer ich bin und wo das Schaukelpferd gestanden hat.«

»Ich rede nicht mehr mit ihr.«

»Streit?«

»Streit kann man das nicht nennen. Wir reden ja nicht miteinander, also streiten wir auch nicht.«

Petra Pfleiders Stimme klang hart und kalt. Doch schwang auf einer anderen, tieferen Tonlage Enttäuschung und Einsamkeit mit.

»Ihr hattet aber einen Streit? Wann?«

»An meinem achtzehnten Geburtstag! Ein richtiger Streit war das auch nicht. Sie sagte mir etwas. Ich war geschockt und enttäuscht, packte wortlos meine Sachen und ging! Seither herrscht absolute Funkstille!«

»Verständlich! Du fühlst dich verraten! Hinters Licht geführt! Nichts war mehr so, wie es einen Tag, eine Stunde, eine Minute vorher noch war. Es war, als würde man dir den Boden unter den Füßen wegziehen. Nicht wahr?«

Jetzt kam Petra ins Stottern: »Du, du, du weißt!«

»Ja! Und vielleicht mehr als du. Wie du mir das eben geschildert hast, kam es nicht zu einer Aussprache zwischen dir und deiner Mutter.«

»Nein! Was ich gehört hatte, reichte mir. Mehr wollte ich nicht wissen. Vielleicht wären dann weitere Lügen gekommen, erlogene Entschuldigungen!« Petra trank einen Schluck Kaffee. Sie spürte einen Kloß im Hals.

»Wenn du mehr wissen willst, dann kannst du fragen. Ich dränge mich dir nicht auf. Wie ich in meinem

Schreiben darlegte, hast du geerbt. Wir können jetzt einfach die Testamentseröffnung vornehmen.« Er schaute sie an. »Oder wir können zuerst reden.«

Petra holte tief Luft.

»Gut! Irgendwann muß ich mich den alten Geschichten stellen. Ich denke, daß du als Rechtsanwalt und Notar sachlicher und ehrlicher bist als Mutter.«

»Ich bin das schon von Berufs wegen. Aber natürlich bin ich auch nur Mensch.«

»Fang schon an!« sagte Petra zornig und schaute ihn dabei mit großen Augen an.

»Also! Deine Mutter war schon einmal verheiratet. Sie lebte nach der Hochzeit nur knappe vier Wochen mit dem Mann zusammen. Er hieß Zacharias Vogelmeier.«

»Ist das mein Vater?« fragte Petra mit scheuem Augenaufschlag.

Er nickte und sah, daß ihre Hand leicht zitterte.

»Zacharias Vogelmeier entpuppte sich in der Ehe als krankhaft eifersüchtiger Ehemann. Damals lebten dessen Eltern noch, also deine Großeltern. Sie vermieteten Zimmer an Gäste. Deine Mutter half im Haus, wie das eben so ist in einem Familienbetrieb. Da war auch ein Gast – Ingbert Pfleider.«

»Den Mutter dann geheiratet hat und von dem ich dachte, daß er mein Vater ist.«

Er nickte wieder und schaute sie ernst an.

»Es muß dann eines Tages zu einer heftigen Auseinandersetzung zwischen deiner Mutter und Zacharias Vogelmeier, ihrem damaligen Ehemann, gekommen sein. Es war nicht die erste schlimme Auseinandersetzung in der kurzen Ehe. Ingbert Pfleider ging dazwischen und beschützte deine Mutter. Sie war unschuldig. Die Anschuldigungen entsprangen dieser krankhaften Eifersucht, existierten nur in der Vorstellung von Zacharias Vogelmeier.«

Petra hob die Hand.

»Heißt das, daß er handgreiflich gegenüber Mutter war?«

»Was sich damals abgespielt hat, daß soll dir deine Mutter selbst erzählen. Jedenfalls reiste Ingbert Pfleider sofort ab und nahm deine Mutter mit. Er war damals mein Klient. Wir waren außerdem befreundet. So brachte er deine Mutter zu mir. Sie hatte wirklich nichts mitnehmen können, als die Kleider, die sie trug. Wir berieten uns. Meine liebe Frau lieh ihr erst einmal Kleider und Dinge, die eine Frau nun einmal braucht.«

Er trank einen Schluck Kaffee und ließ die Worte auf Petra wirken.

»Dann half Ingbert deiner Mutter, eine kleine Wohnung zu finden und Arbeit. Deine Mutter stellte dann fest, daß sie schwanger war. Ingbert hatte sich inzwischen in deine Mutter verliebt. Er bot ihr an, sie zu heiraten und dich als sein Kind auszugeben. Die Ehe deiner Mutter wurde annuliert. Ich ließ ein paar Beziehungen spielen, und die Sache ging recht schnell. Deine Mutter war schon hochschwanger, als sie heirateten. Dann wurdest du geboren.«

»So war das also«, sagte Petra leise. »Ingbert war immer ein guter Vater. Ich hatte nie gedacht, daß er nicht mein leiblicher Vater sein könnte. Ganz genau wußte ich das auch nicht. Mutter sagte damals an meinem achtzehnten Geburtstag, daß es sein könnte, daß er nicht mein Vater ist, da sie noch eine andere Beziehung hatte, die aber nur kurz gedauert habe. Ich brüllte sie an, daß sie doch wissen müsse, wer mein Vater ist.«

»Was sagte sie dazu?«

»Sie sagte, daß es doch gar nicht darauf ankäme, wer mein leiblicher Vater sei. Ingbert liebe mich wie seine eigene Tochter. Dann bin ich weggelaufen. Ich war fertig mit der Ausbildung und hatte mir eine kleine Wohnung genommen. Ich rannte aus dem Haus. Ich erinnere mich noch genau. Es regnete. Ich rannte durch die Stadt. Ich war völlig durchnäßt. Abends hatte ich Freunde und Arbeitskollegen eingeladen. Sie feierten. Ich lag mit Fieber im Bett und heulte. Kein guter Start ins Dasein als Erwachsene, oder?«

Doktor Ludwig Leuthold beobachtete Petra. In Gedanken durchlebte die junge Frau diese Stunden noch einmal. Langsam kehrte wieder Farbe in ihr Gesicht zurück.

»Der Start in dein Leben als erwachsene Frau war wirklich nicht sehr gelungen, Petra! Doch ich will dir etwas sagen. Deine Mutter und Ingbert waren sehr glücklich. Das wirst du sicherlich besser beurteilen können als ich. Ich stehe natürlich noch mit ihnen in Kontakt. Nicht mehr so eng wie damals, als du ein Kind warst. Da habt ihr ja hier in der Stadt gewohnt. Als du drei Jahre alt wurdest, seid ihr weggezogen. In den ersten Jahren habt ihr mich noch ein paar Mal besucht. Doch dann schlief die Freundschaft etwas ein.«

Petra beobachtete, wie er sich eine Zigarre anzündete.

»Gleich nach deinem achtzehnten Geburtstag kamen sie zu mir. Wir unterhielten uns lange. Es war in erster Linie ein menschliches Problem und erst in zweiter Linie eine juristische Angelegenheit. So denke ich auch noch heute. Wir kamen überein, daß Zacharias Vogelmeier informiert werden sollte, daß er Vater einer Tochter ist. Was auch dann geschah. Er bekam Informationen über dich. Dazu gehörte dein Geburtsdatum. Deine Muttter und Ingbert stellten Photos zusammen. Sie gaben ihm auch deine Adresse. Ingbert und deine Mutter versicherten schriftlich, daß du die Tochter von Zacharias Vogelmeier bist. Dann teilte ich ihm im Auftrag mit, daß er mit keinerlei finanziellen Verpflichtungen zu rechnen hätte. Er hätte sich also bei dir melden können, wenn er gewollt hätte.«

»Ich habe nie etwas von ihm gehört.«

»Ich weiß! Ich habe deinen leiblichen Vater kennengelernt, vor einigen Wochen. Er kam unangemeldet her. Er machte sein Testament und setzte dich als Alleinerbin ein. Er unterschrieb auch ein Dokument, darin erkannte er dich als seine Tochter an.«

»Und jetzt ist er…«, Petra hatte Mühe, es auszusprechen.

»Ja, dein leiblicher Vater ist tot. Er starb bei einem Unfall. Er ist beim Klettern im Gebirge abgestürzt.«

»Wie schrecklich!«

Petra empfand Mitleid für einen Mann, den sie nicht kannte.

»Jetzt kann ich ihn nie mehr kennenlernen.«

Sie lehnte sich auf dem Sessel zurück und schloß für einen Augenblick die Augen.

»Ich nehme an, die Beerdigung war schon? Dein Brief hat mich ja erst spät erreicht. Ich war im Urlaub.«

»Ja! Die Beerdigung fand vorletzte Woche in Waldkogel statt. Ich war dort.«

»Waldkogel! Nie davon gehört. Wo ist das?«

Der Notar hatte sich gut vorbereitet. Er legte ihr eine Landkarte hin und einige Prospekte, die er aus Waldkogel mitgebracht hatte.

»Was habe ich geerbt?«

»Dein Vater hatte einen Bauernhof. Er gehörte seit vielen, vielen Generationen der Familie.«

Dann wurde der Notar offiziell und nahm die Testamentseröffnung vor. Nachdem er den Text vorgelesen hatte, lehnte er sich zurück und sah Petra an.

»So, Petra! So steht es! Bargeld ist keines mehr da. Im Gegenteil, der Hof ist belastet. Er ist auch nicht sehr gepflegt. Wie das alles kam, das kann ich dir nicht sagen. In Waldkogel erzählt man viel. Dein Vater hatte einen Jugendfreund, Xaver Baumberger. Zusammen mit seiner Frau Meta haben sie einen kleinen Bauernhof, mehr zur Eigenversorgung, und eine Gaststätte mit Pension. Er hatte nach der Beerdigung dort zum Leichenschmaus eingeladen. Wende dich an diesen Xaver Baumberger. Er wird dir viel von deinem Vater erzählen können.«

Petra stand auf und ging einige Schritte in dem großen Büro auf und ab. Dabei spielte sie mit ihren langen Haaren. Unsicher setzte sie sich wieder hin.

»Wissen meine Mutter und mein Vater, ich meine Ingbert, daß er gestorben ist?«

»Das weiß ich nicht. Ich habe es ihnen nicht gesagt. Meine Aufgabe als Testamentsvollstrecker war es, mit dir zu sprechen. Vielleicht hat es ihnen jemand gesagt. Die Zeitung aus der Region um Waldkogel lesen sie bestimmt nicht. Xaver Baumberger hat dort eine kleine Anzeige aufgegeben.«

»Was soll ich jetzt machen? Ein Bauernhof, sanierungsbedürftig, verschuldet! Ich habe gespart, aber so viel habe ich nicht. Natürlich möchte ich dem Wunsch des Verstorbenen nachkommen. Man soll doch den letzten Wunsch erfüllen. Egal wie er war, mein Vater hat an mich gedacht. Was immer er damit auch bezwecken wollte! Was soll ich nur machen?«

»Vielleicht solltest du mit deiner Mutter sprechen und mit Ingbert.«

»Das geht nicht! Unmöglich!« platzte Petra heftig heraus.

Doktor Ludwig Leuthold versuchte, Petra zu beruhigen.

»Es ist ja auch keine Eile geboten. Du hast ja eine Frist. Das Gesetz sieht das so vor. Innerhalb dieser Frist kannst du entscheiden, ob du das Erbe antrittst oder es ausschlägst. Dann fällt das Erbe an den Staat. Erst wird geforscht, ob es nicht noch weitere Verwandte gibt. Da gibt es spezielle Leute, die solche Nachforschungen anstellen. Vielleicht gibt es eine weitläufig verwandte Seitenlinie. Dann erben diese Nachkommen. Sollte es die auch nicht geben, erbt der Staat. Ich nehme an, daß dann der Hof verkauft wird. Das Geld fließt dann der Staatskasse zu.«

Petra schwieg. Sie rührte in Gedanken versunken den kalten Kaffee in ihrer Tasse um.

Behutsam sprach sie der Notar an: »Petra, darf ich dir einen Rat geben?«

»Ich soll ablehnen! Das Ganze ist zuviel für mich!«

»Nein, Petra!« Er lächelte sie gütig an. »Schau, bis jetzt ist das nur ein Stück Papier. Fahr hin und schau dir alles an! Es ist nicht nur, daß du wissen mußt, was du erbst. Es geht noch viel mehr darum, daß du wissen mußt, was du vielleicht fortgibst. Da sind deine Wurzeln! Auch wenn du bisher nichts davon gewußt hast. Geh auf die Spurensuche. Sicherlich gibt es Photos deiner Großeltern, deines Vaters. Ich habe mit Bürgermeister Fritz Fellbacher gesprochen und mit Xaver Baumberger. Sie wissen, daß es eine Erbin gibt. Xaver Baumberger hat den Schlüssel zum Gebäude. Ich vertraue ihm.«

»Du meinst, ich sollte da hinfahren und mir alles ansehen?«

»Ja, Petra! Schau dir alles an! Dort findest du vielleicht Antworten. Es gibt Fragen, die du jetzt noch nicht hast. Aber sie werden kommen. Du wirst älter werden, heiraten, Kinder haben. Dann werden sich dir die Fragen aufdrängen. Ich weiß das aus Erfahrung.«

»Wenn er von mir gewußt hat, warum hat er nicht

mit mir gesprochen? Warum hat er sich nicht gemeldet?«

»Diese Fragen kann ich dir nicht beantworten, Petra. Vielleicht wirst du niemals die Antworten darauf finden. Aber ich wünsche dir von Herzen, daß du darauf eine Antwort findest.«

Petra schaute den Notar an.

»Die Zeit könnte ich mir nehmen. Ich habe viele Überstunden und könnte mir Urlaub nehmen. Jetzt im Sommer ist es im Geschäft sowieso ruhig.«

Petra griff nach den Prospekten von Waldkogel. Sie faltete sie auseinander. Auf der Innenseite war auch eine kleine Skizze des Ortes. Eine Stelle war mit Kugelschreiber markiert.

»Ist an dieser Stelle der Hof?«

»Ja! Es gehören noch Wiesen dazu, Äcker und ein Stück Wald. Der Hof war einmal ein Schmuckstück und könnte es wieder werden. Das Ganze ist ein zusammenhängendes Grundstück, das bis an den Waldsee reicht.«

»Und wie ist er innen? Bist du drin gewesen?«

»Ja, kurz. Dein Vater, ich meine Vogelmeier…«

»Laß nur! Er ist ja mein Vater. Nennen wir ihn zur Unterscheidung Vater Vogelmeier.«

»Gut! Vater Vogelmeier hat wohl in den letzten Jahren alleine gewirtschaftet. Er hat nur die Küche und sein Schlafzimmer benutzt. In den anderen Räumen sind die Möbel mit Tüchern verhängt. Er hat sich bemüht, das Haus sauberzuhalten, der Garten ist verwildert. Schaue es dir einfach an, Petra!«

»Ja, das wird das beste sein!«

»Wann willst du fahren?«

»Morgen! Ich nehme mir heute nacht hier ein Zimmer und fahre morgen früh los, ganz früh. Es ist zwar nicht weit, aber ich möchte nicht in den Berufsverkehr kommen. Heute möchte ich nicht fahren. In meinem Kopf dreht sich alles.«

Petra fuhr sich durch die Haare und rieb sich die Stirn.

»Du kannst auch gerne bei uns übernachten, Petra! Meine Frau wird sich sicherlich freuen, dich zu sehen. Sie kennt dich noch, als du so klein gewesen bist.«

Er hielt seine Hand ungefähr auf der Höhe der Tischplatte.

»Danke, das ist sehr lieb. Aber ich möchte gerne alleine sein.«

»Das kann ich verstehen. Wenn du jemanden zum Reden brauchst, dann bin ich immer für dich da.«

Er gab Petra eine Visitenkarte mit seiner privaten Telefonnummer.

»Hast du keine Freundin oder einen Freund, den du mitnehmen kannst?«

»Einen Freund habe ich nicht. Ich habe einige Freundinnen. Die anstehende Entscheidung muß ich ganz allein treffen. Dann muß ich mir später nicht den Vorwurf machen, ich hätte mich beeinflussen lassen.«

»Ja, das mußt du! Du bist die Erbin des Vogelmeier Hofes. Überlege es dir genau. Schau dir dein Erbe an. Vielleicht gibt es ja auch die Möglichkeit, den Hof zu verpachten oder Wiesen oder das Waldstück zu verkaufen. Da müßte man Käufer finden. Xaver Baumberger ist vertrauenswürdig. Er kennt vielleicht jemanden in Waldkogel, der von dir pachten oder kaufen würde. Dann könntest du damit die Schulden abtragen. Du könntest auch Zimmer vermieten, wenn du das Erbe annimmst und selbst auf den Hof ziehen. Bei den Bankverhandlungen würde ich dir helfen.«

Petra seufzte.

»Mich trifft das alles so unvorbereitet. Wenn mir meine Mutter schon früher etwas erzählt hätte... Wenn ich Vater Vogelmeier gekannt hätte... Ach, was sage ich, wenn, wenn, wenn!«

»Petra, bitte überlege dir auch, ob du nicht doch mit deiner Mutter sprechen willst und mit deinem Vater. Ich denke, gerade deine Mutter sollte es wissen. Daß er dir den Hof vermacht hat, ist vielleicht auch eine Art Wiedergutmachung.«

»Das ist alles so kompliziert. Ich habe es gern schön einfach. Ich mache meine Arbeit. Ich verdiene nicht sehr gut, aber ich bin zufrieden. Ich bewohne eine kleine Dachwohnung. Ich habe ein kleines gebrauchtes Auto. Ich gehe mal ins Kino, in Ausstellungen und ins Theater. Ich lese gerne. Treffe mich mit Freunden. Mein Leben war so schön geordnet. Jetzt ist da plötzlich der Vogelmeier Hof, ein verunglückter Vater und eine Hypothek. Das Ganze erscheint mir wie ein Alptraum.«

»Im Leben geht es gelegentlich mal etwas turbulent zu. Du bist noch jung, Petra. Es gibt immer Situationen im Leben, die plötzlich und unerwartet hereinbrechen. Meistens ist man nicht darauf vorbereitet. Das geht jedem so, früher oder später. Damit muß man fertig werden. Man kann nicht davonlaufen oder man sollte nicht davonlaufen, auch wenn man es kann. Das ist keine Lösung. Die berühmte Vogelstraußpolitik, einfach den Kopf in den Sand zu stecken, bringt auch nichts. Deine Mutter und Ingbert haben jahrelang den Kopf in den Sand gesteckt. Sie hätten viel früher mit dir darüber sprechen müssen. Jetzt wurde dir eine große Last aufgebürdet. Doch wenn ich dich so anschaue, dann sehe ich eine starke junge Frau. Du wirst das schaffen! Wie immer auch deine Entscheidung ausfällt, du wirst dich richtig entscheiden. Das weiß ich.«

Er nickte ihr zu. »Wie immer du dich auch entscheidest, ich hoffe, daß du deine Wurzeln findest.«

»Ja, vielleicht werde ich sie in Waldkogel finden. Seit Mutter mir das gesagt hat, war ich ohne Ruhe – ohne Heimat. Ich wußte nicht mehr, wo ich hingehöre.«

Nachdenklich sagte sie: »Ich habe die letzten Jahre oft darüber nachgedacht, was Heimat eigentlich ist, was Heimat bedeutet.«

»Bist du zu einem Ergebnis gekommen?«

»Heimat, dieser Begriff hat so viele Schichten. Ich dachte, ich hätte eine Heimat. Doch die ist zerbrochen. Weißt du, was Heimat ist?«

»Heimat kann man bei einem geliebten Menschen finden. Dann ist Heimat ein Ort, an dem man mit ihm glücklich ist. Andere sagen, daß Heimat nur dort ist, wo man geboren wurde, wo man aufgewachsen ist. Ort, Plätze können zur Heimat werden. Manche Menschen sagen, daß der Boden ihrer Heimat einen ganz besonderen Geruch hat. Das Gleiche gilt für Essen. Das Gefühl Heimat kann auch durch eine bestimmte Speise hervorgerufen werden. Musik kann ein Heimatsgefühl auslösen.«

Petra hörte ihm aufmerksam zu.

»Dann, Petra, gibt es noch etwas. Ein Mensch kommt irgendwohin. An diesem Ort war er noch niemals zuvor. Der Ort müßte ihm fremd sein. Aber er ist es nicht. Er fühlt sich dort sehr wohl. Sein Herz schläg ruhiger. Er ist zufrieden und glücklich. Dieser Mensch ruht in sich an diesem Ort. Er weiß, daß er dahin gehört. Dann ist dieser Ort seine Heimat. Eine Heimat, die er selbst wählte, weil er spürte, da gehöre ich hin.«

»Deshalb soll ich mir den Hof anschauen?«

»Nicht nur den Hof! Die Berge! Das Tal! Den Waldsee! Die Almen! Gehe wandern! Bleibe eine Weile in Waldkogel.«

Petra packte die Unterlagen in ihren Rucksack. Sie stand auf.

»Ich werde dann gehen.«

Doktor Ludwig Leuthold überredete Petra, daß sie ihm ihren Autoschlüssel gab. Er sah, wie aufgewühlt sie war. Er fuhr sie mit ihrem Wagen in ein schönes Hotel. Erst als er wußte, daß sie gut untergebracht war, nahm er ein Taxi und fuhr zurück in seine Kanzlei.

*

Obwohl es erst später Nachmittag war, hatte sich Petra gleich hingelegt. Die Gedanken jagten durch ihren

Kopf. Sie fühlte sich so allein. Sie sehnte sich nach jemanden, dem sie vertrauen konnte. Nach irgend jemanden, der sie fest in die Arme nehmen würde. Aber da war niemand. Mit dieser Sehnsucht im Herzen war sie eingeschlafen.

Um fünf Uhr wurde ihr das Frühstück auf dem Zimmer serviert. Sie trank nur den Orangensaft und eine Tasse Kaffee. Sie belegte sich Brötchen mit der Wurst und dem Käse. So früh am Morgen konnte Petra nichts essen. Später unterwegs bekomme ich sicherlich Hunger, dachte sie.

Als sie am Empfang die Rechnung zahlen wollte, erfuhr sie, daß das bereits erledigt war. Doktor Ludwig Leuthold hatte das Zimmer bezahlt.

Der Empfangschef gab ihr einen Umschlag. Petra öffnete ihn.

Auf einem Briefbogen aus zartgelben Papier stand:

Liebe Petra!

Ich wünsche Dir von Herzen viel Glück. Mögest Du das finden, was Du suchst, eine Heimat für Dein ruheloses, heimatloses Herz.

Dein Onkel Ludwig.

Petra fuhr mit dem Aufzug hinunter in die Tiefgarage des Hotels. Sie stieg in ihr kleines Auto und fuhr los. Vorher hatte sie sich die Streckenführung genau angesehen. Es war kurz nach halb sechs und noch ruhig auf der Landstraße. Sie kam zügig voran. Nach jeder Abzweigung wurde die Straße schmaler und führte immer weiter hinein in die Berge.

An der letzten Abzweigung hielt sie an. Es war nicht

mehr weit. In der klaren Morgenluft konnte sie in der Ferne die Häuser sehen. Der Kirchenturm überragte die Dächer. Es glitzerte etwas in der Morgensonne. Petra vermutete, daß es ein Wetterhahn auf der Turmspitze sein könnte.

Petra öffnete das Schiebedach, stellte sich auf den Autositz und drängte sich mit ihrem schlanken, mädchenhaften Körper durch die Öffnung. So stand sie lange da und betrachtete Waldkogel in der Ferne. Es lag friedlich am Ende des Hochtals zwischen den Bergen. An den Hängen der Gipfel hoben sich weiße Schneefelder vom nackten grauen Gestein ab.

Welch ein Anblick! Petra konnte ihre Augen nicht abwenden.

So hörte sie auch nicht, wie sie angesprochen wurde. Sie war ganz versunken in diesen Anblick. Die Luft machte sie fast betrunken, so rein war sie. Es duftete nach Tannenwald. Wenn der sanfte Sommerwind wie mit zarter Hand das Tal streichelte, dann wehte er den Geruch von Wiesen und Klee zu ihr.

Erst ein Knall ließ sie aufschrecken. Sie fuhr herum. Direkt neben dem Auto stand ein junger Mann. Er hatte mit der Hand auf die Motorhaube geschlagen. Das hatte das Geräusch gegeben.

»Ah! Gut, daß Sie reagieren! Ich dachte schon, Sie wären taub, befänden sich in Trance oder schliefen mit offenen Augen.« Petra schaute in seine Augen. Noch nie hatte sie so große blaue Augen bei einem Mann gesehen. Er sah sie intensiv an.

Petra wurde verlegen. Sie kletterte aus ihrem Auto.

»Ich habe wohl mit offenen Augen geträumt. Ich bin das erste Mal hier. Dieser Ausblick! Grandios!«

Er lachte.

»Ich komme jedes Jahr ein paar Wochen her. Wenn du den Ausblick schon grandios findest, was wirst du dann erst sagen, wenn du oben in den Bergen stehst?«

»Da rauf? Von dort oben?« stammelte Petra.

»Ja, ich denke schon. Im allgemeinen fahren Menschen in die Berge, um das Tal von oben zu sehen. So will ich es einmal vereinfacht ausdrücken. Daß jemand von dem Anblick hier unten schon so fasziniert ist, daß er alles um sich vergißt, überrascht mich doch.«

»Ich komme aus der Stadt!« sagte Petra schnell, denn sie fand seine Bemerkung fast beleidigend. Gleichzeitig war sie glücklich, daß er ein Gespräch mit ihr begonnen hatte.

Möge dieser Augenblick doch nie enden! Was für ein Mann! Ihr Herz klopfte so, daß sie jeden Schlag in ihrer Brust fühlte. Sie spürte, daß er sie wie magisch anzog. Es bemächtigte sich ihrer ein Gefühl, das sie noch niemals zuvor empfunden hatte. Es war ein Empfinden, das neu war und unbekannt. Gleichzeitig spürte sie mit jeder Zelle ihres Körpers und jeder Pore ihrer Haut, daß da etwas von ihr Besitz ergriffen hatte, wofür jeder Mensch auf Erden lebte.

Sie wünschte sich, frei zu sein, um dieses Gefühl näher zu ergründen. Aber gerade jetzt hatte sie schon genug Probleme zu lösen. Warum mußte er ihr in diesem so ungünstigen Augenblick begegnen? Warum jetzt? Petra wehrte sich auf einer Seite gegen dieses Gefühl und auf der anderen Seite konnte sie von seiner Nähe nicht genug bekommen.

Mit aller Kraft versuchte sie, ihn auf Abstand zu halten, denn seine Augen zogen sie noch mehr an, als der Ausblick auf Waldkogel und die Berge.

»Was geht Sie das an? Gehört es hier zum Volkssport, Reisende aus ihren Träumen zu reißen? Was wollen Sie?«

Verlegen steckte er seine Hände in die Taschen seiner ledernen Kniebundhose. Er wagte nicht, sie anzusehen, als er sagte: »Du wirst jetzt gleich lachen. Aber lach mich ruhig aus. Was mir passiert ist, das sagt man eigentlich Frauen nach. Ich brauche Benzin. Ich habe vergessen zu tanken.«

Petra lachte ihn nicht aus.

»Dann soll ich Sie wohl retten?« Sie schaute sich um, sah aber kein Auto.« Wo steht denn Ihr Auto? Ich sehe keines. Ist das eine Art Anmache hier in den Bergen?«

»Anmachen will ich dich nicht! Mein Auto steht auf einem Waldweg.«

Er zeigte in die Richtung, aus der Petra gekommen war.

»Es ist fünfzig Meter von hier, rechts rein. Dann nach etwa zwanzig Metern, da steht mein altes kleines Vehikel.«

Er gab gleich eine Erklärung dazu ab.

»Ich wollte nach Waldkogel laufen. Da habe ich dich hier gesehen und dachte, da frage ich einfach mal. Ein Versuch kann ja nichts schaden. Mehr als ein Nein kann ich mir ja nicht einhandeln. Also hast du einen Reservekanister mit Benzin dabei?«

Wortlos ging Petra zum Kofferraum und öffnete ihn. Sie hob den Benzinkanister heraus.

»Voll!«

Er wollte danach greifen. Petra hielt ihn fest. Verwundert schaute er sie an.

»Em! Entschuldige, ich habe mich noch nicht vorgestellt, Christoph Unterlercher! Alle rufen mich Chris! Und du? Wie heißt du?«

»Pfleider!«

»Das ist aber ein sonderbarer Vorname«, grinste er sie herausfordernd an.

»Petra Pfleider!« ergänzte sie.

Er lächelte spitzbübisch. In seinen Wangen zeichneten sich rechts und links Grübchen ab. Sie machten ihn in Petras Augen noch attraktiver.

»Ich freue mich, dich kennenzulernen, Petra! Danke, daß du mir helfen willst. Ich werde dir das Benzin natürlich bezahlen und den Kanister bekommst du auch wieder. Kannst ja hier so lange warten und noch die Aussicht genießen.«

Petra gab ihm den Kanister immer noch nicht. Das lag nicht daran, daß sie ihn ihm nicht geben wollte, sondern daran, daß sie nur seine leuchtenden Augen sah.

»Petra, das Benzin!«

»Herr Unterlercher, sicherlich! Hier, bitte! Es sind zehn Liter Normalbenzin. Wenn Ihr Auto damit fährt, einverstanden. Ich warte dann!«

»Nicht Herr Unterlercher! Hier in den Bergen duzt

man sich, besonders unter jungen Leuten. Ich bin Chris oder Christoph! Kannst es dir aussuchen.«

Sie gab ihm den kleinen schwarzen Benzinkanister mit dem Schraubverschluß und dem grünen Abfüllstutzen. Er bedankte sich. Dann sah ihm Petra nach, wie er die Straße zurückging.

Petra lehnte sich an ihr Auto und wartete. Sie wollte weiter die Landschaft genießen, aber ihre Gedanken schweiften immer wieder ab. Statt Berge, Wiesen und Waldkogel zu sehen, drängte sich sein Bild vor ihre Augen. Er war groß und hatte breite Schultern. Sein längeres blondes, etwas welliges Haar hatte er im Nacken zusammengebunden. Er hatte große strahlend blaue Augen. Die Sonne hatte seine Haut gebräunt, soweit Petra das an Gesicht, Hals und Unterarmen sehen konnte. Unwillkürlich fragte sie sich, ob er unter seinem karierten Baumwollhemd auch so braun war.

So träumte Petra und wartete. Es dauerte. Er kam nicht zurück. Statt dessen ertönte nach einer ganzen Weile eine Autohupe. Es hörte sich an wie das SOS bei der Seefahrt, kurze und lange Töne in einem bestimmten Wechsel.

»Das kann nur er sein«, sagte Petra vor sich hin.

Sie stieg in ihr Auto und fuhr rückwärts bis zum Waldweg. Dort sah sie ihn auch schon stehen.

Ohne weiter zu fragen, fuhr Petra rückwärts in den Waldweg und blieb vor dem alten Jeep stehen.

»Autopanne!« rief er ihr zu.

»Er springt nicht an! Vielleicht kannst du mich anschleppen oder abschleppen? Wenn er läuft, dann läuft er!«

Er ging nach hinten und wollte Äste und Wurzeln ausladen.

»Was machen Sie da?«

Er warf ihr einen tadelnden Blick zu.

»Okay!« Petra gab sich geschlagen und seufzte aus tiefem Herzen. »Was machst du da?«

»Schon besser!« Er lächelte sie an. »Ganz unten unter der Ladung habe ich eine Kiste. Da ist das Abschleppseil drin.«

»Laß das Zeug drauf! Ich habe auch ein Abschleppseil. Ich habe auch ein Überbrückungskabel. Ich schlage vor, ich schleppe dich bis zur Straße. Hier kann ich nicht wenden. Das Überbrückungskabel ist nicht lang genug. Es reicht nur, wenn Autos so stehen, daß die Motoren nebeneinander sind.«

Er stand staunend neben ihr, als sie den Inhalt einer riesigen Stofftasche in ihren Kofferraum kippte.

»Donnerwetter! Das ist ja eine halbe Autowerkstatt!« bemerkte er anerkennend und half ihr, das Abschleppseil zu entwirren.

»Du hast ja alles! Schraubenschlüssel, Zündkerzen, Schmirgelpapier, Kontaktspray, Überbrückungskabel, Ersatzscheibenwischer, Sicherungen, Ersatzbirnen…«

Petra unterbrach ihn.

»Was ist daran verwunderlich? Wunderst du dich, weil ich eine Frau bin? Das ist der ›Erste-Hilfe-Kasten‹ für mein Auto! Es ist auch schon so altersschwach. Das nächste Mal wird uns der TÜV wohl scheiden. Ich kann ja viel machen, aber er ist an verschiedenen Stellen durchgerostet. Schade! War mein erstes Auto! Daran hänge ich besonders.«

»Oh, das verstehe ich. Durchgerostet sagst du? Eigentlich sieht es ja noch gut aus.«

»Es ist der Unterboden, hauptsächlich der Übergang von den Radkappen zum Unterblech des Motors.

Er legte sich neben das Auto auf den Waldboden, steckte den Kopf unter das Auto und klopfte an einigen Stellen mit den Fingern gegen das Unterbodenblech.

»So schlimm ist das nicht. Das kann man schweißen.«

»Stell dir vor, das weiß ich auch!«

Petra hielt ihm ein Ende des Abschleppseiles hin. Das andere knotete sie an die Anhängerkupplung ihres Autos.

Petra fuhr langsam an und schleppte das Fahrzeug bis zur Straße. Christophs Auto sprang an. Petra packte ihr Seil wieder ein. Christoph Unterlercher überholte sie und fuhr vor ihr her. Sie hielt Abstand. Dann geschah es.

Er hatte vergessen die Heckklappe zu schließen und das ganze Holz- und Wurzelzeug fiel nach einer Bremsung vor einer Kurve herunter. Im letzten Augenblick konnte Petra ihr Auto noch zum Stehen bringen.

Jetzt reichte es ihr aber. Sie scherte aus und fuhr an ihm vorbei. So schnell es die kurvenreiche Straße erlaubte, steuerte sie auf Waldkogel zu. Nur weg von ihm, weg aus seiner Nähe! Fort aus dem Bann seiner blauen Augen! Weit weg von seinem Lächeln! Dabei zog ihr Herz sie zu ihm. Sie hätte am liebsten gebremst, statt Gas zu geben. Wie durch einen Nebel sah sie die Landschaft, weil sein Gesicht immer noch vor ihren Augen stand.

Kurz vor dem Ortseingang orientierte sich Petra im Prospekt, den ihr Onkel Ludwig gegeben hatte. Dann fuhr sie weiter und hielt.

Über dem Eingang der Gaststätte und Pension hing ein schönes schmiedeeisernes Schild, darauf stand: Beim Baumberger.

Petra packte ihre kleine Tasche und ging hinein. Sie setzte sich an einen der Tische und beobachtete, wie sich die Gäste von dem Wirt und der Wirtin verabschiedeten. Sie lauschte den Gesprächen. Es drehte sich alles um Wanderwege, Bergrouten, Aufstiege.

Dann trat Meta Baumberger an den Tisch.

»Grüß Gott! Was darf es sein? Frühstück?«

»Nur ein Kännchen Kaffee! Kann ich hier meine mitgebrachten Brote dazu essen? Sonst werden sie trocken, und Essen soll man nicht fortwerfen.«

»Aber ja! Da hab' i nix dagegen. Es wird viel zuviel fortgeworfen. Das ist eine Sünd', was da immer fortgeworfen wird.«

Kurze Zeit später brachte Meta den Kaffee.

»Sind Sie Frau Baumberger?«

»Ja! Warum fragst du?« Meta Baumberger musterte Petra genauer.

Obwohl sie alleine in der Wirtsstube waren, schaute sich Petra um und flüsterte: »Ich möchte gern mit Ihrem Mann sprechen. Herr Doktor Ludwig Leuthold hat mich geschickt.«

»Mein Gott! Des is des Madl. Mein Gott! I hätt's gleich sehen müssen. Die Ähnlichkeit! So eine Ähnlichkeit mit dem Zacharias! Ich hätt's mir denken sollen.«

Meta schlug die Hände zusammen. Dann rief sie so laut sie konnte: »Xaver! Komm doch mal!«

Statt Xaver kam eine junge Frau aus der Küche. Petra gefiel sie gleich. Sie trug ein dunkelgrünes Dirndl mit einer hellgrünen Dirndlbluse. Der Baumwollstoff war mit Tannenbäumen gemustert in helleren Tönen, grün und braun. Die Schürze, mit ihren quergesteppten Biesen im unteren Teil über dem Saum, war einfarbig in einem anderen Grünton.

»Mutter Meta, Vater Xaver ist mal kurz raus, in den Stall. Er wird gleich kommen.«

»Anna, schau! Des Madl is' dem Zacharias sei Tochter! Der Doktor Leuthold hat sie geschickt.«

Anna schaute Petra an und sah Angst in ihren Augen. Freundlich reichte sie ihr die Hand.

»Guten Tag oder grüß Gott, wie wir hier sagen! Ich bin die Anna. Ich bin die Schwiegertochter vom Xaver Baumberger. Du bist also die Petra!«

»Ja, die bin ich. Woher...?«

Meta Baumberger schaltete sich in das Gespräch ein.

»Der gute Doktor Leuthold hat angerufen und dich angekündigt, Madl. Wir haben schon auf dich gewartet. Die Anna is' deswegen extra hiergeblieben. Unser Sohn, der Toni, der is' in die Stadt gefahren. Der Doktor Leuthold hat denkt, daß es vielleicht gut wär, wenn die Anna da is'. Weil doch die Anna in deinem Alter is. I geh jetzt mal den Xaver suchen. Derweil kümmert sich die Anna um dich. Was der wieder so lang machen tut? Na ja, der Xaver is eben ein richtiges Mannsbild. Wenn man ihn brauchen tut, dann is' er net da und läßt sich Zeit. So is' das eben mit den Mannsbildern, Madl. Aber lieb haben wir sie trotzdem.«

Petra lächelte.

Anna holte sich auch einen Kaffee und setzte sich an den Tisch.

»Du hast ein wunderschönes Dirndl an, Anna. Dirndl waren bisher nicht so meine Sache. Ich fand die immer etwas altmodisch. Aber dein Dirndl wirkt irgendwie modern.«

»Danke! Da gibt es einen Laden in der Stadt, der hat solche Sachen, Dirndl und Landhausmoden. Wenn du magst, dann zeige ich ihn dir.« Anna lachte. »Als ich hier ankam, trug ich Schuhe mit hohen Absätzen und kannte Dirndl nur dem Namen nach. Wenn ich heute daran denke, muß ich lachen.«

»Du bist nicht von hier?«

»Nein, ich komme aus dem hohen Norden. Zuletzt habe ich in Hamburg gewohnt.« Augenzwinkernd fügte sie leise hinzu. »Dann verschlug mich die Liebe nach Waldkogel.«

Xaver Baumberger kam herein, dicht gefolgt von Meta. Er begrüßte Petra und zapfte sich dann ein Bier.

Xaver und Meta setzten sich an den Tisch. Xaver trank erst einen kräftigen Schluck. Dann wischte er sich den Schaum von den Lippen.

»So, Madl! Des is' er!«

Xaver Baumberger griff in die Hosentasche seiner Lederhose und legte Petra einen Schlüssel hin.

»Des is' der Schlüssel von der Haustür vom Vogelmeier Hof. Die Schlüssel vom Kuhstall und den anderen Türen hab' ich auf den Küchentisch gelegt.«

Petra sah den großen Schlüssel an. Er war über zehn Zentimeter lang und hatte einen großen Schlüsselbart. Sie spürte plötzlich, wie ihr Herz klopfte. Diesen Schlüssel hatte ihr leiblicher Vater in Händen gehabt. Zum ersten Mal würde sie etwas berühren, was er berührt hatte, was ihm gehört hatte.

Zuerst fuhr Petra mit dem Zeigefinger auf dem Schlüssel auf und ab. Dann zog sie ihn zu sich und schließlich barg sie ihn zwischen ihren beiden Händen. Er fühlte sich glatt an und irgendwie vertraut.

»Willst dir den Hof gleich ansehen? I kann dich hinbringen. I kann mitgehen, wenn d' magst. Die Anna kann auch mit dir gehen. Wir haben dir schon was zusammengestellt. Wird ja nix oder net viel da sein in der Küche.«

Fragend schaute Petra in die Runde.

»Vater Xaver und wir alle gingen davon aus, daß du dort übernachtest, solange du in Waldkogel bist«, sagte Anna.

»Ich weiß nicht recht.« Petra Pfleider überlegte. Sie wirkte verlegen. »Praktisch und preiswert wäre es schon, statt sich ein Zimmer zu nehmen. Aber ich kann den Hof vielleicht nicht behalten, wegen der Schulden. Sehr heruntergekommen soll er auch sein. Vielleicht trete ich mein Erbe erst gar nicht an. Dann wäre es schlecht, wenn ich da schlafen würde, denke ich.«

»Also, wenn du den Hof behalten willst, dann findet sich auch ein Weg. Den Zacharias würde es freuen, wenn er so aus dem Himmel runter schaut und dich auf dem Hof sehen würde. Da bin i mir gewiß. Doch alles zu seiner Zeit«, bemerkte Xaver.

»Sie kannten ihn gut?«

»Ja, wir waren befreundet, seit wir ganz klein waren. Da waren wir noch net in der Schul. Erstkommunion und Firmung haben wir auch zusammen gehabt. Wenn du willst, dann kann i dir auch von deinem Vater erzählen. Der Doktor Leuthold meint, es wäre besser, wenn du dir erst mal alles ansehen tust. Sicher wirst du auch Papiere finden und Photos. Dann können wir uns zusammensetzen und i kann dir dann sagen, wer des alles war.«

Petra trank ihren Kaffee aus. »Ja, dann muß ich wohl!« Sie stand auf. »Ich danke Ihnen für die Fürsorg', die Sie…«, Petra zögerte einen Augenblick, »Vater Vogelmeier angedeihen lassen. Ich habe ihm den Namen Vater Vogelmeier gegeben. Ich weiß nicht, wie ich ihn sonst nennen soll.«

»Des is' a gute Idee. Des paßt. Hier sagt man ja auch einfach Baumberger oder Bauer. In der Familie sagen die Schwiegerkinder oft auch Vater oder Mutter und dann hängen s' den Familiennamen dran. Vater Trachsel und Mutter Trachsel zum Beispiel. Zu uns kannst einfach Baumberger sagen oder Xaver und Meta. Dein Vater war mein bester und ältester Freund.«

Petra nickte nur.

»Soll ich nicht doch mit dir gehen?« fragte Anna und legte ihre Hand auf Petras Hand, mit der diese den Schlüssel umklammerte.

»Nein! Danke für dein Angebot! Aber es wäre schön, wenn du später vielleicht vorbeikommen würdest.«

Anna warf einen Blick zur Uhr.

»Gut! Dann bin ich zu Mittag, wenn's läutet, bei dir.«

Sie brachten Petra zu ihrem Auto und erklärten ihr den Weg.

Anna, Meta und Xaver schauten Petra nach, als sie davon fuhr.

»Ja, ja! Des is' ein schwerer Gang für das Madl!« bemerkte Xaver voller Mitgefühl. »Da fragt man sich, warum der Herrgott des alles zugelassen hat.«

»Darauf weiß nur er selbst da oben im Himmel eine Antwort. Er wird schon wissen warum.«

»Wir müssen auf das Madl ein bisserl aufpassen, Meta.«

»Des tun wir, Xaver! Das bist du deinem Freund auch schuldig.«

*

Petra Pfleider steuerte ihr Auto langsam durch Waldkogel. Sie fuhr bewußt langsam und schaute sich dabei um. An der Haltestelle vor der Kirche stand ein Bus. Petra mußte anhalten, weil sie wegen eines langsam fahrenden Fuhrwerks auf der Gegenseite nicht überholen konnte. Sie schaute sich um. An der Mauer hing ein

Schild, darauf standen die Öffnungszeiten des Friedhofs, der hinter der Kirche lag.

Petra stellte ihr Auto auf dem kleinen freien Platz vor der Kirche ab. Das schmiedeeiserne Tor quietschte, als sie eintrat. Der Friedhof war nicht groß. Auf den Kieswegen mit den hellen kleinen Kieseln lag kein Blatt. Einige große Kastanienbäume spendeten Schatten. Auf den meisten Grabstätten standen Holzkreuze. Wind und Wetter hatten das Holz dunkelbraun, fast schwarz gefärbt. Es stand in großem Kontrast zu den weißen Emailschildern, auf denen die Namen, das Geburtsdatum und das Datum des Todestages standen. Alle Gräber waren sehr gepflegt, mit Blumen bepflanzt oder es standen frische Schnittblumen darauf.

Wo war das Grab von Zacharias Vogelmeier?

Petra ging durch die Reihen und las die Namen. Ganz hinten fand sie eine Grabstätte, auf dessen Grabkreuz der Familienname Vogelmeier stand. Das war auch ein frisches Grab, wie Petra an den aufgehäuften Blumen sehen konnte. Ich werde mich darum kümmern müssen, wenn es das Grab ist, dachte sie und blieb unschlüssig stehen.

Petra hörte Schritte. Der feine Kies knirschte bei jedem Schritt. Sie drehte sich um.

»Grüß Gott! Heiner Zandler, ich bin hier der Pfarrer. Ich habe dich vom Fenster aus gesehen. Suchst du ein bestimmtes Grab, meine Tochter?«

Petra nickte, dann zeigte sie mit dem Finger auf das Grab. »Ist das das Grab von Zacharias Vogelmeier?«

»Ja! Da haben wir den Zacharias zur letzten Ruhe gebettet, bei seinen lieben Eltern.«

Petra schaute wieder auf die verwelkten Blumen. Verloren und verlegen stand sie da

»Du bist seine Tochter, nicht wahr?«

Petra fuhr herum.

»Sie wissen?«

»Ja, dein Vater hat mit mir über dich gesprochen. Ich hatte dich eigentlich zur Beerdigung erwartet.«

»Ich war im Urlaub. Ich hatte bis gestern nicht gewußt, daß er mein Vater ist. Jetzt habe ich einen toten leiblichen Vater, bin Erbin und weiß überhaupt nichts mehr.«

Petra kämpfte mit den Tränen. Es waren aber in erster Linie Tränen der Wut und des Zorns, weniger der Trauer.

»Wie konnte er mir das antun? Er hat von mir gewußt. Mit Doktor Leuthold hat er über mich gesprochen. Mit Ihnen, Herr Pfarrer, hat er über mich gesprochen. Wer weiß, mit wem er noch alles über mich gesprochen hat! Nur mit mir hat er nicht gesprochen! Warum? Bitte sagen Sie es mir? Warum?«

»Diese Frage kann ich dir nicht beantworten. Was wirklich in seinem Inneren vorging, das weiß allein nur er und der Herrgott da oben im Himmel. Bist schon auf dem Hof gewesen, Petra? Du heißt doch Petra?«

»Ja, mein Name ist Petra Pfleider. Ich war gerade auf dem Weg dorthin. Ich war bei Familie Baumberger. Sie haben mir den Schlüssel gegeben. Eigentlich muß ich mich schämen. Ich hatte nicht daran gedacht, auf den Friedhof zu gehen. Da habe ich das Schild gelesen.«

»Da hat eine höhere Macht seine Hand im Spiel gehabt, Petra. Sie hat dich zuerst hierher zum Grab deines Vaters geführt, damit du Frieden mit ihm schließen kannst. Er war ein lieber Mensch, das kannst du mir glauben. In jungen Jahren war er ein Hitzkopf. Dafür hat er schwer gebüßt.«

»Wie meinen Sie das, Herr Pfarrer?«

»Er litt ein Leben lang darunter, daß er deiner Mutter unrecht getan hatte. Sie hatte ihn daraufhin verlassen. Die Ehe wurde annuliert. Er hatte immer gehofft, daß sie wieder zurückkommt. Er hatte deine Mutter geliebt und nach ihr niemals mehr eine andere Frau angeschaut. Er tanzte auf keinem Schützenfest. In einer besonderen Art und Weise hat er ihr die Treue gehalten und gehofft, daß sie wieder zu ihm zurückkommt.«

»Aber Mutter hat kurz vor meiner Geburt geheiratet!«

»Das wußte er nicht. Er erfuhr es erst, als Doktor Leuthold ihm schrieb. Das war nach deinem achtzehnten Geburtstag. Dann brach für ihn eine Welt zusammen. Wie lange ist das jetzt her? Das muß vor fünf oder sechs Jahren gewesen sein.«

»Ich werde bald vierundzwanzig.«

»Ja, dann stimmt es! Danach war er ein gebrochener Mann. Er alterte sehr schnell. Er kümmerte sich immer weniger um den Hof, verkaufte nach und nach alles Vieh. Am Schluß hatte er nur noch seinen alten Hofhund. Den mußte er vor einigen Wochen einschläfern.«

Petra nahm allen Mut zusammen. Sie mußte die Frage stellen.

»Man hat mir erzählt, er sei beim Klettern abgestürzt. Hat er sich umbringen wollen?«

»Nein! Ganz bestimmt nicht! Dein Vater war sehr herzkrank. Er hatte immer wieder schwere Herzanfälle. Dann ging es ihm wieder besser, für Wochen. Klettern, Bergsteigen war das einzige, was er noch machte. Wir ermahnten ihn immer wieder, es sein zu lassen wegen seines kranken Herzens. Aber da hat er sich nichts sagen lassen. Die Berge gaben ihm Kraft und Zuversicht. Immer wieder ging er in die Berge. Nach einer Bergtour kam er dann auch immer gefestigt und voller Lebensmut zurück. Der Elan hielt nur nicht lange an. Ich denke, daß er einen schweren Herzanfall hatte und in Folge dessen abgestürzt ist. Mußt dir keine Gedanken machen, Petra! Dein Vater war ein gottesfürchtiger Mensch und hätte niemals sein Leben weggeworfen.«

Petra atmete erleichtert auf.

»Ich denke auch«, fuhr der Geistliche fort, »daß er sich bald bei dir gemeldet hätte. Wir haben oft darüber gesprochen. Er sah ein, daß er Kontakt zu dir aufnehmen mußte. Ich bin mir sicher, daß er das auch getan hätte. Er wollte dir einen Brief schreiben.«

»Danke, Herr Pfarrer, daß Sie mir das gesagt haben.«

»Du sollst Frieden schließen mit ihm, Petra!«

»Ich werde es versuchen!«

»Dann werde ich dich jetzt noch etwas allein lassen. Ich denke, daß du ein paar Tage bleibst. Wenn du Fragen hast oder jemanden zum Reden brauchst, ich bin für dich da.«

»Ja, ich werde eine Weile bleiben. Wie lange, weiß ich

noch nicht. Jetzt, nachdem Sie mir das alles erzählt haben, werde ich wohl auf dem Vogelmeier Hof wohnen. Ich würde mich freuen, wenn Sie vorbeikämen, Herr Pfarrer.«

»Danke für die Einladung! Ich werde dich so oft besuchen, wie es mir möglich ist. Ich weiß, daß das alles nicht leicht für dich ist.«

Sie nickten sich zu und schüttelten sich die Hände.

Der Pfarrer gab Petra seinen Segen. Dann ließ er sie allein am Grab ihres Vaters zurück.

Er ging in die Kirche und stellte eine besonders große Kerze auf. Er kniete vor der Statue der Heiligen Maria, der Mutter Gottes. In einem inbrünstigen Gebet erflehte er ihren Segen für die junge Frau. Sie brauchte eine Fürsprecherin, und wer war dafür wohl besser geeignet als die Mutter Gottes selbst?

*

Petra blieb noch eine kleine Weile beim Grab. Dann ging sie zurück zu ihrem Auto und fuhr zum Vogelmeier Hof. Der Weg dahin fiel ihr jetzt schon nicht mehr ganz so schwer.

Sie parkte das Auto mitten auf dem Hof. Sie stieg aus und betrachtete das große Haus. Das Erdgeschoß war aus Bruchsteinen gebaut. Das nächste Stockwerk und das Dachgeschoß waren aus Holz. Vor beiden erstreckten sich Balkone über die ganze Front. Das weit ausladende Dach bot Schutz vor Wind, Regen und Schnee im Winter. Daneben gab es noch Nebengebäude in ähnlicher Bauweise aus Bruchsteinen und Holz.

Petra beschloß, sich erst einmal alles von außen anzusehen. Sie umrundete das Haus. Dabei mußte sie über die Wiese gehen, deren Gras sicherlich schon lange nicht mehr gemäht worden war. Sie war froh, daß sie lange Hosen und feste, geschlossene Schuhe trug. Zwischen den Gräsern standen auch viele Brennesseln.

Der Garten war ein Urwald voller Unkraut. Da die Pfleiders auch einen Garten hatten, war Petra mit Gartenarbeit vertraut. Sie erkannte die Struktur und entdeckte zwischen dem vielen Unkraut Beerensträucher. In dem vorderen Teil wuchsen Blumen. Petra pflückte einen großen Strauß.

Dann gingen sie zurück zum Auto. Der Schlüssel lag immer noch auf dem Beifahrersitz. Mit klopfendem Herzen ergriff sie ihn und ging zur Haustür. Ihre Hand zitterte so, daß sie nur mühsam den Schlüsselbart ins Schlüsselloch bekam. Das Schloß ließ sich gut öffnen. Sie drückte die Tür auf und trat ein.

Langsam schritt sie durch die große Diele. Die Türen zu den Zimmern standen offen. Es roch nach abgestandener Luft. Petra betrat zuerst die Küche. Sie legte die Blumen auf den Küchentisch und öffnete als erstes die beiden Küchenfenster. Dann ging sie von Raum zu Raum und öffnete überall schnell die Fenster. So durchwanderte sie alle Räume von unten bis oben. Die warme Sommerluft strömte herein. Weil Petra keine Vase fand, stellte sie die Blumen erst einmal in einen großen Kochtopf. Dann betrachtete sie die Küchenmöbel. Es waren alte Möbel, sehr alte. Die Türen waren bemalt. Petra öffnete Schranktür für Schranktür und zog Schubladen auf. Jedes Fach war ordentlich eingeräumt. In der Speisekammer fand sie viele Gläser mit Marmelade und Eingemachten. An der Decke hingen Schinken und Trockenwürste. Im Regal lag ein großer runder Käse und daneben ein Käsemesser. Petra schnitt sich ein Stück ab und aß den Käse. Er schmeckte ihr so gut, daß sie sich sofort noch ein weiteres großes Stück abschnitt.

Mit dem Käse in der Hand, wanderte sie danach von Raum zu Raum. Sah sich alles an. In vielen Zimmern waren die Möbel mit weißen Tüchern verhängt. Es gab neben der Küche zwei Wohnzimmer, viele Schlafzimmer und unter dem Dach einen großen Trockenspeicher und möblierte kleine Zimmer. Petra erinnerte sich, was ihr Onkel Ludwig erzählt hatte. Die Vogelmeiers hatten früher Zimmer vermietet. Das Haus hatte drei Badezimmer. Sie waren nicht sehr modern, aber sauber und groß.

Zum Schluß ging Petra in das Zimmer mit dem Einzelbett. Das war wohl das Schlafzimmer von Zacharias. Dann entdeckte sie auf dem Nachttisch einen Bilderrahmen. Das große Photo war schon sehr alt. Petra trat ans Fenser, um es genauer zu sehen. Ihr Herz klopfte. Es war ein Bild ihrer Mutter, als sie eine junge Frau war.

»Er hat dich doch geliebt!« sagte Petra laut.

Unten rechts in der Ecke hatte Zacharias Vogelmeier ein kleines Photo außen zwischen Rahmen und Glas gesteckt. Es war ein Bild von Petra.

Sie stellte den Bilderrahmen zurück. Sie öffnete den Kleiderschrank. Sachte strich sie über die Herrenkleidung, die darin hing.

In der oberen Schublade einer Kommode lag eine alte Ledermappe. Petra schlug sie auf. Petras Hände zitterten, als sie die Briefe darin nacheinander betrachtete. Sie waren alle an ihre Mutter adressiert und ungeöffnet zurückgeschickt worden. Petra entschied, sie jetzt nicht zu öffnen und zu lesen. Das wollte sie sich für einen der nächsten Abende aufheben.

Petra ging wieder hinunter in die Küche. Es war bald Mittag. Anna würde kommen. Petra deckte den Tisch. Sie holte Käse und Schinken aus der Speisekammer. Sie fand auch Gewürzgurken und Senf. Nur Brot gab es nicht. Vielleicht würde Anna Brot mitbringen. Das Teewasser kochte noch nicht, als es vom Kirchenturm zur Mittagszeit läutete.

Da kam auch schon Anna mit dem Fahrrad angefahren. Sie klingelte laut mit der Fahrradglocke.

»Komm rein! Ich bin in der Küche!« rief Petra durch das Küchenfenster.

»Willkommen auf dem Vogelmeier Hof!« begrüßte Petra Anna.

»Oh, sieht ganz so aus, als hättest du dich mit dem Hof schon angefreundet«, sagte Anna und betrachtete den liebevoll gedeckten Tisch.

Sie stellte den Korb ab.

»Das schickt dir Meta. Brot ist auch drin.«

»Danke!« Petra machte sich sofort ans Auspacken. »Setz dich!«

Dann brühte Petra Tee auf.

Sie aßen.

»Dir gefällt es hier, Petra, richtig?«

Petra schaute Anna mit leuchtenden Augen an.

»Ich weiß nicht, wie ich es sagen soll. Ich kann es selbst kaum fassen. Das Haus hat mich so freundlich aufgenommen. Ich fühle mich gut hier, Anna. Es ist mir irgendwie nicht fremd.«

»Das freut mich so für dich, Petra! Dann wirst du also hier wohnen?«

»So lange es irgendwie geht. Ich habe ja ein paar Wochen Zeit. Wenn ich den Hof nicht halten kann, dann will ich die Zeit hier genießen. Onkel Ludwig sagte, ich sollte nach meinen Wurzeln suchen. Ich mußte nicht lange suchen.« Petra breitete die Arme aus. »Die sind hier!«

»Wunderbar! Ich kann dir gar nicht sagen, wie ich mich für dich freue. Xaver und Meta werden sich auch freuen. Die beiden haben sich solche Sorgen um dich gemacht. Wenn es dir hier so gut gefällt und du das Gefühl hast, daß du hierher gehörst, dann bleibe doch. Nimm dein Erbe an! Verlaß dich auf dein Bauchgefühl.«

Petra lächelte wehmütig.

»Das würde ich gerne tun. Ich bin noch nicht einmal einen Tag hier. Noch nicht einmal einen halben Tag! Es ist gerade etwas mehr als zwei Stunden und schon wünsche ich mir, nie mehr von hier fort zu müssen.«

»Dann wirst du das auch nicht müssen. Es wird sicherlich einen Weg geben, daß du bleiben kannst. Das weiß ich. Da bin ich mir sicher. Die Engel auf dem ›Engelssteig‹, die schützend ihre Flügel über Waldkogel ausbreiten, wie die Leute sagen, werden ihren Schutz dem Vogelmeier Hof nicht entziehen. Ich bin mir ganz sicher, daß sie über dich und den Hof ganz besonders ihre Flügel breiten.«

»Was ist der ›Engelssteig‹?«

Anna nahm Petra bei der Hand und führte sie vor das Haus.

»Dieser Gipfel heißt ›Engelssteig‹.«

»Und der Gipfel dort? Wie heißt der?«

»›Höllentor‹!«

»Anna, weißt du, wo er abgestürzt ist? Da oder dort? Wer hat ihn gefunden und wo genau war das? Kann ich da hin?«

»Das sind viele Fragen, Petra! Ich kann sie dir nicht alle beantworten. Er ist nicht hier abgestürzt. Ich werde dich mit dem Leonhard Gasser bekannt machen. Er ist der Leiter der Bergwacht. Er kann dir alle Einzelheiten sagen. Der Leo ist ein guter Freund von meinem Toni. Toni wird ihn bitten, dich dahin zu bringen. Ich kann verstehen, daß dir das wichtig ist.«

»Danke, Anna«, sagte Petra ganz leise.

Anna sah, wie bewegt sie war.

»Komm, laß uns wieder reingehen und essen. Ich habe Hunger. Ich bin schon im Morgengrauen von der Berghütte runtergelaufen.«

Sie aßen. Petra fing an zu erzählen.

»In den Nebengebäuden und Ställen war ich noch nicht. Aber so heruntergekommen finde ich das Anwesen nicht. Sicherlich ist einiges kaputt. Sehr modern ist die Einrichtung auch nicht. Aber liegt darin nicht gerade der Reiz? Die Zeit scheint hier stillzustehen.«

»Da stimme ich dir zu. Es kommt immer darauf an, wie man etwas sieht, Petra!«

»Nach dem Essen zeige ich dir alles.«

Petra biß in den Käse.

»Der schmeckt so gut! Weißt du, wo der herkommt?«

»Der ist sicherlich von der Oberländer Alm. Ich erkenne den Käse an dem Geschmack. Die Hilda und der Wenzel machen ganz prima Käse. Sie beliefern die Gaststätte und Pension meiner Schwiegereltern und auch die Berghütte, die Toni und ich betreiben.«

»Ihr habt da oben eine Berghütte?«

»Ja! Ich habe mich sofort in diese Berghütte verliebt, als Toni sie mir gezeigt hatte. Es war Liebe auf den ersten Blick. Nicht nur bei Toni, auch die Berghütte hatte es mir mächtig angetan. Deswegen kann ich dich so gut verstehen, daß du dich hier auf Anhieb wohl fühlst. Du mußt uns bald besuchen. Du mußt Toni kennenlernen. Wir haben erst kürzlich geheiratet. Toni kannte deinen Vater auch. Aber das meiste kann dir wohl der alte Alois erzählen. Ihm gehörte früher die Berghütte. Er hatte deinem Vater das Klettern und Bergsteigen beigebracht als junger Bub. Alois lebt jetzt meistens bei uns auf der Hütte. Er gehört zur Familie.«

»Danke für die Einladung, Anna! Ich komme gern mal rauf.«

Nach dem Essen zeigte Petra Anna das ganze Haus.

»Einfach, aber sauber und gediegen, Petra. Die vielen Zimmer schreien direkt danach, wieder vermietet zu werden. Es gibt nie genug Zimmer in Waldkogel. Die Leute fragen immer nach Zimmern. Bei meinen Schwiegereltern. Meta schickt dir dann die Gäste, für die bei ihnen kein Platz mehr ist.«

»Ich muß erst über alles nachdenken. Aber vielen Dank für dein Angebot. Übrigens, ich war auf dem Friedhof.«

»Hast du das Grab von deinem Vater besucht?«

»Ja! Ich habe den Pfarrer Zandler kennengelernt. Er ist sehr nett.«

»Ja, das ist er.«

»Er will mich auch besuchen und mir helfen.«

»Wunderbar! Da sind meine Schwiegereltern, Toni und ich, der alte Alois, der Pfarrer und der Bürgermeister Fritz Fellbacher hilft dir auch. Weißt du, hier in Waldkogel ist alles familiär. Da halten die Leute noch zusammen. Es wird auch mal gestritten. Aber danach läßt man Fünfe gerade sein und ist gut Freund. Ich bin nicht von hier, Petra! Ich kann dir nur sagen, daß ich hier mit offenen Armen aufgenommen wurde.« Zwinkernd fügte Anna hinzu: »Nicht nur von meinem lieben Toni!«

»Du machst mir richtig Mut. Aber wie gesagt, ich will und darf mich von deiner Begeisterung für Waldkogel nicht anstecken lassen, Anna. Ich muß ganz sachlich entscheiden.«

»Das verstehe ich doch! Aber dein Herz sagt dir doch jetzt schon, daß du hierher gehörst. Laß dein Herz sprechen! Es zeigt dir deinen Weg. Dann wirst du für alle Probleme eine Lösung finden. Das mußt du mir einfach glauben, Petra. Ich habe es erfahren. Ich werde es dir erzählen, wie es mir gegangen ist, wenn du uns besuchen kommst.«

Anna verabschiedete sich von Petra.

Sie mußte gehen. Toni war in die Stadt gefahren, zum Fremdenverkehrsamt. Sie wollten gemeinsam wieder hinauf auf die Berghütte gehen.

*

Gerade als Anna mit dem Fahrrad vom Hof fahren wollte, bog ein Jeep von der Straße ab und hielt neben den beiden Frauen.

»Was willst du hier?« stieß Petra hervor.

Anna sah, daß Petra ziemlich erschrocken war.

»Verfolgst du mich? Lauerst du mir auf? Wie hast du mich gefunden?«

Der junge Mann stieg aus. Er lächelte.

»Das sind viele Fragen! Du scheinst ja nicht gerade begeistert zu sein?«

Petra errötete.

»Ah, du wirst rot! Sieh an, sieh an!« grinste der junge Mann.

»Und wenn? Was geht es dich an? Ich bin höchstens rot vor Wut. Erst bittest du mich um Benzin, dann schleppe ich dich ab. Vorher muß ich mir noch Ratschläge über Schweißmöglichkeiten an meinem Auto anhören. Dann schüttest du dein Werkzeug vor mir auf die Landstraße, daß ich fast einen Unfall gebaut hätte.

Jetzt parkst du dein altes Vehikel ungefragt auf meinem Hof! Runter!«

»Dein Hof?« Christoph schaute sich um. Er ging weiter und besah sich das Gebäude.

Anna und Petra schauten ihm nach.

»Wer ist das?« flüsterte Anna ganz leise Petra zu.

»Christoph Unterlercher!«

»Das ist Christoph Unterlercher?« fragte Anna verwundert und anerkennend nach.

Jetzt verstand Petra nichts mehr.

»Diesen Namen hat er mir gesagt. Warum? Stimmt was mit ihm nicht?«

Weiter kamen die beiden in ihrem Gespräch nicht. Christoph Unterlercher kam auf sie zu.

»Das ist dein Hof?«

»Sozusagen ja! Deshalb steigst du jetzt in deinen Karren und fährst rückwärts wieder hinaus, wie du vorwärts reingefahren bist.«

»Ich wollte dir nur…«

»Zuerst runter vom Hof. Dort auf dem Weg ist genug Platz zum Parken.«

Christoph sah Petra mit seinen wunderschönen blauen Augen an, daß es ihr wieder so seltsam ums Herz wurde. Sie wurde von Gefühlen gepackt, daß sie nach Annas Hand griff und sich bei ihr festhalten mußte. Sie hatte plötzlich das Gefühl, als sacken ihr die Beine weg.

»Nun mach schon, was dir die Bäuerin gesagt hat!« ermahnte ihn Anna.

»Welche Bäuerin?«

»Petra, er scheint sehr begriffsstutzig zu sein. Er hat

immer noch nicht begriffen, daß es dein Hof ist, und du folglich die Bäuerin bist.«

Christoph Unterlercher lächelte.

»Ihr könnt mich nicht verschaukeln. Die Petra ist nie und nimmer die Bäuerin. Sie ist aus der Stadt und hat die Berge zum ersten Mal gesehen. Außerdem, so sieht keine Bäuerin aus. Da glaube ich eher, daß du da, in deinem Dirndl, die Bäuerin bist. Du würdest eher auf den Hof passen!«

Anna und Petra mußten lachen.

»Dort ist die Straße!« sagte Anna.

Kopfschüttelnd setzte sich Christoph Unterlercher in sein Auto und fuhr rückwärts vom Hof herunter. Nachdem er sein Auto abgestellt hatte, kam er zurück. Petra war inzwischen ins Haus gegangen.

»Was willst du?« fragte Anna forsch. »Du kannst das mit mir regeln.«

»Ich wollte Petra das Benzingeld geben.«

Er hielt Anna einen Schein hin. Sie nahm ihn.

»Ich werde ihn ihr geben. Danke!«

Unschlüssig blieb er vor Anna stehen.

»Is' noch etwas?« fragte Anna.

»Ja! Doch, ich weiß nicht recht, wie ich es sagen soll.«

Er dachte nach. Anna betrachtete ihn. Er sah wirklich gut aus.

»Egal! Man hat mir gesagt, daß das hier der Vogelmeier Hof ist und ich hier für die nächsten Wochen ein Zimmer bekommen könnte und vielleicht auch die Scheune mieten könnte.«

»Wer hat das gesagt?«

»Der Fritz Fellbacher, der Bürgermeister.«

Anna überlegte kurz.

»Ich werde das regeln. Es ist ja erst Mittag. Kannst du abends noch mal vorbeikommen?«

»Das kann ich schon machen.«

»Warum willst die Scheune mieten?«

Christoph Unterlercher deutete auf sein Auto.

»Ich brauche einen Raum für meine Wurzeln. Ich habe im Sägewerk auch noch Holz bestellt. Ich muß das Auto abladen.«

»Warte einen Augenblick beim Auto.«

Anna ging ins Haus. Petra hatte von der Küche aus zugehört.

»Der soll sofort wieder gehen«, flüsterte Petra eindringlich Anna an.

»Petra, gib mir den Schlüssel vom Scheunentor!« sagte Anna energisch.

»Ich will nicht!«

Anna fing an zu lachen. Sie lachte, bis ihr fast die Tränen kamen.

»Wenn ich das Sue erzähle, wird sie lachen. Diese Situation erinnert mich an ein Erlebnis mit meiner Freundin Susanne vor einigen Monaten. Da habe ich mich genauso gewehrt wie du. Ich weiß genau, was du empfindest. Meine Freundin Sue hat mich damals überrumpelt. Wenn sie nicht gewesen wäre, dann wäre ich heute nicht so glücklich mit meinem Toni verheiratet. Sie hat mir damals etwas auf den Kopf zugesagt. Ich sage es dir jetzt. Du hast dich in Christoph Unterlercher verliebt!«

»Du bist verrückt! Nie und nimmer! Wie kommst du darauf?«

»Keine Ausflüchte! Ich bin mittlerweile Expertin in Sachen Liebe. Man sagt, wenn der Prophet nicht zum Berg kommt, dann muß der Berg zum Propheten gehen. Hier ist es einfacher. Du bist der Berg und draußen steht jemand, den du jetzt hier festhältst. Basta! Ich vermiete ihm jetzt die Scheune.«

Anna griff den Schlüssel. Sie ging hinaus und über den Hof zur Scheune. Sie winkte Christoph heran.

»Kannst die Scheune haben! Billig ist es nicht! Dafür kannst du schalten und walten wie du willst. Niemand wird dich stören.«

Sie wurden sich schnell einig.

Anna legte kurz darauf Petra mehrere hundert Euroscheine auf den Küchentisch.

»Hier, Bäuerin des Vogelmeier Hofes, oder ist es der Pfleider Hof? Das mußt du wissen!«

»So viel Geld?« Petra bekam große Augen.

»Ja, das ist nur für einen Monat! Er bleibt vielleicht sogar länger. Ich habe ihm auch ein Zimmer vermietet.«

»Du bist verrückt, Anna! Ich bleibe keine Nacht mit ihm unter einem Dach. Mach das sofort rückgängig! Hörst du!«

»Er wird dich nicht umbringen. Kannst ja deine Zimmertür abschließen. Toni kommt aus der Stadt. Er hat Bello dabei. Das ist unser Hund, ein riesiger Neufundländer. Ich lasse ihn dir hier. Er wird dich beschützen. Ich garantiere dir, wenn der vor deiner Tür liegt, wagt sich kein Mann über die Schwelle deines Schlafzimmers.«

Petra sank auf die Eckbank und stützte den Kopf in die Hände.

»Wenn ich den Hof behalten will, dann muß es wohl sein«, flüsterte sie leise.

»Ja, es muß sein! Nicht nur wegen des Hofes. Der Hof kommt erst an zweiter Stelle. Das andere ist, daß du ihn liebst – und er liebt dich auch. Ich habe ihm gesagt, er soll bei meinen Schwiegerelern die Abendmahlzeit einnehmen. Du würdest ihn so gegen neun Uhr erwarten.«

Petra seufzte. Sie sah verzweifelt aus. »Ich muß ja noch so viel vorbereiten! Dabei kenne ich mich noch überhaupt nicht aus.«

»Keine Sorge! Ich komme später noch einmal vorbei. Dann kommt mein Toni auch mit. Wir bringen dir Bello, dann helfen wir dir.«

Petra konnte nur nicken, denn Anna hatte sie einfach überrumpelt.

»Auf Wiedersehen, Bäuerin!« sagte Anna fröhlich und ging hinaus.

In der nächsten halbe Stunde kämpfte Petra mit ihren Gefühlen. Sie zählte immer wieder die Geldscheine. Wenn sie noch mehr Gäste aufnehmen würde, dann könnte sie ihr Erbe vielleicht doch antreten. Sie gestand sich ein, daß sie das gerne tun würde. Sie fühlte sich so ruhig und gefestigt in diesen alten Mauern.

Gleichzeitig hatte sie Angst vor dem nächsten Zusammentreffen mit Christoph Unterlercher. Ja, Anna hatte recht. Ich habe mich in Chris verliebt, gestand sie sich ein. Sie dachte wieder an seine großen blauen Augen, sein Lachen, seine ganze Ausstrahlung, die ihr Herz gefangen hatte.

Petra ging zum Telefon. Es war nicht abgeschaltet. Sie rief Doktor Ludwig Leuthold an.

*

Wie versprochen war am Nachmittag Anna mit Toni gekommen. Sie hatten auch Bello mitgebracht. Etwas später war auch Annas Schwiegermutter gekommen. Die drei Frauen arbeiteten bis zum Abend, um das Haus zu säubern, wie es sich für eine Pension gehörte. Alle Betten wurden frisch bezogen und eines der Wohnzimmer als Aufenthaltsraum hergerichtet. Im großen Flur stellte Toni einen Tisch auf. Das war der Empfang. An der Wand brachte er das Schlüsselbrett an, das sie auf dem Speicher gefunden hatten. Daran hingen die Schlüssel für die Zimmer.

Anna und Meta hatten Petra einen Koffer voller Kleidungsstücke mitgebracht. Petra wählte mit ihrer Hilfe ein braunes Dirndl aus, das in der Farbe gut zu ihrem langen Haar paßte. Meta Baumberger zeigte Petra, wie sie ihr hüftlanges braunes Haar flechten und die dicken Zöpfe wie eine Krone auf dem Kopf feststecken konnte.

»Schaust jetzt aus wie eine von uns, Madl«, sagte Meta und fügte gleich hinzu. »Des is' ja auch kein Wunder, bist ja auch eigentlich von hier. Deine Wurzeln sind hier auf dem Vogelmeier Hof.«

»Wie fühlst du dich?« fragte Anna.

Petra betrachtete sich im Spiegel des Schlafzimmers, das vorher von ihrem Vater genutzt worden war. Anna und Meta hatten Petra überredet, den Raum zu nutzen wie es der Tradition entsprach. Sie hatte als nächste Generation dort einzuziehen. Toni hatte im Zimmer einen zweiten Schrank aufgestellt, in dem jetzt die Trachtenkleidung von Petra hing. Es waren viele schöne Dirndl dabei, die Meta ihr geschenkt hatte, auch Strickjacken und wärmere Sachen für den Winter. Die Kleidung war sauber und zeigte keine oder nur geringfügige Gebrauchsspuren. Meta hatte im Laufe der Jahre an Gewicht zugenommen und deshalb paßten ihr die Sachen nicht mehr. Auch die Frau des Bürgermeisters Fellbacher, Irene, hatte Anziehsachen gespendet. Dabei waren auch wertvolle handbestickte Blusen und Spitzen.

»Nun rede schon! Wie fühlst du dich, Petra?« bohrte Anna nach.

»Soll ich ehrlich sein?«

»Das bitten wir uns aus!«

»Gut, Anna, dann muß ich wohl Farbe bekennen. Ich fühle mich wohl! Ich fühle mich in diesem Kleid beschützt. Ich kann es schlecht beschreiben. Alle Hektik ist von mir abgefallen. Mein Herz ist nicht mehr so ruhelos, wie all die letzten Jahre. Ich fühle mich stärker.«

Sie schaute Anna und Meta durch den Spiegel an. Dann füllten sich ihre Augen mit Tränen.

»Ich bin nicht mehr ganz die Petra Pfleider. Ich fühle mich immer mehr wie die Petra Vogelmeier«, sagte sie mit dünner Stimme.

Anna und Meta traten zu Petra. Sie nahmen sie in ihre Mitte und hielten sie tröstend fest.

»Alles wird gut werden, Petra«, flüsterte Anna. »Mußt nur auf dein Herz hören.«

Sie gingen hinunter. Toni saß vor dem Haus auf der Bank und rauchte eine Pfeife. Zu seinen Füßen lag der riesige Hund.

»Siehst richtig fesch aus, Petra! Mei, Anna, schau dir das an! Die Petra ist a richtig fesches Madl. Die wird den Burschen hier in Waldkogel ganz schön den Kopf verdrehen. Des wird einen richtigen Aufstand geben. Die werden sich gegenseitig überbieten, dir den Hof zu machen. I bin gespannt, wem du dein Herz schenkst, wenn du hier bleibst. Du wirst doch hier bleiben, Petra?«

Petra wurde verlegen.

»Mußt dir nicht so zu Herzen nehmen, was der Toni sagt, Petra«, beschwichtigte sie Anna und tadelte ihren Mann. »Toni, sei vorsichtig mit dem, was du sagst. Ich weiß schon, was in deinem Kopf vorgeht. Dein Freund Martin sucht eine Braut und der Leo auch. Doch ich denke, daß Petras Herz schon vergeben ist. Sie will es zwar noch nicht so richtig wahrhaben, aber es ist genauso, wie damals bei mir und dir.«

»Mei, dann nehm i alles zurück! I will nix gesagt haben, außer daß die Petra fesch ausschaut.«

»Wir müssen jetzt gehen, Petra. Toni und ich wollen heute noch rauf zur Berghütte. Wir fahren bis zur Oberländer Alm, dann haben wir immer noch ein gutes Stück Aufstieg vor uns. Meine Handynummer habe ich dir ja gegeben. Wenn du Hilfe brauchst, ruf mich an. In ein paar Stunden bin ich dann bei dir. Das verspreche ich dir, Petra. Außerdem kannst du dich jederzeit an meine Schwiegermutter wenden. Die Meta wird sich um dich kümmern.«

»Des mach i!« bekräftigte die Baumbergerin.

»Sollen wir dir den Bello dalassen, ein paar Tage?« fragte Toni.

»Vielen Dank. Das wird nicht nötig sein. Danke, Anna und Toni, für euer Angebot. Auch noch einmal ein ganz herzliches Danke für eure Hilfe und die schönen Sachen – dir auch Baumbergerin.«

»Das haben wir doch gerne gemacht!«

Anna umarmte Petra und flüsterte ihr ins Ohr.

»Mußt keine Angst haben! Der Christoph tut dir nichts.«

»Wer ist dieser Christoph Unterlercher eigentlich, Anna? Du warst doch so erstaunt, als ich dir den Namen nannte.«

»Das soll er dir selbst erzählen, Petra! Wir müssen jetzt wirklich gehen.«

Als Dankeschön überreichte Petra Anna und Meta einen großen Blumenstrauß, den sie im Garten gepflückt hatte.

Dann stand sie am Weg und schaute nach, bis die drei im Auto verschwunden waren.

Nachdenklich ging sie zurück in die Küche. Etwas unschlüssig stand sie vor dem Herrgottswinkel in der Ecke. Meta Baumberger hatte sie am Nachmittag beiseite genommen und ihr einen Rat gegben. Petra sollte dort eine Kerze anzünden und all ihre Sorgen und Ängste dem Heiland erzählen. Sie wollte auch ihre Träume und Wünsche der himmlischen Macht anvertrauen.

Petra war kein sehr religiöser Mensch, jedenfalls bisher. Doch jetzt im Dirndl war sie eine andere geworden. Schaden kann es ja nicht, dachte sie. Sie holte eine kleine Kerze aus der Vorratskammer. Dort gab es eine ganze Kiste davon. Sie zündete sie an und stellte sie auf. Die Flamme brannte ruhig und hell. Petra empfand das ruhige Brennen der Flamme als sehr tröstlich. Sie faltete die Hände vor ihrer Brust und versuchte, Worte zu finden. Womit sollte sie anfangen? Es gelang ihr nicht richtig. Selbst in diesem Augenblick drängte sich immer wieder das Bild von Christoph Unterlercher in den Vordergrund. So stand sie einfach da und ließ die Gedanken ziehen. Irgendwann wurde sie ganz ruhig.

Danach ging Petra durch das ganze Haus und besah sich alles noch einmal. Sie streichelte die bemalten Schränke und Kommoden in den Zimmern. Sie rückte die Blumen auf dem Empfangstisch ein weiteres Mal zurecht. Sie schlug das dicke alte Buch auf, in dem ihre Großeltern und ihr Vater die Namen und die Anschriften der Pensionsgäste notiert hatten.

Auf die freie Doppelseite schrieb sie.

»Pension Petra Vogelmeier«, und daneben das Datum.

Sie hatte die Wörter in Gänsefüßchen gesetzt. Denn es war ja noch nicht wirklich ihr Hof, auch wenn ihr

Herz schon lange davon Besitz ergriffen hatte. Einen Augenblick blieb sie auf dem Stuhl hinter dem Empfangstisch sitzen und ließ den Tag an sich vorbeiziehen. Er war sehr ereignisreich gewesen. Sie war Christoph Unterlercher begegnet und hatte die ersten Spuren ihrer Wurzeln gefunden.

Petra aß zu Abend. Nachdem sie das Geschirr abgewaschen hatte, ging sie hinauf und holte die alte Ledermappe aus der Kommode im Schlafzimmer. Draußen setzte die Dämmerung ein. Das Tal lag schon ganz im Schatten. Es wurde kühl. Die letzten Sonnenstrahlen tauchten den Gipfel des ›Engelssteig‹ in rötliches Abendlicht.

Nachdem Petra auf der Bank vor dem Haus gesessen hatte, bis die Sonne untergegangen war, ging sie hinein. Sie machte Licht in der Küche und setzte sich an den Tisch.

Mit zitternden Händen hielt sie die Bündel Briefe in Händen, die ihr leiblicher Vater, Zacharias Vogelmeier, an ihre Mutter geschrieben hatte, viele, viele Jahre lang. Sicherlich waren es zu Beginn mehr gewesen. Doch dann schrieb er immer im Juli, zum Geburtstag ihrer Mutter, zu Osten und zu Weihnachten. Alle Briefe waren ungeöffnet zurückgekommen, mit dem Vermerk: Annahme verweigert.

Petra löste einen Knoten der Kordel, mit dem ihr Vater die Briefe der einzelnen Jahre zusammengebunden hatte. Sie begann die Briefe zu lesen aus dem Jahr ihrer Geburt.

Sorgfältig, als öffnete sie einen wertvollen Schatz,

steckte sie die Klinge eines schmalen Küchenmessers in die Kante des Umschlages und schnitt ihn auf. Sie nahm das Stück gefaltetes Briefpapier heraus und begann zu lesen.

Danach legte sie es zur Seite. So arbeitete sie sich von Brief zu Brief und von Jahrgang zu Jahrgang. Dabei kam ihr Herz ihrem verstorbenen Vater immer näher, und ihre Mutter wurde ihr immer fremder.

Wie mußte ihr Vater gelitten haben!

Wie einsam mußte er gewesen sein!

Er hatte Petras Mutter geliebt, so sehr geliebt. Er hatte sie in diesen Briefen an seinem Leben teilnehmen lassen. Alles hatte er ihr geschrieben, was auf dem Hof geschah, wenn eine Kuh kalbte, ein Pferd eine Kolik hatte, wenn das Wetter gut oder schlecht war. Die kleinste Kleinigkeit hatte er ihr geschrieben. Die Briefe waren viele Seiten lang.

Für Petra war es ein komplettes Tagebuch ihres Vaters. Dies war sein Vermächtnis, mehr als der Hof. Durch all die Briefe erzählte er ihr, wie sie den Hof zu führen hatte, was zu machen war, im Laufe der Jahreszeiten. Er vermittelte ihr die Geschichte des Hofes in den letzten fündundzwanzig Jahren.

Immer wieder wischte sich Petra beim Lesen die Tränen aus den Augen. Sie empfand großes Mitleid mit dem Mann, der so einsam gewesen sein mußte. Der seiner einzigen Liebe, auf seine Art und Weise, ein Leben lang die Treue gehalten hatte. In den letzten Briefen sprach er auch von ihr, von Petra. Er bat Vera, Petras Mutter, um Vermittlung zwischen ihm und Petra. Er machte ihr keine Vorwürfe, daß sie Petra so lange vor ihm verborgen gehalten hatte. Im Gegenteil, er dankte ihr für das Geschenk der Geburt einer so schönen und lieben Tochter. Er hatte in den Jahren, seit er gewußt hatte, daß er Vater war, Vera immer zum Tage von Petras Geburt eine Karte mit Blumen geschickt.

Die Turmuhr schlug Mitternacht, als Petra alles gelesen hatte. Sie ließ die Briefe nach Jahrgängen geordnet auf dem Tisch liegen. Schnell zog sie eine dicke Strickjacke an und ging hinaus zu ihrem Auto.

Dabei wäre sie fast mit Christoph Unterlercher zusammengestoßen, der sie seit Stunden unbemerkt durch das Fenster beobachtet hatte. Im letzten Augenblick konnte er sich hinter einem Holzstapel verstecken. Gut, daß ich mein Auto ›Beim Baumberger‹ habe stehen lassen, dachte er.

Er sah ihr nach, wie sie davonfuhr, bis die Rücklichter ihres Autos ganz von der Dunkelheit verschluckt wurden. Dann rannte er hinterher.

Wo wollte sie hin?

Was konnte mitten in der Nacht ihr Ziel sein?

Christoph Unterlercher sah, daß Petra ihren Wagen bei der Kirche geparkt hatte. Die umliegenden Häuser lagen alle im Dunkel.

War sie in der Kirche?

Christoph drückte die Klinke an der Kirchentür herunter. Die Tür war abgeschlossen. Unschlüssig blieb er vor dem Gotteshaus stehen. Er hörte Schritte und erkannte in der Dunkelheit eine Männergestalt.

»Soll ich dir aufschließen, Christoph?«

Christoph erkannte den Pfarrer. Sie wechselten wenige Worte.

»Ich nehme an, daß Petra auf dem Friedhof ist. Ich habe gehört, wie ein Auto abgestellt wurde. Das geschieht selten mitten in der Nacht hier in Waldkogel. Ich saß noch über meiner Predigt für den kommenden Sonntag. Da löschte ich schnell das Licht und schaute hinaus. Eine Frauengestalt ging auf das Friedhofstürchen zu. Ich kenne auch Petras Auto. Doch die Frau sah nicht wie Petra aus, soweit ich es in der Dunkelheit erkennen konnte, Christoph.«

Christoph Unterlercher packte den Pfarrer an beiden Schultern.

»Doch, das war Petra! Danke, Hochwürden! Sie trägt jetzt ein Dirndl, sieht aus wie eine Hiesige.«

Dann eilte er davon.

Der Pfarrer sah ihm nach. Er fühlte, daß Petra in guten Händen war und zog sich zurück. Sein Gebet war offensichtlich erhört worden. Es sah so aus, als hätte der Himmel einen irdischen Beschützer für die junge Frau abgestellt. Da wollte sich der Pfarrer nicht einmischen und alles seinen Lauf nehmen lassen, ganz so wie es die himmlischen Heerscharen vorhergesehen hatten.

Pfarrer Zandler ging in die Kirche und zündete vor der Mutter Gottes eine Kerze an. Danach arbeitete er weiter an seiner Predigt.

*

Petra stand in der Dunkelheit vor dem Grab ihres Vaters. Sie zog die Strickjacke enger um den Körper.

»Ich bin gekommen, um mit dir zu reden. Ich denk', du kannst mich da oben hören.«

Petra sah hinauf in den wolkenlosen Nachthimmel mit seinen glitzernden Sternen.

»Du warst in deinem Leid nicht alleine, jedenfalls nicht die letzten Jahre. Auch ich war einsam und fühlte mich leer. Ich weiß, daß das für dich genauso ein Schock war, zu hören, daß es mich gibt, wie für mich, daß ich einen Vater habe, den ich nicht kenne. Ich habe mich oft gefragt, wie du wohl sein wirst. Dann stand ich vor dem Spiegel und suchte nach Merkmalen in meinem Gesicht, die mir Mutter nicht vererbt hat. Jetzt weiß ich, daß ich meine großen rehbraunen Augen und mein dichtes und kräftiges Haar von dir geerbt habe. Ich habe auch meinen Stolz von dir. Ich brause gerne auf und handle, bevor ich nachdenke. Hinterher tut es mir dann leid. Du kannst mich sicherlich verstehen. Wenn ich damals an meinem Geburtstag nicht einfach so davongelaufen wäre, dann hätte ich vielleicht deine Adresse erfahren. Wenn ich nicht so stur gewesen wäre, hätte ich mich nach dir erkundigt. Ich war es aber. So habe ich mir selbst die Chance genommen, dich kennenzulernen. Daß du Scheu hattest auf mich zuzugehen, das verstehe ich. Und ich will dir sagen, daß ich dir deswegen nicht böse bin. Wir haben beide Fehler gemacht. Die Strafe dafür ist, daß wir uns niemals in die Augen sehen konnten.«

Petra schwieg einen Augenblick. Dann fuhr sie fort:

»Jedenfalls nicht hier auf Erden. Vielleicht begegnen wir uns irgendwann da oben, wo es weder Raum noch Zeit gibt. An diese Hoffnung will ich mich klammern. Ich weiß, wenn du länger gelebt hättest, dann wären wir uns sicherlich begegnet. Du hättest mich in die Arme genommen.«

Petra mußte schlucken. Ihr Herz war schwer und ihre Seele wund.

»Ich habe all deine Briefe gelesen. Du bist mir dadurch nah. Ich werde deine Zeilen immer in Ehren halten, als dein Vermächtnis. Hab Dank dafür, daß du sie aufbewahrt hast. Hab Dank für den Hof. Ich hatte das Gefühl, als warte er auf mich. Er hat mich aufgenommen. Schon in den wenigen Stunden ist er mir zur Heimat geworden. Nachdem ich deine Briefe gelesen habe, ist mir, als wäre ich schon lange dort. Ich will dir versprechen, daß ich alles tun werde, damit ich dein mir zugedachtes Erbe erhalten kann. Ich hoffe, daß es mir gelingt. Sollte es unmöglich sein, dann verurteile mich nicht für meine Unfähigkeit. Vater, nimm meine Liebe entgegen, die ich dir zu Lebzeiten nicht geben konnte. Ja, du bist mein Vater. Wir sind uns doch so nah.«

Da fiel das Mondlicht auf das Grab. In der Dunkelheit leuchtete eine weiße Lilie inmitten der verwelkten Blumen. Petra griff nach ihr und drückte sie an ihre Brust.

»Ich weiß nicht, wie es genau weitergehen soll. Ich werde wohl oft hierher zu dir kommen und mit dir reden. Ich habe viele Fragen. Doch heute ist nicht der Tag oder die Nacht, Fragen zu stellen nach praktischen Dingen. Heute nacht wollte ich dir nur sagen, daß ich mich jetzt wirklich als deine Tochter fühle und dich als meinen Vater empfinde. Gute Nacht, Papa!«

Petra stand noch einen Augenblick mit gesenktem Kopf vor dem Grab. Als sie die Lider wieder aufschlug, hörte sie ein Rascheln ganz in der Nähe. Sie erschrak und lauschte in die Dunkelheit.

Christoph Unterlercher trat hinter dem Stamm des Baumes hervor. Er ging auf sie zu und legte ihr seine Jacke um. Petra konnte nichts sagen. Er legte seine starken Arme um sie.

»Komm, Petra! Ich bringe dich heim zum Vogelmeier Hof!«

In der Dunkelheit konnte sie seine Augen nicht sehen. Sie spürte nur die Wärme seiner Nähe.

»Bist du schon lange hier?«

»Pst! Keine Fragen!«

Er hielt sie ganz fest und küßte sie zärtlich. Zuerst auf ihr Haar, dann auf ihre Stirn. Petra wehrte sich nicht. So drückte er ihr sanft einen Kuß auf ihre weichen Lippen.

Dann führte er sie, seine starken Arme um ihre Schultern gelegt, zum Auto. Er hielt ihr die Beifahrertür auf und ließ sie einsteigen. Wortlos gab sie ihm den Schlüssel. Auf der kurzen Strecke bis zum Vogelmeier Hof warf er ihr immer wieder liebevolle und besorgte Blicke zu. Sie sah sie nicht. Mit geschlossenen Augen saß sie erschöpft auf dem Beifahrersitz.

Christoph Unterlercher hielt vor der Haustür. Er half

ihr beim Aussteigen und brachte sie ins Haus. Willenlos ließ sie alles mit sich geschehen.

»Wo ist dein Zimmer?«

Petra wies mit der Hand auf die Treppe.

»Die Tür am Ende des Ganges!«

Christoph nahm sie einfach auf seine starken Arme und trug sie die Treppe hinauf. Er setzte sie auf dem Bettrand ab.

»Leg dich hin! Ich gehe hinunter und mache dir eine warme Milch mit Honig. Bin bald wieder da! Nicht weglaufen!«

»Es ist keine Milch da! Danke für deine Fürsorge!«

»Pst!«

Er ging hinaus und schloß die Tür.

Petra sah, daß an der Stelle, die die offene Tür bis jetzt verdeckt hatte, ein großes Photo in einem alten mit Schnitzereien verzierten Rahmen hing. Es war das Hochzeitsfoto von Zacharias und Vera. Petra zog ein langes Nachthemd an. Dann trat sie vor das Bild. Einem Instinkt oder einer inneren Stimme folgend nahm sie es ab und drehte es um. Auf der Rückseite stand das Hochzeitsdatum, geschrieben mit schwarzer Tinte. Darunter hatte ihr Vater ein weiteres Datum geschrieben. Es war das Datum, an dem die Ehe annuliert worden war. Der von ihm geschriebene Kommentar lautete: »Ehen werden für ein Leben geschlossen und dürfen dauern bis in die Ewigkeit. Auch wenn dies hier nicht so sein kann, so will ich das Treueversprechen doch halten.«

Liebevoll strich Petra mit den Fingern darüber. Dann legte sie das Bild auf die Kommode und huschte schnell ins Bett. Sie hörte nämlich Christoph die Treppe heraufkommen.

»So, Petra! Hier ist warme Milch mit Honig! Ist nur aus haltbarer Beutelmilch. Aber bald wird wieder eine Kuh im Stall stehen, dann hast du frische Milch. Trink!«

Petra trank die Milch in kleinen Schlucken. Zwischendrin schaute sie ihn immer wieder fragend an.

»Ich hatte ein Gespräch mit Anna und Toni. Auch Tonis Eltern haben mir einiges erzählt. Ich weiß also Bescheid. Das wollte ich dir heute nacht nur noch sagen. Über alles andere reden wir morgen.«

Petra stellte den großen Becher aus blauem Email mit den kleinen weißen Punkten auf dem Nachttisch ab. Sie machte eine Bewegung, als wollte sie das Bett verlassen.

»Ich muß noch einmal hinunter in die Küche.«

Sanft drückte er sie in die Kissen zurück.

»Ich habe die Haustür abgeschlossen. Die Briefe auf dem Küchentisch habe ich nicht angerührt und werde sie auch nicht lesen. Das verspreche ich dir. Du kannst sie morgen früh wegräumen.«

Er zog die Decke hoch und steckte sie an ihren Schultern fest. Dann knipste er die Deckenlampe aus. Jetzt fiel nur noch der Schein der Nachttischlampe auf Petras Profil.

»Schlaf jetzt! Ich bleibe hier sitzen, bis du eingeschlafen bist. Dann nehme ich mir das Zimmer gegenüber. Schlaf dich morgen früh aus. Gute Nacht, liebste Petra!«

Er küßte ihr wieder zärtlich die Stirn. Petra schloß

die Augen und spürte dann seine weichen Lippen auf den ihren. Sie erwiderte seinen Kuß.

Mit geschlossenen Augen lag sie da. Ihr Herz klopfte. Christoph, war das letzte, was sie dachte. Dann fiel sie in einen tiefen Schlaf.

*

Es war schon früher Mittag, als Petra am nächsten Tag aufwachte. Sie blieb erst noch eine Weile liegen. Sie mußte nachdenken. Christoph hatte sie geküßt und sie zu Bett gebracht. Liebevoll hatte er sie umsorgt, ohne viele Worte zu machen. Wie sollte sie ihm gegenübertreten? Sie hatte sich nicht dagegen gewehrt. Doch da war es Nacht gewesen und sie in einem gefühlsmäßigen Ausnahmezustand. Doch jetzt war heller Tag. Draußen schien die Sonne.

Nachdem Petra geduscht und sich angezogen hatte, ging sie hinunter.

Auf dem Küchentisch, neben den Briefen, stand ein hölzernes Kästchen. Der Deckel war mit Schnitzereien verziert. Auf den ersten Blick erkannte Petra, daß das dargestellte Motiv der Vogelmeier Hof war. Sie öffnete die kleine Truhe.

Darin lag ein Zettel:

Liebe Petra! Darin kannst du die Briefe aufbewahren.

Dein Christoph

Immer wieder strich Petra mit der Hand über das kunstvolle Relief. Dann bündelte sie die Briefe wieder nach Jahrgängen und legte sie sorgfältig hinein. Sie trug sie hinauf und stellte sie unten in ihren Kleiderschrank.

Dann aß sie etwas. Christoph hatte ihr das Frühstück schon hergerichtet.

Wie lieb, dachte Petra. Dabei ist er doch Gast hier, und ich hätte das machen müssen.

Sie überlegte.

Wo konnte er sein?

Die Zimmertür des Zimmers gegenüber ihrem Schlafzimmer war verschlossen. Petra schaute aus dem Fenster. Das große Scheunentor stand offen.

Nach dem Frühstück ging Petra hinüber. Da saß Christoph auf einem dreibeinigen Melkschemel und schnitzte.

»Guten Mogen! Ausgeschlafen? Fühlst du dich besser?«

Er stand auf und ging auf sie zu. Er wollte sie wieder küssen. Petra drehte den Kopf zur Seite und drückte ihn mit ihrer Hand sanft von sich.

»Christoph, es war schön heute nacht, doch jetzt ist Tag! Du warst sehr fürsorglich, dafür danke ich dir. Doch mir geht das alles viel zu schnell.«

»Dann liebst du mich nicht, Petra? Das kann doch nicht sein!«

»Ich habe nur gesagt, daß mir das alles viel zu schnell geht, Chris.«

Petra schaute sich um.

»Du schnitzt?«

»Ja, wie du siehst. Hat dir der kleine Kasten gefallen?«

»Den hast du gemacht?«

»Ja, den habe ich gemacht, extra für dich, Petra!«

»Vielen Dank! Das war bestimmt viel Arbeit. Da bist du ja früh aufgestanden.«

»Nein, ich habe das Relief vom Vogelmeier Hof heute nacht geschnitzt. Es ist keine besonders gute Arbeit. Ich werde es in den nächsten Tagen noch mehr ausarbeiten.«

»Oh, das ist nicht nötig! Es ist wunderschön!«

»Das mußt du schon mir überlassen. Immerhin ist das Kunstwerk ein echter Unterlercher. Ich habe einen Ruf zu verlieren.«

Petra sah ihn mit großen Augen an.

»Ah! Jetzt weißt du nicht, was du sagen sollst«, er grinste. »Nun, dann helfe ich dir. Ich bin Holzschnitzer von Beruf. Ich schnitze meistens religiöse Statuen, Heilige, Kruzifixe. Das mache ich im Winter. Im Sommer bin ich in den Bergen und sammle Holz für kleinere Figuren. In vielen Kirchen, hier in der Umgebung, stehen Heiligenstatuen von mir. Ich mache auch Marterln, dafür bin ich ziemlich bekannt. In vielen Kirchen hängen Kreuze von mir, fast in jedem europäischen Land. Ich habe auch schon nach Übersee geliefert, sogar nach Fernost. Ich habe auch schon Buddhas geschnitzt.«

Petra erinnerte sich jetzt wieder an Annas Reaktion, als sie ihr seinen Namen sagte.

»Weißt du, was Marterln sind?« fragte Christoph.

Petra schüttelte den Kopf.

»Dann will ich es dir erklären. Das sind hölzerne Gedenktafeln oder auch Kreuze mit einer Inschrift. Sie werden in Erinnerung an einen Verunglückten in den Bergen aufgestellt.«

»Ah, jetzt verstehe ich, warum du die Scheune haben wolltest.«

»Ja, ich habe zwar in der Stadt ein Studio und eine Werkstatt. Aber ich bin lieber in den Bergen. Das Holz für größere Arbeiten kaufe ich immer beim Albert.« Erklärend fügte er hinzu. »Albert Weißgerber hat ein Sägewerk hier in Waldkogel am Waldsee. Ich habe einen größeren Auftrag für ein hölzernes Wandbild. Das will ich die nächsten Wochen anfertigen.«

»Was schnitzt du da? Sieht mir nicht aus wie ein Wandbild.«

Christoph Unterlercher schaute Petra an.

»Das ist für deinen Vater. Das wird das Materl, das wir aufstellen. Ich dachte, das gefällt dir. Ich habe gehört, wie du mit deinem Vater gestern geredet hast, an seinem Grab. Da dachte ich mir, ich mache ein Marterl. Das stellen wir dann zusammen auf. Wenn ich damit fertig bin, dann bekommt dein Vater auch noch ein schönes Grabkreuz. Beides ist hier Tradition. Du kannst das doch nicht so wissen. Da es aber so gemacht wird, habe ich schon einmal damit angefangen.«

»Du bist jemand, der immer gleich auf sein Ziel losgeht und gleich Tatsachen schafft, wie?«

»Ja! Wenn ich weiß, was ich will, dann ist das der beste Weg. Wie heißt es so schön: Gesagt – getan!«

Christoph lächelte. Dabei zeigten sich wieder diese verführerischen Grübchen auf seinen Wangen.

»Gut, das mit dem Grabkreuz und dem Marterl verstehe ich, Christoph. Doch du mußt mir vorher sagen, was es kostet. Ich wünsche, daß es einfach gehalten wird. Ich habe kein Geld für Schnörkeleien und Kunst. Ich muß das Geld zusammenhalten. Was soll es kosten?«

Christoph lachte laut.

»Petra! Petra! Jetzt bist du wieder so wie gestern, als wir uns auf der Landstraße trafen. Hast du mich denn gar nicht verstanden heute nacht?«

Petra errötete. Ihr Herz schlug, als wollte es zerspringen.

»Darum geht es nicht! Das eine ist das eine und das andere ist das andere.«

»Soso! Das eine ist das eine und das andere ist das andere!« wiedeholte Christoph Unterlercher bissig. »Ich sehe das ganz anders. Jetzt wird nicht mehr darüber geredet. Dein Vater bekommt sein Grabkreuz und sein Marterl. Basta!«

Petra lehnte sich an die Scheunentür und verschränkte die Arme.

»Christoph! Das Leben ist schon kompliziert genug für mich. Ich habe ein Erbe, das verschuldet ist. Mein Vater war die letzten Jahre sehr herzkrank. Er konnte wenig machen und Verschiedenes ging kaputt. Da hat er eine Hypothek auf den Hof aufgenommen. Das fiel ihm sehr schwer. Die Raten hat er immer bezahlen können. Doch ob ich das auch schaffe, steht noch in den Sternen. Ich würde so gern den Hof weiterführen. Doch ich muß auch klar sehen, was möglich ist und was unmöglich ist. Wenn es nur bei den Raten bliebe, dann würde ich es vielleicht schaffen. Aber auch Onkel Ludwig meint, daß ich den Hof renovieren und modernisieren müßte.«

»Schwachsinn!« stieß Christoph hervor. »So ein hirnrissiges Geschwätz eines Städters.«

Er griff Petra bei der Hand und zog sie mitten auf den Hof. Er stellte sich hinter sie und legte seine Arme von hinten um sie. Petra wollte das nicht zulassen, brachte aber nicht die Kraft auf, ihm Widerstand zu leisten. Es war schön, seine Nähe zu spüren. Sie fühlte sich beschützt und glücklich.

»So! Schau dir das Haus an! Das Dach ist dicht. Auch innen ist der Hof in einem guten Zustand. Gut, die Stromleitungen müßten erneuert werden, auch sonst gibt es Kleinigkeiten. Aber im Grunde ist das ein Kleinod, Petra. Ich sage dir, was du machen sollst! Du bepflanzt all die leeren Blumenkästen vor den Fenstern und längs der Balkone. Dann sieht der Hof genauso aus, wie alle die anderen alten Höfe. Innen würde ich alles so lassen, erst einmal. Du schaffst dir wieder Vieh an. Ich denke an ein bis zwei Kühe und ein paar Ziegen. Dann hast du frische Milch und Rahm. Du kannst dann auch deine eigene Butter machen. Dazu nimmst du noch ein paar Hühner für die Eier. Der Schweinestall füllt sich schneller, als du denkst. Mußt nur eine Sau kaufen, die bereits gedeckt ist. Eine kleine Schafherde mit ein paar weiblichen Tieren und einem Bock können einen Teil der Wiesen zusammen mit den Ziegen abweiden. Dann vermietest du die Zimmer an Familien mit Kindern. Familienferien auf dem Bauernhof, mit Tieren zum Anfassen, verstehst du?«

»Das klingt alles so einfach aus deinem Mund, Christoph.«

»Es ist einfach! Ich mache meine Schnitzereien, richte mir hier in der Scheune meine Werkstatt ein. Du kümmerst dich ums Haus, die Gäste und den Garten. Ich mähe die Wiesen und kümmere mich um die Felder. Wir werden einen großen Teil der Äcker verpachten.«

Petra löste sich aus seinen Armen und schaute ihn mit großen Augen an.

»Das klingt ja so, als wolltest du dich für immer hier einquartieren?«

»Ja! Das habe ich beschlossen – und das werde ich machen!«

»Aha! Ganz so, wie du es mir vorhin beschrieben hast. Du gehst einfach auf dein Ziel los.«

»Genau!«

»Zu diesen deinen Plänen gehören aber zwei! Ich muß da mitspielen! Noch ist das mein Hof!«

»Falsch! Es wird erst dein Hof! Daß du dein Erbe antreten wirst, da bin ich mir sicher. Also habe ich mir schon einmal Gedanken gemacht. So ein großer Hof ist schwer zu bewirtschaften für eine Frau alleine. Das ist mehr ein Familienbetrieb. Auch wenn es dein Hof ist, dein Eigentum. Verstehst?«

»Was soll ich da verstehen?«

»Wir tun uns zusammen! Aus den Vogelmeier Hof wird dann der Unterlercher Hof, weil du dann die Unterlercher Bäuerin bist. Dabei ist mir klar, daß es Jahre dauern wird, bis sich hier die Leute in Waldkogel an den Namen gewöhnt haben. Da müssen wir eben Geduld haben.«

Petra traute ihren Ohren nicht. Sie starrte ihn an. In ihren großen braunen Augen sah er die Freude, aber auch die Fragen und die Angst. Ihr fehlte der Mut, diesen Schritt zu tun. Das sah er deutlich. Christoph wäre nicht der Christoph Unterlercher gewesen, wenn er sich davon hätte entmutigen lassen.

»Was siehst du mich so an wie der ungläubige Thomas?«

»Ich? Ich die Unterlercher Bäuerin? Was soll das heißen?«

»Na, genau das! Bist du einverstanden?«

Petra lief zur Hauswand und lehnte sich dagegen. Sie brauchte einen Halt. Ihr Herz klopfte. Sie hatte Angst, daß ihr gleich die Sinne schwinden würden.

Christoph Unterlercher trat auf Petra zu. Er stemmte die Hände rechts und links von ihr gegen die Mauer. Sie schlug die Hände vor das Gesicht.

»Christoph! Nein!«

»Das heißt, du lehnst meinen Antrag ab?«

»Nein!«

»Dann hast du ihn also angenommen?«

»Nein!«

»Nein? Bei allen Heiligen! Da versteh einer die Weiber. Willst jetzt oder willst jetzt nicht?«

Petra schaute in seine blauen Augen. In ihrem Blick lag inniges Verstehen, Liebe, Zuneigung aber auch Verzweiflung, Angst vor der Zukunft.

»Bitte verstehe doch, Christoph! Das ist alles ein bißchen viel. Vorgestern erfahre ich, wer mein Vater ist. Gestern komme ich hier auf den Hof, eigentlich nur zum Ansehen. Dann verliebe ich mich in mein Erbe. Du läufst mir über den Weg. Ich finde und lese die Briefe meines Vaters. Das ist alles zuviel. Vor allem dein…«

Petra brach den Satz ab und schaute zu Boden.

»… Heiratsantrag!« ergänzte Christoph Unterlercher und hob ihr Kinn mit seinem Zeigefinger hoch. Sie mußte ihm wieder in die Augen schauen.

»Aber wir kennen uns doch kaum! Bitte verstehe mich doch!« jammerte und flehte sie.

»Das mit dem langen Kennen ist doch ein richtiger Schmarren! Entweder liebt man oder man liebt nicht. Ich liebe dich! Und ich denke, daß ich dir auch nicht ganz unsympathisch bin. Also habe ich dir gesagt, wie ich darüber denke. Basta! Was sollen wir da noch lange rumreden, Petra? Es hat gefunkt zwischen uns. Das weißt du und das weiß ich.«

Petra konnte darauf keine Antwort geben. Er näherte sich ihrem Gesicht. Dann riß er sie an sich und küßte sie leidenschaftlich. Petra schwanden fast die Sinne. Fast willenlos lag sie in seinen Armen. Nach einem endlosen Kuß ließ er sie los.

»Nun, was ist jetzt? War das ein Ja?«

Petra riß sich los und rannte davon. Christoph stemmte die Arme in die Seite und schaute ihr nach.

»Ich habe es ja immer gewußt. Die Frauen sind schwer zu verstehen.«

Petra holte ihre Handtasche und sprang in ihr altes Auto. Der Motor heulte auf, da sie viel zuviel Gas gab. Mit durchdrehenden Reifen fegte sie vom Hof, als wäre der Teufel hinter ihr her.

Sie raste durch Waldkogel und hielt bei den Baumbergers. Sie stieg nicht aus. Sie hupte laut. Xaver und Meta kamen bei so viel Lärm heraus.

»Ja, um Gottes willen, Madl! Wie siehst du denn aus? Bist ja weiß wie eine frischgekalkte Wand. Was ist denn geschehen?«

»Ich will rauf zur Berghütte. Ich muß mit der Anna reden. Wie komm ich rauf auf die Oberländer Alm?«

Meta und ihr Mann schauten sich an. Beide hatten erkannt, daß weiteres Fragen zwecklos war. Xaver erklärte Petra den Weg. Meta versprach, Anna und Toni anzurufen und anzukündigen, daß sie auf dem Weg zu ihnen sei.

»Danke«, sagte Petra kurz.

»Was ist denn mit dem Christoph?« fragte Xaver Baumberger dann doch.

»Der schnitzt in der Scheune an einem Stück Holz herum, gerade wie es ihm paßt. Dabei denkt er, er könnte sich die ganze Welt nach seinen Entwürfen zurechtschnitzen.«

Petra sagte nichts weiter. Sie fuhr davon.

»Du, Meta, ich glaub, wir haben da einen Fehler gemacht. Des hat net funktioniert, was der Fritz Fellbacher und ich ausgeheckt haben. Des is' gründlich daneben gegangen. Mei, ja des kommt davon, wenn man Schicksal spielen will.«

»Des seh i net so, Xaver. Eher im Gegenteil. Die Anna hat mir schon erzählt, daß sich die Petra in den Unterlercher verliebt hat. Als du und der Fellbacher ihn dann da bei der Petra einquartiert habt, da habt ihr ja net gewußt, daß bei den beiden schon der Blitz eingeschlagen hat.«

»Mei, natürlich haben wir des net gewußt. Aber jetzt schaut's bös aus. Da muß was passiert sein, was ganz Böses. Meinst, i soll den Fritz mal anrufen, daß der mal zum Vogelmeier Hof geht und nach dem Christoph schauen tut?«

»So ein Schmarren! Nix wird gemacht, Xaver! Des mit den beiden is auf einem guten Weg. Des spüre ich intuitiv.«

»So! Was du net sagst, Meta! Intuitiv?«

»Die Petra ist net vor dem Christoph davongelaufen, sondern vor sich selbst. Sie will mit Anna reden. Die Anna wird mir schon alles erzählen. Da mußt dich gedulden, Xaver.«

»Ja, wenn d' meinst, Meta!«

»Ja, mein i! Und jetzt wird nimmer daran denkt. I telefonier' die Anna an. Dann müssen wir uns beeilen. Der Reisebus mit den Bergwanderern wird bald da sein.«

*

Anna war nach dem Anruf ihrer Schwiegermutter sofort hinunter in Richtung zur Oberländer Alm geeilt. Sie hatte Bello mitgenommen. Unterwegs kam ihr schon Petra entgegen. Hilda und Wenzel hatten ihr den Weg beschrieben. Petra fiel Anna in die Arme.

»Was ist denn, Petra? Was ist passiert?«

Während sie aufstiegen, berichtete Petra, was vorgefallen war. Anna ließ sie ausreden, ohne sie zu unterbrechen.

»Nun, Anna, was sagst du dazu?«

»Christoph Unterlercher hat dir einen Heiratsantrag gemacht.« Anna schmunzelte. »Ich muß zugeben, daß er das nicht ganz so gemacht hat, wie man es üblicherweise erwartet. Der Christoph ist ein berühmter Bildhauer und kommt in der ganzen Welt herum. Er sieht phantastisch aus. Die Frauen laufen ihm reihenweise nach, erzählt man. Das nervt ihn. Deshalb ist er wohl bisher jedem Rock aus dem Weg gegangen. Man erzählt sich so mancherlei. Jetzt hat's ihn erwischt. Er hat sich in dich verliebt. Er hat dich umsorgt. Das ist seine Art und Weise zu sagen, daß es ihm ernst ist. Christoph Unterlercher ist ein ganz stiller Typ. Am liebsten sitzt er irgendwo allein und schnitzt. Er malt auch sehr schön. Er hat an der Kunstakademie studiert und viele Preise gewonnen. Dort hat er auch einen Lehrstuhl. Da kannst du dir vorstellen, wie die jungen Studentinnen ihn umlagern. Jetzt hat er dich gefunden! Jetzt will er dich haben.«

Anna warf Petra einen Seitenblick zu. Petra errötete.

»Na siehst du! Du liebst ihn doch auch! Gib es zu!«

»Er hat mich nur geküßt. Gut, ich habe ihn auch geküßt. Aber gesagt, daß er mich liebt, das hat er nicht.«

»Mmm. Ganz so ist es nicht, Petra. Er sagte dir ›Gute Nacht, liebste Petra‹.«

»Das ist etwas anderes. Gut, ich gebe zu, daß er lieb ist. Aber ich habe mir alles ganz anders vorgestellt, wenn mich einmal ein Mann liebt und um mich wirbt.

Ich dachte, er schickt mir Blumen und Süßigkeiten. Wir gehen zusammen essen, machen Spaziergänge im Mondschein. Wir schreiben uns Liebesbriefe und murmeln uns zärtliche Worte zu.«

Petra blieb stehen. »Statt dessen redet er von Kühen, Ziegen, Schafen, Schweinen, Hühnern! Will meine Äcker verpachten! Hat bereits mein ganzes Leben verplant und geregelt. – Ah, noch was! Er will, daß ich die Blumenkästen bepflanze!«

»Gute Idee!«

»Die Bepflanzung der Blumenkästen oder seine Pläne?«

»Alles! Das ist doch alles eine einzige riesige Liebeserklärung, Petra. Verstehst du das denn nicht?«

Petra schwieg eine kleine Weile. Der Weg wurde schmal. Sie gingen hintereinander. Bello lief immer ein Stück voraus und blieb dann stehen und wartete auf die beiden jungen Frauen.

»Magst ja recht haben, Anna. Trotzdem ist mir das alles zu sachlich.«

Die Berghütte lag jetzt schon in Sichtweite. Anna und Petra setzten sich auf einen großen Stein.

»Komm, laß uns hier reden. Die Berghütte ist voller Gäste. Da habe ich wenig Zeit für dich, erst spät heute abend, wenn alle zusammen auf dem Hüttenboden schlafen.«

Entsetzt schaute Petra Anna an. Diese lachte.

»Keine Sorge. Wir haben auch ein paar Kammern. Du bekommst meine Kammer, in der ich übernachtet habe, bevor ich die Frau von meinem Antonius Baumberger wurde. Da schläft es sich herrlich. Schöne Träume von deinem Liebsten hast du dort bestimmt auch.«

»Ich weiß nicht, ob ich von ihm träumen will.«

»Oh! Du kannst wirklich dickköpfig sein, Petra!«

»Entschuldige, das ist wahrscheinlich das Erbe meines Papas.«

»Verziehen! Doch jetzt hörst du mir einmal zu. Ich verstehe dich ja. Du hast da eine Menge romantischer Erwartungen aufgezählt. Doch die meisten davon hast du schon bekommen.«

»Nein!« protestierte Petra.

Anna ließ sich davon nicht beeindrucken und begann nun ihrerseits mit der Aufzählung.

»Es kommt dabei nur auf den Blickwinkel an. Oder anders ausgedrückt: Du mußt das übersetzen. Also! Ich übersetze dir das jetzt einmal. Er hat dich mitten in der Nacht auf dem Friedhof unter dem Sternenhimmel geküßt. Das geschah vor dem Grab deines Papas, wie du ihn jetzt nennst. Damit hat er quasi um deine Hand angehalten. Er hat dir dieses kleine Kästchen geschnitzt. Das war ein Geschenk, so wie Blumen oder Süßigkeiten oder Schmuck, wie du dir das so wünschst. Darin lag ein Zettel, was wiederum vergleichbar ist mit einem Liebesbrief. Dann schnitzt er für deinen Papa ein Marterl und ein Grabkreuz. Das alles zusammen ist seine Art dir zu sagen, daß er dich liebt. Er nimmt großen Anteil an deinem Leben.«

Anna ließ diese Worte auf Petra wirken. Dann sprach sie weiter: »Seine Gedanken über deinen Hof, damit will er dir sagen, daß es ihm wirklich ernst ist. Die meisten Männer sind nicht so sprachgewandt wie wir Frauen. Außerdem haben sie nicht gelernt, ihre Gefühle zu zeigen. Reden über Gefühle, das fällt ihnen schwer. Sie genieren sich einfach, die Worte auszusprechen. Aber sie sind erziehbar. Männer sind die Eroberer und Kämpfer. Sie schaffen Tatsachen und denken, daß sie damit alles klargemacht haben. Das imponiert uns Frauen ja auch. Aber wir müssen ihnen beibringen, daß sie es auch sagen müssen.«

Anna lachte laut.

»Mein Toni, oh, wenn ich daran denke! Der schaute mich immer so verliebt an. Bis er mich dann endlich einmal küßte, das war ein schwerer Weg. Da mußte ich viel Geduld aufbringen. Da hast du es einfacher. Dein Christoph scheint ja ein wirklicher Draufgänger zu sein.«

Petra seufzte tief.

»Aber gerade, wenn er mich liebt, dann müßte er mich doch verstehen. Das war alles so viel in den letzten Tagen. Warum läßt er mir nicht Zeit?«

»Weil er dich liebt und sieht, wie du leidest. Er will an deiner Seite sein, dir nahe sein. Er will dir einen großen Teil deiner Bürde abnehmen. Er bietet dir seine Liebe an, seinen Schutz, seine Fürsorge. Diese Gefühle stecken in jedem Mann! Ich wußte, daß Toni mir erst einen Antrag machen würde, wenn das mit der Berghütte geregelt ist. Da habe ich dann durch weibliche List etwas nachgeholfen. Ich habe ihm auch meine Tat erst nach der Trauung gebeichtet. Das ist eine lange Geschichte. Ich werde sie dir die Tage einmal erzählen. Also, ich kann dir nur raten, zu deinen Gefühlen zu stehen. Höre auf dein Herz, Petra!«

»Ach, wenn das nur so leicht wäre. Ich will nicht scheitern.«

»Das wirst du nicht. Was sagt dir dein Herz?«

»Mein Herz sagt ja! Es rät mir, ja zu sagen zum Vogelmeier Hof. Es bestürmt mich, mein Erbe anzutreten. Ich habe in meinem Herzen das Gefühl, daß ich nach Waldkogel gehöre. Gleich als ich von weitem die Dächer sah, das liebliche Tal, da veränderte sich in mir etwas. Ich wußte, daß ich hierher gehöre. Seit ich den Vogelmeier Hof betreten habe, weiß ich, daß dieser Ort meine Heimat ist. Da will ich bleiben. Dort will ich leben. Ich will dort alt werden.«

»Was sagt dir dein Herz zu Christoph Unterlercher?«

»Es sagt, nimm ihn dir! Vertraue dich ihm an! Flüchte dich in seine starken Arme. Er wird dich nicht enttäuschen.«

»Dann ist doch alles klar! Warum denkst du so viel? Laß dich einfach fallen – in seine starken Arme. Ich kann es dir nur noch einmal sagen: Höre auf dein Herz!«

Anna stand auf.

»Ich nerve dich, Anna. Wie?«

»Nein, meine gute Petra. Du nervst mich nicht. Ich habe dir nur alles gesagt, was ich dir sagen kann. Jetzt mußt du entscheiden. Ich rate dir einfach, ein paar Tage hier oben auf der Berghütte zu bleiben. Die Ruhe wird dir guttun. Du wirst neue Kräfte schöpfen und dein Leben besser ordnen können. Die Berge sind groß und stark. Seit Ewigkeiten stehen sie am selben Ort. Du wirst ihre Stärke spüren. Sie geben dir von ihrer Ruhe und Gelassenheit eine ganze Portion ab. Glaube mir. Ich habe es erfahren. Die Berge werden dich lehren, das Leben mit anderen Augen zu sehen. Alles, was dir jetzt so verwirrend erscheint und unüberwindlich, wird sich wie in Luft auflösen, in Luft wie die schöne und klare Bergluft.«

Anna warf einen Blick zur Berghütte.

»Schau, der alte Alois sitzt auf der Terrasse. Er hat deinen Papa gut gekannt. Trotz seines hohen Alters war er hinunter nach Waldkogel gewandert und gab deinem Vater das letzte Geleit. Er kann dir sicherlich viel über ihn erzählen. Dann fühlst du dich vielleicht besser.«

Gütig und verständnisvoll lächelte Anna Petra an.

»Ich verstehe, daß du erst einmal ein sicheres Fundament brauchst für dein Leben. Dir fehlt ein Stück. Du wirst es dir aneignen. Sicherlich wird es schwierig werden, denn du kannst nur auf die Briefe bauen und auf das, was dir mein Schwiegervater, Alois, Pfarrer Zandler und Fritz Fellbacher erzählen.«

»Und Onkel Ludwig, als Testamentsvollstrecker und Kenner der Verhältnisse der Familie Pfleider!«

»Richtig! Du wirst das schon schaffen. Jetzt bleibst du einige Tage hier und genießt die Berge. Lausche auf ihre Stimme. Sie vertreiben alle Gedanken aus deinem Kopf. Dann kannst du die Stimme deines Herzens hören, Petra.«

»Das verstehe ich nicht. Wie meinst du das, mit Stimme der Berge?«

»Es ist schwer zu erklären. Du wirst es erleben. Es ist nur durch Erfahrung zu vermitteln.«

Anna blinzelte Petra geheimnisvoll zu.

Sie legten die letzten Schritte zur Berghütte zurück. Anna zeigte Petra gleich ihre Kammer. Sie lieh ihr warme Kleidung, denn abends wurde es in den Bergen merklich kühl. Dann stellte sie Anna Alois vor. Die beiden saßen draußen auf der Terrasse. Alois erzählte Petra von Zacharias Vogelmeier und von dessen Eltern, also von Petras Großeltern väterlicherseits.

*

Die Hüttengäste ruhten schon auf dem Matratzenlager auf dem Dachboden der Berghütte. Der alte Alois war früh schlafen gegangen. Petra war auch bereits in ihrer Kammer. Toni und Anna räumten den Gastraum der Berghütte auf und erledigten die Vorbereitungen für das Frühstück am nächsten Morgen.

Da klopfte es an der Tür.

Toni und Anna warfen einen Blick zur alten Wanduhr mit ihrem mechanischen Aufzug. Dann schauten sie sich kurz an.

»Um diese Uhrzeit? Wer des wohl ist?« fragte Toni.

»Christoph! Christoph Unterlercher auf der Suche nach Petra, seiner Liebsten«, mutmaßte Anna.

Antonius Baumberger schüttelte den Kopf, ging zur Tür und öffnete.

»Bist wohl ganz narrisch! Bei der Dunkelheit den

Aufstieg zu wagen! Dich müßt man übers Knie legen und den Hosenboden deiner Lederhose strammziehen und des net so knapp!« begrüßte Toni Christoph mit ungewohnten Tönen.

»Die Petra ist doch hier?« platzte Christoph heraus.

»Grüß Gott, Christoph«, rief Anna ihm zu. »Petra schläft schon.«

Verlegen stand Christoph mitten im Raum. Er nahm seinen Rucksack ab und stellte ihn auf einen Stuhl.

»Setz dich ans Feuer!«

Toni legte mehrere Holzscheite in die Glut des Kamins. Die Flammen loderten auf. Christoph Unterlercher wärmte sich die Hände.

Toni holte ihm erst einmal einen Klaren. Es war ein Enzianschnaps, der nicht den Gästen ausgeschenkt wurde, sondern den Toni für private Anlässe verwahrte.

»Also, dich treibt der Gedanke an die Petra bei Nacht und Nebel rauf. Dem Himmel sei Dank, daß nix passiert ist. Leichtsinnig war des schon. Des weißt du auch, du liebeskranker Bock!«

Sie grinsten sich an, prosteten sich zu und tranken. Anna brachte einen großen Teller Eintopf und ein paar dicke Kanten Brot. Dankbar löffelte Christoph die heiße Suppe. Dann verabschiedete sich Anna und zog sich zurück. Hier würden bald Männergespräche geführt und da würd sie nur stören.

»Du, Toni, sag! Verstehst du die Weiber? Des Madl is so schwierig.«

»Ob ich die Frauen versteh, des is' schwer zu sagen. I verstehe mei Anna gut. Des is' genug.«

»Du kannst dich glücklich schätzen, daß du deine Anna hast, Toni.«

»Das bin i auch! Die Anna is' ein richtiger Schatz.«

»I denk, die Petra liebt mich. I bin ganz vernarrt in des Madl, Toni. I hätt' schon viele haben können. Aber noch nie bin i so einer begegnet wie der Petra.«

Christoph starrte in die Glut.

»Petra ist heute nachmittag fortgerannt, als wäre sie auf der Flucht vor mir. Dabei hatte ich ihr einen Antrag gemacht.«

Antonius Baumberger schmunzelte.

»I weiß! Ich kenn die Geschichte. Die Petra hat's der Anna erzählt und die Anna hat es mir gesagt. Ja, ja. Des ist wirklich net so glücklich gelaufen mit euch beiden.«

»Toni, du hast doch da Erfahrung. Was soll i denn jetzt machen? Ich liebe die Petra!«

»Du mußt erst mal Geduld haben. Dann mußt du um sie werben. So ein Madl ist kein Stück Wams, des man aussucht, reinschlüpft und feststellt, daß es paßt. Da mußt schon ein bisserl um sie werben.«

»Aber des hab' ich doch getan, Toni! Was soll ich denn noch machen?«

»Warte es doch erst mal ab! Mußt Verständnis für die Petra haben. Erst die Sache mit dem Hof und dem Zacharias, der ihr Vater war, den sie nie kennenlernen durfte. Des ist alles sehr schlimm. Die Petra is' jemand, die macht den zweiten Schritt nicht vor dem ersten.«

»Wie meinst des jetzt?«

»Die kümmert sich erst mal um ihr Erbe. Wenn sie da endgültig eine Entscheidung gefällt hat, dann kommst du dran. Es war bestimmt ein bisserl sehr voreilig, gleich vom Unterlercher Hof zu sprechen.«

»Magst damit recht haben, Toni. Ich wollte ihr aber nur sagen, daß ich sie lieb und heiraten will.«

»I weiß doch, Christoph!«

»Vielleicht soll ich noch mal mit ihr reden?«

»Des bringt nichts. Die Petra wird ein paar Tage hier oben bleiben und ihre Seele baumeln lassen, wie man so sagt. I denk des wird das Beste sein, wenn du ihr aus dem Weg gehst. Was anderes bleibt dir auch net übrig. Sie ist ja vor dir fortgelaufen.«

Toni drückte mit dem Pfeifenstopfer die Asche in seiner Pfeife zusammen und zündete die Pfeife neu an.

»Am besten wird es sein, wenn du gleich im Morgengrauen aufbrichst und wieder runtergehst. Bleib unten und kümmere dich um den Hof!«

»Ja, einer muß sich kümmern. Heute nachmittag hat ein Rechtsanwalt und Notar angerufen, ein Doktor Ludwig Leuthold. Er will morgen kommen. Das soll ich der Petra sagen.«

»Des is' der Notar, bei dem der Vogelmeier das Testament hinterlegt hatte. Ich werde es der Petra ausrichten. Dir hol ich jetzt ein Matratzenlager. Das legst du dir hier vor den Kamin. Oben auf dem Hüttenboden is' alles voll. Alle Kammern sind belegt. Morgen früh kannst du dir in der Küche etwas zu essen nehmen. Dann gehst früh los. Die Petra wird net erfahren, daß du hier oben auf der Berghütte gewesen bist. Wenn ihr Onkel Ludwig kommt, dann wird sie bald wieder runterkommen. Dafür werden wir sorgen.«

»Dann bleibt mir nur übrig zu warten. Des habe ich mir net so vorgestellt. Des zerrt an meinen Nerven.«

»Nun jammer net. I denk, daß du viel Arbeit hast. Erstens mußt du dein Wandbild schnitzen. Dann gibt es ja noch andere Aufgaben, Blumenkästen bepflanzen, die Tiere anschaffen und versorgen, Gäste bewirten. Du, meine Eltern können die Leut gar net all' unterbringen. Die Zimmer auf dem Vogelmeier Hof werden binnen zwei Tagen alle belegt sein.«

»Alleine geht des doch gar net!«

»Dann mußt dir eben Hilfe holen. Rede doch mal mit dem Fellbacher. Der soll beim Hoegger Huber ein gutes Wort für dich einlegen. Die Thea, sei Tochter, geht net arbeiten. Die ist nur daheim. Der Hoegger ist ein vermögender Bauer. Die Thea ist aber noch immer ledig. Sie hat sich eine Zeitlang gedacht, daß sie und ich, na, du weißt schon. Aber ich war eben net in sie verliebt. Es wird für die Thea langsam Zeit, daß sie einen Mann findet. Die wird sich ein Bein rausreißen, dir zu helfen. Um dir zu gefallen, tut die alles. Der Hof ist ihr egal. Ihr Vater hat viel, und sie erbt mal alles. Aber die ist hinter jedem Junggesellen her, wie der Teufel hinter einer armen Seele. Des mußt du wissen.«

Vergnügt schlug sich Christoph Unterlercher auf die Oberschenkel, daß das Leder seiner Hose nur so krachte.

»Ja, dann mach ich die Petra doch ein wenig eifersüchtig. Vielleicht hilft des?« Er grinste.

»Mußt nur aufpassen, Christoph. Es heißt doch: Wer mit dem Feuer spielt, der kann sich verbrennen.«

»Ich spiele doch gar nicht mit dem Feuer. Die Petra soll nur denken, daß ich es mach.«

»Paß auf, i hab' dich gewarnt.«

Toni gab noch ein paar Schnäpse aus, dann gingen beide schlafen.

Am nächsten Morgen erwähnte Anna beiläufig zu Petra: »Du, im Dorf will jemand gehört haben, daß sich der Doktor Ludwig Leuthold auf dem Hof einquartiert hat. Er wartet auf dich.«

»O Gott! Den habe ich ganz vergessen, Anna! Ich hatte ihn angerufen und gesagt, daß er mich mal besuchen soll. Daß er so schnell kommt, das hätte ich nicht gedacht. Woher weißt du da?«

»Ach, irgend jemand hat es vorhin dem Toni erzählt. Es kann sein, daß das einer der Bergführer gewesen ist, der hier mit seiner Gruppe vorbeikam.«

»Dann muß ich schnellstens hinunter ins Tal.«

»Schade, ich habe gedacht, daß du noch bleibst, vielleicht auch mal hinaufsteigst, zum ›Paradiesgarten‹ oder zumindest zum ›Erkerchen‹ wanderst.«

»Das würde ich ja gerne. Das muß ich aber auf ein anderes Mal verschieben.«

Mit lautem Knall fiel ein Fenster zu. Anna trat vor die Hütte und betrachtete sich den Himmel. Toni kam herbeigerannt.

»Wir müssen schnell die Sachen reinbringen. Da braut sich ein gewaltiges Unwetter zusammen. Bitte, Petra, pack mit an!«

»Petra wollte gerade wieder ins Tal, Toni!«

»Des kann sie vergessen. Da wird nix draus.«

Der Wind wurde immer stärker. Er rüttelte mit großer Gewalt an den Fensterläden der Berghütte. Draußen wurde es immer düsterer. Alois stand vor dem Barometer an der Wand und betrachtete den Zeiger.

»Des läßt nix Gutes vermuten«, sagte er besorgt. »Hoffentlich können sich alle, die unterwegs sind, in Sicherheit bringen!«

Als gläubiger Mensch zündete er im Herrgottswinkel der Berghütte ein Licht an und sprach ein Gebet.

Dann brach der Sturm los. Regen und Hagel peitschten heftig gegen die Hütte. Es war, als ginge die Welt unter.

Erstaunt und auch ängstlich saß Petra beim Feuer.

»Habt ihr öfter so einen Sturm hier oben?«

»Ja, es gibt hier in den Bergen öfter einen Wettersturz. Aber so arg war es schon lange nicht mehr. Es schaut auch nicht so aus, als wäre das bald vorbei. Hoffentlich gibt es keinen Erdrutsch.«

Immer wieder legte Alois Holz ins Kaminfeuer, das unruhig flackerte, weil der Sturm auch im Kaminabzug heulte. Bello, der Neufundländerrüde lag vor dem Kamin und rührte sich nicht. So ging das über Stunden. Es blitzte und donnerte. Das Echo zwischen den Bergwänden verstärkte den Schall, so daß es niemals still wurde.

Endlich, es war schon früher Abend, ließ das Gewitter etwas nach. Jetzt regnete es nur noch heftig. Toni öffnete kurz die Tür und schaute hinaus. Eine schier undurchdringliche Regenwand stand wie eine Mauer und nahm jede Sicht.

In den nächsten Stunden trafen vereinzelt Wanderer ein, die es geschafft hatten, sich in Sicherheit zu bringen. Das heißt, sie waren, als das Wetter aufzog, sofort umgekehrt und hatten sich auf den Rückweg zur Hütte gemacht. Sie waren duchnäßt bis auf die Haut. Bald hingen auf allen Leinen unter der Decke im Gastraum der Berghütte nasse Kleidungsstücke zum Trocknen. Anna hatte alle Hände voll zu tun. Sie verteilte Eintopf, kochte Kaffee und Tee, machte ganze Pfannen mit Rösti.

»Wie lange wird das noch andauern, Anna?«

»Des weiß nur der heilige Petrus alleine, sagen hier die Leute in Waldkogel, bei so einem Wetter. Es kann in einer halben Stunde vorbei sein. Dann leuchtet das Tal in der Sonne. Es kann aber auch noch dauern, Stunden oder Tage.«

»Dann komme ich nicht runter. Was soll ich nur machen?«

Anna lachte.

»Nichts kannst du machen, Petra. Du mußt warten!« Sie schmunzelte. »Du wolltest doch ein paar Tage bleiben, weil du nachdenken wolltest. Nun wirst du vielleicht gezwungen zu bleiben. Die Berge und die Natur haben ihre eigenen Gesetze. Sieh es als Chance. Jetzt hast du mehr Zeit zum Nachdenken. Über den Doktor Leuthold würde ich mir keine Gedanken machen. Der wartet oder er fährt ab und kommt noch einmal wieder.«

»Meinst du, der Sturm richtet im Tal Schäden an?«

»Das muß nicht sein, Petra. Es kommt auch vor, daß

sich so ein Wettersturz nur hier oben entleert. Dann regnet es im Tal auch, aber es ist lange nicht so schlimm wie hier oben. Das Wetter kam herüber über das ›Höllentor‹. Ich vermute, es hat schon drüben auf der anderen Seite des Berges das meiste abgeladen.«

»Ich hatte noch nie viel Geduld, Anna!«

»Wenn du länger hier bist, wirst du das lernen. Hier in den Bergen gehen die Uhren anders. Ich trage überhaupt keine Uhr mehr, seit ich hier bin. Die habe ich am zweiten Tag schon abgelegt. Meinen Tagesablauf bestimmt der Sonnenstand. Zum Mittag und zum Abend dringen die Glocken aus dem Tal herauf. Das genügt als Orientierung. Draußen im Gastraum hängt zwar eine Wanduhr, aber Toni, Alois und ich vergessen oft sie aufzuziehen.«

»Wirklich, so ohne Uhrzeit, so kannst du leben?«

Anna lachte fröhlich.

»Ja, es ist schöner. Du wirst die Vorteile auch noch entdecken. Ich mache meine Arbeit in Ruhe ohne Hetze. Das ist wunderbar. Ich genieße sogar dieses Unwetter. Es ist sicherlich schlimm, und ich hoffe und bete, daß es in den Bergen keine Verletzten oder Schlimmers gibt. Doch solch ruhigere Tage hier auf der Berghütte gefallen mir. Ich habe mehr Zeit, weil der Berghüttenbetrieb dann fast zum Erliegen kommt.

Du wirst solche Regentage auch noch schätzen lernen, Petra. Wirst sehen, wenn du auf dem Vogelmeier Hof Gäste hast, dann bleibt oft was liegen. Da gibt es Schreibarbeiten, für die keine Zeit ist. Mein Bügelkorb ist voller Wäsche, die dringend gebügelt werden muß, und Knöpfe muß ich auch noch annähen. Dir wird es ähnlich gehen.«

Nachdenklich zog sich Petra in ihr Zimmer zurück.

*

Das Regenwetter hielt mehrere Tage an. Mit dem ersten Sonnenstrahl machte sich Petra auf ins Tal. Dort, wo der Weg nicht steinig war, war er aufgeweicht und sie versank bis zu den Knöcheln im Matsch.

Etwas ratlos stand sie vor ihrem Auto auf der Oberländer Alm. Die Räder steckten im Schlamm, den das Wasser aus den Bergen heruntergespült hatte.

»Da wirst laufen müssen, Madl«, sagte der alte Wenzel. »Des war ein schweres Wetter. So eins haben wir schon lang net mehr erlebt. Der Milchwagen konnte die Milch die Tage auch net abholen. Na ja, so schlimm war des auch net. Da gibt es eben mehr Käs. Ja mei, des war ein Wetter. Die Kühe mußt i in den Stall holen. Da war's denen ein bisserl eng. Jetzt sind sie froh, daß sie wieder draußen sein können. Schau, wie sie sich am frischen saftigen Gras freuen.«

Petra ergab sich in ihr Schicksal. Sie ließ ihr Auto stehen und ging zu Fuß den aufgeweichten Weg hinunter nach Waldkogel. Immer wieder blieb sie stehen und genoß die Landschaft. Alles war so saftig grün und frisch. Die Erde duftete. Die Wiesenblumen leuchteten in bunten Farben, als müßten sie die drei Tage des Regens nachholen.

*

Schmutzig und erschöpft kam sie nach Stunden beim Vogelmeier Hof an. Viele Autos parkten auf dem Hof. Sie besah sich die Nummernschilder. Die Fahrzeuge waren allesamt nicht aus Waldkogel. Dann betrachtete sich Petra das Haus. Rote Hängegeranien leuchteten in den Blumenkästen vor den Fenstern und an den Balkonen.

»Christoph! Na warte!« sagte Petra leise vor sich hin.

Sie streifte gründlich ihre Schuhe ab. Doch sie waren zu schmutzig. So zog sie die von Anna geliehenen Wanderschuhe aus und betrat den Hausflur. Am Schlüsselbrett an der Wand konnte sie erkennen, daß alle Zimmer vermietet waren, sogar die kleinen Dachkammern.

Petra drehte das Empfangsbuch um und las die Einträge. Sie schaute sich die Schrift an. Das war nicht Christophs Schrift, so weit konnte sich Petra erinnern. Dies war die zierliche Schrift einer Frau. Petras Herz wurde unruhig. Was war hier los?

Sie hörte Schritte. Eine Frau kam die Treppe herunter. Auf dem Arm trug sie Bettwäsche. Petra musterte sie von Kopf bis Fuß. Sie trug ein Seidendirndl in Dunkelgrün, die schwarzen Haare hatte sie mit einer silbernen Spange hochgesteckt. Lange silberne Ohrringe baumelten an ihren Ohrläppchen. Sie hatte schwarze Augen.

Wer war sie?

Was hatte sie hier auf dem Hof zu tun?

»Grüß Gott! Wenn Sie hier ein Zimmer haben wollen, dann haben S' Pech. Is' alles belegt. Nix mehr frei! Hätten sich halt anmelden müssen.«

Dann zeigte sie auf Petras Schuhe voller Schlamm.

»Passen S' auf, daß da kein Dreck abfällt.«

»Guten Tag!« grüßte Petra. »Kann ich bitte die Eigentümer sprechen – oder sind Sie das?«

»Wenn S' was wollen, dann müssen Sie es schon mir sagen. Mein Name ist Thea Hoegger, und ich habe hier die Schlüsselgewalt.«

Aus dem Profil der Wanderschuhe fiel ein Erdbrocken auf den Boden.

»So eine Sauerei!« schimpfte die Frau im Seidendirndl.

Thea Hoegger nahm Petra die Schuhe einfach aus der Hand. Sie trug sie mit gestrecktem Arm weit von sich haltend durch den Hausflur und ließ sie da draußen auf den Hof fallen.

Petra blieb vor dem Empfangstisch stehen.

»Was wollen Sie noch? Ich sagte Ihnen doch, daß keine Zimmer mehr frei sind.«

»Für mich war immer ein Zimmer frei, Frau Thea Hoegger.« Petras Stimme klang sehr scharf. »Ich verfügte nämlich über allerbeste Beziehungen zum Eigentümer.«

»Das mag ja so gewesen sein. Doch jetzt ist das anders. Die Eigentumsverhältnisse sind noch ungeklärt.«

»Soso! Ungeklärt! Das wird ja immer schöner. Wer hat Sie denn angestellt?«

»Ich denke nicht, daß Sie das etwas angeht, junge Frau.«

»So, meinen Sie? Da sind Sie gründlich im Irrtum!« giftete Petra zurück. Wut stieg in ihr auf.

»Der Notar hat einen Interimsmanager eingesetzt, bis die Verhältnisse mit den Erben geklärt sind.«

»Interessant! Lassen Sie mich raten! Der Interimsmanager ist Herr Christoph Unterlercher, stimmt es?«

Ihr Gegenüber bekam große Augen.

»Sie scheinen ja bestens informiert zu sein. Dabei sind Sie nicht von hier!«

»Sie unterliegen schon wieder einem Irrtum!«

Petra holte tief Luft und bemühte sich um eine ruhige Stimme: »Frau Hoegger! Ich habe noch einige Sachen hier untergestellt. Sie haben doch sicherlich den Schlüsselbund.«

Instinktiv griff Thea Hoegger in ihre Schürzentasche und nahm den Schlüsselbund heraus. Blitzschnell griff Petra danach und riß ihr ihn aus der Hand.

»Was soll das? Sind Sie verrückt geworden?« schrie Thea.

Petra beachtete sie nicht. Sie ging hinaus auf den Hof und griff sich die Wanderschuhe, die dort auf dem Boden lagen.

Petra grinste Thea Hoegger an, die ihr gefolgt war. Sie hob die Schuhe auf und marschierte wieder hinein.

Thea überholte sie und stellte sich ihr in den Weg.

»Ach, gestatten Sie, daß ich mich vorstelle. Mein Name ist Petra Pfleider, ich bin die Tochter und Erbin des Zacharias Vogelmeier, und ich kann hier tun und lassen, was ich will.«

Während Thea Petra ungläubig anstarrte, ließ diese ihre schlammigen Schuhe wieder fallen, daß der Dreck nur so spritzte.

»Sie sind entlassen! Fristlos gekündigt! Wegen Beleidigung der Gäste.«

»Meine Sachen sind noch oben in dem Zimmer, gleich neben der Treppe«, kreischte Thea, die sofort bemerkt hatte, daß sie sich selbst alles verdorben hatte. Nach einem Blick in Petras Gesicht setzte sich Thea eiligst in Bewegung.

»Ich gebe Ihnen eine Minute!« brüllte Petra hinterher.

Während Thea mit hochrotem Kopf ihre Sachen einsammelte, zählte Petra laut die Sekunden.

Die Tasche unter dem Arm eilte Thea davon.

»Puh!« stöhnte Petra.

Sie löste das Gummiband ihres Pferdeschwanzes. Ihr braunes Haar fiel weich über ihre Schultern und den Rücken hinab.

Dann setzte sie sich an den Empfangstisch. Sie studierte das Gästebuch.

»Aha! Onkel Ludwig scheint noch nicht abgereist zu sein.«

Petra suchte die Visitenkarte und rief ihn über Handy an.

»Leuthold!«

»Ich bin's, Onkel Ludwig! Tut mir leid, daß du auf mich warten mußtest. Jetzt bin ich aber auf dem Vogelmeier Hof. Hast du die Erbschaftspapiere vorbereitet?«

»Ja, die sind fertig.«

»Wo bist du, Onkel Ludwig?«

Noch während Petra sprach, wurde die Tür zum Aufenthaltsraum aufgemacht, die vorher nur angelehnt war. Da stand Onkel Ludwig.

»Nun, mein Mädchen! Da hast du dir gleich Respekt verschafft. Ich habe alles mitgehört.«

Er breitete die Arme aus. Petra ließ sich seine väterliche Begrüßung gern gefallen.

»Ach, Onkel Ludwig. Das ist alles so kompliziert!«

»Es wird alles werden!«

Sie gingen hinüber in das Wohnzimmer, zu dem die Gäste keinen Zutritt hatten.

»Also, ich habe mir das alles überlegt. Ich will versuchen, den Hof zu erhalten. Als ich dich angerufen hatte, da war es noch nicht so ganz hundertprozentig. Doch jetzt ist es mein fester Wille. Kannst du mir helfen, mit der Bank zu verhandeln? Ich will die monatlichen Raten verringern. Außerdem mußte das mit der Erbschaftssteuer geregelt werden. Wird das viel sein? Kannst du mir vielleicht ein Darlehen geben? Du bekommst es bestimmt zurück.«

Doktor Ludwig Leuthold schmunzelte.

»Willst du jetzt Bäuerin werden?«

»Wie heißt das so schön? Nebenerwerbslandwirtin!«

»Wie kommst du denn darauf?«

Petra wurde tief rot.

»Es war nicht meine Idee. Christoph Unterlercher hat mir das vorgeschlagen. Ich nehme an, du kennst ihn inzwischen?«

»Ja, ich kenne Christoph gut. Er ist ja ein berühmter Künstler. Ich war schon auf Ausstellungen von ihm. Daß ich ihn allerdings hier auf dem Hof treffe, das war dann doch eine Überraschung. Wie denkst du über ihn?«

»Davon wollen wir jetzt nicht sprechen. Wir wollten über Geld reden.«

Doktor Ludwig Leutholf zündete sich eine Zigarre an.

»Gut, reden wir übers Geld.«

Er stand auf.

»Ziehe dir ein paar Schuhe an, Petra. Dann machen wir eine Stallbesichtigung.«

Auf dem Weg zum Stall legte Onkel Ludwig den Arm um Petras Schultern.

»So, liebe Petra! Jetzt wirst du mir mal schön zuhören. Du hattest mir am Telefon gesagt, daß du den Hof gern übernehmen würdest. Du sagtest, daß du sehr glücklich wärst und du gern dein Leben hier verbringen würdest. Ich sollte kommen. Nun leider – oder vielleicht auch Gott sei Dank – kam dieses Unwetter dazwischen. Jedenfalls habe ich schon mit der Bank gesprochen.«

»Was haben sie gesagt?«

»Du sollst mich doch nicht unterbrechen! Die waren wenig entgegenkommend. Was die bei der Bank denken, das kann sogar ich manchmal nicht nachvollziehen. Aber ich habe sie ausgetrickst. Ich habe jemanden gefunden, der dir das Geld geben will, als Darlehen oder sogar als Geschenk.«

»Das kann doch nur…«

»Petra! Erst zuhören, dann kannst du später sagen, was du dazu zu sagen hast.«

»Entschuldige!«

»Also! Da ich mir dachte, daß du damit vielleicht

nicht einverstanden bist, habe ich Folgendes gemacht. Ich habe dir das Geld vorgestreckt. Der, nun, sagen wir mal Investor, hat darauf bestanden, daß er mich mit einer Bürgschaft absichert.«

Sie waren beim Stall angekommen. Im Kuhstall standen zwei braune Milchkühe. Im Schweinestall lag eine dicke Muttersau auf der Seite und ein Haufen kleiner Ferkel drängelte sich um ihre Zitzen. Im Ziegenstall standen drei schwarzweiße Ziegen und ein Ziegenbock. Die kleine Schafherde war schon auf der Weide; es gab Hühner und Gänse, Ställe mit Kaninchen.

»Das haben wir alles vorfinanziert. Du kannst mir und ihm jeden Monat einen Betrag geben. Die Höhe kannst du bestimmen. Wenn du viele Gäste hast, dann wird es mehr sein. Es wird aber auch Monate geben, da geht es nicht so gut. Es wurde auch noch Geld einkalkuliert für die Erbschaftssteuer.«

Petra schaute ihn mit großen Augen an.

»Erst einmal danke, Onkel Ludwig! Du bekommst das Geld wieder. Bestimmt! Ich werde hart arbeiten und mir keine Pause gönnen.«

»Ach, Petra! Du bist wirklich herzig! Aber um mein Geld mache ich mir keine Sorgen.«

»Das klingt, als wenn du dir über etwas anderes Sorgen machen würdest.«

»Sorgen, das ist vielleicht zuviel gesagt. Ich mache mir eben so meine Gedanken über dich. Aber das wird sich alles regeln. Ich habe dir schon in meiner Kanzlei gesagt, daß diese Testamentsvollstreckung etwas Besonderes ist, auch für mich. Ich hoffe, daß ich alles richtig gemacht habe. Dein Vater wollte dich glücklich machen.«

»Sag mir bitte, ist der Investor Christoph? Es kann nur er sein.«

»Ja, ist es! Ich wußte ja nicht, wie lange du da oben auf der Berghütte festgehalten wirst, durch das Wetter. Deshalb habe ich ihn in der Zwischenzeit beauftragt, sich etwas um den Hof zu kümmern. Allein konnte er nicht alles machen. Da hat ihm Bürgermeiser Fellbacher diese Thea vermittelt.«

»Das war vielleicht eine rabiate Person! So besitzergreifend! Na ja, der habe ich es ja gezeigt. Wo ist Christoph jetzt?«

»Er ist in die Stadt gefahren. Er wollte etwas besorgen, was er hier in Waldkogel nicht bekommt. Du bist doch mit allem einverstanden, so wie ich es gemacht habe? Das war auch nur möglich, weil mich Zacharias Vogelmeier als Treuhänder eingesetzt hatte.«

»Du brauchst dir keine Sorgen machen. Ich werde damit zurechtkommen. Ich hatte auf der Berghütte Zeit zum Nachdenken. Wie lange kannst du noch bleiben?«

»Ich muß heute noch zurück. Laß uns hineingehen. Du mußt den Erbschein noch unterschreiben. Ich regle dann alles für dich!«

»Danke, Onkel Ludwig! Vielen Dank!«

Doktor Ludwig Leuthold legte Petra am Küchentisch die Erbdokumente vor. Petra wollte sie hier an diesem Tisch unterschreiben, hier, wo sie auch die Briefe ihres Papas gelesen hatte.

Sie brachte den Notar zum Auto.

»Dann auf Wiedersehen! Ich hoffe, du kommst bald wieder.«

»Sicherlich!«

Er schaute Petra in die Augen.

»Darf ich dich etwas fragen, etwas sehr Privates?«

»Bitte.«

»Christoph Unterlercher liebt dich. Liebst du ihn auch?«

Petra hielt sich mit beiden Händen am Auto fest. Ihr Herz klopfte.

Das Blut schoß ihr in die Wangen.

»Ja, Christoph hat mir gleich vom ersten Augenblick an gefallen. Wenn es die Liebe auf den ersten Blick gibt, dann war das Liebe auf den ersten Blick.«

»Liebe auf den ersten Blick, meine gute Petra, die gibt es. Zwei Augenpaare begegnen sich, und tief im Herzen wissen beide, daß sie zusammengehören. Das ist ein Urgesetz der Liebe und der Natur. Wie sollten sonst die richtigen Herzen zueinanderfinden? Sie müssen sich doch erkennen.«

»Anna hat mir erzählt, wie sie sich in Toni verliebt hatte. Sie war auch ganz durcheinander. Mir ging es auch so.«

»Das klingt, als wüßtest du, was du willst?«

»Ja, ich kann mir ein Leben mit Christoph auf dem Vogelmeier Hof vorstellen. Hoffentlich gibt er mir eine zweite Chance. Ich bin einfach davongelaufen.«

Doktor Ludwig Leuthold streichelte Petras Hand.

»Wenn du ihm davongelaufen kannst, dann kannst du ihm auch nachlaufen.«

»Meinst du?«

»Ja! Christoph ist ein ganz wunderbarer Mensch. Du kannst ihm vertrauen, dich ihm anvertrauen. Ich wünsche dir alles Glück der Erde.«

»Alles Glück der Erde liegt auf dem Rücken der Pferde.«

»Oh, Petra! Das habe ich vergessen. Heute abend werden noch zwei Haflinger gebracht. Der Pferdezüchter bringt sie selbst vorbei. Christoph hat sie ausgesucht.«

»Er ist wirklich rührend. Was hat er noch nicht gemacht?«

»Nun, es gibt noch keinen Hund auf dem Hof. Er wußte nicht, welche Rasse dir gefällt. Er hat dir aber ein Hundebuch gekauft. Das Nachschlagewerk habe ich in dein Schlafzimmer gelegt.«

»Weißt du, welche Hunderasse Christoph gefällt?«

»Weiß ich!« Er blinzelte ihr zu und flüsterte den Namen der Hunderasse.

»Danke!«

Dann fuhr Doktor Ludwig Leuthold ab.

Petra winkte ihm nach.

Danach ging sie ins Haus. Sie duschte und zog sich ein bodenlanges nachtblaues Dirndl an mit hellblauer hochgeschlossener Bluse und hellblauer Schürze. Sie flochte ihr Haar zu Zöpfen und steckte es auf, wie es die jungen unverheirateten Frauen in Waldkogel früher getragen hatten. Die Frisur stand ihr gut.

Dann setzte sie sich an den Empfang und wartete auf ihre Pensionsgäste, die alle nacheinander eintrafen.

Es war noch nicht ganz dunkel draußen. Die Gäste waren alle auf ihren Zimmern oder schliefen schon müde von anstrengenden Wanderungen. Petra schaute noch einmal nach den Tieren. Sie schloß die Stalltüren und ließ die Klappe am Hühnerstall herunter. Das mußte so sein, damit das Federvieh nachts gegen Räuber geschützt war.

Dann ging sie zur Koppel. Die beiden Haflinger Pferde kamen gleich zu ihr ans Gatter. Sie fütterte sie mit Äpfeln, redete mit ihnen und streichelte sie.

Mittlerweile war es dunkel. Petra richtete den Blick hinauf zu den Sternen am Nachthimmel.

»Vater, schau herab auf deinen Hof. Ich habe heute ganz offiziell mein Erbe angetreten. In den Ställen steht Vieh, nicht so viel Vieh, wie es damals auf dem Hof gegeben hat, als du nur wenig älter als ich gewesen bist. So viel Vieh will ich auch nicht. Mir gefallen die Tiere. Jetzt ist der Hof noch lebendiger. Wenn ich an den Stallungen vorbeigehe, höre ich die Tiere. Der Hof ist so lebendig geworden. Es duftet nach Dung und Leben. Alle Zimmer sind vermietet. Ich stehe hier bei der Koppel und erfreue mich an der Zuneigung der beiden Pferde. Das alles hat Christoph gemacht. Er hat es für mich getan. Er liebt mich. Ich liebe ihn auch. Ich wußte nicht, was ich machen sollte. Da bin ich hinauf in die Berge zu Toni und Anna in die Berghütte. Abgeschnitten durch ein Unwetter hatte ich tagelang Zeit, über alles nachzudenken. Zuerst war ich wütend, weil das Wetter mich auf der Berghütte festgehalten hatte. Doch als ich aufhörte, mich darüber zu ärgern, entdeckte ich die Schönheit des Regens. Als es tagelang gleichmäßig regnete, wurde ich immer ruhiger und gelassener. Ich nahm es hin, weil ich es nicht ändern kann. Anna meinte, ich sollte es als Chance sehen, die Zeit nutzen, um über mein Leben nachzudenken. Papa, ich dachte dabei noch einmal nach, was Christoph zu mir gesagt hatte und sah ein, daß seine Idee gut war. Nun ist alles schon so gekommen. Zusammen mit Onkel Ludwig hat er alles so geregelt. Es ist gut, daß es so gekommen ist. Es ist gut, daß er vollendete Tatsachen geschaffen hat. Er hat es gut gemeint und das Richtige getan. Alles ist jetzt so, wie er es sich vorgestellt hat.«

Petra lachte.

»Fast alles! Er möchte aus dem Vogelmeier Hof den Unterlercher Hof machen. Er hat mir einen Antrag gemacht. Keinen richtigen Antrag. Aber vielleicht macht er mir ihn ja noch, dann werde ich ›Ja‹ sagen, Vater. Ich hoffe, daß du mir, daß du uns deinen Segen dazu gibst.«

Petra lauschte in sich hinein. Sie lauschte in die Nacht hinein. Es war, als dränge ein sanftes Rauschen an ihr Ohr aus dem Wald, der zum Vogelmeier Hof gehörte.

Sie verfütterte noch die beiden letzten Äpfel an die Pferde. Dann ging sie ins Haus.

*

Sie holte die Kassette mit den Briefen ihres Vaters hervor und setzte sich damit an den Küchentisch. Sie las sie noch einmal.

Draußen fuhr ein Auto vor. Petra kannte das Geräusch. Ihr Herz klopfte. Sie stand auf und trat an den Küchenherd, so daß sie mit dem Rücken zur offenen Küchentür stand.

Die Angeln der Haustür quietschten leise. Dann hörte sie seine Schritte im Flur.

»Guten Abend, Petra! Ich freue mich, daß du wieder da bist. Ich hatte mir Sorgen gemacht.«

Petra drehte sich um. Christoph stand in der Küchentür.

»Guten Abend! Ich freue mich auch, dich zu sehen. Bitte, setz dich! Ich wollte mir gerade einen schönen Kräutertee machen. Trinkst du eine Tasse mit?«

»Störe ich dich auch nicht?«

»Nein! Im Gegenteil! Jetzt haben wir ein bißchen Zeit füreinander. Die Gäste schlafen alle. Die Tiere auch.«

»Klingt, als würdest du dich freuen, mich zu sehen, Petra!«

»Ich habe mich albern benommen. Zu meiner Entschuldigung kann ich nur sagen, daß es einfach der falsche Zeitpunkt war.«

»Und jetzt? Ist es jetzt der richtige Zeitpunkt?«

Petra ging nicht auf seine Frage ein. Sie holte Tassen aus dem Schrank und Löffel. Sie stellte den Zucker auf den Tisch.

»Honig ist besser!«

Christoph holte das große Honigglas aus der Vorratskammer.

»Du liest die Briefe deines Vaters noch einmal?«

»Ja, ich habe sie noch einmal überflogen. Er schreibt darin viel über den Hof und seine Arbeit auf dem Hof. Das habe ich noch einmal nachgelesen.«

Petra trat an den Tisch und schaute ihm in die Augen.

»Ich habe den Erbschein unterzeichnet. Der Vogelmeier Hof gehört jetzt mir. Onkel Ludwig habe ich schon gedankt. Dir möchte ich auch danken, für deine Hilfe und Fürsorge. Es ist alles ganz wunderbar.«

Christoph seufzte erleichtert.

»Dann bist du mir nicht böse, daß ich mit dem alten Leuthold so ein Komplott geschmiedet habe?«

»Nein, es ist alles in Ordnung!«

Christoph strahlte.

»Wenn ich noch etwas für dich tun kann, dann sage es mir, bitte.«

Petra übergoß die Kräuterteeblätter in der Teekanne mit kochendem Wasser.

»Hast du das Kreuz schon fertig und das Marterl?«

»Ja«, er zögerte. »Du, Petra, ich muß dir da was sagen. Es ist Tradition, daß eine Woche nach der Beerdigung das Grab von den verwelkten Blumen gesäubert wird. Da du nicht dagewesen bist, habe ich das für dich übernommen. Da ich nicht wußte, welche Blumen du magst, habe ich das Grab vorläufig mit Tannengrün abgedeckt. Bei dieser Gelegenheit habe ich auch zusammen mit Pfarrer Zandler das Kreuz aufgestellt. Außerdem habe ich ein ewiges Licht aufgestellt.«

»Danke, Christoph!«

Petra schenkte Tee ein. Sie nahmen sich beide Honig und rührten lange den Tee um.

»Toni und Anna haben Leonhard Gasser gebeten, mich zu der Stelle zu bringen, wo mein Vater gefunden wurde. Dort in der Nähe will ich das Marterl aufstellen.«

»Es ist fertig. Es muß nur noch beschriftet werden. Was soll darauf stehen?«

»In Erinnerung an meinen lieben Papa von seinem einzigen Kind Petra, die nicht Vogelmeier heißen durfte.«

Christoph schaute Petra an.

»Das klingt bitter und wehmütig.«

Petra zeigte auf die Briefe.

»Ich möchte, daß du sie liest, Christoph. Du hast gesagt, daß du und ich – nun, daß aus dem Vogelmeier Hof der Unterlercher Hof werden könnte«, umschrieb Petra den Sachverhalt des Heiratsantrages, den Christoph ihr gemacht hatte. »Bitte lies die Briefe. Dann wirst du mich besser verstehen.«

»Ich danke dir für dein Vertrauen.«

Petra nickte ihm zu.

»Wenn du willst und Zeit hast, kannst du auch das Relief auf dem Deckel noch bearbeiten. Ich hab' nichts dagegen.«

Christoph schenkte ihr ein Lächeln.

Sie tranken einen Schluck Tee.

»Wann will der Leo mit dir raufgehen zur Unglücksstelle?«

»Er gibt mir Bescheid.« Scheu blickte sie ihn an. »Kannst du bitte mit mir kommen, Christoph.«

Er griff nach ihrer Hand.

»Aber sicher, Petra! Ich weiß, daß das ein schwerer Gang für dich ist. Vorher lassen wir das Marterl vom Pfarrer noch segnen. Ich kenne den Pfarrer Zandler gut. Wir werden wohl einen ganzen Tag unterwegs sein. Vielleicht kann sich die Haushälterin des Pfarrers um den Vogelmeier Hof kümmern, wenn wir beide fort sind. Das regele ich für dich.«

»Jeder ist mir angenehm, solange es nicht diese Thea Hoegger ist. Die habe ich rausgeworfen. Spielte sich hier auf, als wäre das ihr Hof!«

Christoph lachte.

»Ich weiß! Ich war noch kurz beim Fellbacher. Dort hatte sie sich beschwert. Doch geholfen hat es ihr nichts. Sie wurde nur ausgelacht. Die Thea ist ein seltsames Madl. Sie ist das einzige Kind und immer verwöhnt worden. Da ist sie halt so geworden wie sie ist. Kein Wunder, daß sie niemand zur Frau will, trotz all dem Geld, das ihr Vater hat.«

»Weil wir gerade von Geld sprechen, Christoph. Wir sollten auch das mit den Auslagen regeln.«

Er schaute sie streng an.

»Das hat Zeit, Petra! Wenn ich das geregelt haben will, sage ich es dir.«

»Gut, Christoph, ganz wie du willst.«

Sie tranken ihren Tee aus, Petra stellte die Tassen in den alten Spülstein.

»Ich gehe dann schlafen, Christoph. Wenn du willst, kannst du hier sitzen bleiben und die Briefe lesen. Du kannst sie auch mit auf dein Zimmer nehmen. Gute Nacht, Christoph! Danke für alles!«

Petra blieb einen Augenblick stehen. Er stand nicht auf, um ihr einen Gutenachtkuß zu geben. Petra war darüber enttäuscht. Gleichzeitig mußte sie sich eingestehen, daß sie es ihm ja nicht gerade leicht gemacht hatte. Wie mußte er sich gefühlt haben, als sie nach seinem Antrag einfach weggelaufen war?

Sie sahen sich lange in die Augen. Christoph nickte ihr zu. Petra ging hinauf in ihr Zimmer. Sie lag noch wach, bis sie Christoph hörte, wie er heraufkam und die Tür seines Zimmers gegenüber dem ihren ins Schloß fiel.

*

Die nächsten Tage verliefen harmonisch. Petra kümmerte sich um die Pensionsgäste, das Haus und den Garten. Christoph versorgte das Vieh und schnitzte oder malte. Er fuhr jeden Tag in die Stadt und brachte Kisten und Kästen mit, die er in der Scheune lagerte.

Dann kam der Tag, an dem sie mit Leo ins Gebirge gingen. Des Pfarrers Haushälterin hatte für diesen Tag die Stallwache auf dem Vogelmeier Hof übernommen. Pfarrer Zandler kam mit ins Gebirge. Für Petra war es der erste richtige Aufstieg. Der Weg war viel steiler und hatte einen höheren Schwierigkeitsgrad als der Weg von der Oberländer Alm hinauf zur Berghütte. Die Männer nahmen Rücksicht auf Petra. Christoph trug das Marterl auf der Schulter und hielt es mit der einen

Hand fest. An besonders gefährlichen Stellen reichte er Petra die andere freie Hand. Nach fast vier Stunden Aufstieg waren sie an der Stelle angekommen, an der man Zacharias Vogelmeier gefunden hatte.

»So, Petra, hier ist es! Dein Vater wollte hier den schrägen Steinhang rauf. Dabei ist er wohl abgerutscht. Er war nicht angeseilt. Der Doktor hat gesagt, daß er wohl in Folge der Anstrengung einen schweren Herzanfall hatte. Dann konnte er sich nicht mehr halten und ist abgerutscht.«

Petra sah nach oben.

»Das ist also die Stelle. Wo können wir das Marterl aufstellen?«

Die drei Männer, der Leonhard Gasser von der Bergwacht, der Pfarrer und Christoph waren sich schnell einig. Sie rammten das Marterl in den Boden und schichteten viele Steine darum herum auf, so daß es einen festen Stand hatte.

Dann segnete Pfarrer Zandler das Marterl und sprach ein Gebet. Danach ließen die drei Petra ein wenig alleine. Sie kniete sich hin und faltete die Hände.

Auf dem Rückweg sprachen die vier wenig. Christoph hielt Petra bei der Hand.

In Waldkogel bei der Kirche verabschiedeten sich Leo und der Pfarrer von Petra und Christoph.

»Willst du noch mal zum Grab?«

»Nein, Christoph! Bring mich heim! Ich werde in den nächsten Tagen Blumen kaufen und dann das Grab bepflanzen.«

Sie stiegen in Christophs Auto, das er bei der Kirche

geparkt hatte und fuhren zum Vogelmeier Hof. Petra ging nicht hinein. Sie ging zu den Pferden auf die Koppel.

*

Petra wußte nicht, wie lange sie dort gestanden hatte. Ihr Blick war immer wieder hinauf zu den Berggipfeln gewandert. Der Tag war anstrengend gewesen. Aber auch durch diese Anstrengung war sie ihrem Papa ein Stück nähergekommen, denn er hatte die Berge über alles geliebt. Der alte Alois hatte Petra viel von ihrem Vater erzählt.

»Ach, hier bist du?« Christoph trat zu ihr.

»Ich habe die Zeit vergessen.«

»Laß dir Zeit! Die Gäste sind zum Teil schon zurück. Andere sind noch beim ›Baumberger‹ und essen dort. Willst du nicht auch etwas essen, Petra? Es war ein anstrengender Tag. Hast dich aber tapfer gehalten in den Bergen, das muß ich schon sagen. Der Leo ist voller Bewunderung!«

»So? Ich habe das nicht bemerkt.«

»Doch, das ist er. Hast du seine Blicke nicht gespürt? Er hat dich fast mit den Augen vernascht. Sogar dem Pfarrer ist es nicht entgangen.«

»Nein! Dafür hatte ich keine Augen und auch keinen Sinn. Es war sehr anstrengend. Ich hatte mir vorgenommen, das Marterl aufzustellen. Es war der letzte Punkt auf meiner Liste. Ich denke, daß ich jetzt alles getan habe, was ich als Tochter tun mußte. Ich werde noch das

Grab bepflanzen und dann werde ich wieder an mich denken können.«

»Das ist schön. Ich freue mich für dich, Petra. Mir war gar nicht klar, wie schwierig das alles für dich war. Das ist mir erst bewußt geworden, als ich die Briefe gelesen hatte. Dann habe ich dich auch noch bedrängt. Es tut mir leid!«

Petra wandte sich ihm zu. Sie lehnte sich gegen seine Brust und flüsterte leise. »Halte mich fest, Christoph! Bitte, halte mich fest und laß mich nie mehr los.«

Christoph Unterlercher legte seine beiden starken Arme um sie und drückte sie fest an sich. Er bedeckte ihr Haar mit Küssen. Dann flüsterte er ihr ins Ohr: »Petra, ich liebe dich! Ich kann und will ohne dich nicht mehr leben!«

»Oh, mein lieber, lieber Christoph! Mir geht es doch genauso! Ich liebe dich! Ich liebe dich so! Seit dem ersten Augenblick, als ich dich gesehen habe. Doch es war doch alles so kompliziert. Ich mußte doch erst mein Leben in Ordnung bringen!«

Sie schlang ihre Arme um seinen Hals.

Ihre Lippen fanden sich zum Kuß. Es waren süße zärtliche Küsse. Es waren Küsse voller Innigkeit und Hingabe. Sie flüsterten sich Zärtlichkeiten zu und tauschten Küsse voller Leidenschaft und gegenseitigem Begehren.

Sie schauten sich in die Augen.

»Petra Pfleider, Tochter von Zacharias Vogelmeier, Bäuerin des Vogelmeier Hofes, ich frage dich, willst du meine Frau werden? Petra, ich bitte um deine Hand.

Die Berge sind mein Zeuge. Ich liebe dich! Ich will dich immer lieben, ein Leben lang und noch länger, genau wie dein Vater seine Vera, deine Mutter, geliebt hat.«

»Ja, Christoph! Ja, ich will deine Frau werden! Wir machen zusammen aus dem Vogelmeier Hof den Unterlercher Hof. Ich denke, Papa gefällt es.«

Christoph küßte sie. Dann griff er in seine Hosentasche und holte ein kleines Kästchen heraus.

»Die Verpackung ist schon etwas zerdrückt, aber ich trage das Schächtelchen schon seit einigen Tagen in meiner Hosentasche mit mir herum.«

Er öffnete es. Darin lagen zwei Ringe.

Petra reichte ihm die linke Hand. Er steckte ihr den Ring als Zeichen der Verlobung an den Finger.

»Paßt er? Ich mußte die Größe schätzen.«

»Perfekt! Wie alles, was du anpackst, Christoph.«

Dann steckte Petra ihrem Christoph den Verlobungsring an.

Sie küßten sich wieder.

»Wann wollen wir heiraten, Petra?«

Sie schaute ihm in die Augen.

»Wann immer du willst, Christoph.«

»Oh, meine liebe Petra! Jetzt überraschst du mich doch. Man sagt, die Verlobungszeit wäre eine Zeit, in der sich die Liebenden prüfen, ob sie auch wirklich zusammenpassen.«

»So sagt man das? Ich erinnere mich dunkel, auch schon einmal davon gehört zu haben. Doch das gilt nicht für uns.« Sie lächelte ihn an, und ihre Lippen fanden sich wieder.

Christoph strahlte sie an: »Dann heiraten wir morgen! Es gibt da ein neues Gesetz. Da muß einem der Bürgermeister sofort trauen. Dann sind wir morgen abend gleich Mann und Frau. Warum noch lange warten?«

Petra lachte glücklich.

»Ach, zu gern würde ich sagen, sofort, mein guter, lieber Christoph. Aber ein paar Leute müssen wir doch einladen: Toni und Anna. Dann will ich Tonis Eltern dabei haben, Meta und Xaver Baumberger. Xaver war der beste Freund meines Vaters. Der alte Alois muß auch dabei sein und natürlich Onkel Ludwig. Der wird sicherlich mit seiner Frau kommen. Und du? Hast du nicht auch Freunde, Verwandte?«

»Doch, die habe ich! Aber ich will, daß du ganz schnell meine Frau wirst. Feiern mit meinen Eltern und Geschwistern, das können wir immer noch.«

»So, meinst du?«

»Ja, warum nicht? Es geht doch um uns, unsere Liebe, unser Leben. Nur das zählt oder?«

»Sicherlich! Wir lieben uns auch schon so lange. Fast zwei Wochen! Welch endlose Zeitspanne! Höchste Zeit, daß du mich zum Altar führst, Christoph Unterlercher!«

Sie lachten.

»Christoph Unterlercher, du wirst der Unterlercher Bauer sein. Wir werden hier unser Leben verbringen. Unsere Kinder werden hier aufwachsen. Da müssen wir schon eine richtige Hochzeit feiern. Das wird in Waldkogel so erwartet. Die Leute wollen mich auch kennenlernen. Sie müssen doch wissen, daß ich die Tochter des Zacharias Vogelmeier bin. Dazu ist eine Hochzeit ganz gut geeignet.«

»Stimmt! Wir sollten nicht gegen die ungeschriebenen Gesetze der Tradition verstoßen. Ich möchte nur keine Nacht mehr ohne dich sein, Petra!«

Petra küßte ihn.

»Ich kenne mich mit der Tradition noch nicht ganz so gut aus. Aber es soll da einen ganz romantischen Brauch geben. Davon hast du sicher auch schon gehört.«

»Ein romantischer Brauch?«

Christoph dachte nach.

»Ja, ein ganz romantischer Brauch. Hast du schon einmal etwas von Fensterln gehört?«

»Du meinst, ich soll über eine Leiter in dein Zimmer einsteigen?«

»Darauf muß ich sogar bestehen! Das steht mir als dein Madl sogar zu. Das fordere ich von dir ein! Als deine Verlobte habe ich sogar eine Art Recht darauf, das zu fordern. Hinten bei der Scheune steht eine große Leiter. Sie ist stabil. Die reicht bis in den ersten Stock.«

Christoph lachte.

»Du meinst das wirklich ernst?«

»Ganz ernst! Ich könnte dich auch gleich mit auf mein Zimmer nehmen. Aber das entspricht so gar nicht der romantischen Tradition.«

»Du stehst auf Romantik?«

»Aber ja! Während du ja eher der praktische, sachliche Typ bist. Da werde ich dich mir schon ein bißchen erziehen, Christoph Unterlercher. Aber das ist das Einzige, was ich an dir auszusetzen habe. Du bist wenig romantisch! Also, wie ist es?«

Christoph ließ Petra noch etwas zappeln.

»Ich könne herunterfallen und mir ein Bein brechen.«

»Das lasse ich nicht gelten. Du kannst ja eine Gebirgsausrüstung mitnehmen und dich anseilen. Außerdem schleppe ich dich sogar mit Gipsbein zum Altar.« Petra lachte. »Ich schiebe dich sogar im Rollstuhl, wenn es sein muß.«

»Du bist ein verrücktes Huhn, Petra! Meine liebe Petra, meine Romantikerin.«

»Bitte! Etwas mehr Respekt mein Herr! Ich bin die Vogelmeier Bäuerin, und Romantik wird auf diesem Hof groß geschrieben. Also! Wie steht es? Wenn du nicht willst oder kannst, dann laß dir's vom Leo zeigen. Der hat bestimmt keine Probleme damit.«

»Jetzt willst du mich eifersüchtig machen!«

»Möglich! Wie war das denn mit dir und dieser Thea? Es war nicht nötig, daß die ein Zimmer hatte. Die hätte nicht auf den Hof übernachten müssen.«

»Du bist eifersüchtig gewesen?« Christoph lachte.

»Einen kleinen Stich hat es mir schon gegeben.«

Christoph schloß Petra wieder ganz fest in die Arme.

»Ich liebe nur dich! Ich hatte mich noch nie verliebt. Aber als ich dich gesehen habe, da wußte ich, du bist es! Du bist die Frau, die ich immer gesucht habe! Es war Liebe auf den ersten Blick.«

»O ja! Das war es!«

Petra drückte sich ganz fest an ihn.

»Nun, wie ist es? Wir sollten reingehen. Es wird kühl. Die letzten Gäste werden inzwischen auch eingetroffen sein.«

Christoph hatte seinen Arm um Petras Schulter gelegt, als sie von der Koppel in Richtung Haus gingen.

Vor der Haustür gab Christoph Petra noch einmal einen Kuß und flüsterte ihr ins Ohr: »Ich werde schon mal die Leiter bereitstellen!«

»Tu das, mein Lieber! Tu das! Die Tradition will es so!«

Petra blinzelte ihm zu.

*

Am nächsten Morgen rief Petra Onkel Ludwig an und erzählte ihm von ihrer Verlobung. Er war nicht überrascht.

»Ihr wollt so schnell heiraten? Schon übermorgen?«

»Fensterln ist auf die Dauer doch etwas umständlich«, bemerkte Petra lachend.

»Das verstehe ich natürlich!«

Er machte eine kleine Pause.

»Hast du deine Mutter und ihren Mann schon verständigt?«

»Nein! Ich weiß nicht, ob ich das tun soll.«

»Überlege es dir, Petra! Du hast Frieden mit deiner Vergangenheit geschlossen. Es wäre gut, wenn Vera das auch tun würde.«

»Wie soll ich das machen?«

»Dir wird schon etwas einfallen! Es ist schon einmal sinnlos Zeit verstrichen. Das sollte nicht noch einmal geschehen. Wenn du nicht weißt, wie du es machen sollst, dann berede dich mit Christoph.«

»Ich werde sehen! Vielleicht könntest du meine Mutter darüber informieren, daß Zacharias Vogelmeier tot ist. Vielleicht wäre alles nicht so weit gekommen, wenn sie seine Briefe gelesen hätte. Dann wäre es nicht zur Annullierung der Ehe gekommen, und ich wäre hier aufgewachsen.«

»Du kannst sie zum Lesen der Briefe nicht zwingen. Sie hat sie alle zurückgehen lassen.«

»Ich weiß! Rede du mit ihr! Sage ihr, daß ich meine Wurzeln gefunden habe. Sage ihr, daß ich ihr und ihrem Mann für die schöne Kindheit danke. Sage ihr, daß ich glücklich bin. Sie kann gerne zu meiner Hochzeit kommen.«

»Ich werde mein Möglichstes tun, Petra. Grüße mir Christoph.«

*

Für Petra stellte sich natürlich die Frage des Brautkleides. Anna war sofort von der Berghütte heruntergekommen und unterstützte sie bei den Vorbereitungen. Auch Meta half.

Petra wollte sich in der Stadt ein Kleid kaufen. Sie dachte daran, ein schönes Dirndl zu tragen und einen Kranz aus Bergblumen im Haar.

»Auf dem Vogelmeier Hof muß es ein Hochzeitsdirndl geben und eine Hochzeitskrone, des weiß i bestimmt. Die hat deine Mutter getragen, als sie den Zacharias geheiratet hat. Die Vera, die kam ja aus der Stadt und hat so was net gehabt. Da hat ihr die Mutter vom Zacharias ihr Brautdirndl und Krone geben. I tue mich ganz genau erinnern. Der Xaver war ja Trauzeuge damals, als bester Freund von deinem Papa!«

»Die ganze Brautausstattung muß doch noch irgendwo sein. Ich kann mir nicht denken, daß deine Mutter sie hat, Petra«, Anna klatschte vor Begeisterung in die Hände. »Wo könnte dein Vater diese Sachen aufbewahrt haben?«

»Mmm! Vielleicht ganz oben auf dem kleinen Spitzdachboden über der Etage mit den kleinen Dachkammern.«

Die drei Frauen, Meta, Anna und Petra, schauten sich an. Dann erstiegen sie den Dachboden. Er stand voll mit großen Holztruhen. Alle hatten große Beschläge aus Metall und waren reichlich mit Schnitzereien und Malereien verziert. Nach dem ersten Blick war ihnen klar, daß darin Schätze lagerten. Petra rief nach Christoph.

Gemeinsam schleppten sie alle Truhen nach unten in die Küche und das Wohnzimmer. Dann mußte Christoph wieder verschwinden. Bei dieser Frauenarbeit konnten sie ihn nicht gebrauchen.

Die Truhen enthielten Wäsche und Stickereien und Frauenkleidung. Alles war sehr gepflegt und sauber. Es roch nur etwas abgelagert.

»Nach einem Tag in der guten Bergluft auf der Wiese sind's wieder frisch«, sagte Meta.

»Das ist alles wunderschön! Von wem sind die Sachen?«

»Das wird die Aussteuer von deiner Mutter sein. Auch werden Sachen von deiner Großmutter dabei sein«, erläuterte Anna und öffnete die nächste Truhe.

Dort lag eine zerfetzte Hochzeitskrone. Anna reichte sie Petra.

»Schade, daß sie zerfetzt ist.« Petra seufzte. »Vielleicht hat sie Papa in seinem Schmerz und seiner Enttäuschung über sein zerstörtes Leben zerrissen.«

Darunter lag ein Hochzeitsdirndl und kostbarer Schmuck, wie sie Bäuerinnen trugen, ein Halsband, Ohrringe und Haarschmuck.

»Also, da ist es ja! Mei, des ist genau deine Größe, Petra!«

Meta war begeistert.

»Darin wirst gut ausschaun, Madl. Wie eine richtige Braut aus Waldkogel.«

Petra befühlte liebevoll den Stoff und zählte die vielen Unterröcke mit den Spitzen.

»So, das wäre dann schon einmal geregelt. Dazu trage ich einen Blumenkranz aus Bergblumen. Das paßt gut zu meinem Brautstrauß. Der ist aus Bergblumen. Den habe ich mir von Christoph gewünscht.«

Sie verschlossen die Truhen wieder. Jetzt so kurz vor der Hochzeit war keine Zeit, sich um die Wäsche und Kleidung in den Truhen zu kümmern. Dieser Sachen würde sich Petra nach der Hochzeit annehmen. Meta nahm das Brautdirndl mit, um es daheim zu lüften und zu bügeln. Christoph sollte es ja nicht sehen.

Dann war es soweit. Nach der kurzen Zeremonie auf dem Bürgermeisteramt in Waldkogel waren sie juristisch Frau und Herr Unterlercher. Bürgermeister Fellbacher versagte fast die Stimme, während der kurzen Ansprache. So gerührt war er von dem Glück der Petra Pfleider, die ja eigentlich Petra Vogelmeier war.

Dann spazierte Petra in ihrem Hochzeitsdirndl am Arm von ihrem Christoph zur Kirche. Er trug einen schönen Lodenanzug, dazu einen Hut mit Gamsbart.

Die Kirche in Waldkogel war voll. Es hatte sich schnell herumgesprochen. Alle wollten die Tochter des Zacharias Vogelmeier in Augenschein nehmen. Viele waren nur aus Neugierde gekommen, andere zeigten echte Anteilnahme. Pfarrer Zandler erzählte in seiner Ansprache die Lebensgeschichte Petras und ihres Papas. Er sprach von Liebe und von Eifersucht. Er ermahnte alle, nicht voreilig zu urteilen. Nach der Trauung gingen Petra und Christoph zum Grab von Petras Papa.

»Hallo, Papa! Schau, das ist mein Mann, der Christoph. Er wird mir sicher ein guter Mann sein. Dir war ein glückliches Leben nicht gegeben. Ich hoffe, daß es dir ein Trost ist, daß ich glücklich bin. Wir werden dein Erbe in Ehren halten.«

Petra legte ihren Brautstrauß auf das Grab. Das Brautpaar stand noch eine Weile am Grab. Dann gingen sie zurück.

Ein neues Leben begann auf dem Vogelmeier Hof.

Damit sich die Waldkogler schneller daran gewöhnen konnten, hatte Christoph ein Schild geschnitzt, das er neben der Haustür angebracht hatte.

Darauf stand:

Unterlercher Hof

Petra und Christoph Unterlercher

Sie feierten bis tief in die Nacht. Leider waren Veras Mutter und ihr Stiefvater, wie sie Ingbert Pfleider jetzt bezeichnete, nicht gekommen. Onkel Ludwig und seine Frau vertraten an ihrer Stelle die Verwandtschaft der Braut.

Nach der Hochzeit zahlte Christoph Unterlercher, der als berühmter Künstler vermögend war, an Doktor Ludwig Leuthold das Darlehen, das er für den Hof zur Verfügung gestellt hatte. Das war Christophs Geschenk an Petra.

Petra hatte sich auch ein Geschenk ausgedacht. Sie waren zwei Wochen verheiratet, da brachte ein Züchter zwei kleine braune Hunde auf den Unterlercher Hof. Sie waren acht Wochen alt. Es waren Boxer, ein Rüde für Christoph und eine Hündin für Petra.

In diesem Sommer nahmen sie noch Gäste auf. Doch es sollte der letzte Sommer sein, an dem Zimmer vermietet wurden. Christoph verdiente genug, um sich und Petra ein sorgenfreies Leben zu ermöglichen. Er wollte nicht, daß seine liebe Petra so hart arbeiten mußte. Sie sollte viel Zeit haben für sich und ihn und für ihre Kinder.

Schon bald nach der Hochzeit stellte sich heraus, daß Petra schwanger war. Die beiden rechneten nach und kamen zu dem Ergebnis, daß es in den Nächten des Fensterlns passiert sein mußte.

»Ich wußte schon, wie segensreich ein solcher romantischer Brauch ist«, sagte Petra zum zukünftigen Vater.

Über Onkel Ludwig erhielt Petra einen Brief von ihrer Mutter. Danach telefonierten sie öfter miteinander. Das Verhältnis besserte sich immer mehr.

Endlich, Petra war schon hochschwanger, besuchten Vera und Ingbert den Unterlercher Hof. Es war der geschickten Diplomatie von Ludwig zu verdanken, daß die beiden die alten Briefe lasen. Jetzt fand auch Vera Frieden. Was geschehen war, konnte niemand ungeschehen machen. Aber sie war auf ihre Weise mit Ingbert glücklich geworden. Sie freute sich, daß Petra auf dem Hof ihres Papas ihr Glück gefunden hatte.

Petra und Christoph bekamen einen strammen Jungen. Sofort waren sie sich einig, daß er auch den Vornamen Zacharias bekommen sollte. Gerufen wurde er Zacher.

– E N D E –